自带系统的河流

燎 原——著

GUANGXI NORMAL UNIVERSITY PRESS
广西师范大学出版社
·桂林·

自带系统的河流
ZIDAI XITONG DE HELIU

图书在版编目（CIP）数据

自带系统的河流 / 燎原著. --桂林：广西师范大
学出版社，2022.12
　　ISBN 978-7-5598-5384-4

Ⅰ．①自… Ⅱ．①燎… Ⅲ．①诗集－中国－当代
Ⅳ．①I227

中国版本图书馆 CIP 数据核字（2022）第 169474 号

广西师范大学出版社出版发行

　广西桂林市五里店路 9 号　　邮政编码：541004
　网址：http://www.bbtpress.com
出版人：黄轩庄
全国新华书店经销
湛江南华印务有限公司印刷
　广东省湛江市霞山区绿塘路 61 号　邮政编码：524002
开本：920 mm × 1 230 mm　1/32
印张：13.5　　字数：259 千
2022 年 12 月第 1 版　　2022 年 12 月第 1 次印刷
印数：0 001~5 000 册　　定价：69.00 元

序

燎原

时间进入 21 世纪以来，时代变迁场景中的诗歌迎来了一个特殊现象，这就是无论它的表现如何，都会受到非议与嘲笑。

那么，它的真实状况到底如何，呈现出哪些新的特征，其整体格局和个体表现究竟怎样，对此该做出怎样的判断和评价，理由和依据又是什么？

编完这部文集时，我觉得它的主体部分，正是对以上问题的回应。

作为当代诗歌的一位资深读者和研究者，这部文集以时间为顺序，选取了 21 世纪以来直到眼下，我近 20 年间的主要文章。它们以不同时段的综合评论和个体分析为主，兼及专题访谈等类型，涉及诗坛现状考察、群体形态描述、特殊现象剖析、诗人个案研究、相关现场信息。这诸多方面的综合，我以为大体上可以呈现当代诗歌的基本成果和内在景深，并回答它到底如何这一问题。

而贯穿于其中的表述，既是一种分析和梳理，好像还是一种辩论性的声音。近若干年来，关于诗歌和对于当下诗歌的看法，我发现我和许多人不大一样。但我并不想说服别人，也不太喜欢辩论，只是当一片乌泱泱的声音争相以鄙薄当下诗歌为快事时，我只想说出我眼中的真相，以及它何以是这样而不是那样的来龙去脉。

作为一部个人文集，其中谈论绘画与小说的文字，也当是题中应有之义。

这部文集的非主体部分，是与我个人经历相关的若干叙事性随笔。比之那些抽象的理论笔墨，这是一些欢实而有趣的文字，也是诗歌的大意思之于我个人的小意思——让我心情苞壮的那种意思。

书名《自带系统的河流》，是基于我的一种认识，亦即大千世界的万事万物看似纷纭万状，幻变不定，但每一事物的生成与演化，都有自己的内在缘由，都是其来有自、自带系统。一个时代的纵向诗歌河流，一位诗人历时性的写作，都是这一自带系统运行的逻辑结果。

2020 年 4 月 9 日上午

威海蓝波湾

目　录

第一编

第二编

第一编

世纪初一代诗人的联动

——论中间代 ①

一

肇始于 2001 年的"中间代"这一概念，是在当代艺术运作机制背景中发起的，一场同代诗人不同写作板块的联动。

这个概念的核心，就是以"代"的名义，为处在"第三代"和"70 后"两代诗人的夹层中，那些未获命名的 20 世纪 60 年代出生的诗人，做出一个便于理论界乃至文学史指称的命名。因此，这里的中间代，并不是一个具有共同艺术目标和风格的诗歌流派，也不是一个相互认同的诗人共同体，而是一群以"代"为标志的诗歌同龄人。

文学史上的断代研究，本身虽含有"代"的概念，但那个代却不同于这个代。它所着重的，是年龄相近的一代人，由特殊的社会历史背景所操控的共同的精神现象，而不是在 10 年这个整数上截取的机械时段概念。一个 1960 年出生的人，他的精

---

① 本文发表于《中国诗人》诗刊 2004 年第 1 期。后收录于海峡文艺出版社 2004 年 6 月出版的《中间代诗全集》（下卷），第 2507 页。

神形态是离 1969 年的出生者近呢，还是离 1959 年的出生者更近？前两者相差 9 年却属于同代人，后两者相隔仅一年却成了两代人，诗人们难道真不明白这其中的荒谬？

况且，由 1999 年挑起并延续至今的"民间写作"与"知识分子写作"之争，双方的部分当事人恰恰是同为 20 世纪 60 年代的出生者。并且，就在这场风云乍起不久，60 年代出生的同代人中，又杀出了一彪自称为"第三条道路"的人马。这种攻击、攻击、再攻击的不结盟格局，正是诗歌天然的对抗之手，对于诗人公社大同梦境的撕裂。

然而，在对中间代概念发出质疑的同时，我正在开始接受这一概念，其原因是基于这样的事实——

我要说的是，近若干年来，我的诗歌阅读突然处在一个被强制填塞的超量状态。那些定期或不定期出版的民间诗报诗刊，那些自己打印或正规出版的个人诗集，那些民间诗歌生态的调查访谈，那些集成性的社团流派诗歌选本……都加速着向我涌来。并且，这还不包括我常规性的诗歌刊物阅读，以及我根本无力穷尽的网络诗歌世界。我由此而渐渐地滋生出一种惶惑乃至惊骇——在如此浩瀚并且仍在高速生产的诗歌制品面前，那些堪称优秀的作品，将如何保证它们不被湮没？那些在写作中呈现着潜质光芒的新人，又将如何保证他们进入有效的阅读视野？

湮没的现象大量存在着，对于那些坚持边缘化写作的独立不群的诗人们，那些"死后方生"的诗人们，长期地被湮没甚至就是他们的命运。正是基于这样一个事实，诗人们借助群体力量的自我强调或者借助市场化手段的自我运作，便有了十足的理由；更重要的是，随着两年来中间代诗人群体轮廓的日渐清晰，这一概念统摄下的诗人日益确切地凸显着他们的实体。这便是我愿意接受中间代这一概念的基本前提。

其实，诗坛的市场化运作早已以隐性的方式存在——在看到眼下诗歌从业者的队伍空前广大，而有多少写作者就有起码超出这个数字的更大范围的读者群时，大家都清楚这背后的另外一个事实：并不是所有的人都有精读作品的耐心，都有大面积阅读的精力，也并不是所有的人都有专业性的鉴赏力。在这样的情况下，我们对于一个时期优秀作品的接受，便主要靠那些同样优秀的诗歌选本来提供。而诗坛的市场化运作，便正是从这里开始。以往的事实是，我们通常习惯于认为这些选本的编者，都是具有专业鉴赏眼光的权威，习惯于把选本的编选看作是沙里澄金的事业。而这样的选本于此便承担了为理论批评选定对象，为诗歌史提供候选人的功能。在这样的对于选本的习惯性认识面前，人往往会显得低能，对于一首即便是明显平庸的诗歌，我们常常会经不住三个以上选本的推荐而开始怀疑自己。这其中的弊端无疑是明显的：其一是所有的选本都是圈子化的产物，因而导致了选本的排他性。其二则是编选者往往会利用自己在诗界既有的公信力，而以最大程度的障眼法夹带私货。事实上，这也正是1999年盘峰会议所谓"民间"与"知识分子"交恶的直接导火索。当20世纪90年代继起的诗歌力量，在期待着进入上一代资深编选家的选本却感觉到自己一再受到冷落时，突然间如梦方醒，自己的命运凭什么交由别人来掌控？于是，绵羊放屁，山羊不服，你可以以年度"最佳"或"精品""经典"的名义，为"知识分子们"搞一个选本，我为什么就不能以同样的名头拉扯一个"民间"阵营？于是，这样的阵营果真就轻易地拉扯了出来。然而，偌大的一个中国诗坛，难道就只有这样两拨人马？其他的人难道就不是诗人？

当时间跨过 2000 年的门槛时，中国诗坛的格局发生了根本性的改变，这首先是网络诗歌的普及，其次是民间诗刊再度强盛地崛起。相对于传统的官方诗刊而言，这两种诗歌平台带给诗坛一个颠覆性的成果，便是诗歌准入门槛的取消。如果说，传统的官方诗刊存在着诸多非诗的尺度和编辑选稿口味的好恶，那么，在这两种媒体上，诗人们除了遵循公民的宪法规约外，则享有艺术上的一切自由。于是，大批的已名诗人从官方诗刊门外等待的队列中撤出，转向诗歌网站和民间诗刊，尤其是当他们在这两种平台上建立了自己的诗歌价值系统和评价体系，并仅仅以此就足以获得喝彩并纵横诗歌江湖时，这不但意味着官方诗刊垄断地位的瓦解，也同时标志着诗坛由"计划经济"向"市场经济"的转轨。而市场经济的主要特征，其一是产品质量的过硬，其二便是包装运作。在此，一个诗人除了用自己过硬的作品直接面对诗歌民众说话外，他还会在新的游戏规则内辅之以丰富的市场包装运作手段，以最大限度地彰显自己。

而股票市场上"个股板块集纳"和"概念炒作"这两种基

本手段，在诗坛运作手段中的被复制，则是当代诗坛转向市场化运作的标志。

所谓的个股板块集纳，便是一个个诗人的"个股"集结成群体的"板块"；接下来的关键一步，则是在内在因素和多种外在因素的契合点上，寻找一个恰当的概念命名，继而使之在热点的意义上成为焦点，由此展开大幅度的价位拉升。如果说，1999年的"民间写作"和"知识分子写作"，是在一种不期而至的交锋中形成的姑且如此的概念命名，继而是权且如此的炒作的话，那么，在诗坛普遍希望看到新面孔和新生力量的出现，而应时登场的"70后"诗人概念，则是一个准备相对充分，市场定位恰当，因而也是近年来最为成功的一次上市包装。尽管在这个概念之下存在着许多漏洞，但它的主力已经借此成功上市。当此之时，漏洞于我何干？英雄不问出处！

导致中间代强行集结的，正是来自"70后"概念的直接刺激和成功的示范效应。在他们之前的"第三代"已经进入文学史，之后的"70后"即将进入文学史，而夹在这两者中间的没有群体注册命名的中间代，将只能是黑人黑户？是的，在诗坛的市场运作机制中，更年轻的一代似乎反应更敏捷，玩得更得心应手！然而，年长者自有更成熟的谋略。于是，中间代的策划者兵出奇路，完全撤除了60年代出生者中既有的圈子概念，而将其中的实力诗人一网打尽。对于那些单兵作战却无名分的实力诗人而言，这无疑是一次自我救助；对于那些圈子内和圈子外的已名诗人来说，其实并不需要一个"中间代"再为自己加冕——他们是股市上正在受到追捧的绩优股，而对于尚未上市的中间代来说，这些诗人不但是已经上市的，并将在未来板块中起形象作用的龙头股，并且还是珍贵的壳资源。而中间代的策划者，则以一部《中国大陆中间代诗人诗选》的大型民间诗歌选本，对他们开出条件：我不需要你表态结盟，只需要你寄来作品进入选本。在当今之世，还有拒绝这种条件的诗人吗？于是，这些曾经相互攻击或冷眼旁观的一群，于此同时按下了默认键。这样，一大批未名者在经过中间代这一概念的捆绑包装后实现了借壳上市，而这其中原属于不同板块的所有的诗人们，则在中间代概念的资产重组之后，实现了一次强势的板块联动。

——这就是出现在 21 世纪之初的中间代。

时代的发展，正在不断改变着我们的观念。如果可以确定市场化运作，是对一个产品本在价值的最大化呈示，那么，你又有什么理由对它嗤之以鼻？

当此之时，诗人何小竹在 2003 年一次访谈中的一段话，就给人留下了格外深刻的印象。在被问及他与当年的"非非"诗人们眼下为何不去自我炒作，从而给人以自我封闭的印象时，何小竹这样答道："我们也喜欢炒作或想要炒作，这是一种蛮有趣味的游戏，（之所以）给你这样的印象，也许仅仅是我们技不如人罢了。"那么，他是在感慨别人炒作上的技高一筹——当然也包括中间代？但这个中间代，他们在艺术立场和诗学指向上又有哪些共同性呢？

二

在回答这个问题时，首先应正本清源。这样说，是因为我注意到有些论者正在试图用"60年代后"来指称中间代；或者中间代在发展膨胀中正试图把它的边界模糊为"60年代后"出生的一代人。这就如同"第三代"已经被模糊为一个以年龄来区分的"代"的概念一样，并不符合历史的真相。事实上，第三代是一个针对朦胧诗的写作思潮，是对于朦胧诗尖锐的意识形态质疑和宏大历史叙事的消解，由此而进入文本立场上"纯诗"的建造；而更大的一部分人则在极端的向度上，步入后现代主义的语言狂欢。前者如上海诗人群体中的宋琳，以及陈东东、陆忆敏、王寅等等，后者则如四川的以李亚伟、万夏为代表的"莽汉"，以周伦佑、杨黎、何小竹等为代表的"非非"，以及在1986年《诗歌报》和《深圳青年报》两报诗歌大展中首次涌现出来的那一更为庞大的群体。而这一时期的另外一些诗人们，既与朦胧诗人的写作呈示着一种密切的承续关系，又在此后蜕变出自成系统的独立品格者，诸如欧阳江河和翟永明，诸如海子、骆一禾、西川等，则与第三代无关，他们每个人只是以独立的个体而存在，亦即所谓的卓尔"不群"。

——这是出现在1989年前的诗坛状况，在我以上列举的诗人中，除了周伦佑、欧阳江河和翟永明之外，其他所有的诗人都是"60年代后"的出生者。正是这些诗人们，与朦胧诗人们一起，把中国的现代主义诗歌在80年代推向一个前所未有的高度。他们是60年代出生的诗人们中的先行者，但却与中间代无关。

1989年以及继起的下海经商大潮对于诗人群体的瓦解，使现代主义的写作出现了一个断层。这样直到1993年前后，一批新的诗歌力量逐渐显现。由此再到1999年的盘峰论战，当《中国青年报》对此以《十年没干仗，诗人们憋不住了》的标题做了报道后，人们才恍然意识到，中国诗坛一个新的时期已经出现。而这其中的中坚力量，正是在那批60年代出生的先行者之后，以更大面积涌起的他们的同龄人——亦即今天的中间代。

那么，1989年前的"60后"与1989后的"60后"之间，存在着一种什么样的关系呢？当然，我首先看到的仍是一种类型上的对应。比如西川、宋琳，与臧棣等人为代表的后北大诗人系列之间，那种以技术文本为前提的，对于语言内部复杂关系的探究与演绎；在李亚伟、万夏的"莽汉"，与伊沙等为代表的北师大诗人系列之间，那种结实快活的口语诗歌狂欢……当然，这只是一种大致的类型对应，1989年前的"60后"诗人中诸如海子与骆一禾那种激烈高蹈的精神语义，在此几乎无人能够续接，尤其是相对于海子的世界。而海子，也因此受到了各路诸侯性人物的攻击——尽管这些人物在艺术观念上几乎势不两立，但对于海子的攻击立场却空前一致。而这种攻击的激烈性和内行性所折射的，正是攻击者面对海子这样一个无法逾越的存在时，所搅起的心神不宁。

1989年前的时代是一个精英写作的时代，在那个时代，诗人们对于技术创新和文体建造似乎怀着一种迫切的使命感。从西方现代主义经典中高强度的艺术转换，以及对东方传统文化的重新解读，使诗歌在高速的技术形态更迭中，不断冲刺形而上的风景。而1989年后经过数年沉寂重新还阳的诗歌，却不再激烈，很少再有人以高难度的技术创新为使命，也很少再有人以此为荣。这其中一个最重要的标志，就是对形而上的回避，对于思想深度的拒绝。即使那些怀有精英感的诗人们，也将自己的艺术能力转入对日常生存性状的处理。诗歌的写作由此进入常规性的写作，语言形态上的口语化，语词物象的日常化，成为他们符号性的标识。与此同时出现的一个群体性特征，就是写作姿态的降位——从知识分子或精英写作对于时尚化的坚定排斥，转向亲近时尚，融入时尚，进而成为时尚的制造者、享有者。当时尚事实上就是世俗化快乐生存的代名词时，这就意味着诗歌从孤独的形而上的高处，转入世俗化生存现场的广阔和复眼观照的丰富。在这里，诗人们将被形而上写作回避的常规性材料，以与之同等重要的视角凸现出来，成为一种新的艺术经验——这就是中间代诗人正在干的最重要的事情，所谓世俗的时尚生活之于诗歌的在场。

这当然不是传统现实主义的翻版——那种在书写现实的名义下，以意识形态的主导观念，对于现实的过滤拔高。也不是以写普通人的名义，来暗示并标榜自己的人民性，以期获得某种加冕。世俗的时尚生活是一种公众渴望的生活，一种聚集着时代新的文明成果的生活，却又被精英文化和"人民诗人"所共同鄙视并视为不洁的生活。而在中间代普遍地以诗歌进入这一场景之后，他们开始呈现的，是时代全景中那一被长期摈弃而又最富活力的部分。由于世俗化生活的无限丰富性，以及与之对应的松弛写作心态，因此，中间代写作的另外一个共同点，就是艺术上的自行其是。亦即李亚伟借邻居工人老张的话在"莽汉宣言"中的表达：老子除了长相之外，一切都自己做主！

三

在中间代群体中，臧棣是一个特殊的存在。这位与海子同年出生的北大诗人，在整个80年代基本上少有引人注目的表现。但他却一直从理论和诗歌两个方面深化着自己的技艺。这样直至90年代中后期获得北大中文系的博士学位，当同龄的北大诗人相继离开北大，由北大人文主义传统转向专业技术训练的本科生、硕士生、博士生又形成一个后北大诗人系列时，处在承上启下位置的臧棣，突然成了北大学院派诗歌的掌门人。在这样一个系统内，他以学术性的视野阐释诗学问题，阐释继起者的诗歌，更被继起者所阐释。后北大诗人系列由此而在21世纪的临界点上，形成了一个以研究生为主体的，自己生产、相互阐释的自足性的学院派艺术认证体系。

我在这里不再使用"知识分子写作"，而代之以"学院派"这一概念，是考虑到这一概念之于臧棣等后北大诗人的实际情况。知识分子写作这一概念的雏形，源自欧阳江河写于1993年的《1989年后国内诗歌写作：本土气质、中年特征与知识分子身份》一文。标题中的这个"中年特征"加"知识分子身份"，正是欧阳江河对自己及同类写作者当时的身份定位。该文一个特别触目的观点，就是判定80年代的写作由于幼稚的乌托邦色彩，因而是一种失效的写作。而真正有效的写作，则是从1989年后步入人生中年的欧阳江河等同类诗人，在对语言的多重功能、真理的辩证认识等——体现了知识分子诗人综合知识能力的深度写作中开始的。"知识分子"的概念与此后的"90年代诗歌"这一概念相合流，最终演绎出这样一个结果：在朦胧诗人和海子—骆一禾类型的乌托邦诗人于1989离开诗坛后，中国90年代的诗歌，便主要体现为以欧阳江河等人为主体的中年知识分子的写作。这样，不但80年代的写作是失效的，90年代其他广大诗人的写作也是失效的，中年知识分子的写作由此成了唯一有效的写作。这理所当然地激起了90年代其他写作群体的激烈攻击，并在1999年的盘峰会议上以"民间写作"的名义与之展开论战。在这一论战中，相对已经存在的"知识分子"概念，"民间"概念的使用则显然带着应急性的仓促意味。直到论战发生过后，民间写作的代表人物韩东和于坚，才分别写出了《论民间》与《当代诗歌的民间传统》，对"民间写作"进行理论阐释。而从这场论战的来龙去脉看，在当时属于知识分子阵列中的臧棣，并不是其中的核心人物，相对于他在后北大诗人系列中的位置，以及年轻的后北大诗人们并无多少人介入这个特定的"知识分子"范畴这一事实，用"学院派写作"指称这一诗人系列更为确切。

　　学院派诗歌的核心便是写作的技术性。而这个技术性不仅体现着一种艺术能力，更被赋予了永恒的心智涵养功能。当满怀人文主义理想与激情的前北大诗人海子、骆一禾、戈麦，在生命对于诗歌的高速冲刺中相继夭折，似乎进一步反证了只有充满智能考验的迷人的技术世界，才是值得诗人用一生去盘桓的。正是有鉴于这样一个前提，臧棣提出了"诗歌是一种慢"这一诗学命题。这个命题对臧棣自身写作的指涉，其一是个人整体写作进程的舒缓。具体地说，就是不断消解自己业已成型的写作风格，在类似于进两步退一步的形态中，带着上一次的积累退向一个"不断重临的起点"（唐晓渡语），进而再以如此的循环往复，形成舒缓而坚实的递进。如果说，谁快速进入固定的风格谁就会快速进入自己的末路，那么，臧棣便因此而没有末路只有积累，他的风格将在这种积累的叠加中，于一生写作的终端来呈现——这时将会出现一个大师的形态？

　　其二是一首诗歌内在节奏的慢——一个句子的语义要曲尽其幽微，一个词的功能要在谐音、双关、反讽等多重修辞手段中极尽其意味。而这种慢，从叙事语调的象征意义上说，既是一种从容，更是一种智能优越感的矜持——重要人物说话时的语调从来都是缓慢的。需要特别指出的是，臧棣并未以这种技术理念进行纯诗的演绎，而是着意与当下场景的对接。然而，在他书写的诸多"为×××而作"或"赠×××"的这些诗歌中的"×××"，都是与臧棣处在同一专业技术平台上的人物，亦即一种"我们"之间的对话。这也就是说，臧棣诗歌中的当下生活，是一种经过筛选、过滤的"我们"世界的生活，有着"我们"这一世界特殊的话题兴致和语义密码。他用常规语言谈论"我们"之于世界和事物认识过程中的细微察识——并不是其他的人听不明白，而是它很难唤起其他人如在"我们"中产生的那种效果。所以，关于臧棣诗歌的奥妙，最合格的阐释者只能是"我们"中的人物。

同属北大博士系列的周瓒，是一个日渐显示着自己重要性的诗人。读到她在《阻滞》中借一位西方当代女诗人的诗句，主旋律般地发出"人生是多么漫长啊"的感叹时，我似乎从中听到了中间代的诗人中，一种少有的心灵和生命的疼痛感，这与臧棣拒绝强烈情感的表达形成了一种触目的反差。但同样与第三代女诗人西尔维娅式的尖叫相区别，周瓒的疼痛感是一种内敛的疼痛，她的痛源指向不是与男性权力世界的对抗，而是以知识女性敏锐的触角，在人的共同命运的背景下，对女性特殊情感命运的指说。周瓒的诗歌具有一种复杂的清晰和内敛的放纵，纵深的视野和心灵的活力在精确的文字控制中，显示出一种书卷气质的平衡。如果写作的爆发力更强一些，她当是目前最可关注的女性诗人。

倾向于诗歌的叙事性，是中间代诗人一个标志性的特征，在这一点上，西渡的《一个钟表匠人的记忆》和《在硬卧车厢里》给人以特别深刻的印象。作为北大诗人系列中海子的眺望者，戈麦的阐释者，西渡无疑比别人更清楚那种纯血诗人生命世界的秘密。当他在相近的跑道上接受了"诗歌是一种慢"的说法，而步入"后退一步天地宽"的空间时，仍然保留着置身时代场景中的痛楚感。《一个钟表匠人的记忆》中，那个追赶着任何一个时代时尚潮流的女同学，当她在时代时尚角色加速度地转换中，猝然亡命于一个女投资人一生成功的巅峰时，这其中所隐含的，其实是对人的宿命感伤性地省察。快速行走者快速走向死亡，但慢又如何？在人生的秋天眺望生命的两端，一端是奔跑着的红色童年，另一端便是苍白的归宿，所以，此诗最后以"从起点到终点／此刻，我同意把速度加大到无限"的决绝，最终则归结为"诗歌是一种痛"的命题。西渡的叙事是一种与"我们世界"相反的公共空间叙事，当他将训练有素的专业技术能力带入这一空间，便形成了他节制的表达中，准确点击当代生存神经穴位的特殊力量。

与北大无关的马永波，则在独立潜进中形成了技术派写作的另外一族。这位1986年毕业于大学计算机系，翻译了大量英美现当代诗歌作品的诗人，似乎更有理由在写作的技术性上放胆逞强。然而，他的写作却极少技术贵族的冷漠与自矜。他在《小慧》和《电影院》中，以典型性的细节，对一个敏感少年与"女同学"间温情的往事抒写，在唤起公众性经验共鸣的同时，更萦回着个人化的沧桑岁月的悠长沉湎。而他的《伪叙述：镜中的谋杀或其故事》，则无疑要在极端的技术指标难度中——类似于西方心理分析和刑侦推理电影的框架内，植入心理学、病理学、精神分析学等元素。在这种综合形态上，呈示处理复杂材料的能力，解析当代人复杂的心理意识世界。

以上这种学院派的技术性写作，是中间代诗人奉献于当下诗坛的重要写作成果，它将80年代文体技术上的实验性，推进到已趋成熟的常规性写作，并且在与当下生活场景的联结中，获得了稳固的底座支撑。

然而，对于这一类型的诗歌，它似乎还意味着"阅读是一种慢"，意味着对于一个人阅读耐心的考验。如果更多的人没有这个耐心，或认为这样的耐心付出是不值得的，那么，他们也许更倾向于一种快活的阅读。比如，与之相反向度上的民间写作——我愿意称之为恪守快乐原则的写作。

在我有关当代诗歌的阅读记忆中，首次给我的阅读以强刺激式的快乐感的，是李亚伟的《中文系》。这已是1984年的事情了。继而是在将近10年后的1993年，我读到的伊沙的《事实上》《占卜大师赵秀儿》《叛国者》《历史写不出的我写》等等。这些大体上以1989年为背景的诗歌，将一个极端沉重的话题，甚至是正规史书无法书写的话题，以一种近乎无知的姿态，在油嘴滑舌的调侃中，转化成野史性的历史备忘录。在我看来，这是伊沙诗歌一个至关重要的出发点。包括李亚伟的《中文系》等这类诗歌向我们表明，所谓的快乐叙事，首先具有一种甚至是其他叙事无法承载的内在质地，由此而以快乐中的这种内在伏藏，给你意外的一击。当在1986年两报诗歌大展中涌现出来的部分第三代诗人，以"反文化"的名义而标榜写作的革命性时，历史并没有使他们行之过远。这其中的实情是，任何一个敢于反传统的诗人，都必须以其强大的文化内质，尤其是对一个时代刻骨铭心的复杂感受作为支撑——这便是一首诗歌内部的骨骼所在。反传统的写作因此绝不是一种姿态，而首先是一种能力。当伊沙的写作风尚在此后渐渐扩展成一个诗人系列时，置身于其中的徐江、侯马、宋晓贤、唐欣、中岛，乃至姿态近似的贾薇，以及不属于此文论述的"70后"诗人沈浩波、尹丽川、巫昂等人，实质上是一个由北师大延伸出来的学院诗人群体。这大概也算是一种历史的幽默，在21世纪的临界点上，由北大和北师大这两所著名院校游弋出来的两条诗歌龙头，竟分别以"学院"和"民间"的名义，展开了一场对攻。自然界生态平衡法则的旗帜，再一次高高飘扬在诗坛上空！

北师大系列的诗人们把他们的写作归入民间写作，而民间写作的核心，就是要将诗歌写作的专业技术垄断，向着大众引渡。亦即"让哲学从哲学家的书本里和课堂上解放出来，成为人民大众手中的武器"（毛泽东）。而人民大众一般具有直入事物本质的直觉，用简单的语言说破复杂问题的能耐，架秧子起哄的喜乐天性，野生形态上的黑色幽默和黄色趣味，等等。当我们以此对应民间写作的主体形态时，便不难发现，他们的确深得其中真髓。进一步地说，所谓的民间写作，就是一批接受过系统文化训练的诗人们，执意要站在大众化的立场上，对诗歌语言的书斋化、深奥化做出解放；对被此前的一切写作——意识形态的写作、知识分子的精英写作、学院派的技术性写作所过滤掉的那一粗芜的民间社会生态做出还原。从而以直接简单的言说，保持当下生存场景中生机勃勃的现场感和粗浊感，并在其语义效果的终端，凸显快乐至上的原则。而快乐，则代表着人类的游戏精神中，心灵的撒欢状态。如果考虑到我们的人民大众从苦大仇深、义愤填膺、庄重深沉等一副副时代表情中，切换至今天的铁杆球迷式的起哄和狂欢，便自然会明了快乐原则的时代生成基础。

　　是的，我在这类诗人的作品中，强烈地感受到了这种快乐元素。而就在我不曾留意的当口，诗人祁国又给了我一个意外。祁国的诗歌就外在形态而言，似是一种无聊的写作、饶舌的写作、废话的写作。他以一个当下生存的在场者和普遍生活性状拟仿者的双重身份，将这一场景中被我们习焉不察的可笑和荒诞，以聚焦放大的形式凸显出来。比如他的《客厅》一诗："开门/握手/请坐/上茶/这个/这个/那个/那个/握手/再见/关门"——完了。我们日常生活内容中这一最为重要的部分，充其量也就不过如此；就这样电脑程序编码般地机械、呆板；而我们，不正是置身其中那个呆头呆脑的木偶人？更为触目的，是祁国在自己大脑中放纵折腾的无穷的荒诞念头。比如他那首可以作为当代名篇的《理想》："我的理想/是砌一座三百层的大楼/大楼里空空荡荡/只放着一粒芝麻"。再比如《大雪》一诗中，眼看着前边的行人不停地在路上摔着跟头，他一边纵情大乐，一边做出这样的决定："为了降低自己摔跟头的概率/我一出门先主动摔了两个跟头"。这种没心没肺的"我跟自己玩"的寻欢作乐，正是在对于生存荒诞感的清醒察识中，一种有效的应对策略。祁国的意义在于，当同代诗人面对当下生存的症结，进行煞费苦心的解析和寻求解脱之道时，他却以最短的路径，抓住了这一症结的把柄，并以自己的现身说法，为解脱生存的窘境，昭示了一条方便之道。

四

在对以上两种写作进行了类的归纳和描述，再回过头来考察中间代的整体写作时，又会发现这种归纳很难继续进行下去。作为普遍接受过大学教育，大都有 10 年以上写作经历的这一代人，他们不但是 20 世纪 90 年代以来当代诗歌史的主体书写者，也大都已从"类"的柱体上游离开去，写出了自己可供独立解读的文本。并且，这些诗人个体迄今为止仍在自己的纵轴上游弋变幻；这个群体更不断有陌生面孔飞碟般地汇入。而中间代运动自身，也将一个个处在模糊状态中的人物，凸现了出来。这其中最引人注目的，当为安琪。

大概不会有人想到，21 世纪之初的中国诗坛会出现这场中间代诗歌运动；更不会想到这场将南拳北腿东邪西毒各路游侠集结为一体的运动，会由一个身居福建的女诗人来做，并且能够做成。然而，安琪真就把这件事情做成了。

安琪的写作具有一种混乱的才气和罕见的速度。她的诗歌资源入口呈现着完全敞开的广阔，当这些资源进入她的写作成为遍地碎片，甚至这些碎片又在意念中再度分解，以至于到了不可收拾的地步时，她却凭借着灵动的诗思和莽撞的才力，在主体意念的统摄中使之强行黏合。这就如同她把那么多诗人个体的碎片，异想天开地会合成了一个庞大的"中间代"一样。

从个人的天性气质上来说，安琪三首诗作的标题可以视作她自我阐释的三个关键词："任性"、"奔跑"（《奔跑的栅栏》）、"未完成"。这种气质类型似乎像海子：在自己内心无穷诗思的任性奔跑中，急促地抵达峰巅；在一次次急促的抵达中，留下了诸多粗糙的"未完成"。但她没有海子那种野蛮的强度，她的速度是"奔跑"，而海子则是"冲刺"。但无论如何，这类诗人的写作又都证明着"诗歌是一种快"。并且，相对于那类大质量的生命精神现象而言，我还愿意把"未完成"视作一个重要的诗学命题，因为对于那类伟大深奥事物的认知，是根本无法在有限的时间中凭一己之力去完成的。比如哥德巴赫只能把一个伟大的"猜想"留给后世。因此，在文学艺术中，那种震撼人心的作品，其足以致命的光芒只需倏然一现也就足够了。但我在这里说的不是安琪。

安琪的这种写作，是从90年代中后期开始的。而这一转折的根源，是她此时在自己宽敞的诗歌资源入口，对应出了一个使她的写作获得再生性质的人物——她的"庞德老爹"。庞德，这位世俗世界的精神分裂者和诗歌世界的野蛮独裁者，其最疯狂的癖好，就是在诗歌中将众多的庞然大物拆解打碎成意象的碎片，然后对其精华做巨无霸式的整合，以此形成一首诗歌的超量容纳。这位对中国古典文化情有独钟的怪客，甚至于将这一癖好施之于更小的单元——对一个个汉字的肢解手术——以此来辨析或自以为是地解释那些诸如汉字造物主之类的思想家、艺术家、哲学家的思想艺术精髓。也就是说，他只跟这些人物对话，并通过这样的强行解释来呈现他对世界奥义的发现。安琪由此为自己的"任性"获得了振奋的根据，进而将这种手段发挥到她能力的极限。她这一时期的作品在形态上大都是中型规模，诗行长度则为碎片填塞中容纳一至两个短句的沓杂长行。而这些碎片，一是来自当下生活场景，二是来自文化经典和新闻事件。比如记写一次诗人集体采风的《任性》："那时柯在车上喊：'看，多好。'此时白雾蒸腾于山梁间 / 沈摇头晃脑'白云深处有人家' / '停车坐（做）爱吧。'安迅速接上去，同时的尖叫 / 哄然而出……"并且，她还庞德一样地使用着对于汉字的拆解手段："是有晃岩被称为日光岩 / 风像语录那样掀动"——这其中的"晃"之于"日光"。在这些作品中，安琪力图以对这些缤纷碎片的整合，传递出当下生存场景中包罗万象的精神文化信息。因此，这些诗歌在整体形态上，就像当下生存场景本身一样模糊混乱，而在局部和细节上，却有着凸显性的清晰。尤其是她诗歌中大量的这种神来之句："一个国家的军火在另一个国家发挥作用"，"一个国家的人民在另一个国家流离失所"，"接吻就是以牙还牙"，等等，几乎具有一种灵光突至、人力难为的奇幻。

此前我几乎未曾注意过老巢的诗作，近期读了他的长诗

《空着》后，我对中间代诗人各行其是的写作，也对其中伏藏的峰峦叠嶂有了更深的感受。《空着》一诗是一个人对一座城市的言说。这是一座繁华喧闹的现代都市，一座体内功能紊乱、与肠结石输液挂瓶相关的有病的都市，又似乎是一座空空荡荡的都市。而这个言说者，既是这个城市的居住者，所有秘密的知情人，又是一个心理上绝对不愿与之认同的外乡人。所以，在对这个城市面无表情的言说背后，有着一种骨髓中的冷漠乃至厌恶。《空着》的叙事，是一种拔鱼竿式的顶真修辞叙事。它从2003年春节长假城市中的一个文化蜗居者的视角，将正在发生的和已经发生的，诸如春节灯笼庙会、伊拉克战争的前奏、瘟疫与隔离、手机短信、小剧场演出、沙尘暴、建筑工地与民工、车站人流、注册公司、政府换届、晚报绯闻等等，一节一节地拔开，在医院病房这个主体意象的贯穿中，展示了当代都市斑驳陆离的内在焦灼。"排石（肠结石）需要手术 / 手术需要手 / 手在手中左右为难 / 左神头右鬼脸 / 门上的桃符穿着古装 / ……"这种对于语词摆弄的盎然兴致，以及从"排石"手术到"门上的桃符"这一修辞上的顶真延伸和意象上的突然切换，无不象征性地呈示着诗人虚中带实，又化实为虚的冷峻游戏心态，以及一切都不必当真，一切都不可不当真的人生姿态。《空着》的精神框架让人联想到《荒原》的荒凉，而它以无数感官吸盘对当下场景细节的抓取和冷峻的情绪处理，则凸显了本时代一个广大群体共同的精神幻象。

在对以上的诗人个例进行了分析后，它仍然无法呈现中间代写作的驳杂与斑斓。在这里被略去的，甚至正是这一写作群体中的主体力量。诸如新疆的沈苇和甘肃的古马，以综合性的当代文化视角，在西部的大时空和藏经洞神出鬼没的搬运中，那种神性的游丝与大地气息的融合。以老先锋的资格和旁若无人的姿态行进的岩鹰，在语词简约、短促的瞬间抵达中，所形成的经验更新的奇迹。作为中间代理论阐释者之一的格式，近年来日渐为人注目，他的诗歌在原先飘浮的调侃风格中以人生艺术经验的有力介入，以及语词间反向拉力的加大，顿挫出一种老辣的灼烫感。

中间代诗人的这个主体在足具的文化内力中推进，并以这种内力持续地夯实着自己。这其中的余怒、马策、徐乡愁和有着共同的博士背景的周伟驰、赵思远等等，或者更精锐地深化着自己的文本品格，或者以调侃、篡改、反讽等政治波普手段，将一种诡异刺目的文化变焦图景，推现至当代诗歌现场的前沿，不断蜕变出新的写作活力。

然而，一切尚都在进行中，在中间代诗人并不愿意以激动人心为崇尚时，我在其中也没有见识到激动人心的诗篇；在他们拒绝着形而上的深奥时，我在其中也很少见识到深刻的形而上生命观照。而从当代中国诗坛的整体格局来说，随着50年代出生的诗人们相继走过自己的鼎盛期，历史已把中间代诗人们推向当代诗坛的第一方阵，这样的位置和年龄时段，正是一代诗人使自己走向宏富和重要的关键时刻。那么，接下来一个非常简单的问题便是：在他们渴望着被诗歌史书写的时候，他们将凭什么进入诗歌史?

无疑,仅靠人多势众是不行的。

2003 年 8 月 3 日晚

昌耀写作史上的一个"公案"

　　昌耀生前共出版过 6 部诗集:《昌耀抒情诗集》(青海人民出版社,1986 年)、《昌耀抒情诗集·增订本》(青海人民出版社,1988 年)、《命运之书》(青海人民出版社,1994 年)、《一个挑战的旅行者步行在上帝的沙盘》(敦煌文艺出版社,1996 年)、《昌耀的诗》(人民文学出版社,1998 年)、《昌耀诗文总集》(青海人民出版社,2000 年)。现今评论界和学术界对昌耀诗歌的研究,都是以这些诗集为依据的。但当这些研究涉及如何估价昌耀早期的诗作——亦即他 20 世纪 50 年代和 60 年代一些诗作时,便出现了一个让研究者意想不到的问题——

　　比如,安徽广播电视大学汉语言文学专业本科,2001 年 10 月 7 日审定通过了一份《中国现当代文学名著导读》的教学大纲,该大纲在"教学要求与阅读提示"里,对昌耀的《凶年逸稿——在饥馑的年代》一诗,有这样一段文字:

　　　　这首诗写于1961—1962 年,是当代中国历史上的灾荒年代,副标题"在饥馑的年代"即源于此。联系作品的写作年代需要关注的有两点:一是作品对时代的评价,注意领会诗中"这是一个被称作绝少孕妇的年代。/ 我们的绿色希望以语言形式盛在餐盘 / 任人下箸。我们习惯了精神会餐"这样的句子;另一是,与同一时期的诗歌如"政治抒情诗"等进行比较,以领会昌耀诗歌创作的独特性。而从昌耀个人的经历来看,写作这首诗时,正是他被打为"右派"后在祁连山区服苦役的时期。在大多数有类似经历的作家停止创作的时候,昌耀不仅坚持创作,而且保持了良好的创造力,并没有因为时代或经历的酷烈而丧失发现诗意的能力,或降低诗歌创作的水平。在这一点上,昌耀是非常独特的。

…………

另外,这首诗的意象以及语词组织方式,也值得认真体味。这些意象和语词不仅摆脱了 60 年代的通行模式,而且既明朗又富于质感。认真体味诗中的这些句子:……

以此可见,昌耀五六十年代的这些诗作,也对高校的教学给出了一个特殊的命题。

但在我对昌耀诗歌资料的搜集和研究中,却发现了这样一个现象:诗人对于自己早期诗作普遍性的"改写"或"重写"。也就是说,收入他诗集中的早期诗作,与它们最初在刊物上发表的形态,或以手稿存在的形态,并不完全等同,甚或还存在着极大的差异。这也就意味着,仅以昌耀的诗集为依据来评价其早期的诗歌并不可靠。

1980年第2期的《青海湖》上，刊发了昌耀一首题名为《黄河的传说》的长诗。这首长诗由两首诗作合成，第一首是动笔于1957年的"长诗断片"《啊，黄河》；第二首是1979年所写的《黄河，冰期的黄河，和解冻了的黄河》。

在《啊，黄河》的末尾，昌耀专门书写了这样一个《附记》："这是一首未竟的长诗，于一九五七年动笔。二十多年后的今天，重翻故纸堆，见此残稿，心颇激动——读者是否如我一样，有感于当年那颗活蹦乱跳的'赤子之心'？或许，仍可从中窥见五十年代里人们的某种精神境界？此稿虽是断简残篇，但作为我人生旅途中的一页，我是珍惜的，故不揣冒昧，敬呈于读者。"全诗概貌如下：

雾啊，雾啊……
——这是黄河，
在把它的孩子抚慰。
只听到橹叶的拍溅，
和水手震耳的呼号。

然而，黄河认识它的孩子。
然而，水手熟悉这水中的礁石。

逆水横渡的木舟，

划过来了，划过来了。

姑娘们嘘着。

这些黄河的少女，

肌肤上，还散发着

羊皮被子里

热辣辣的温暖。

她们轻挪着脚丫儿，

小跑到岸边，

一眼就认出了

船上的情人，

由不得唱几支

撩人心肺的情歌。

黄河的铁工，

听到这声音。

欢乐地抡起铁锤，

煅出火的流苏

而心儿，激动得快要滴血了。

接下来，是"黄河的木工""帐房人的马群"的分段描述，
然后，特写镜头一转：

在年迈的柳树下，

多尔丹老人的羊骨烟斗里，

又燃起了一粒火种。

他看着横渡而来的舟子，

思味那浪花的馨香，

和黄河上

号子的音韵……

然而，他记起了

阿奶的吩咐，

于是，对着黄河喊道：

——安哥儿，

回家娶亲啰——！

…………

诚如昌耀所言，这的确是一首由"活蹦乱跳的赤子之心"传导的，活蹦乱跳的诗；也是一首能让人为其中的民俗学场景而陶醉的诗。

然而，就是这首诗歌，在收入《命运之书》等诗集后，却形体大变，标题也换成了《水色朦胧的黄河晨渡》。这种变化包括：把原先共分三节、长至 100 来行的诗，通过大幅度的场景、物象删减或合并，两行或三行折并成一行等手段，压缩成了一首 21 行的诗；将原诗已见端倪的史诗性设想，回撤到了一首聚合着内在重量的常规性诗作。原先那种在疏阔的篇幅空间中活蹦乱跳的青春气息淡化了，代之以经过岁月沉淀的凝重。修改后的全诗如下：

雾啊，雾啊……
只听到橹声拍溅和水声震耳的呼号。

然而黄河熟悉自己的孩子。
然而水手熟悉水底的礁石。

那些黄河的少女撒开脚丫儿一路小跑，
簇拥着聚在码头，她们的肩窝儿
还散发着炕头热泥土的温暖味儿，
一眼就认出了河上摇棹搬舵的情人，
由不得唱一串撩人心肺的情歌。

被这歌声同时撩动的黄河铁工
更欢快地抡起了铁锤煅造火的流苏。
而黄河牧人举臂将巴掌遮在耳腮
向河谷打了一声长长的呼哨。

雾啊，雾啊……
站在柳堤的老人慈眉善目
这时默默想起了自己少年时光，
觉着那花儿的韵致仍旧漫在水上不差毫厘，

热身子感动得一阵抖动。

雾啊……于是大山的胸脯领会了旷野的期待

慢慢蒸发起宽河床上曙日的潮湿。

水色朦胧的晨渡也就渐渐疏朗了。

　　那么，这实际上已不是对原诗进行词句上的修改，而是包括了格局、基调等重大艺术元素在内的改写。

　　这一事实让我吃惊。更让我吃惊的是，通过大量的材料考证我还发现，除了1957年导致昌耀成为右派的《林中试笛》（两首）外，收录在《昌耀诗文总集》中1979年之前的所有作品，都存在着这种改写或重写的现象。具有典型性的，是《昌耀诗文总集》中的第一首诗，诗末附注的写作时间为1955年9月，标题叫作《船，或工程脚手架》：

高原之秋

船房

与

桅

云集

濛濛雨雾

淹留不发。

水手的身条

悠远

如在

邃古

兀自摇动

长峡隘路

湿了

空空

青山。

　　这首诗最多五个字，最少一个字的诗行形式，在《昌耀诗文总集》中是绝无仅有的。曾经，我把它视作昌耀早期写作中一个阶段的风格代表，并猜想这一诗作前后还应有形体上大致相近的一批。然而，我的猜想错了。

　　在由沈阳作协主办的《文学月刊》1956 年 4 月号上，我见到了昌耀一组题名为《高原散诗》的诗歌。其中有这样一首：

船儿啊

　　建筑工地的脚手架，像云集的船桅，当留下一栋栋大厦，它又悄悄离去。

　　高原的秋天，

　　多雨的日子，

　　冲天的桅杆，

尽自缠着多情的白云，

不愿离去!

水手啊，

你怎么尽自喊着号子，

而船身不动一韭菜尖?

难道，是怕那绕不尽的群山?

难道，是怕河中的险滩?

几天之后，我又向这儿远望，

船儿不知去向，

却留下一座座楼房!

船儿啊，

是谁叫你把它运来我们荒凉的"穷山"?

这首诗末尾标注的写作时间，同样是 1955 年 9 月。从《船，或工程脚手架》与此诗多雨的高原之秋、船、桅杆、水手以及工程建设的主体意象，再从昌耀写于 1955 年的诗作中，根本就没有这种一至五个字的短行形式等因素综合来看，毫无疑问，这首《船儿啊》，就是《船，或工程脚手架》一诗的原貌。而两者之间的差异如此之大，无疑可称之为重写。

相关材料还表明，昌耀不光是改写了 1979 年之前的所有旧作（《林中试笛》两首除外），即使对写作和发表于 1979 年之后的一些作品，在收入他此后的几部诗集时，也都有局部的，甚或是大规模的改写或重写。

那么，这些改写或重写，都有哪些类型？这样做的动因又是什么？这是一个特殊而复杂的问题。现分门别类归纳如下：

第一种，对当年以"碎片"和手稿形式存在的旧作，在1979年复出之后经过加工整理或重写，投寄刊物发表后，再按发表后的原样，收入此后出版的一些诗集中。但诗作后面标注的写作时间，却是当年手稿中的写作时间。

昌耀是在1979年3月平反之后，从流放地回到青海省文联并重返诗坛的。而完成于1979年11月的500多行的长诗《大山的囚徒》（刊发于《诗刊》1980年第1期），则是他重返诗坛的最重要的亮相，也是他整个写作生涯中，开始了"昌耀风格"的强化，并大规模发表诗作的分水岭。而在《昌耀诗文总集》这部最后出版的诗集中，除了《船，或工程脚手架》《林中试笛》外，收入其中的《大山的囚徒》之前所有的早期诗作，都是昌耀在1979年复出之后，才相继发表在国内的各种文学期刊上的。

1980年，在昌耀的家中，他曾向笔者出示过一个陈旧的笔记本，那是一种64开、硬纸封皮、磨损得纸页几乎要掉出来的笔记本。密密麻麻的文字所写的，是一首首短诗，或是一些吉光片羽式的句子与意象。昌耀在一篇文章中回顾自己流放生涯的写作时，曾这样说道："但我承认，我定然自负于个人的文学才具与清白，并不排斥我的'命笔'已含有可能的一日与读者

相沟通的期许。我会沉住气……"(《一份业务自传》，1995 年
12 月 29 日。载《诗探索》1997 年第 1 辑）这就是说，他在那
个时候一直书写着当时不能发表的诗歌，并确信，这些诗歌有
朝一日一定能发表，但此时只能"发表"在笔记本上。

　　不仅如此，他尚未成为右派的 1957 年 8 月之前的诗歌，或
者感受片段，由于大多是在下乡"体验生活"时所得，也都记
写在笔记本上。这其中的一部分作品，经过整理后在当时就投
寄刊物并且发表，比如前边提到的组诗《高原散诗》和《鲁沙
尔灯节速写》(载《青海文艺》1956 年第 1 期创刊号）等等；而
另外一些，还未经过进一步的雕琢打磨，便由于作者的命运逆
转而一直留在了笔记本上。而昌耀的这种笔记本，则绝非一本，
而是许多本。关于这个问题，与昌耀曾同在祁连山中流放的一
位名叫金放的文联同事，1974 年看望又被转移到新哲农场流放
的昌耀后，写给昌耀一首长诗（被昌耀作为资料保存了下来）。
其中有这样的诗句："茯茶煮好格外香 / 喝进口里滚烫 / 你轻轻
拉开旧军装 / 为我拣出一本本 / 诗稿——华章"，"诗章包进旧军
装 / 又开动谈笑闸门 / 从'李杜诗篇万口传' / 又谝到聂鲁达、
普希金……"这就是说，昌耀当年记写在"一本本"笔记本上
的诗稿，被他视作珍宝般地包裹在"旧军装"中。

　　到了 1979 年昌耀复出之后，这些诗作终于迎来了可以"与
读者相沟通"的日子，从笔记本中走上各大文学期刊。然而，
毕竟是 10 多年甚至 20 多年前的旧作，即便是这些诗作当时写
得再完整，再结实，但一个 20 出头的青年人和一个经过人生苦

难磨砺的 40 多岁的中年人，在人生感受、情感基调和美学趣味上，已绝对不可同日而语。所以，此前那些旧作中的绝大部分作品，都无法以原有的面目，原封不动地出现；都必须在考虑到旧作既有时空信息的前提下，施之以现时艺术尺度中的打磨修改，乃至改写或重写。关于这种现象，我们稍加对比即可一目了然。譬如昌耀早期作品中那首著名的《高车》：

是什么在天地河汉之间鼓动如翼手？……是高车。是青海的高车。我看重它们。但我之难于忘情它们，更在于它们本是英雄。而英雄是不可被遗忘的。

从地平线渐次隆起者
是青海的高车。

从北斗星宫之侧悄然轧过者
是青海的高车。

而从岁月间摇撼着远去者
仍还是青海的高车呀。

高车的青海于我是威武的巨人。
青海的高车于我是巨人之轶诗。

这是昌耀写于 1957 年 7 月 30 日的诗作，但只要把它和写于 1955 年 9 月那首带有时代主题印记的《船儿啊》加以对比，这首诗歌在题旨上的纯粹性，意象的简洁、清晰与肯定，语言上几乎一个字都不可增删的干净结实，你能想象得出这是当时的诗歌原貌吗？这首诗在《昌耀诗文总集》中所标注的写作时间为 "1957.7.30 初稿"。而在昌耀的第一部诗集《昌耀抒情诗集》中，该诗的末尾则做了这样的标注："1957.7.30 初稿 / 1984.12.22 删定并序"。这就是说，他不光进行了删减更改，并且还在前边增加了一个短序。这里只要把昌耀将 100 行出头的《啊！黄河》删改成 21 行的《水色朦胧的黄河晨渡》做一比照，我们便可推想得出，昌耀对于这首《高车》删改的幅度。

其实在《昌耀抒情诗集》中，他早期的许多诗作后面，都有"修改"或"重写"的标记。除了这首《高车》外，再比如《这是赭黄色的土地》："1961 年初稿 /1983.12.22 删定"；《筏子客》："1961 年夏初稿 /1981.9.2 重写"；《夜行在西部高原》："1961 年初稿 /1983.12.5 删定"；《晨兴：走向土地与牛》："1962.3 初稿 /1983.12.24 删定"；《水手长—渡船—我们》："1962.3.4 初稿 / 1982.12.4 复改"；《峨日朵雪峰之侧》："1962.8.2 初稿 /1983.7.27 删定"；《天空》："1962.8.6 初稿 /1983.12.14 眷正"；《家族》："1962.10.19 初稿 /1983.7.28 删定"。但在《昌耀诗文总集》中，这些诗作后面"修改"或"重写"的标记，则几乎被全部删除，只留下了"初稿"的标识。

而那些末尾没有留下这种"初稿"标识的，也仅只能表明修改时保留了原作的主体意象和框架，而绝不意味着没有进行过修改，乃至重写。比如，从那首《船儿啊》到《船，或工程脚手架》那么大的改动，后面竟然连"初稿"的标注都没有。

类似的情况，还有前边提到的昌耀60年代最重要的作品《凶年逸稿——在饥馑的年代》。它实际上是昌耀在80年代，对当年以手稿形式存在的数首旧作，合并组装并且重写的结果。

第二种，即使对早期的作品经过修改整理，并于1979年之后在刊物上发表，但在收入此后的一些诗集时，又进行了大幅度的更改或重写。并且，这种现象还不在少数。比如从《啊！黄河》到《水色朦胧的黄河晨渡》。再比如，1957年的《群山》，1964年的《行旅图》《碧玉》等一系列作品。

第三种，则是一些诗作已经收入前边的诗集，但再收入后边的诗集时，又进行了程度不同的改动。改动的主要形式，是删减或压缩式的"瘦身运动"。将昌耀的所有诗集放在一起加以对比考察，就会发现这样一个极有规律的现象：他每编辑一部自己的新诗集时，都会对此前的一些诗作进行一次集中的改动。

前边已经说过，昌耀一共出版过6部诗集。但与同时代诗人大都以同题材、同主题，或以一个时间区段作品的集纳，来出版自己诗歌的单行本不同，昌耀6部诗集中的后5部，每一部都是在前一部的基础上，以新作进行篇幅上的扩容（也有个别诗作不曾收入某一部诗集，但却必须出现在另一部诗集中的现象）。这样，便会使后边的诗集越出越厚。而过厚的诗集，又要受到出版条件的制约。为了解决这一问题，他一般会采用两种方式：其一，是以两行或三行折并成一行的方式，对原先的诗作进行压缩；其二，则是在这种压缩的基础上，又进行大幅度的删削。

关于第一种方式，例子很多，这里且以写于 1982 年的《鹿的角枝》为例，在《昌耀抒情诗集》中，它的原貌是这样的：

在雄鹿的颅骨，有两株

被精血所滋养的小树。

雾光里

这些挺拔的枝状体

明丽而珍重，

遁越于危崖、沼泽，

与猎人相周旋。

若干个世纪以后，

在我的书架，

在我新得收藏品之上，

我才听到来自高原腹地的那一声

火枪。——

那样的夕阳

倾照着那样呼唤的荒野，

从高岩，飞动的鹿角

猝然倒仆……

……是悲壮的。

　　而在《昌耀诗文总集》这一最后的版本中，它的文字基本上没有变动，但却通过诗行的折并，将先前的 17 行，合并为只有 10 行：

　　　　在雄鹿的颅骨，生有两株
　　　　被精血所滋养的小树。雾光里
　　　　这些挺拔的枝状体明丽而珍重，
　　　　遁越于危崖沼泽，与猎人相周旋。

　　　　若干个世纪以后，在我的书架，
　　　　在我新得的收藏品之上，才听到
　　　　来自高原腹地的那一声火枪。——
　　　　那样的夕阳倾照着那样呼唤的荒野。
　　　　从高岩，飞动的鹿角，猝然倒仆……

　　　　……是悲壮的。

　　这首《鹿的角枝》，是昌耀自然风情写生类诗作中，曾让人深为震撼的一首。而这首诗的产生，真的就来自当时搁置在他的书架上，他新得到的一支鹿角。不过，那并不是一支带有鹿茸的、枝冠巨大而华贵的鹿角，而是一支类似于羊角的骨质干枝。且显然是一只幼鹿的角枝，仅三支短权，长度不过 7 寸。但就是这样的一支鹿角，却让昌耀写得惊心动魄，随着那一声沉闷的火枪，而给人以难以名状的心灵悸动。警幻的雄鹿在那一致命的时刻到来之前，曾有过怎样的"与猎人相周旋"的自信？继而逐渐紧张，而至最终的一刹那，眼睛中掠过恐惧与绝望？当这只草原上的精灵，就这样栽倒于猎人无情的枪口之下，它无论如何都让人难以释怀。就像 1957 年处于"反右"旋涡中的昌耀，无论年轻的他当时有着怎样洗清自己的自信，最终却正如这只天真的雄鹿，而"猝然倒仆"。

关于第二种方式，亦即在"压缩的基础上，又进行大幅度删削"的现象，以昌耀那首重要的长诗《山旅》为代表。此诗首刊于《青海湖》1980 年第 11 期，共 14 节近 400 行。在收入《昌耀抒情诗集》时，仅做了个别的词句改动，基本上保持原貌。到了昌耀的第三部诗集《命运之书》中，这首长诗没有了，却出现了一首题名为《马的沉默》的短诗。而这首短诗，正是从《山旅》中节选出来一个片段，它在《山旅》中分为 3 段，共 25 行。至此一字未改，却折并成了不分段的 13 行。而在昌耀的第四部诗集《一个挑战的旅行者步行在上帝的沙盘》中，这首《山旅》再次出现，但其局部的诗行排列形式却颇为奇特，为了节省篇幅，原诗中许多较短的自然诗行，都由两至三行折并成了一行，但彼此间却以斜杠——"/"给分隔开来。比如：

都去了——

黄金般的岁华，

黄金般的血汗，

黄金般的浪漫曲……

换来了多少惋惜？

而在这个版本中，却成了这样的诗行排列：

都去了：

黄金般的岁华/黄金般的血汗/黄金般的

浪漫曲。换来了多少惋惜？

于是，这首长诗就通过这样的诗行折并，更加上诸多部分
的诗句删除，被压缩成了 7 节共 210 行左右的篇幅。到了昌耀
的第五部诗集《昌耀的诗》中，这个版本被原封不动地移植了
过来。而在他最后出版的《昌耀诗文总集》中，这首诗仍保留
着前一个版本的形态，但所有并行中的斜杠——"/"，却被全
部剔除。

那么，如何看待昌耀对于旧作的这种反复修改、改写或重
写呢？

中国文人历来有"不悔少作"一说，意即把带有作者成长
痕迹和时代痕迹的早期作品，原封不动地保留下来，作为自己

的写作历程见证。对于一些重要作家而言，它还有供学者们研究、考辨这么一层意义。这种做法，肯定没错。但对于旧作改写或重写的现象，却同样存在，特别是在一些优秀作家的写作中。比如作家汪曾祺，就有改写自己小说旧作的嗜好。再比如当代的另一位重要作家张承志，就曾对自己那部堪称优秀的长篇《金牧场》大动干戈，将30万字的《金牧场》，改写成了20多万字的《金草地》。

对于这种现象，我想首先需要明确的一点是，一个作家的任何作品，其产权都属于作家自己。因此，他拥有对自己的作品进行修改、改写、重写的绝对权利。其二，这同样体现了一种负责任的态度——对于自己作品精益求精的负责。从某种意义上说，这类作家诗人是艺术上的完美主义者，随着写作进程中艺术眼光越来越苛刻，再回过头来审视旧作时，他们便很难容忍其中的任何瑕疵，这时候对于旧作的修改，几乎是情不自禁的。其三，也是很重要的一点，当他们改写自己的旧作时，就意味着这些旧作具有改写的基础和价值。它原有的某些艺术特质，使之获具了可以经受时间汰洗而再造的品质。相反的事实则是，1979年前的中国当代诗歌，就有无数的作品因不具备这种改写的价值，从而被严厉的时间一风吹去！当然也包括昌耀50年代所发表的不少作品。比如他50年代的组诗《鲁沙尔灯节速写》《山道弯弯》等诗作，它们无疑记录了昌耀早期的稚嫩，也记录了那个时代相应的特殊信息。但由于它们不再具备改写的价值，更不具备收入诗集的价值，所以，就永远地留在了原初发表它们的刊物之上。

其实这其中还存在着这样一个问题：当一部分读者（主要是研究者），力图通过《昌耀诗文总集》考察作者的写作历程时，昌耀编辑自己诗文总集的出发点，却是要将自己一生创作的精华呈现给世人。因此，读者能够从中读到的，也正是他要交付给读者的。

然而，我们必须看到，由此却衍生出了一个昌耀个人写作史上"公案"性质的重大问题。由于他早期的诗作，普遍地存在着 1979 年之后的改写和"深度加工"，因此，在把它们与同时代的写作进行对比研究时，必须考虑到这一因素。

2006 年 6 月 2 日

世界土著文化体系的当代诗歌发言
——吉狄马加诗歌简论

吉狄马加的诗歌写作起始于 20 世纪 80 年代初，对于中国诗歌，这是一个以世界现代主义哲学和文化艺术思潮为动力，重新启动因长期的意识形态运动而板结了的诗歌现场，继而实现复兴的重大历史转折。由此出场的一代诗人们，随着各种新潮观念的冲突和演变递进，以各自不同的姿态，共同托举起新时期诗歌史星汉灿烂的天幕。至今四分之一世纪过去，当年的黄金一代有的英才早逝如彗星陨落；大部分诗人相继中途退场；另有一小部分，则以持续而稳健的耐力，强化着自己的光芒。吉狄马加就是这其中的诗人之一。

"不知是谁的声音，又在 / 图书馆的门前喊我的名字 / 这是一个诗人的圣经 / 在阿赫玛托娃预言的漫长冬季 / 我曾经为了希望而等待"。从吉狄马加此后这首献给自己母校西南民族大学的《想念青春》这一场景中，我们可以想见他当年在那一时代性的洪流中，对于诗歌之投入。而此时的四川，则是中国青年先锋诗歌的重镇。置身在这一氛围中，对于此时的吉狄马加而言，无疑存在着多种写作方向的可能性。对不同潮流区段先锋诗歌写作的追随，也当然是题中应有之义。

然而，当他毕业之后重返故乡大凉山，继而写出了那首《黑色的河流》之后，他自己最重要的时刻出现了——他由此而一脚踏上了通向今天，并在国际诗歌论坛上发言的基石。

对于解读吉狄马加，这首《黑色的河流》包含着这样一些信息：它首先表明了一个彝族青年诗人在大学期间和四川先锋诗歌氛围的双重作用下，他自己文化储存的扩容和现代性升级；其次，他通向世界经典诗歌现场的视野打开之后，从中隐约对应出的，他自己的方向。

是的，关于这首诗作，很多人都注意到了它与美国诗人兰斯敦·休斯的《黑人谈河》之间的传承关系。但事情的本质则是，在这种外在的关系之下，却是吉狄马加在被黑人诗歌有关根系、血脉的光线照亮之后，他对于自己本民族那种集体无意识的巨大块垒，类似于受到当头棒喝的顿悟和发现，并以对这种发现刻骨铭心的呈示，使之成为当代诗坛"土著"诗歌的标记性文本。

若干年后，在重新审视这首诗的生成因素时，我突然产生了这样一个疑问：在中国的众多诗人包括众多少数民族诗人中，为什么只有吉狄马加和这首《黑人谈河》之间，建立了这样一种对应关系？

这无疑与他的个人资质，及其所属的民族、地域背景相关。关于吉狄马加的彝族和他的大凉山，我此前知之不多，而这样的一些相关资料则使我略感惊讶：在中国的少数民族中，彝族是一个在人口数量上超过了藏族和蒙古族，位居第六的大民族。其居住地主要分布在云、贵、川和广西四省区。我们现今耳熟能详的诸多文学艺术作品——抒情长诗《阿诗玛》，改编民歌《五彩云霞》《小河淌水》《远方的客人请你留下来》，管弦乐名作《北京喜讯到边寨》，以及民间音乐《阿细跳月》……都出自这个民族。虽然，它们大都源自云南的彝族分布区，但作为同根同脉的个体，我们不难推想这个古老民族传统文化在现代的活跃表现，之于吉狄马加的血缘关系。

然而，事情的另一面则是，与云南等地的彝族同现代社会这种比较密切的交融关系相比，居于四川大凉山的彝族，由于特殊的地理自然环境，却处在一个相对封闭独立的世界。这是一个怎样的环境呢？从相关资料和地图上我们可以看到：位于川西南高地上绵延八百里的大凉山，大致上处在金沙江、雅砻江、大渡河的四面环围之中，咆哮的江水冲决切割的陡峭峡谷与险恶地势，基本上阻断了它与外界的联系。而在这个"独立王国"的内部，从海拔1500米到3000米散落的村寨，既有南方亚热带雨林轻风的湿润，更有高岭雪峰的清寒绮丽。而这样的气候水土，使得它的女子润泽，男人粗犷。

作为一个古老的民族，彝族有自己一整套的包括了宇宙起源、历法、宗教等等在内的文化系统和宇宙观。其民族全书性的创世史诗《恩布散额》（汉文译本又名《梅葛》或《西南彝志》），便记叙了彝族的起源、发展、部落分布、族谱和风俗习惯，并涉及文学、哲学、科学技术等诸方面的内容，包含了这个民族所有的秘密和智慧。

当然，为我们熟悉的彝人的火把节、火舞、口弦，以及我们不熟悉的其他文化艺术，使得他们在古老传统和现世生活中，浸润于自足而活跃的生存状态。而相对封闭的地理环境，又使得这片地域因极少受到现代文明的污染，保持着自己原生文化场态的神秘与鲜活，以及人的心灵的完整和精神的纯粹。

在大致上了解了这一切之后，我们就不难明白，这样的人文土壤，之于吉狄马加的基因、地气作用；他对自己民族那种深入骨髓的自豪感。在《我爱她们——写给我的姐姐和姑姑们》中，吉狄马加这样写道："我喜欢她们害羞的神情 / 以及脖颈上银质的领牌 / 身披黑色的坎肩 / 羊毛编织的红裙 / 举止是那样的矜持 / 双眸充满着圣洁 / 当她们微笑的时候 / 那古铜般修长的手指 / 遮住了她们的白齿与芳唇"……这样的描述，在我看来绝不仅仅是出于亲情，而是对由彝族女性体现的这个民族气质表情的指认——庄重、典雅、含蓄，适与现代商业社会的寡廉鲜耻形成鲜明对比。

这样的气质表情，无疑来自其民族古老文化传统的教养，并随着当今世界全球一体化进程的加速，而越来越成为人类稀缺的表情。

当问题延伸到这一步时，我们会突然意识到这样一种现象：在人类进入到现代社会并直至 21 世纪的今天，在这个世界的同一时间中，却存在着两种截然不同的社会文化形态和价值体系。一种是以资本和商业扩张为内在驱动力的"现代文明"体系，这是一个建立在现代最新科技成果之上的繁华世界，却又是一个以财富为崇拜偶像的无根无祖的体系。另一种，是以古老的民族传统文化和道德价值准则为内在动力的"土著文化"体系，这是一个在祖先和民族根系的召唤中，轻视物质生活、崇奉灵魂和心灵自由的体系。在当今世界的众多国度，都存在着这样的主体民族或地域单元。比如广袤的非洲大陆和南部美洲高地，比如中国大凉山的彝族以及其他边地少数民族。

而在这两个体系中，都产生了伟大的诗人艺术家，前者如詹姆斯·乔依斯、普鲁斯特、艾略特、卡夫卡等等，那是一个由一长串响亮的名字构成的名单。后者的名单似乎要略短一些，但却同样地光彩夺目：兰斯敦·休斯（美国）、加西亚·马尔克斯（哥伦比亚）、桑戈尔（塞内加尔）、索因卡（尼日利亚）、帕斯（墨西哥）……在这两个系列诗人艺术家们的作品中，我们会发现这样一些区别：前一个系列中诸如艾略特、卡夫卡等，在自己的作品中所致力表现的，是一种毁灭的主题，是对自己所置身的现代文明场景，精神"荒原"的揭示，以及精神的物化中心灵的支离破碎，"人变成虫子"的荒诞。而这一体系中的另外一些人物，其艺术世界的光芒，却是来自向土著文化场域转移的结果。比如画家高更和毕加索，就分别以对太平洋上塔希提岛的土著和非洲黑人造型艺术的沉入，成就了自己不朽的作品。接下来，与前一个体系的艺术世界相反，我们在土著艺术家们的作品中所看到的，是一种与灵魂同在的沉醉性的主题，对于"根"与"灵"的悠长的追思与沉湎；是在对民族历史的沉积层一层层地下探打开之后，一个神秘奇幻的绚烂星空。

关于这一现象的形成，如果我们再往前追溯一步，就会发现历史在一个特殊区段中所显示的戏剧性：一直引领世界文明潮流、由欧美发达国家所代表的现代文明体系，在20世纪的分界线上进入"现代"时，却不再显得那么自信，这其中那些杰出的诗人艺术家们，在深入检视这个系统内部的病灶的同时，开始把目光投向未经其病毒感染的土著世界，以寻求异质血液的更换——正如在高更和毕加索艺术世界出现的那种现象。

但问题的另外一面则是，在漫长的历史中，广大的土著世界却没有自己具有世界分量的艺术发言人。也就是说，它们是强势文化的书写对象，而不是自己文化的书写者。这也就意味着，它们的文化存在着被误读和改写的可能乃至伤害，进而导致交融、互补的人类文化机制失去真实的一极。但这种现象随着20世纪20年代美国"新黑人运动"的兴起而出现转折。这场运动，是由一批深入接触到美国主流文化的青年黑人知识分子发起的、旨在倡导"黑人性"的文艺复兴运动。其中的代表性人物之一，就是兰斯敦·休斯。

"新黑人运动"为土著民族文学走向世界的前台拉开了序幕。接下来，一大批经历了欧美主流文化的熏染，并由此获得了世界现代文化艺术眼光的土著文化精英，相继开始了对于自己历史文化的现代性书写。与兰斯敦·休斯相距不远的30年代，是留学法国获得博士学位、此后成为塞内加尔总统的诗人桑戈尔，以及非洲黑人诗歌的崛起。

对于世界土著文学，20 世纪 60 年代是一个重要时期，1966 年，秘鲁作家巴尔加斯·略萨的《绿房子》，1967 年，马尔克斯的《百年孤独》、美国作家阿力克斯·赫利的《根》等等，这些出自原住民作家之手，以黑人或美洲土著为题材的长篇小说相继诞生。至此，以拉丁美洲世纪性的"文学爆炸"为标志，土著文学以不同国度诗人作家们此起彼伏的呼应联动，在世界范围内形成了自己的独立体系，并对需要输血的欧美现代文明体系，树起了人文价值参照和艺术景观参照的标尺。随着 1982 年马尔克斯获得诺贝尔文学奖，这个当今世界最高的文学颁奖台，一次又一次迎来了来自土著文化体系的诗人作家们。

在这样一幅背景上，我们会更容易看清吉狄马加的意义。20 世纪 80 年代初期起步的吉狄马加的诗歌写作，恰好与这一世界性的土著文学潮流相衔接。虽然并没有迹象表明，此时的他已明确意识到了自己的类同身份，继而起立响应，但确切的事实是，他不但的确由这一潮流所传递的信息，感受到了一种隐约的召唤，并以自己血缘性的直觉，在大凉山彝人古老的时空中，开始了中国土著诗歌的现代性书写。

黑夜、悲哀、忧郁、思念、火把、河流、苦荞麦、占卜者、毕摩（祭司）、祖先、梦幻、母语、灵魂、诗歌、生死、友爱、孤独……由这些主要语词组成的吉狄马加的诗歌，既是一个颂歌世界，又是一个挽歌世界，是由无数死去的和活着的人影热面恍惚重叠于其中的，颂歌和挽歌并存的世界。在这些诗作中，你可以强烈地感受到，彝族人的过去与现世，不但处在同一时空中，并且，他们似乎更为看重过去（历史）。而他们的现世，则始终处在过去的护佑和启示之中。这无疑是一个具有深沉历史感的民族的集体无意识。而这样的世界观，应该与这个民族或部族支系创建家园时代漫长的迁徙拓荒历程中，艰苦卓绝的英雄史记相关。那是他们的由祖先、起源构成的"过去"；是他们作为一个民族经历重重灾难而赓续、繁衍到今天的根系和灵魂所在。所以，"死去的人还活着"——世界上诸多土著民族对于自己祖先的这种心念，也浸渗在大凉山的时空中，回荡在吉狄马加的诗篇里："万物都有灵魂，人死了 / 安息在土地和天空之间 / 有一种东西，似乎永远不会消失 / 如果作为一个彝人 / 你还活在世上！"（《看不见的波动》）

而与"过去"同样重要的，是大自然，是土地、星辰、河流以及大自然中生长出来的万物。创建家园时代祖先们的所有活动，都得过它们神灵般的护佑和启示，并与它们相化合，渗透在每一片泥土和草木中。也正是因此，使他们崇奉并恪守"万物有灵"。而万物有灵则是整个人类在自己的初民时代，所获得的最伟大的真理。它从根本上约定了人与人、人与大自然、人与万物的和谐相处与友爱；并无所不在地监督着人类的行为，使他们心怀敬畏和戒惧，不可恣意妄为。但这个伟大的真理，却在此后世界性的"国家文明"进程中，被一再地歪曲涂抹，继而把神圣的大地自然崇拜，转换为对于权力的崇拜，对于物质财富的崇拜。这个"文明世界"由此走上了与大自然、与天道和谐为敌的道路：对于大自然疯狂的资源掠夺，对于飞禽走兽肆无忌惮的猎杀，人类世界周期病毒般爆发的战争，权力与物质对心灵的肢解……在现代物质文明炫目的光环之下，你会惊愕地觉察到：人已变成了什么？

所以，吉狄马加的诗歌世界是忧郁的。这既是他作为一个彝人血液性的底色，又是他作为一个现代文明系统的见证者和知情者，自觉的精神文化反应。

而他的诗歌意义，正是作为这一文明系统缺失的一极而呈现。并以其中神秘陌生的深层景观，形成相反方向上的鉴照。

——那似乎是只有他能感应到的、一种神秘的召唤和托付："在一个神秘的地点"，"有人在喊我的名字""在写我的名字""在等待我"，而这个人，却不是现实世界中他所熟悉的任何一个人。（《看不见的人》）

——一个群山中的独居者，常常会陷入一种邈远的沉思，即使脚边用以取暖的火灭了也不愿动一动。而让他如此沉思的，却是一位"早已不在人世的朋友"（《山中》）。

——在家乡通往另一个地方的道路上，他与一个带有醉意的陌生男子两次相遇。第一次，"对方露出洁白的牙齿向我微笑"，第二次再相遇时，对方"动情地问我去何处"，并从怀中拿出一瓶烈酒，让我大喝一口暖暖身子；继而又为我唱起一支歌："无论你走向何方／都有人在思念你"（《往事》）。

在一个民族的行为表情中，这是一些非常幽微的元素，但却通过吉狄马加的诗歌，空气般地发散为这个民族的精神生态空间。处在这个广大世界独立一隅的这些彝人们，他们生活在一个什么样的状态中呢？那是与祖先的魂灵在一起，与善良、热忱、友爱以及歌谣、艺术在一起的，一个地久天长、温情和谐的精神伊甸园。

但毫无疑问，这显然是一个脱离了现代物质文明高速发展轨道的空间，进一步地说，它还是一个被认为是落伍于时代经济潮流的生态单元。然而，另外一个简单的哲学问题则是：人类生存的本质是什么？在土著民族的自然性生存和现代文明世界的强制性生存之间，谁比谁活得更像人？谁更拥有人之为人的本质与自适？

从宏观的角度上说，现代主流世界的物质文明，是人类智慧的重要成果，也应是土著民族在自己生存发展中的共享资源。但问题的本质则在于，它并不仅仅是以一种先进的文明成果而独立存在，而是代表着一种价值体系和世界观。这个世界观的核心就是：宇宙万物皆"利"于我，在本该属于万物所共有的地球上，展开残酷的弱肉强食。正是在这个核心问题上，它与土著文化体系形成了尖锐的冲突。也因此，这样的冲突，并不是存在于这两个世界的成员之间；而是整个人类世界，这样一类人与那样一类人，关于人的生存本质和生存形态的哲学文化分野。现代文明世界的广大有识之士，对此同样感受深刻，并进而在土著文化体系中，找到了一种参照。而土著世界的艺术家，则对此持有一种先天性的立场，并在日益尖锐的现代人类生存困境中，进一步强化了这一立场。

所以，在吉狄马加的诗歌世界，我们会轻易发现以诸多或大或小的题材，所串起的关于家园、生态、友爱、和平、公正……这样一条人类性的主题。

这样的主题，甚至聚焦在一些极微小的事物中。比如其中的《敬畏生命——献给藏羚羊》："我要 / 向你们道歉 / 尽管我不知道 / 是哪一支枪 / 射击了你们"，"哎，向你们道歉 / 我是多么的 / 惊恐而又自卑 / 虽然 / 在我的身上 / 没有沾染 / 你们的血迹 / 我也没有参与 / 任何一次针对你们的 / 阴谋和聚会 / 但当事实的真相 / 最终 / 呈现在世界的面前 / 我为自己 / 作为一个人 / 而感到羞耻"。这种泛爱的谦卑以及自我"连坐"的羞耻感，既是秉持"万物有灵"的土著民族最原始的情感反应，也是一个有教养的文明人的最高文化反应。而《记忆中的小火车——献给开远的小火车》，则在吉狄马加固有的题材之外，呈示了他之于俗世杂色的心灵溶解中，温淳亲和的另外一重景观。这是一首带有笨拙感和天真感的极富趣味的诗歌。所谓开远的小火车，是由当年的法国人留在云南境内的、从开远通往昆明的窄轨铁道上的小火车。这段铁道此后之所以没有被改造，也许有着旧物利用和保留一段历史景观的双重考虑。但也因此，没有被赋予运输主干线功能的这段铁路上的小火车，成了沿途百姓们用以赶集、买卖农资产品和土特产的人民的乡间列车。"火车是拥挤的 / 除了人之外，麻布口袋里的乳猪 / 发出哼哼的低吟 / 竹筐里的公鸡 / 认为它们刚从黑夜 / 又走到了一个充满希望的黎明 / 它们高昂的啼叫此起彼伏 /……"这已经是什么时候的情景了？1990 年，我本人就曾乘坐过这列小火车，但却已经没有了这样的景象，对于吉狄马加，这一情景也是由"听他们说"而得来的，但其所描述边地百姓艰辛生活中鸡鸣猪拱的生机和陈旧怡然的暖意，人民在这一乡间列车上恍若是通向天堂的简陋的幸福，对置身于激烈生活角逐中的现代人，的确如他在此诗末尾的感慨："让我们的眼睛饱含着泪水"。

这首诗作给出了考察吉狄马加的另外一个角度，他在自己有关彝族题材的主线上和凝重、沉郁的基调之外，其心灵世界的拙稚与天真，他对不同题材广阔的容纳和处理能力。这应是一个有着结实文化根性的诗人，在纷纭的当代生活涡流中，不断自我打开的标志。

是的，在吉狄马加的诗歌世界，我们会感受到一个隐秘却又是统摄性的主题，这就是对那些消失了的和正在消失的事物的深长怀念。而这样的一些事物，则承载着整个人类童年时代的温暖记忆，人类关于自己家园时代的温情沉湎。更为重要的是，这正是现代文明世界所缺失的一个"天坑"。

而随着他自己的这种不断打开，以及在不断增多的国际诗歌交流中所扩展开来的世界性视野，一条新的路径出现了——他在"异乡"看到了故乡，或者说，他从故乡贯通了通向另一个故乡——世界土著民族现场的道路。为整个人类所共同拥有的这个世界，似乎在不断地进步，但战争、仇恨、隔阂、不公……这种历史性的宿疾仍在续演，而为彝人所恪守的价值观，并不只是中国大凉山的价值观，它与世界其他土著民族贯通成了一个系统，进而在当代人类理想性的文明进程中，凸显出它的现实性以至作为前沿主题的现代性。应该就是在这种时刻，吉狄马加与世界上同一体系的土著诗人艺术家，在精神思想上实现了清醒的汇流。一个沉浸在大凉山家园时代的忧郁的诗人，于此开始了站在国际诗歌论坛上同一题旨的发言：《献给土著民族的颂歌——为联合国世界土著人年而写》《欧姬芙的家园——献给二十世纪最伟大的美国女画家》《回望二十世纪——献给纳尔逊·曼德拉》《在绝望与希望之间——献给以色列诗人耶夫达·阿米亥》……

"二十世纪/你让一部分人欢呼和平的时候/却让另一部分人的两眼布满仇恨的影子/你让黑人在大街上祈求人权/却让残杀和暴力出现在他们家中""你让马丁·路德金闻名全世界/却让这个人以被别人枪杀为代价/你在非洲产生过博卡萨这样可以吃人肉的独裁者/同样你也在非洲养育了人类的骄子纳尔逊·曼德拉""是的，二十世纪/当我真的回望你的时候/……/你好像是上帝在无意间/遗失的一把锋利无比的双刃剑"（《回望二十世纪——献给纳尔逊·曼德拉》）——吉狄马加似乎仍然是忧郁的，但却显示出罕有的慷慨和雄辩：在人类的终极目标中，世界不同种族、民族之间并没有绝对的鸿沟，正像土著非洲既产生了魔鬼博卡萨，又养育了骄子曼德拉一样，这个世界的唯一分野，只存在于和平、自由、公正，与暴力、独裁、欺诈之间。

事物发展的终极就是回到它出发的地方。即便是人类已乘上了宇宙飞船却仍要回到大地。在物质欲望无限膨胀中伤痕累累的现代人最终将会发现，他们所需要的恰恰将是一种最为本质、朴素的生活。的确是极为朴素的，正像吉狄马加在诗篇中对"世界土著人年"，也是对这种生活的祝福：

祝福你

就是祝福玉米、祝福荞麦、祝福土豆

2007 年 4 月 19 日

那意思深着……深着……深着……
——昌耀《哈拉库图》赏析

1989 年 8 月底，陷入城市灰色生存困境和精神困境的昌耀，经过一年多的谋划，为自己设计了一条解脱之道——用他此前一首长诗的标题表述，就是"听候召唤：赶路"。具体的做法则是，脚踏自行车，做跨省区的漫游。作为这一规划的热身准备，他的第一次行动，是骑车前往距西宁以西约 100 公里的日月山下的日月乡。这里，曾是他当年的第一个流放地，他岳丈的家乡。昌耀此行在日月山下待了 10 多天。不但以在周边乡亲家中轮流居住的方式踏访故地，还到了他当年大炼钢铁的哈拉库图村，登上村子附近的哈拉库图古城堡。

也就是从日月山归来一个月之后的 1989 年 10 月，昌耀写出了他一生中又一部堪称伟大的诗篇——《哈拉库图》。这首诗歌与完成于 1980 年的《慈航》一起，成为昌耀诗人生涯中并峙的纪念碑。在迄今为止有关昌耀诗歌的大量评论中，我尚未发现一篇专门谈论这首诗作的文章，想来这正符合这样一个事实：一切伟大的作品都有其天机独予的秘密，虽然它并不拒绝解读，但绝难以轻易解读。

与 500 多行的《慈航》相比，《哈拉库图》只有 180 来行。但它的信息荷载却是一部长篇小说的容量，就其整体特质而言，它让人联想到的，是南美高地上加西亚·马尔克斯那部不朽的《百年孤独》。

哈拉库图城堡，是一座建在丘陵高地上的城堡，唐代修筑在唐蕃军事交通要冲上的一个边防工事。曾在唐蕃大规模的军事冲突中数度易主。

但在更早的时候，这里却是汉藏平民百姓的繁衍生息之地。而在战争松弛下来的和平时期，此地更成了商旅汇集的自由贸易区。汉族的农耕者和藏族牧民在这样的往来中，不但相互接纳着对方的饮食、服饰等习俗，甚至包括对方的语言，甚至包括通婚……也因此而形成了这一地区百姓特殊的文化心理习俗。

哈拉库图村因哈拉库图城堡而得名。昌耀之与哈拉库图村的关联，是在 1958 年。尽管那时已成为被管制的右派，流寓边关的诗人，但留在他记忆中的，却是"炉火照天地，红星乱紫烟"中大炼钢铁的哈拉库图；是留在了他那首《哈拉库图人与钢铁》（1959 年）中，回荡着洛洛的螺号，喜娘的婚讯，高炉前"放飞铁老鹰"的期待中，整个山村为之兴奋的哈拉库图。与此同时，它还是风展红旗中，半山腰上兴修水渠工程的哈拉库图。那是一个在时代的乌托邦幻想中，做集体主义狂欢的山村。

而 1989 年的此刻，当昌耀重返哈拉库图，他所看到的，却是形同经历了一场霍乱后的凋敝——

坡底村巷，一长溜倚在墙根晒太阳的老人，已经是日薄西山，皱缩木然的"脸部似挂有某种超验的黏液"；当年光荣的哈拉库图城堡虽然还在，但却如"岁月烧结的一炉矿石"，残破委琐，湮留于满坡疯长的"狼舌头"荒草之中。村民们昔日挖掘的盘山水渠还在老地方，但这个水渠，从来就不曾"走水"，此时更"衰朽如一个永远不得生育的老处女"。

而哈拉库图村那位当年的美人呢？那个浑身充满了青春的醉意，乌黑油亮的辫子如一盘解开的缆索，散发着金太阳炙烤的硫黄气味的美人呢？当她擎举着自己青春的花朵走向婚寝之后，就进入了那个数代人都走不出的魔圈：先是她的大儿子一病不起，小儿子服药耳聋成了哑人，接下来是她瘸腿的丈夫被山洪冲倒，从此胳膊残缺不全。而她自己，随之常犯癫痫咬碎舌头。

再接下来，是正午独自行走在村巷中的他，与为一少妇出殡的灵车意外相遇，年老的吹鼓手从灵车驾驶室的门窗探出腰身，"可着劲儿吹奏一支凄艳哀婉的唢呐曲牌"。他自己跟随灵车向墓地缓行，"心尖滴血暗暗洒满一路"。

这就是昌耀眼前的哈拉库图村：老的已老，残的已残，死的已死。

而在这个村庄遥远的和不太遥远的历史背景上，却是先民们令人匪夷所思的文化智能图像：

> 想那活佛驻锡，巫祝娱神，行空荒之地千里。
> 想那王子百姓衣皮引弓之民驰骋凭陵插帐筑墩。

想那金鼓笛管简板木鱼布先王八卦书童诵《易经·天地定位之章》。

想那锦盖幡幢绅民皇皇。

此外，更有他们舒展豪放的人生和顽健强悍的生命活力：

那时古人称颂技勇超群而摧锋陷阵者皆曰好汉。

那时称颂海量无敌而一醉方休的酒徒皆是壮士。

但是，那令人沉醉的一切，如今安在？

一切都是这样的寂寞啊，

果真有过被火焰烤红的天空？

果真有过为钢铁而鏖战的不眠之夜？

果真有过如花的喜娘？

果真有过哈拉库图之鹰？

果真有过流寓边关的诗人？

是这样的寂寞啊寂寞啊寂寞啊……

那么，到底是一只什么样的手，在操纵着这一切？是什么在这只手的操纵下震动、颤抖，又是什么居于其中岿然不动？

我们从这首诗中所能找到的答案是：操纵着这一切的，是看不见的时间之手；在这只手中颤抖震动的，是人类的生命和雄心；居于其中岿然不动的，则是以太阳为代表的超生命物质。

"时间啊，/你主宰一切！"（《雪。土伯特女人和她的男人及三个孩子之歌》，1982年）——尽管这只看不见的时间之手，早在1982年就被昌耀看见了，但解读出的内容却迥然不同。早先的这个时间，是一个历经了沉沉冤案被洗清之后，胜利者眼中的时间。它代表着公正和耐力。而此时的这个时间，则是一个体会了深刻的失败感者眼中的时间。它所代表的，是消解和摧毁的力量。昌耀在此几乎是以一种残忍的快意，说穿了一个被天真的乐观主义者们一再矫饰的事实：人类在与时间的对峙中只有失败。时间不仅会摧毁任何一个人的生命——"没有一个倒毙的猛士不是顷刻萎缩形同侏儒"；更会在人类那些精英们走过自己的鼎盛期后，开始蚕食瓦解他们的抱负和雄心。不是吗？在这个端线上，才华横溢的李叔同走向了青灯黄卷中的弘一法师；伟大的唯物主义者牛顿走向了唯心主义者心中的上帝；无数的天才诗人和艺术家以生命灿烂巅峰的猝然自杀，来向时间致敬。

并且，昌耀还在该诗这样一幅绮丽的画面中，再次体认了生命的徒劳感和虚幻感——

那是一个雨霁月明的夜晚，坐在村中农家土炕上的他，一边与房东闲聊，一边由房东撑开小屋雕花的窗棂，指看远山下自己的一匹白马：

马的鞍背之上正升起一盏下弦月

雨后天幕正升起一盏下弦月，

映照古城楼幻灭的虚壳。

白马时时剪动尾翼。

主人自己就是这样盘膝坐在炕头品茶

一边观赏远山急急踏步的白马

永远地踏着一个同心圆，

永远地向空鸣嘶。

永远地向空鸣嘶。

这样一匹渴望驰骋的白马，虽有纵驰万里之志，却被缰绳和同心圆核心那个宿命的橛子牢牢控制，无论怎样地壮心不已，朝天嘶鸣，却只能在缰绳给出的半径长度中，做徒劳的圆周运动，不能越"雷池"半步。毫无疑问，在昌耀的眼中，这就是生命的定数。

这一切的情景都足以让人沮丧，但这却是一个深入时间腹地的诗人所看到的生命真相和秘密。但是，当他从中抽出身来再次回到现世，他在诸多灾相另一侧所看到的，则是生命在传宗接代中生生不息的内在活力：

啊，你被故土捏制的陶埙

又在那里哇哇鸣地吹奏着一个

关于憨墩墩的故事了。

唯有你的憨墩墩才是不朽的大事业么？

啊，歌人，憨墩墩的她哩为何唤作憨墩墩哩？

你回答说那是谁也说不清道不明的事哩，

憨墩墩嘛至于憨墩墩嘛……那意思深着……

憨墩墩那意思深着……深着……深着……

　　在这个几乎有点智障的"歌人"（自编词曲歌唱的人）身上，昌耀看见了什么呢？他发现了生命另外一个伟大的秘密，这就是平民百姓生命的鲁钝皮实和喜乐精神。你可以把它理解为对于苦难的麻木，更可以把它看作对于苦难视而不见的大智若愚。由此再联想到前边为那个少妇出殡时，年老的吹鼓手"可着劲儿吹奏一支凄艳哀婉的唢呐曲牌"时，那种忽略了少妇新丧的哀痛，却专注于唢呐吹奏的绝活儿表演——这一情感注意力的错位，可谓与"歌人"的心理特征如出一辙。他们可以对苦难、灾难习焉不察，却绝不会放弃体味生命中的快乐感、满足感，乃至"成就感"。

　　这正是民间百姓生命的内在精神机制，也是他们在苦难中生生不息活下去的支撑点和理由。

　　现在，诗人视角中人生深重的灾难感和虚幻感，与平民百姓鲁钝皮实的喜乐精神，这两种完全相反的世界观，同时呈现在昌耀面前。两者同样地真实，并从生命的认识论和生存的方法论上，同样抵达了本质。因此，它们在昌耀的精神世界不但不再发生冲突，并且还形成了合力——这是一位大诗人此刻所做出的反应；一位在对人生的痛苦、虚幻等复杂情感亲历中的诗人，此刻要整合这两种形态：要以后者的生存方法，对前者进行浸渗和补充。要为生命深刻的徒劳感，寻找生存的理由，乃至快乐生存的参照——亦即生命的喜乐精神。

> 秋天啊，秋天啊，秋天啊……
> 高山冰凌闪烁的射角已透出肃杀之气
> ┄┄┄┄┄┄
> 竟又是谁在大荒熹微之中嗷声舒啸抵牾宿命？
> 贩卖窑货的木轮车队已愈去愈加迢遥。

人类生命之旅的洪流无疑是沉重的，但这个浑浊苦难的洪流仍要朝前涌动。那么，对于这沉重和苦难本能性的同时又是最高智慧的反应又是什么呢？我们将在昌耀以后的诗作和他的人生行迹中看到：正是这种民间喜乐精神的融入，强化了他性格中固有的幽默与顽劣，使这位悲剧性的诗人时而发出喜剧性的光彩。

而即使在这首诗中，这种光彩也足以让人解颐。我所说的，是前边关于"憨墩墩"的那段描述。在青海方言中，"憨墩墩"类似于"尕肉儿""肉肉"，是指称那种憨厚、纯情、天真的青春女性。一般是男性青年对于自己心上人的昵称。那么，这样的一个"歌人"，又能有一个什么样的憨墩墩，让他时常吹着陶埙来讲述呢？事实是，"歌人"并不只是为了讲述憨墩墩的故事，而是把这种讲述本身当成自己的特技，在引来乡亲们的关注或调笑时，使自己获得被重视的满足感。这无疑是一个因智能缺陷而经常被忽略的人才具有的心理动机。

于是，每当他以陶埙吹奏作为开场锣，以聚集大家来听他讲述这个故事时，乡亲们就调侃并刁难道：你怎么老是讲这么一个故事呢，难道你只会讲这么一个故事吗？难道只有你所讲的憨墩墩才是"不朽的大事业么"？即便这样，那么你说一说，你为何把她叫作憨墩墩呢？也就是说，你们俩之间到底有什么让人想入非非的故事呢？

"歌人"讲不出来，但却丝毫不为之窘迫，更甚至是一脸的高深莫测：这里面的原因嘛，"那是谁也说不清道不明的事哩"，"憨墩墩嘛至于憨墩墩嘛"——"歌人"一边这样满嘴搅动舌头应付，一边绞尽脑汁地找词儿，突然就灵机一动："那意思深着……深着……深着……"所以，并不是我说不明白，而是我说了你们也不明白。

这个回答真是聪明极了，这位智能上存在障碍的"歌人"，的确有着令人匪夷所思的哈拉库图式的大智慧。

而每次读到这个"深着……深着……深着……"时，都会让我忍俊不禁，继而心生惊叹，因为这是一个青海乡村中经常使用的方言口语句式，用以表达某个事物的深远程度无边无际，以致再怎么说都说不清楚。与此类似的，还有诸如"远着……远着……远着……"等等，但它们一般仅限于村民们的交流，并不被外人注意。当昌耀突然把它作为一种文学资源，凸现到这么一个特殊的语言环境中，青海山乡百姓那种颠顶狡黠的机智，顿时被妙不可言地传达了出来。

但是，别问我到底是怎样的妙不可言，不是我说不明白，而是我说了你也不明白，反正那意思深着……深着……深着……

此刻，我还不由得为加西亚·马尔克斯假设了这样的一个情景：

问：《百年孤独》开篇的第一句，"多年以后，奥雷连诺上校在行刑队面前，准会想起父亲带他去参观冰块的那个遥远的下午"。而这个参观"冰块"，到底有什么意思呢？

觉得三五句话说不清楚的马尔克斯突然灵机一动：冰块嘛至于这个冰块嘛，那意思深着……深着……深着……

于是，这个不易说清楚的问题就有了最深奥，也是最方便的回答。

接下来我想特别强调的是，昌耀本人非常看重自己的这部作品，他在1990年给《诗刊》社编辑雷霆的一封信中这样写道：《哈拉库图》"属我几十年生活的结晶，我不知别人读了感受如何，但我自己觉得溶入其间的心血（就一生追求而言，并非特指创作），袅绕有如鸡血石中所见，<u>丝丝血痕盘错还十分新鲜</u>……"

当昌耀的精神世界呈现出这种哈拉库图式的喜乐智能元素时，他紧窄的人生轨道在诸多时刻随之变得宽敞了起来。仅仅是九个月之后的1990年7月，我们便看到他以不无得意的昂然之色，开始了"头戴便帽从城市到城市的造访"。那将是他人生的另一时段和另一个故事的开始。

2007 年 5 月 20 日

昌耀·第三条道路·四川诗歌

　　2007年5月21日晚，山东威海，笔者拜访了燎原先生。燎原，1956年生于青海，在陕西关中度过少年时代，现为某报社高级编辑，著有《高大陆》、《西部大荒中的盛典》、《扑向太阳之豹——海子评传》、《地图与背景》、《海子评传》（修订本），编著有《重读诗人——昌耀诗歌精品赏析》《一个诗评家的诗人档案》等，是中国当代杰出的少数几个批评家之一。他的批评文本往往另辟蹊径而又能直指穴位，张扬活力而又能恪守法度，倚重史料而又能捕捉灵光，鸟瞰全景而又能洞烛幽微，"以其不凡的学理性和文献性，确立了在当代中西方文化的结合点上透视中国现代主义诗歌的最佳角度"（"中国星星跨世纪诗歌奖"大奖组委会"燎原诗论的获奖理由"）。其语言方式充满想象力和独创性，可用杜牧为李贺诗集作序时所写下的那段名文来概括："风樯阵马，不足为其勇也。瓦棺篆鼎，不足为其古也。时花美女，不足为其色也。"正如李贺之母所叹息而至于愤怒的，燎原的批评写作，也是一种"呕出心乃已耳"的写作。在燎原那里，笔者常常发现一种比他的批评对象更为阔大和华丽的光芒。下面，是笔者在燎原书房与他的一夕对话。（以上为诗歌评论家胡亮采访燎原对话录第 1 段，时间为 2007 年 5 月 21 日，地点在山东威海。下文胡亮简称 H，燎原简称 L。)

H：今天我参观了威海，天风海涛、绿树红瓦，真是一个迷人的所在。联合国授予"最佳人居环境"，威海当之无愧。

L：我最大的感受并不是这个；而是空旷和寂寞。

H：山东半岛上的这些海滨城市，不过是世俗享乐主义者们的天堂罢了。你的寂寞是必然的；当然，这种寂寞也会成就一种孤峰绝顶般的写作。你的《昌耀评传》进展如何？

L：已经完成，并交付出版社。

H：你的《海子评传》以"扑向太阳之豹"的形象还原给我们一个激烈的、破碎的、痛楚的海子，你以与传主生死相随般的笔触，完成了一部典范之作。正是对《海子评传》的反复阅读，让我获得了越来越多的，对于《昌耀评传》的期待。

L：《昌耀评传》是一部更重要的书。

H：是因为作为诗人，昌耀比海子更重要吗？

L：那倒不是。海子是一个通灵的天才，在他的诗歌，尤其是他那些显得仓促的长诗中，到处都是光芒和唯他独知的天机。当然他也不是纯性灵的，他对荷马史诗、《圣经》、《古兰经》和印度两大史诗的吸纳让人惊异。以他 20 来岁的年龄而言，那几乎是一种让人不可思议的神会。

H：这不是对某种"知识"或"思想"的接受，这是一种相遇。这些书如此轻易地唤起了海子体内的潮汐。

L：说得很好，但还是回到昌耀吧。《昌耀评传》与《海子评传》相比，有几大不同点。首先是语言：我接受一些朋友的建议，提高了语言的通用性和普适性。

H：《海子评传》一书，你采用了一种常常从意想不到的角度突然掘进而又能立马获得某种准确性和深刻性的语言，一种韩愈式的语言，生僻、奇崛、随时准备越轨。这种语言方式是少数有准备的阅读者的盛宴，当然也可能成为大多数人所无法享用的奢侈品。

L：所以得有适度的变化。《昌耀评传》的第二个特点，我是把昌耀放在青海的社会人文历史、地理山河气象、土著民俗文化等这样一个大背景中来研究的。对于青海而言，昌耀不是一个"他者"；青海甚至就是昌耀的"马孔多"。由匈奴人、吐谷浑人、蒙古人和藏民族于迁徙散荡中沉淀在青海独特的文化风土习俗，如同地气般浇筑在昌耀的诗歌内部。这一点，许多批评家搞不明白，但我熟悉这个。

H：这也许正是昌耀与海子的另一不同之处。海子，大家更愿意把他看作是乡村的、人类的、世界的。海子的乡村，与叶赛宁的乡村也许并无不同之处。而昌耀，很明显，他与一块特殊的土地血肉相连。

L：《昌耀评传》的第三个特点，就是与昌耀人生命运轨迹密切并行的社会政治风云这条线索。你可以在这本书中读到很多准确的、来自文献资料的历史时代背景。事实是要说话的，比如昌耀成为右派的过程，以及在祁连山等流放地的经历。它实际上是当年一代知识分子的人生命运轨迹。

H：我知道你为什么说《昌耀评传》更重要了。

L：昌耀有一首明确标明 1961 年至 1962 年写于祁连山的诗——《凶年逸稿》，副标题是"在饥馑的年代"。

H：昌耀从一开始就出手不凡、卓尔不群。他更早的一首诗，《高车》，"从地平线渐次隆起者 / 是青海的高车"，完成于 1957 年，从诗歌的各项指标考察，今天看来都是一个奇迹。

L：他那种矿石般的语言成型很早，可能与他青少年时代就阅读了希克梅特、勃洛克和聂鲁达有关；但是我们现在读到的《凶年逸稿》，却是昌耀在 20 世纪 80 年代初修订过的。

H：所以说，虽然昌耀在写作之初就有许多先知先觉的惊人表现，但他主要不是一个五六十年代的神话；更多的，他是一个 80 年代的神话。

L：在这个问题上，我们要有准确的认识。

H：另外一种观点，当然也是我自己的阅读感受：昌耀受了鲁迅《野草》的影响，似乎还是很大的影响。比如，虚无主义与搏斗精神相融合的思想方式、借助梦境讲述寓言的结构方式和古奥滞涩的造句方式。

L：的确如此。不过，昌耀的写作与鲁迅的写作只能说是不谋而合。据我所掌握的资料，昌耀竟然是到了1990年，才在地摊上"兴奋"地用2角钱购得了"久觅无处"的《野草》。当然，这次阅读，对昌耀构成了更大的启动。

H：高质量生命的遇合。两者在所谓"散文诗"文类操持上体现出来的相似性缘于他们之间天然的对称性。昌耀之所以为昌耀，绝不是"赶学比超"的结果。

L：在昌耀这里，从来就没有"散文诗"；他认为，他所写下的，都是"诗"。

H：昌耀是诗人中的诗人，他的文字是诗中之诗。

L：我注意到，在一篇文章中，你曾经这样描述昌耀，"放眼当代诗人，只有昌耀先生具有这种君临语言王国的仓颉式气度：接受字根、单词、短语、句与句群的投诚，进行大规模的个性化整编，随心所欲建立新秩序"，对于昌耀，这样的认知无疑是精确的。我在《昌耀评传》中援引了你的这个说法。

H：我是唐突圣贤了。昌耀先生逝世后，我所能做的，不过是再三默诵《慈航》罢了，"是的，在善恶的角力中／爱的繁衍与生殖／比死亡的戕残更古老、／更勇武百倍"；而你，为他的诗文总集写下了堪称经典的长篇序言。昌耀已经逝世7年，现在回头看看，你认为当代诗人中还有比他更重要的吗？

L：北岛还写诗吗？我觉得北岛很重要。

H：国内出版的几种北岛诗集，均收有他90年代的作品。不过，已经不能给我留下任何印象了。坦率地讲，很多我读不懂。能够长久地在我心灵里激起回音的，还是他早期的作品。思想者北岛，似乎已经蜕变成了一个复杂技艺的迷恋者。

L：是这样？

H：但是昌耀坚持到了最后。他的绝笔，《一十一枝玫瑰》，"三天过后一十一枝玫瑰全部垂首默立／一位滨海女子为北漠长者在悄声饮泣"，凄凉哀婉，感人殊深，就成稿于他"从医院三楼的阳台朝着满目的曙光纵身一跃"的前8日。昌耀、北岛之外，其他诗人呢？关注过"第三条道路"吗？你觉得这一提法意义何在？

L：我觉得这一提法没有意义。

H：你不认为"盘峰论剑"之后，诗歌界迅速地二元化了吗？从彰显自我的角度讲，论剑双方都成了受益者。过度的喧闹对过度的沉默构成了遮蔽，第三元的写作更趋边缘。

L：杰出的诗人谁也遮蔽不了，被遮蔽的都是应该遮蔽的。我并不觉得现今有哪位重要诗人被埋没了，只是觉得一些明星诗人名不副实而已。

H：一个真正的诗人必定不会在乎镜头与版面。写作才是最重要的事情，其他事情都是对写作的干扰和损伤。可是，读者有权利知道一个相对完整的"当代诗歌"。为了叙述和认识的便利，"我们既有对事物进行大致分类的必要，也有只能对事物进行大致分类的无奈"。"知识分子写作"也好，"民间立场写作"也好，"第三条道路"也好，莫不如此。写作本身并不需要这些名目，是文学史叙述的策略需要。"盘峰论剑"已经诱导或者说规定了一些学者特别是青年学者的诗歌史叙述，比如向卫国的"现代性汉诗诗人谱系学"《边缘的呐喊》、罗振亚的《朦胧诗后先锋诗歌研究》。

L：大家可以自行其是。

H："第三条道路"的提出，可以丰满和完善当代诗歌史叙述。一批保留了个人的棱角，坚持着一己的探索，不与任何人相似的独立写作者，包括余怒、海上、马永波、瓦兰等等，有了被集合的可能。当然这种集合不是诗学意义上的"向右看齐"，而是对二元叙述的简单化补救。

L：我更愿意谈论具体的诗人，对于"第三条道路"诗人群体，我的阅读虽然有盲区，但大致上还是了解一些。树才是其中最有影响的一个吧，他很全面，诗歌、翻译、评论、编选，但没有"第三条道路"，他也在大家的视野中啊。安琪的"任性"写作，来自庞德的启动，显示着一种混乱而锋利的才气，这是建立在文化反应基础上的写作。她最近的诗歌发生了很大的变化，感受力开始从人生阅历中迸发出来。

H：于是有了《像杜拉斯一样生活》。

L：其他的诗人，好像从来也没有被遮蔽过。比如车前子，曾经知名度很高。

H：带给他光环的事件是围绕《三原色》展开的激烈争论。然而迄今为止，我都认为这是一件游戏之作。《三原色》的最大意义也许在于借助这样的语言方式和结构方式对当时保守、顽固的诗歌力量构成的叫板，一种"故意空洞"的后现代主义姿态对"一贯正确"的革命现实主义的叫板。尽管如此，我所喜欢的还是他另外一些作品，比如《一颗葡萄》《日常生活——一个拐腿的人也想踢一场足球》。

L：另外一位，凸凹，近段时间名字的曝光率比较高，组织策划了许多诗歌活动，在成都地区非常活跃。马莉，《南方周末》的编辑，当然不会轻易被遮蔽，但近年来我很少读到她的诗歌。至于你说到的莫非、庞清明、十品等，由于各种原因，我还没有建立起切实的作品阅读印象。倒是曾经和树才、莫非等诗人一起入选过《一九九九·九人诗选》，后来又加入"下半身"的尹丽川，她用一些出人意料的方式对伪道德进行的调笑和蔑视，给我留下了深刻印象，她的作品有一种很强的爆发力。

H：我即将完成的一本专著《元批评：第三条道路》就是要集中论述"第三条道路"诗人群体。"元批评"，是我杜撰的一个术语，意指一种初始化的批评，高度依赖阅读的批评，作品所成就的批评，而不是相反。

L：你的批评写作很机智，相关的艺术背景占有面积也很大。你把自己定位为这个"圈子"的发言人，觉得有义务彰显他们，这是你对自己的设计，但我更看重独立批评家的立场。在我目力能及的范围内，与当代最好的诗歌和最好的诗人相遇。圈子最终都会瓦解的，最后留下的只有诗歌和诗人。你当然可以有自己关注的重点，但如果把视野放得再开一些，就会有另外的眼光和感受。

H：我能够用于诗歌批评的时间很少，只能干很少的事。

L：我觉得你的批评似乎存在着一个问题，那就是缺少"苛刻"。

H：对于批评而言，"苛刻"是一种非常重要的品质。伊沙、沈浩波们的所谓"酷评"文风，我是不喜欢的；但是他们即使是吹毛求疵，也往往能够一针见血，那种铁面无情，是我所不及的。

L:"酷"与"苛刻"并不是一码事,"苛刻"是在严格恪守准则和法度的立场上谈论问题。

H:是否缺少"苛刻",也是我经常反省的一个问题。我想,我对诗人们写作中暴露出来的问题说得过于隐晦了,我似乎更愿意去寻找那些粗糙石头中的美玉。我的批评还存在另外一个问题,那就是对这个时代的承担还不够,这个时代所有的荒谬与悲哀……

L:林贤治的《新诗:喧闹而空寂的九十年代》,强调的就是时代担当,虽然强调得有点过头,评价尺度过于简单,但却有一种穿堂走风的粗涩冲击力。

H:关于"元批评",我准备写一个系列,下一本书考虑《元批评:诗人之死》或者《元批评:八十年代四川先锋诗歌》。

L:"八十年代四川先锋诗歌",这是一个更好的选题。自80年代中期莽汉主义以来,四川像火山爆发一般,向整个诗歌版图空投了一大批炸弹般的杰出诗人,彻底改变了中国当代诗歌的进程和面貌,的确该有一部准确记录那段历史和群体生态的书。

H:钟鸣的巨著《旁观者》、敬文东那篇奇特的博士论文《抒情的盆地》,都还没有完整地叙述这段历史。他们仅仅叙述了与他们自己密切相关的历史。

L：是吗？我没有读到过。

H：有很多的问题需要仔细清理，重新估价。比如非非主义诗人群体中，单就理论原创性而言，没有人能够超越蓝马，可是周伦佑的光芒远远压过了他。

L：你可介绍一下对80年代那批四川诗人现在状况的感觉。

H：翟永明一直保持着不衰竭的创造力，"黑夜意识仍然贯穿于诗中，性别处境也仍然是我关注的主题。不同的是我不再仅仅局限于身份，而是关心性别在不同历史和不同的生命状态下的真实，以及它给写作带来的意义"；廖亦武也写下了一批桀骜不驯的诗歌，他自印了一本非常丑陋的诗集，一种粗糙的写作，但是让人震撼。

L：这是我乐意认可的两位诗人。

H：当然，一些诗人兴致发生了转变，石光华成了美食家，以《我的川菜生活》作者身份频频参加各种美食节；钟鸣转向一种奇特散文的写作，并以文物鉴赏、收藏和交易在另外一个圈子里暴得大名；柏桦带领着他的研究生，静悄悄地挖掘着"鸳鸯蝴蝶派"的文学史意义；李亚伟配合他的母校，原南充师范学院，现西华师范大学，编辑出版了《西华诗选》，算是莽汉主义的一个回顾展；还有一些人，比如尚仲敏，已经成为商场上的成功人士，把诗歌的智慧游刃有余地运用于提升投资回报率。

L：四川的诗歌江湖质量很高，许多诗人都自命不凡，他们也应该自命不凡。我与四川的缘分不错，与一些诗人20世纪80年代就有交往。我的许多文章，也都是在《星星诗刊》上刊发的。我在成都看到过一句成都的城市形象广告词——"一个来了之后就不想离开的城市"，这个牛吹得真是妙极了，但我起码百分之七十地认同这个说法。

H：今天子夜已过，扰你很久了，就此打住，希望有机会再聊。欢迎你再来四川。

2007 年 5 月 21 日

一场空前的国际诗歌盛会

——就青海湖诗歌节等问题答《西宁晚报》记者

·首届青海湖诗歌节已经结束，请您谈谈这个诗歌节在青海举办的意义。

这次诗歌节共有约 200 位与会代表。国外诗人约 40 位，分别来自 30 多个国家和地区；中国内地及港台和海外华人诗人 150 多位，其中既有著名诗人，也有学者、批评家和诗歌翻译界人士。就规格和规模来说，它是中国诗歌史上一次史无前例的盛会。据一些知情人士介绍，这样的诗歌盛会，在当今国际诗坛也是绝无仅有。约 200 位海内外诗人共赴盛会，一方面是缘于诗人们交流信息、切磋诗艺的需要；另一方面，我想是缘于青海高原山河地貌神奇的召唤力。它的原生态式的雄浑、古朴和安静，萦绕于其间的藏族、土族、回族、撒拉族等浓郁的多民族文化艺术流韵，使之在喧嚣的消费主义文化所覆盖的当代，反现出一个独立的文化生态单元。而这样的生态单元，正与诗歌理想中的家园形态相一致。

我在此还想表达另外一个感受，进入 21 世纪以来，以省会西宁为核心的青海的发展可谓突飞猛进，尤其是西宁城市的变化之大让人惊愕。然而，这样的高速发展，却避免了早期发达国家和地区"发展即破坏"——经济的发展以损害自然环境为代价的老路，它不但没有损害周边的自然生态，而且形成了一种相得益彰、和谐共荣的格局。

在经济发展和保护自然生态的完整性、独特性之间找出一个恰当的契合点，凸现自然地理生态和地域文化的魅力，是此次青海之行给我最深刻的印象之一，也是与我有过交谈的许多诗人的感受。相信它也给众多外国诗人和海外华人诗人留下了深刻的印象。

这样的诗歌节若放在内地的某些城市举办，对于一部分诗人来说，也许会带有某种"赶会"的性质；而放在青海，就是人与原生态的大自然的相遇，就是人与诗歌的相遇。

·这次诗歌节的主题是"人与自然，和谐世界"，您认为社会进步发展会对自然界产生怎样的影响？会对今后的文学创作产生怎样的影响？

"人与自然，和谐世界"，是眼下社会发展中一个世界性的话题。之所以如此，正是缘于早期的工业发展中，人类对于大自然毁灭性的资源掠夺。在那样的背景下，人不再是完整的人，而是一种工业经济动物，一种吞噬大地资源、排泄工业垃圾的怪兽。而社会进步发展的重要标志，就是变异人性的复位，在人与人、人与自然、人与万物之间实现和谐共处。这也是此次"青海湖诗歌宣言"的主旨。

至于它会对今后的文学创作产生怎样的影响，我所能想到的答案是，诗人作家们将会在这个问题上减少焦灼感和羞辱感，使心灵变得风调雨顺。

·能否谈谈在当代文化中，诗歌是怎样一种处境？诗艺，就一个人的综合素质而言，有着怎样的意义？

相对于1990年前后的诗歌萧条，眼下的诗歌正在复苏，并且日趋活跃。一方面，是诗歌发表途径的多元化，传统的官方诗刊、层出不穷的民间诗刊、海量的诗歌网站，使当代诗歌的产出形成了一种"洞庭波涌连天雪"的态势；另一方面，是艺术理念、艺术风格的空前多元化，大道畅行的主流诗歌、持续变革的先锋诗歌，先锋诗歌内部河流纵横的无数支脉，使当下诗歌在"异彩纷呈"和"光怪陆离"的双重形态下，不断给人以惊奇。

然而，发表途径的便捷也造成了写作难度的降低。在这种情况下，许多诗歌写作者很难称之为严格意义上的诗人，而是文化广场上的"诗歌民众"。但正是这样一个广大的群体，构成了当代诗坛的大盘底座，是当下诗歌朝外向社会扩展、朝内向上精进的基础性力量。

从诗歌民众到诗人、到优秀的诗人，唯一的途径就是对"诗艺"日渐豁然的感悟和把握。诗艺绝不仅仅是技术，而是人文素质和技术文本的高度统一。从这个意义上说，诗艺是绝对重要的；进一步地说，诗歌除了诗艺，别无其他。

·在您深厚的诗歌作品中，多次出现"大地""河流"以及"黑色""金色"这些词，它在您的生命中有着怎样的象征意义？

我从 1992 年起已经终止了诗歌写作，这是因为，我没有能力写出我想象中的诗歌。而此后从事诗歌评论，是觉得我能把这件事干得稍好一些。

你说到了我的诗歌，让我想到了我是一位"前诗人"，并且在 1996 年由天津百花文艺出版社出版过一部题名为《高大陆》的诗集。其中的诗歌全部是我在青海时的写作。你所列举的这些词的确是我诗歌中的常见语词，换句话说，它们是我诗歌中的基本意象。这些意象，来自我对青藏高原的本质感受：一种沉实、辉煌的色彩，源远流长而静默自信的气度。

·您写过一本《海子评传》，又正在写《昌耀评传》，请您谈谈在这样一个时代，为什么《海子评传》的发行量一直很可观，您对《昌耀评传》的出版前景如何估计。

《海子评传》先后有两个版本，其一是 2001 年首版的《扑向太阳之豹——海子评传》，印数共 10000 册；其二是 2006 年出版的《海子评传》(修订本)，印数共 6000 册。如果这能算得上一个"可观"的发行量的话，那么，这首先是因为海子诗歌自身精神和艺术上的召唤力，以及他传奇性的天才诗歌生涯，当然也包括这部评传尽可能地传达出了这一切。其实在我的

《扑向太阳之豹——海子评传》之后，市场上还出现过两部有关海子的通俗性传记，但海子的弟弟曾来信表示，他及他的父母只认可我所写的这部。我想这除了对海子艺术世界的深入论述外，另一个重要的因素当是叙述的准确性。读者想通过这部评传搞清海子诗歌生成的内在因素，我想他们在这部评传中找到了他们所希望找到的，当然还包括他们想象之外的。

《昌耀评传》是一部更重要的书，是一部在广阔的时代风云背景、人文地理背景上展开的书。其中大量的原始资料不但还原出了一个外表悒郁拘谨、内心波澜壮阔的昌耀，并且进一步还原出了一个不乏机智、顽劣，甚而是极为有趣的昌耀。

此书共 43 万字，即将由人民文学出版社出版。而对于它的发行前景，我没有这方面的预测经验。

·您在青海待了很多年，走了许多地方，请您谈谈今后青海文化发展的重点和优势。

这次参观了互助土族风情园、贵德的黄河奇石苑以及藏族民俗农家乐、青海湖畔的草原宾馆，这些都是以民族民俗文化和地理自然资源为核心的旅游文化产业，青海人为西宁"包装"出了一个中国的"夏都"；搞了一个名声远播的国际环湖自行车赛；这次国际诗歌节，是青海人利用地域资源优势、提高青海的国内国际知名度的又一大手笔。我由此获得的一个感受是，青海人在省域经济的发展中，不但出色地运用着地域文化优势，而且使这一优势进一步地扩大升级。对此，我只能表示敬意，难有新的见解可言。

· 在您未来的创作中，诗与诗歌评论之间是怎样一种关系？

前边说到，我已终止了自己的诗歌写作，但我却大量地读诗，保持着对当下诗歌现场的密切跟踪，这既是从当下诗歌中获得新异元素、强化自己心灵活力的需要，也当然是从事当代诗歌批评的需要。批评家所要做的，不是对当下诗坛居高临下地指手画脚，而是不断地从中发现亮点，总结规律，梳理线索，形成有机的学术阐释，进而实现史的归纳。发现未名状态中的优秀诗人和重要的写作现象，是对一个批评家眼力和心地的双重考验，我希望我能做得使自己满意。

· 请您谈谈重返青海有何新的感受（个人的、城市的……）。

此次我曾以东道主的身份，先后三次陪同外地朋友乘车游览市容，凌空纵横的高架桥不但提升了城市的气势，更使城市获得了一种流畅的速度感。其间我曾与朋友们调侃曰："遍数西宁高架桥，尽是唐郎去后修。"在登南山而鸟瞰城市全景时，视野中挺拔高耸的现代风格的建筑群，更使这个曾经灰暗的城市获得了足可炫耀的现代感。

给我印象尤其深刻的，是西宁及周边广大地区的气候明显地变得润泽了，原先秃裸的山峦如今绿茵茸茸，周遭的浅山地区和垴山地区更是云缠雾绕，一派高原湿地的气象。植被的覆盖使水土得到涵养，这就意味着，珍贵的雨水不再轻易从赤裸的山坡冲入河道白白流失。当得到涵养的水土与天空形成一个垂直的水汽循环系统时，原先干燥的气候将由此得到根本性的改变。正在优化的生态涵养了植被，更涵养了人；气候滋润，人也滋润。

2007 年 8 月 16 日

博大普世襟怀的矛盾与偏执
——昌耀晚期精神思想探析

一

1997年9月初，昌耀接到了中国作家协会的一个电话，通知他作为中国作家代表团的成员，准备出访俄罗斯。

10月17日，昌耀出现在了莫斯科的红场和莫斯科作家机构的长条会议桌前。接下来，则是身着黑色风衣的他，在薄雪初降的俄罗斯第二大城市圣彼得堡的一幅幅照片：阿芙乐尔巡洋舰上，涅瓦河桥头，阵亡烈士纪念碑广场，俄罗斯国家博物馆，林木枝冠金黄的文化公园和作家故居……

到了1997年这个年代，对于不少中国人而言，不用说走上一趟毗邻的俄罗斯，就是再远一些的法兰西、英格兰、美利坚，甚或是更远更小的洪都拉斯、毛里求斯，也算不上什么。但对于昌耀来说，这却是他人生中的一个大事件。

这个自小就在自己神秘的血液冲动中，自作主张到处闯世界的人；这个17岁时刚从朝鲜战场进入河北荣军学校不久，就表示要"以郭老（郭沫若）为榜样"，怀着作家梦想的人；这个接着就在专业作家的道路上，付出了沉重人生代价的人，此时终于以一位中国诗人的身份，出现在了国际文学交流的"圆桌会议"上。因此，这应是他抵达自己人生理想一个最具象征性的标志。

还是在 1953 年进入河北荣军学校不久，昌耀在寄给其供职于北京中科院历史所的五叔王其榘的明信片上，就有过这样的志向表示："想主攻俄语，打算将来做些翻译工作。"也就是从此时起，他开始了对于莱蒙托夫、勃洛克，包括侨居苏联的上耳其诗人希克梅特等大量苏俄诗人作品的悉心阅读。后来的诸多迹象表明，从这个时候起，俄罗斯就已成了昌耀隐秘的精神故乡。

的确，这个世界上再也没有第二个国度，能超过俄罗斯对昌耀的吸引力。它广袤、雄浑、严寒的大地，大地上无垠的山川、河流、森林、草原以及"新垦地"，与昌耀所置身的青海高原，有着最为相近的地理物候特征。在这样的大地上隆起的那种具有史诗感的文学艺术，早在 50 年代就通过俄罗斯作家们的作品，对昌耀形成了一种美学气质上的召唤。

当然，那更是一个由无数伟大作家艺术家汇聚成灿烂银河星系的俄罗斯。假若由我站在昌耀的视角上看过去，这个灿烂的星系起码可以划分成这样三个系列：

其一，是沙俄时代的列夫·托尔斯泰、普希金、莱蒙托夫、屠格涅夫、涅克拉索夫、陀思妥耶夫斯基，创作了油画《伏尔加河纤夫》的画家列宾，写出过交响音画《在中亚细亚草原》

的作曲家鲍罗丁。

其二，是"十月革命"稍前至"卫国战争"之后的勃洛克、叶赛宁、马雅可夫斯基、高尔基，写出了《铁流》的绥拉菲莫维奇，写出了《毁灭》《青年近卫军》的法捷耶夫，写出了《静静的顿河》《被开垦的处女地》的肖洛霍夫，写出了清唱剧《森林之歌》和诸多著名交响乐的作曲家肖斯塔科维奇。

其三，与第二类诗人艺术家们生活的年代重合或稍后，但却应该用"斯大林时代和后斯大林时代"来称谓的作家们：布宁、阿赫玛托娃、茨维塔耶娃、帕斯捷尔纳克，以及 1997 年仍活在当世的索尔仁尼琴——他们又是被称作"流亡者"的一群。此外，还有一位时间更晚的流亡诗人，1940 年出生于圣彼得堡的布罗斯基。他于 1972 年被"驱逐出境"，此后一直定居美国。

当然，这远非一个详尽的名单，而只是一个在我看来与昌耀有着重要精神联系，或者应该具有重要精神联系的诗人艺术家的名单。而就是在这样的名单中，先后有 5 人获得过诺贝尔文学奖。他们是：1933 年获奖的布宁，1958 年获奖的帕斯捷尔纳克，1965 年获奖的肖洛霍夫，1970 年获奖的索尔仁尼琴，1987 年获奖的布罗斯基。

并且，事情还不仅仅如此，这还是一个点燃了昌耀红色人生理想，曾以穷人的天堂为目标，缔结了昌耀人类大同梦境的俄罗斯。

现在，昌耀来到了这个国度。

或者说，他用大半生的艰难跋涉，回到了自己的精神故乡。

二

三个月之后的 1998 年 2 月，昌耀在对这次俄罗斯之行经过充分反刍消化之后，一气呵成地写出了《一个中国诗人在俄罗斯》，副题为"灵魂与肉体的浸礼：与俄罗斯暨俄罗斯诗人们的对话"这部作品。这部作品约 8000 字，既是昌耀面对这一题材，也是由此引发的他对自己人生和社会理想回顾总结的，一次穷尽性的书写。

就形式而言，这是一篇无法用现成的文体归类，但却可视之为交响乐式的作品。整部作品共分 5 个部分：《之一：独语》《之二：与俄罗斯的对话》《之三：我们在涅瓦大街狂奔》《之四：与俄罗斯诗人的对话》《之五：独语》。从文体上看，除了居于中间的"之三"是分行排列的诗歌外，两边的其余篇章都是"独语"或"对话"式的诗性散文语体。这样，又使这部作品显示出交响乐式的严谨结构：中间的这段诗歌仿佛一个中轴线，外侧的"之一"和"之五"以作者的"独语"构成一种对称；内侧的"之二"和"之四"以"对话"的形式构成了另一种对称。

这只是就它的形式结构而言，把这部作品视为交响乐，更因为其中以时政评论所统领的有关历史、山河、人生、社会、现实、理想等广阔场景中，多声部的宏大叙事，以及作者风起云涌的言说语势和激情。

这样的现象几乎令人惊诧：自作为中国作家代表团的成员

踏入俄罗斯的那一刻起，昌耀这位在 20 世纪 90 年代长期流连于社会底层的"诗歌流浪汉"，立时恢复了他封存已久的民族诗人或国家诗人的感觉，其诗思更是如喷泉组群，反冲出此起彼伏的壮观花雨。

尽管这是一个他所熟悉的、说不尽的俄罗斯，但当中国和俄罗斯——这两个早年以"社会主义"——人类大同之梦而结盟的国家，几十年后的此时又都处在社会经济转型期，纠集在昌耀心中一个核心性的情结，则是彼此共同面临的社会现实问题。于是，他以一个中国诗人的身份，发表自己之于俄罗斯过去与现今的感想；并与拟人化了的整个俄罗斯，与俄罗斯的诗人们——甲、乙、丙、丁，以及来自黑山共和国、阿尔泰共和国他的同代诗人们，展开对话。他如数家珍地列举着一个个俄罗斯作家诗人的名字，复述着他们作品中的人物、情节乃至细节；他纵横捭阖地在理想与现实问题中出没，语锋犀利地回应着俄罗斯同道相同方向上的话题，可谓参人类忧患同心，骋诗人天纵之才。终而在与同代诗人共同的精神背景和现实立场上，达成了高度默契。于是，在一种沉醉性的气氛中，他甚至情不自禁地用俄语朗诵普希金的诗篇，以作为对俄罗斯同人的报谢。

无论是在已往的现实生活或是诗歌作品中，我们从未看见过一个如此光华照人的昌耀，这位曾经做过画家之梦摆弄过画笔的人，志愿军文工团的器乐演奏员和内行的音乐鉴赏者，90 年代时常跻身于青海省摄影家协会采风团队的摄影发烧友，汉字书法的热衷者和墨客，早年发奋学习俄语的少年——这一切佚散、零落在他迢迢人生历程中的文化艺术才具，此刻都突然集合在了一起，成了他一生中这唯一一次国际文学论坛上发言的光源。的确，那是一种只有回到故乡的场景中，才能焕发出来的状态。此中的他，激烈、峻厉而又汪洋恣肆；雄辩、宏富且机锋迭出，一派腹有诗书气自华的大国诗人气象。

然而，我们随即便会发现，被昌耀视作精神故乡的，并不是整个的俄罗斯，而只是十月革命时代的俄罗斯。对于现今的俄罗斯，他的笔下则充满了绝不认同的荒芜和忧患。在他的眼中，这还是一个"美丽而万事荒废的俄罗斯"。为此，他用大量笔墨，对比性地描述了他之亲眼所见：

> 我看到历尽艰辛的俄罗斯人，至今有效享用的巨大财富仍是十月革命创造的物质成果：结实的房屋，镶木地板，煤气管道提供的热流，为每一个百姓冲洗去隆冬的寒气……

而作为鲜明的对比，其他大量图像显示的，则是现今俄罗斯的"万事荒废"：

> "这已经是通往帕斯捷尔纳克故居的乡间路途，翻耕过的田野拖曳着涡流状的涟儿……有数垄向日葵，过分成熟，蓬乱如苍老之蒿莱，聚在地头一角，性情沮丧。"
> "有一只渡鸦——或者是椋鸟，悄然飞临了莫斯科作家

组织的庭院，落在托尔斯泰铜像的额头啼唱，留下了一泡污，带着铜锈，好像老人头颅永不愈合的伤痕……"

——这也就是说，连雀鸟都敢站在文豪头上拉屎，肆无忌惮地亵渎神圣。

而在他们所住的彼得堡宾馆，"妓女的电话每夜轮番骚扰，睡卧不宁 / '要不要SEX？十八岁。炉火纯青'"（所谓的"SEX"，亦即"性活动"——燎原注）。

不只是如此，他还看到了这样让他疼痛的一幕幕：

> 哦，我看到工人巴维尔的母亲，手持圣像，跪在彼得堡街头求人施舍小钱。离她不远，排列在过街地洞门，迎着穿堂风，浑厚的和声，是四个挽臂相依的盲妇人，微摆着身子，以四个声部演唱一首似曾相识的民歌。人们匆匆走过，不忍看她们朝天仰望的瞽目充溢艺术女神屈辱的泪流……

即便是他们与俄罗斯诗人们地下室餐厅简朴的聚餐，也仿佛成了一种地下活动，就像出席当年布尔什维克分子的秘密会议。

而与以上这些形成鲜明对比的，则是莫斯科的新贵们，带着保镖的车队在大街上呼啸。

这一切的描述，似乎都支撑着昌耀的这样一个倾向和结论：

原本在十月革命后，已进入人人平等和社会富足生活的俄罗斯广大民众，重又回到了革命之前的日子。

然而，这样的倾向和结论，在我看来却是令人生疑的。我要说的是，在昌耀如此描述了他亲眼所见的真实事实时，却忽略了大量相反的事实。

我与此相关的疑惑，还来自昌耀对俄罗斯诗人作家们不同的兴趣和情感倾向。在这部作品中，他如数家珍般列举的作家诗人们都有哪些呢？他们是：普希金、莱蒙托夫、陀思妥耶夫斯基、勃洛克、高尔基。被他复述其作品的作家诗人，则有屠格涅夫、肖洛霍夫、绥拉菲莫维奇、法捷耶夫、列夫·托尔斯泰，以及作曲家肖斯塔科维奇。我在前边已把俄罗斯的诗人作家们归类为大致上的三个系列，这其中提到的普希金、陀思妥耶夫斯基和列夫·托尔斯泰为第一系列，生活于沙俄时代。他们的作品，或代表着俄罗斯诗人先天性的崇尚、热爱大自然的情怀（如普希金），或体现了俄罗斯文学那种大地性的品格和苦难感（如陀思妥耶夫斯基和列夫·托尔斯泰）。其余的诸如勃洛克、高尔基、法捷耶夫等等，则为第二系列，属于十月革命前后苏俄时代的诗人作家，他们的作品所贯穿的，则是穷人、无产阶级和红色革命的主题，这也是中国现当代的作家们，从30年代的抗日战争直到50年代初的经济建设期所仿效的样板。但是，对于第三系列那些他最该有感受的诗人作家们——帕斯捷尔纳克、阿赫玛托娃、索尔仁尼琴等，他不是施之以沮丧性的笔触，就是只字不提。而恰恰是这些人，曾与他处在相似的社会人生遭遇和命运轨迹中。他们不但是在俄罗斯的苏联时代受尽屈辱的一群，并且是在这样的屈辱中坚持艺术家的良知和人性尊严，以他们辛酸、苦难而伟大的作品，赢得了俄罗斯人民乃至世界普遍尊重的一群。正因为如此，这一系列中就有多位获得过诺贝尔文学奖。由他们所经受的监禁、流放或被驱逐出境的遭遇，集中地折射了俄罗斯的苏联时代最黑暗的部分。然而，在昌耀强调着"煤气管道提供的热流"这类十月革命的物质成果时，竟完全忽略了如此触目惊心的相反事实。

而昌耀自己，就是从 1957 年的反右到 1979 的"文革"结束，这长达 22 年的岁月中，遭受了与之极其相似的一幕，并在 1981 完成的《慈航》这部长诗中特别表示："我不理解遗忘。"

然而，在进入这部作品的书写时，他却"遗忘"了。

这显然折射着昌耀精神世界中的巨大矛盾——由他所秉持的"社会平等"这一一贯立场，与转型期的社会现实之间的矛盾。

这种矛盾，在他书写于 1993 年的《一天》中，就已显现出了端倪。

从主题上看，这首《一天》与《一个中国诗人在俄罗斯》之间，存在着一种深层的内在呼应关系。或者说，它是昌耀书写后边这部作品的一个前奏。

《一天》一诗长约 100 行，由于意象密集，压缩了书写这首诗作时缤纷的社会图像，以及昌耀自己人生片段的诸多信息，所以，在感觉上具有一首中长型诗歌的容量。

写作时间是解读这首诗歌的一个重要参数。此诗写于1993年的1月23日至24日，这是一个什么样的日子呢？它是农历1993年的正月初一和初二，也就是这一年的农历新年。所以，这个"一天"中首先贯穿了新年的主体信息："今天终于是一个痛快的日子，炮火连天"——亦即爆竹声震耳欲聋，更还有"肥羊佳禾美食，鼓乐吹歌吟诗，是百姓年景"这样的诗句。但就是在这样的"一天"中，昌耀起码又剪贴叠合了另外三幅图像。

其一是："大街涌动着去海上游泳的人们。/底楼沿街的墙面正被凿开，闺中名媛冲决而出，/她们披发朝前追赶，投入海上游泳的队列。"这些乍读起来莫名其妙的意象，其实是带有隐喻色彩的写实。它所指说的，就是1993年前后的数年间，中国社会中全民性的"下海"经商浪潮。那也是我本人曾在青海省会西宁亲眼所见的图像：处在西大街闹市区原本是省属各机关的办公大楼，底楼沿街的墙面——被凿开，改造成了经营服装之类的店铺商场。所谓的"闺中名媛"，也就是服装店中那些身着泳装和各类时装的木制模特。她们尾随"去海上游泳"（下海经商）的队列，披发朝前追之唯恐不及的情态，无疑表达了昌耀的一种揶揄。

其二是："鼓号队的少年齐立城中之城热烈吹奏"，"红地毯使集会猛然提高了规格。/我亦将自己的尊容佩戴前襟，窥如镜中之镜。"这显然是在元旦过后至春节之前这一段时间，昌耀参加每年一度的青海省政协会议开幕式的场景。不过这一次，昌耀的身份已不同于以往，他已从1988年开始的第六届省政协委员，在 1993 年于此时召开的第七届省政协会议上，晋升为常委。想来作为参政议政的政协委员继而是常委，他也的确具备了一个参政议政者的素质。因为就在这一场合，他政治经济学方面的潜质，就"大当量"地释放了出来。话题还是顺着全民经商的热点顺延下来："有人碰杯，痛感导师把资本判归西方 / 唯将'论'的部分留在东土。/ 但我更欣赏一位经济学家的智慧：/ 向东？向西？请予我们的战略以可操作性。"

此中关于"资本"与"论"的表述，显然是把马克思的《资本论》这一经典著作标题拆解开来的发挥——在我们把《资本论》奉为经济理论圭臬的几十年间，西方国家一直实实在在地积累并占有"资本"，唯有处在东土的我们，似乎只对理论感兴趣，因而一直在"论"的问题上纠缠不休。这几行诗句，可谓犀利尖刻，但却在调侃性的语气中，隐含着对于社会转型方向的深切关注。这也是昌耀在《一个中国诗人在俄罗斯》中进一步延续，并充分展开来的一个话题。

第三幅图像，是昌耀自己几个人生片段的回顾：朝鲜战场、中小学时代体育课上的跳跃木马、1950 年"土改"时母亲被农会关押并将他"啼哭不止"的小妹送人——而昌耀自己，就是在这种家破人亡的创痛中，跨过"鸭绿江、清川江、奔赴三八线"的。对于这一行为的本质，他当年也许并不明晰，但若干年后的此时却非常清楚：从那时起，他已将自己投身于实现民族社会平等理想的队列之中，并一直朝着这个理想奔赴。

的确，这是让他悲欣交集的"一天"，尽管后来成为囚徒的他，此时已贵为省级政协常委，并在这样的会议上高谈阔论，参政议政，但眼下的社会现实并不能安抚他的心灵。到底是什么地方出了问题？此时的他似乎还未梳理清楚，但他最直接的反应，就是心理上的不能认同。并因此而情感另有所寄，那么，又到底是寄往何处呢？在这首诗的最后终于水落石出：

> 下雪了。向日葵炫目的色彩照亮空间。
> 我见公园缤纷的气球在儿童手心里牵动。
> 但在我的心际仍留有彼得堡飞雪的大街，
> 耶稣和十二门徒随着诗人勃洛克的红旗行进。

也算是天遂人愿，四年之后，他果真来到了作为自己精神故乡的俄罗斯，站在了他憧憬已久的圣彼得堡大街。但此时，飞雪之后的圣彼得堡大街没有勃洛克的红旗。

三

那么，十月革命之后苏联时代的俄罗斯，是否真的存在过一个昌耀理想中的社会呢？这其实是一个他所不能回答的问题。但有人却可以回答，这就是曾对十月革命后的苏联怀有美好情感，并在那里有过亲身经历的法国作家罗曼·罗兰。罗曼·罗兰在访问了苏俄后的 1935 年写成了一部《莫斯科日记》，由于其中的内容所涉敏感，他特意立下遗嘱，要求这本书在 50 年之后才能公开出版。而在 1985 年终于公开出版的这部书中，人们看到了罗曼·罗兰对彼时发生在苏联大地上狂热的斯大林个人崇拜，极端地厌恶和忧虑。尤其令人震惊的是，早在那个时候，他就看出了这个政权中许多危险的征兆，并深怀痛苦地发出警告："可要小心震动，有朝一日，在一个美丽的日子里，那震动也许会突然发生！"果然，那个震动——"苏维埃社会主义联盟"的解体，就真的在 50 多年后的 1991 年底发生了。

而昌耀，又凭什么认定那里存在过一个他理想中的社会呢？对于这个问题，如果我们再更深一层地推究就会明白，那其实只是昌耀心目中的一个幻象；他为对应自己的理想，而拼接出来的一个概念。这个概念的核心，就是他在《一个中国诗人在俄罗斯》中所归纳的："我一生，倾向于一个为志士仁人认同的大同胜境，富裕、平等、体现社会民族公正，富有人情。"以此可见，这实际上是一个乌托邦式的、终极性的人类社会理想。而这样的理想国，又正是当年的十月革命宣称自己所要建立的。尽管这样的社会图式并没有真正实现过，但它却置换成了昌耀的精神信念。他不但要坚持这一无疑是美好的理想，并且还需要证明它能够在世界上实现，于是，就以自己的意念嫁接，把它落实在了十月革命后的俄罗斯身上。

而 1997 年 10 月，当他终于来到俄罗斯，按图索骥地展开自己的视野时，却发现眼前的所见几乎是面目全非。在社会财富的分配上原本已人人平等（尽管是低水准上的平等）的这个社会，重又分化成了穷人和富人的两个世界，并且贫富之间的鸿沟正一再加宽。财富来路可疑的一夜暴富者趾高气扬，曾经使俄罗斯骄傲的文学艺术家们则灰头土脸。金钱，重新主宰了这个社会。

但这又岂止是俄罗斯的问题，在1993年书写《一天》这首诗时，昌耀已为他所置身的现实中类似的问题所困扰，而这其中的关键症结，同样是一个金钱问题。

1993年，在他的《命运之书》被挤对到自费出版的行列时，他曾为出版资金而投书告呼。

1994年12月，他收到了"第二届国际华文诗人笔会"在深圳召开的邀请函，因省作协不能报销车旅费而忍痛放弃；待后来得知邀请方可以负担费用时，已来不及如期到会。

1995年2月，他在给诗人邵燕祥的信中做了这样的省情困境讲述："传闻我单位当月的工资年前（春节前——燎原注）已难发出，而且事实上已拖欠十几天了，工会先给每家无偿发放了一袋面粉。真是人心惶惶，前景堪忧（我省州县拖欠职工工资事常有所闻，且一拖数月）。不过，目前工资尚可保住。12月份工资虽难产了一阵，终于在年前发了……老实讲，这些年一提起钱我就心灰意懒，觉得做人'没劲'。"

1996年底，他与女友修篁长达数年的恋情，因对方选择了一个有钱的"走江湖的药材商贩"而分道扬镳，但痛心之至的他并未怨恨修篁，而是直指事情的根源——"她本也就是圣洁的偶像，而金钱才是万恶之源。"

于是，也就是在这一时间区段的数年间，当整个社会以金钱为神明时，他却以《地底如歌如哦三圣者》《与蟒蛇对吻的小男孩》《冷风中的街晨空荡荡》《灵魂无蔽》《过客》等一系列作品，对中国社会底层众生进行大规模地书写，烛照出自己心灵中的神明。

而饱受金钱折磨的，又岂止个别现象？从他此前集中书写的中国社会底层众生，到圣彼得堡"工人巴维尔的母亲"跪在街头求人施舍小钱，昌耀所看到的，是曾经被他视作理想社会的整体变形。于是，在《一天》中梗塞于他心头那一未曾梳理清楚的症结，至此豁然开朗，并被他追溯出了更深一层的根源：金钱固然是"万恶之源"，而操纵这个金钱肆虐之手的，则是"资本"和它的"主义"。因此，一直闷气淤胸的他，便突然地唇枪舌剑："看哪，滴着肮脏的血，'资本'重又意识到了作为'主义'的荣幸，而展开傲慢本性。它睥睨一切。它对人深怀敌意。它制造疯狂。它使几百万儿童失去父母流落街头……"

而俄罗斯诗人"丁"响应着他的话题，同样是语锋犀利："我们的祖国正成为西方的人质。一个政府应让多数人生活得好，如果只让少数人富裕，那么连傻瓜也能办到……"

于是，时间仿佛回到了俄罗斯十月革命的前夜——国际无产者诗人的秘密聚会。在黑山共和国诗人随之发出了"工人的事业天然无国界"的声音之后，来自阿尔泰共和国的诗人更是意欲重举"英特纳雄耐尔"的旗帜："全世界的左派都不喜欢资产阶级政府。如果我们不能肩并着肩，我们就会背对着背……"

这是我们曾经非常熟悉的声音，但于今听来却恍若隔世。

那么，是他们落伍于这个社会了呢，还是这个社会变得让他们看不明白？当他们再次申述这些过时了的话题时，该是觉察到这个社会在它总是宣称正确的发展轨迹中，其实只是走出了一个圈套性的圆周？——原先趋于平等的社会复又产生了大批的穷人，而享有话语权的主流社会，则对此视若无睹。

就在这样的背景中，沉潜在茫茫浮世不同国度的诗人们，却以诗歌的名义不期而遇，在层层递进的深入交谈中，他们几乎同时惊喜地发现，各自那些不合时宜的思想，原本有着超越国界的广阔国际空间。这因而更使昌耀有理由相信，这种不合时宜的思想，在本质上非但没有过时，反而因着世界性的贫富鸿沟的加宽，正在凸现为一个严峻的时代问题。而这样的思想和立场，不但不分国度地为一些诗人和知识分子所持有，而且更与这个世界上的广大穷人，以及弱小国家和民族的现实处境相联结。不是吗？就在这一纯粹是不期而遇的场合，他与这些完全是陌生的异国诗人却一见如故，并在思想光束的相互映照中，达成了一个国际主义的精神同盟。这因而使昌耀产生了一种"吾道不孤"的惊喜，进而做出这样的陈述："我在物欲横流的世间，'堕落'为一个'暧昧的'社会主义分子……而现在，我能够用平静的心境，称自己是半个国际主义信徒。"

四

什么是"'暧昧的'社会主义分子"呢？他在 4 个月之后的

《〈昌耀的诗〉后记》中，有了进一步的表述："我从创作伊始就是一个怀有'政治情结'的人。当如今人们趋向于做一个经济人，淡化政治意识，而我仍在乐道于'卡斯特罗气节''以色列公社''镰刀斧头的古典图式'，几疑自己天生就是一'左派分子'，或应感到难乎为情?"而由这段文字中的语气来看，昌耀不但对自己这样的"左派"情结并不感到"难为情"，并且还有一种调侃意味中的坦然。

一直以来，作为政治术语使用的"左"与"右"，是被用来表述思想上的"激进"与"保守"的。激进谓之"左"，保守谓之"右"。非但如此，在中国20世纪50年代直至70年代，"左"与"右"还有着更为骇人的象征语义和色彩——"左"，代表着红色、革命；"右"，则代表着黑色、抵触革命。因之，在那样的几十年间，"左倾"红色风暴可谓在中国大地上"横扫一切"。这种情形，直到1978年底中共中央的十一届三中全会之后才逐渐结束。继而，"左倾"或"左派"的称谓从此声名狼藉——中国的"反右运动"和"文革"，便被归结为"极左思潮"为祸的结果。

这的确是集结在昌耀身上，一个极为耐人寻味的现象：当年"左派"思潮大行其道的时候，他被打成了"右派"；眼下"左派"声名狼藉的时候，他却坦然地自诩为"左派"。他似乎真是一个放在任何时代，都显得不合时宜的人。那么，昌耀果真是一个老"左派"吗？他早期的诗歌并不能对此做出证明。尽管他的写作中时隐时现着一条政治情结脉络，但政治情结并不等于思想上的左或右。

然而，到了 90 年代的这个时候，令人惊奇的一幕出现了。此时的昌耀，不但在当代诗人中罕见地表现出这种不合时宜的左翼思想，并且，这种思想更是与 1997 年以后，在中国思想界漫延的"新左派"思潮不谋而合。

关于中国的"新左派"思潮，是一个比较复杂的话题，并且迄今为止仍有着诸多未明的内涵。但它的一个基本理念，就是针对当代社会之于市场主义的狂热崇拜，资本与权力的狼狈为奸，坚持反对弱肉强食的社会关切。然而，它的内涵却要更为复杂一些，比如，在坚持公平正义的社会理想，持守拯救众生的使命感这个核心，又以单纯理想主义的诗意顾盼，满怀对五六十年代的传统社会主义的眷恋。与此相应的，是对市场经济主宰社会生活的绝不认同；既而希望通过强有力的民主政治的影响，实现社会生活中的人文关怀。关于"新左派"的脉络，还可以追溯到 20 世纪 30 年代英国等西方国家思想精英的学说。而作为世界性的"新左派"思潮，还有一个共同的特征，这就是与资本主义强国霸权的尖锐对立，亦即"全世界的左派都不喜欢资产阶级政府"。

对于中国"新左派"思潮的社会起源，从 1997 年起在《天涯》杂志发起这一讨论的该刊主编、作家韩少功，此后有过这样的描述：从社会均衡发展这一点来看，80 年代前期和中期应该说是做得最好的。但进入 90 年代以后，贫富分化开始出现，地区之间，阶层之间，行业之间，个人之间，都分灶吃饭，吃得有咸有淡有多有少不一样，差距拉得非常大。共存共荣的社会纽带在松弛甚至断裂。比如，医疗产业化以后确实"发展"了，医药工业赚了大钱，医院赚了大钱，但社会广大下层居民反而看不起病了，有病只能自己扛着。到2000年，世界卫生组织对世界各国在医疗卫生方面的公正性给予评估，中国已经退步到188位，倒数第四，比印度、伊拉克、埃及、孟加拉国还要落后很远。说"发展是硬道理"，那么到底是谁"发展"了？

韩少功因此对中国的"新左派"思潮做出了这样的评价：它对于打破90年代以来物质主义、发展主义、市场主义、资本主义的一言堂是有积极意义的。贫困问题，生态问题，消费文化，道德危机，国际公正秩序，权力资本化与资本权力化……这一系列问题，如果不是因为尖锐刺耳的左翼批评出现，恐怕很难清晰地进入人们视野，就会在市场化的高歌猛进和莺歌燕舞之下被掩盖（见《韩少功、王尧对话录》，苏州大学出版社2004年1月版）。

当然，这是韩少功归纳并认同的"新左派"的主潮，在这个主潮之外，还有各种极端性的"新左派"思潮。

应该说，对于主要是在学术思想界出现的"新左派"思潮，昌耀并不熟悉。但他却凭着一个诗人深刻的现实忧患和尖锐直觉，早在这一思潮远未形成气候的1993年，就在中国诗坛独自操戈出场。由此我们不难明白，还是在这一年，曾经作为"右派"的他，何以书写了一首题名为《毛泽东》的诗歌。那应该是基于当下现实，而对秋收起义时代的毛泽东的指认——"因为他，就是亿万大众心底的痛快"。

在我看来，也就是从这个时候开始，昌耀真正进入了一个大诗人本该具有的博大、矛盾和偏执。虽然，对他此时拿出俄罗斯的苏联时代作为"人人平等"社会理想的参照，而无视其极权专制的精神控制本质，我绝对不能认同；但另一方面，我们却由此看到了一个在社会学的着陆点上，获具了人类普世襟怀的昌耀。他站在底层大众立场上所展开的激烈的现实批判，无疑体现了一代理想主义诗人直面现实的犀利，以及庄严的社会道义承担。应该说，正是在这种极端的状态下，他打通了自己之于世界的道路。

因此，就在对自己刚刚做出了这种"左派"同盟性质的国际主义者的体认后，身处异国的昌耀，眼前突然幻现出一片奇观："看哪，这是太阳向着南回归线继续移行的深秋。天有些凉。空气湿润，弥散着磨砂玻璃似的苍白。倒是在月明的夜空，天际高大、幽蓝。从波罗的海芬兰湾涌起的白色云团，张扬而上，铺天盖地，好似升起的无穹宫。而东正教堂的晨钟，已在纯金镶饰的圆形塔顶清脆地震荡。"

铺天盖地的云团和教堂塔顶震荡的天堂福音，这是何等辽阔而澄明的景象。在笔底幻化出这段文字时，这一年的昌耀62岁。在他迢递的人生旅途上，世界是如此辽阔，而日子又是这般紧窄。此刻，既有的一切并没有改变，但蓄集已久的精神势能，却在一个必然的瞬间使他化蛹为蝶。无疑，这是他一生最具华彩的经典时刻，苦难、疲惫、孤独的一生在与无产者诗人们国际性的精神结盟中，而徐徐幻化成人类大同梦境上空瑰丽的云朵。作为一个在"黎明的高崖"上，始终朝着东方顶礼的诗人，他一生的精神之旅，至此已经完成。

2008 年 4 月 4 日

三种时间的悖反与调适

——靳晓静诗集《我的时间简史》序言

　　在 20 世纪 80 年代末期以来的当代诗坛，靳晓静一直是一个暗影式的存在。一方面，在形形色色的诗坛资讯中，极少有她的信息；另一方面，她却以中长型诗作《百年往事》《我的时间简史》《2000 年，某岛》等具有潜在体系性的作品，构成了知识女性基点上，将尖锐的情感命运警觉，平复于深邃书卷气的个体诗歌类型，并顽强地伏藏在一个时代的阅读记忆中。

　　这当然也是我个人的阅读记忆：1998 年，当我似乎是第一次才见到她诗作般地，读到了她的那首《百年往事》，当时的感觉就像看见一个一直深藏不露的诗人，突然浮出水面。这是一部有关一个家族在迢递的百年历史风云中兴衰变迁的长诗，而我当时一个最直接的反应，则是惊诧于一位女性诗人于波澜不惊中，伏藏的雄健笔力。因为就其结构质地的致密和叙事空间翻卷的风云感而言，这是一部具有长篇小说构架和容量的作品。

　　没错儿，翻过年来的数个月后，《百年往事》获得了《星星》诗刊的年度诗歌奖。这是一个不大不小，却能使获奖者产生成就感的奖项，因为它是由数千名读者投票荐选的结果，代表了一个时代诗歌阅读者的群体认同。

但关于这首诗，当时的我似乎并没有做好足够的阅读准备。若干年后的今天重新面对它时，我于其中发现了诸多未曾意识到的话题。比如，对于一位女性诗人来说，书写这样一部广阔的社会家族变迁史的内在动力是什么？尤其是这部诗作弥合了深度心灵痛楚的谢恩式的基调，在诗人与写作之间最终映现出了一种什么关系？

一

《百年往事》中的家族变迁史，以"我的外婆"为主线。从某种意义上说，它是一首通过"我的外婆"——这位集中国近代史上多重文明光影于一身的女性一生的盛衰荣辱，探究时间之于命运关系的诗作。

关于外婆，诗中给出了这样一些信息：她于清朝末期出生在一个"檀木香和胭脂扣"氛围的江南大家族中，其父亲是中国第一代乡村牧师兼医生。她19岁时嫁入江南一官宦人家，丈夫则是一位铁路工程师。由牧师代表的西方基督教文明和由铁路工程师代表的中国近代史上的早期工业文明，以及日常生活氛围中黑色的密纹唱片、祖母绿戒指、镀金的怀表、高大的油画……无疑赋予了她以现代女性的眼界以及不凡的气质教养。但就是这样一位被"时间"宠爱有加的女性，却在36岁时的满目繁华中，随着丈夫的病故遭受重创，开始了被"时间"一路剥夺的人生，在战乱岁月和1949年后的运动与"革命"中，历尽沧桑。

但这不仅仅只是一个有关世事沧桑的人生故事追述，使诗人充满追述欲望的，还有一个潜伏在时间之谜中的子命题——一个家族隐秘的血缘基因样态，及其对于命运的意味。诗中的血缘基因之链是在这个家族的女性系列中传递的——以外婆为源头，至母亲，以及诗人自己。其基本样态，就是对于新鲜事物和外部世界充满好奇的奔赴（出走）冲动。整首诗作中有一个贯穿始终的"渡轮"意象，对于外婆，"渡轮是许多人间故事的开始"，也是她整个人生故事的终结。"外婆第一次离家 / 是坐渡轮走的"，直至1992年，在89岁的高龄中离开人世时，"外婆说，我要走了 / 渡轮已至，那是神派来的"。渡轮是"出走"的载体，对于1922年离开家乡，赶赴自己在"上海徐家汇教堂婚礼"的外婆来说，它还象征着来自西方的工业文明，以及走向婚姻殿堂和基督教文明的慈航。

接下来，出走的冲动在外婆之下的第二代女性——诗人的姨妈与母亲中宿命般地开始："外婆的大宅院里 / 坐着她五岁的女儿，我的母亲""雪地的光折断在门槛上……那一刻，出逃的感觉 / 多么骇人……母亲被自己的想法震颤了"，因为"她的姐姐，前天夜里已经离家"。这是发生在1935年的故事，年仅5岁的母亲还没有"出逃"的能力，及至到了1947年，"一夜无梦的是我的母亲 / 天亮之前，渡轮未醒 / 从这座江南的大宅院中 / 她走出，拂了拂17岁的发丝""只有一笺别信留在了江南 / 让外婆坐在红木椅上 / 读到了出走，革命和战争"。富有象征意味的是，同样是为外部世界新鲜事物召唤的出走行动，母亲这一次并没有乘坐渡轮，而她出走的潜在指向，正是要对由渡轮象征和通往的西方工业文明和基督教文明实行革命。她当然不会意识到，这一革命的对象，则是与自己母亲相关联的整个物质世界和精神世界，包括自己的母亲。

这不是一个令人疑惑的时间之谜吗？

但出走的冲动在外婆之下的第三代女性——亦即诗人自己身上仍在继续。作为一个参照性的依据，我们在这首诗之外诗人记写自己童年的一些诗歌，比如《逃离幼儿园》《铁道》等作品中，看到了一次次无法按捺的出走冲动和出逃行动，虽然这种出走在《百年往事》中，已成为由时代操控的迁移颠簸，但随之在诗人想象中实现的一次远渡重洋的出走，则是这一冲动更强烈的映射。到了诗人自己的历程书写时，诗中多出了一个特别的"道具"——来自外婆的"镀金的西洋怀表"。3 岁时，外婆"用那只嘀嗒作响的怀表／逗我"；17 岁开始了"知青"生活时，"外婆 8 岁时的生日礼物——这如魔的怀表／我地窖般地珍藏到今夜的乡下"。综合靳晓静的整个写作看，这块"西洋"怀表，无论是在这首诗中，还是在她的人生中，都是一个魔块。它不但是外婆与外孙女之间，一个隔代联结的信息体，并且还是靳晓静形而上的时间意识中的第一时间——由它的故乡格林尼治时间所代表的世界标准时间及其文化文明体系。从性质上说，外孙女接下来一次遥远的出走，恰恰是与其母亲当年的方向逆行，而与外婆的方向合拢——她到达了这块怀表的故乡。

哦外婆，神的光耀无处不在

今日我是在异国的雪中

在英国，这个叫小吉丁的村庄

我前世般地看见渡轮与教堂

还有 17 世纪的诗人与神父

留在雪地上的脚印

　　然而，正如前边说到的，这是一次想象中的抵达。因为在靳晓静的一份个人简历中，有这样一条记写：1997—2000 年在四川大学宗教研究所攻读硕士学位，1999 年 7—10 月去英国访友，完成硕士论文《〈鲁宾孙漂流记〉与资本主义精神》。而我们已经知道，这首诗作则写作发表于 1998 年。这也就是说，在书写这首《百年往事》时，她并没有走出过国门。

　　这是一个意味深长的信息，一方面，它固然折射出了诗人基因中的出走冲动，但更大程度上，则是诗人对由格林尼治世界标准时所代表的文化文明体系的向往。而这样的向往同样缘自外婆。因为外婆不但是她最爱的人，而且在她早年朦胧的意识世界，外婆是她经见的人群中，最具文明涵养和高贵气质的人。而这种涵养和气质间接性的源头，正是来自那块怀表故乡的基督教文明。另一方面，诗人自己不但经历了颠簸动荡的少年时代，而且还目睹了那个时代对于高贵文明事物不能见容的野蛮摧毁。那是她在自己生活的时代感受到的另一种时间，或者说，是她形而上时间意识中的第二种时间：一种与世界标准时完全脱轨的、疯狂紊乱的时间。而她自己的心理时间（可称之为第三种时间），无论如何都不能与之对位。因此，她虽然生活在这一空间中，但却成了一个魂不在此处的精神游离者。

当时代的变更和阅历的增长，使她终于能够深入思考一些人生的重大问题时，出现在她心灵世界中一个最为重要的事实，就是完成了对于外婆精神世界的深度体认和皈依：接受神的光芒照耀的人，无论是在什么样的苦难和心灵挫折中，都能够保持文明的高贵和教养。

今夜我想起了外婆

清朝末期的宅院

如铁的飞檐——

指向又一个世纪的末期了

天空中是时间的白炽的火焰

火焰为它深爱着的亡灵造像

外婆，你的外孙女辗转天涯

仍是江南的女子

在神的庇护下

伏在你的墓前

她在外婆的墓前，跪谢神的恩典。

那是苏格拉底的判断吗？——"未经审视的人生不值一过"。而此时的这个 1998 年，正是一个世纪的末尾，也是诗人刚刚步入自己的中年岁月之初，因此，这首诗作，既是靳晓静对于自己此前的人生与时间，也是对于自己的精神和心灵，一次集中的审视和清算。

二

毫无疑问，写于 40 岁之前的这首《百年往事》，是靳晓静人生中的一次精神事件；也是她写作生涯中的一个枢纽。而在此前一个相当长的时间内，她曾专注于女性诗歌的写作，这个时间，大约可以追溯到她诗歌写作的起点。1989 年，她出版了自己的"处女诗集"《献给我永生永世的情人》，1992 年，她的随笔集《男人、情人、爱人》接踵出版。这两部作品集的标题和出版密度，大致上可以折射出其青春时代一段"激情燃烧的岁月"。但与其将它们称为女性写作，不如称作有关爱情的写作更为确切。

关于这一领域的诗歌，我虽然没有研究，但却有一个基本的阅读经验：对于女性诗人们来说，大凡诉诸诗歌的轰轰烈烈的爱情，在她们接下来的现实生活中，通常总会逆转为灾变性的撕心裂肺。由此导致的下一步诗歌方向，就是复仇女神的登场。痛楚使女人们激烈，也使她们尖锐，继而在女性意识的惊醒中，断裂出性别对峙的深渊。这也就是说，在爱情诗歌结束的地方，女性诗歌开始。

那么，靳晓静呢？她此后所写的一首中长规模的《2000 年，某岛》，包含了一些意味深长的信息。从标题和诗后的注释看，这是诗人 2000 年时，对古希腊雷斯博斯岛上一个"女儿国"幻象性的追述。其原型来自古希腊女诗人萨福，在那座岛上带领着一批少女结成诗社的传说。而靳晓静对它的描述，几乎是沉醉性的："那是些天使出没的日子／我的手指晶莹剔透／而我的姐妹简直就是水晶／看得见血液喂养的天空／薄雾笼罩，让我们披着／与世隔绝的薄纱"。这种"与世隔绝"的天堂般的日子，可谓女性最高生活范式的想象与描述。然而，它却又是一种完全摒弃了男性介入的生活范式。并且，这其中还潜含着这样一个逆向推导公式：唯有彻底驱除了男性的介入，这种"女儿国"的最高生活范式才能成立。

如果没有经历过从轰轰烈烈到相反方向的剧烈情感落差，你很难想象，一个人会发明这样一个女性群体的诗意生活保障原理。并且，她还将这种单性形态的群体生活，提升到一种文明的高度来指认："堤岸上的青草还神性盎然么／那些风关在我的身体里／血与水让它认识另一种文明"——"只有女人，才这样挚爱着女人"。

是的，这是一首幻象式的诗作，一方面，诗人是在自己此时女性物态光华渐褪的年龄感觉中，把 13 岁时期的自己，设置为萨福少女诗社中的一位，以此来与时间抗衡，亦即"挽救我的苍老／在两千年之外"；另一方面，诗人要通过自己的描述来证明，在彻底驱除了性别战争另一方的男性之后，女性能在多大程度上获得诗意生存的自适。她的证明结论是：这是一个无限的程度，与天堂相等的程度。

于此我们会发现一个处在逻辑悖论中，又颠覆了这一悖论的奇异现象：这首诗歌起始于一个比之复仇女神们的性别对峙更为极端的起点，但整首诗作的基调不但没有丝毫的艾怨和敌对，且竟然一派天堂般的和煦。这应该是当代女性诗歌中，唯靳晓静所有的一种形态。它显然源自不能忘记的情感痛楚，却又是这种痛楚之上的雅致平复。而这种精神形态，正是与她对于外婆精神世界中那一基督教文明的皈依，处在同一心理时间。

这已经是一种女性情感形态中，臻于完形的境界。由此往前倒推，则是她的精神变轨阶段中，对于女性内在隐秘意识属性多视点的探究与呈现。在这里，虽然源自生命体能中的激情不时跃起（"我深深地记得，在丛林中／牛血般的火焰／照得我手臂光滑"《一堆篝火》），继而又被更具收服力的深邃透视所取代。这后一种力量，让人无法不联想到西蒙·波娃《第二性》的资源启动。在这部被称作现代女权运动"圣经"的著作中，西蒙·波娃以学者的深邃和诗人式的才情，将对女性生理意识世界秘密的揭示，置放在骄傲雄辩的光束中。比如她对女性生命这样的表述："她生根于土壤以及无穷之意识，同时是精灵与生命；她之存在是专横的、胜利的，就像大地一般。"虽然靳晓静绝不是一个女权主义者，其精神姿态甚至与西蒙·波娃这种"胜利的专横"完全相反，但却也平静而不无自负地表示："要说出

人类一半的经历 / 我身负重任"(《作为女人的我》)。她揭示女性生命"本身"的奥秘:"本身深不可测,本身 / 没有什么镜子能收留它 / 如躲在月光后面的一道密令 / 让潮律动让我痛楚""在早晨我看见我立在另一处窗下 / 四目相对,因懂得死亡而温柔"(《镜子》)。

在靳晓静这一时期的写作中,还依稀映现着深受欧美现代主义文学影响的"九叶派"女诗人郑敏,在 1940 年代书写《金黄的稻束》时,那种沉思性的气质。比如《收割后的土地》中,将"秋日的马车满载而去"后,所留下的"收割后的土地",与向岁月交出了辛劳和光华的女性形象相叠合,由此体认一种充满沧桑感的圣者之思,犹如圣母之受难。

至此我们可以发现,无论是精神变轨期中映现在她写作中的西蒙·波娃和郑敏,还是《百年往事》中关于怀表故乡的想象、《2000 年,某岛》中的萨福和希腊,无不归属于她"第一时间"中的西方文化文明体系。在某种程度上,它既是启动靳晓静写作的精神资源和文化资源,也是引发她想象力的一个磁场。

三

《2000 年,某岛》前后,靳晓静相继写出了一个以游历欧美为题材的诗歌系列,诸如《海藻弥漫在空气中》、《East Grinstead》(《东格林斯蒂德》)、《去天堂的路》、《湮没在别人的语言中》、《一个中产阶级的午后》、《泰晤士河边睡着古老的城堡》、《比北方更北》、《斯德歌尔摩的冬季》、《魁北克纪事》等等。这是一次足够浩瀚的游历或想象中的游历。游踪大致上涉及英格兰、苏格兰、瑞典、加拿大这些北纬50度以上的欧美国家和地区。具有象征意味的是，她在这期间的主要工作，是完成了硕士论文《〈鲁宾孙漂流记〉与资本主义精神》。这似乎是说，她是以鲁宾孙式的漂流，在这些老牌资本主义国家的腹地，从事了一次资本主义精神的实证性研究。

但从根本上论究，这应是靳晓静命中必须实现的一次行旅。因为那里是外婆那块怀表的故乡，是基督教文明和由此派生的西方经典文化体系的故乡，也无疑是其血缘基因中的奔赴冲动早已指向的"别处"和远方；此时，还有一个似乎是直接促成了这次远旅的因素——亦即靳晓静指称的"访友"。从这批诗歌中的某些信息看，这个友，或许部分的还是诗人人生情感故事中曾经的主角。正是因为这些因素的综合，这次行旅尚未启动，按捺不住的奔赴冲动已在她的一些诗作中不时迸发出信息的射流："我必须上路了／带上丝绸和瓷器／在另一片土地上繁衍／后代和心情，寻找／土地和阳光的诺言／／你目光如唤，我别无选择／这一刻我明白我的一生／如吉卜赛大篷车的辘轳般／辗过滚滚红尘"（《在路上》）。

的确，这些高纬度的欧美国度，恍然就是靳晓静前世的故乡。一进入其中，她的个人时钟立时就消除了时差，而她的诗歌笔触，顿时变得浑然、磅礴，犹如从海底"大赦而出"、翻卷汹涌于天空中的乌云，充满了回到故乡的谙熟与惊喜：

这是光，这是海水和欲望

这是穹窿，它漏下的任何东西

都足以让我们狂喜或惊悸

…………

而教堂的尖顶在更高处

挑动着英格兰的海洋性季风

我从这分崩离析的天空下走来

没人看见我像被赦的乌云一样美丽

——《去天堂的路》

　　同样，她对那里的一切也似乎早已烂熟于心。它的历史、风土、景色：古老建筑体上高大庄严的穹窿、十八世纪的圆柱和窗户、泰晤士河边石头堆垒的帝国城堡、原野丘陵上乡村教堂的尖顶……当然，还有诸多她没有具体想象但却一见倾心的物象，比如通向北冰洋极地的苏格兰北部高地，以及高地上兀立的罗马柱。这一切，仿佛都是她在前世或者梦中之所见，使她的描述精微、辽阔而苍茫："穿越更北的纬度，深入苏格兰／就是深入某种基因中的苍茫／这高地上石头奔驰／沿起伏的线条，将旷野推到极致""穿越更北的纬度，有罗马柱兀立／一千多年了，这亡母的儿子／是怎样在这旷野上逃过了死亡／我摸着他坚硬的身体照相／在我的面容后面，苏格兰奔腾四散／如一直向北的旷野的亡灵"（《比北方更北》）。这是一种诗人的笔触，还是一种母性的笔触，一种史学性的笔触。

相对于中国这个一直在"改天换地"中追逐"日新月异"面貌的国家来说，那些老牌欧洲资本主义国家对于自己的城市建筑和自然地理，始终恪守着固执的"守旧"原则。因此，几乎全息性地保留下了它们的历史信息和大地原生信息。面对这样的"守旧"，靳晓静似乎一见如故，她以朝觐文明的敬意解读其中的信息，并听凭这种古老力量的挟持放纵自己的思绪。她说"欧洲使人苍老"，那是她在一直向北的苏格兰北部高地——那一被安静笼罩的广袤时空中，体悟到了生命被收服的顺从。而同样是在那条一直向北的道路上，路旁深陷的"古罗马人的城墙"又提示着曾经上演的战争史剧，无数手持兵器的勇士们为了尊严、信仰而汇入搏杀的洪流，以青春和无畏夺取勇士的光荣。就在这种时刻，靳晓静似乎在人类古老文明史的角度上，确凿地感应到了一种男性的骨力与魂魄，随之而在人的类属生命的豪迈情感浸润中，突然升腾起一种神圣的母性光晕：

> 我是一个女人，是否该生下一个儿子
>
> 让他来走这向北的路更合适
>
> 我会目送他的背影，心疼而骄傲

不仅如此，面对泰晤士河边古老的城堡，她还有过类似的表示："城堡都是儿子们干出来的，她说"。

对于在长期积蓄中获具了深层对应能力和解读能力的靳晓

静，欧洲的能量是巨大的，一方面，正如同这里所呈现的，它引领着靳晓静的心灵在广阔神圣的情思中高高耸起；另一方面，又使她在那种欧洲式的缓慢日常生活的光阴中，趋向于一种哲学指向上温暖慵倦的人生沉湎。《一个中产阶级的午后》几乎就是以这种慵倦性的笔调，描述了一对老年夫妇，在下午茶中安逸闲适的中产阶级生活。在那样一个午后，"我"和女主人 Grandma 在客厅中一边喝着下午茶一边聊天，她的丈夫——一个老绅士在廊下摘着黑梅，要做一种叫作黑梅派的点心。他"打过仗，经过商，老了更像孩子"。而在这间客厅，"脚下的地毯是一个家族厚厚的秘密 / 墙上油画中的人物高大典雅 / 像 Grandma 的父亲，或者儿子"，客厅古老而稳重的窗口可以将花园览尽。女主人说，她已活了 60 多岁，"看见祖辈们仍在花园里散步"——这一切的描述，都围绕着靳晓静的这样一个感受："在英格兰，怀旧是一种荣耀"。在她的眼中，这是一种以丰厚的物质积累和文明积累为前提的生活，而这种丰富精神世界中简单生活的安静与自适，足以让人产生终极性的归属感。当然，这样的生活还要以人生的积累为前提，于是，她在沉浸式的想象中带入自己："我还不够苍老，但可以期待"。

这是一幅看似普通的私人日常生活场景，但它涉及的主题，却与靳晓静正在进行的那篇硕士论文之间，不无潜在的对应关系。或者说，它正是靳晓静对于"资本主义精神"的一种诗歌解读。的确，这是一个"怀旧"的英格兰，一个"守旧"的欧洲。相对于永远在今是而昨非理念中折腾的当代世界和竞争至上的生存哲学，守旧就是当代欧洲的生活模式和哲学态度。当历史以一代代人的艰辛与智慧为它赢得了富足与和平，对历史最诚挚的致敬方式，就是听从它的旨意，享受并守护这样的生活。因此，它安静、从容、雅致，甚至以对快节奏的现代生活的睥睨，把自己置放在历史的绵长恩泽中。

这仿佛就是人类社会史上一个召唤万物回家的温暖的黄昏，那时候，靳晓静在"长日将尽"的慨叹中，听到了自己内心的和解与顺从。"早年的爱情／像一条抓住又滑脱的鱼／她的心乱了一下，仅一下"（《异域桃花》），随之，"往事已成为行囊／我已成为温柔的动物"（《又经沧海》）。

四

至此，无论是从空间场景还是从内心的信息显示来看，靳晓静已在那一自小就激荡着她的奔赴冲动中，实现了对于终点的抵达。所谓"诗人的天职是还乡"的说法，对于此时的她既是现实空间的返还，更是哲学指向的返还，是人生归宿和心灵归宿双重指向的复合。于是，在她返还之后，那一直潜在地召唤着她的西方文明体系，黄昏落霞般地与其故乡大地的地气相融合，铺展为她新的心灵地平线。此间她写下了一批自成系列的诗作：《清远之水》《阴山阳山》《奎星阁》《在平江天主教堂》《无名之石》《大宁静》《为一种蓝命名》……虽然它们并非来自一时一地，却无不浸润着宗教性的颖悟和意绪。

宗教感一直是靳晓静诗歌中气息性的元素，也是她在诗歌中内敛出沉静的书卷气的源头。然而，宗教感之于个人，虽然体现为人与世界的冲突和解之后安静平和这一共性，但不同文化体系中的宗教指向却并不相同。大致上说，基督教指向爱，佛教指向善，儒教指向礼（教养），道教指向空明（智慧）。诗人的宗教感基于其不同时期的精神问题和心灵体认，正因为如此，不但每个人在不同时期的体认方向和体认程度各不相同，即便在接近终点之时，它所导致的结果也判然有别。既有的事实表明，它既能使人走向出世的空寂澄澈，也能使之走向入世的丰润博爱。而此时，浸润在靳晓静这些诗作中的宗教感，既不纯粹是彼在的基督教，亦不完全是此在的儒释道，而是这多重光束的投影："天圆地方 / 有一种空比天空更空""这一片澄明一瞥之下 / 我已与它结下 至顺之缘"（《大宁静》）。显然，她在固有的安静中，进一步走向静虚与澄明。

然而，就在这种风轻云淡中，靳晓静的写作却突然风起云涌，她以富有再生感的激情，写出了一首题名为《记忆：1978》的中长篇幅的诗作。在靳晓静的写作史上，凡被她施以这种篇幅规模的诗作，无不标志着一种新的精神迹象。

从这首诗歌的写作时间 2008 年看，这是一个有关 30 年前的大事记忆。它在官方的历史大事年表中，是 1978 年中共十一届三中全会的召开和改革开放政策的启动；而在靳晓静这首诗歌的表述中，则是"我的文明元年"。这也就是说，她的人生到了这一年，才因之开始了真正的文明纪元。作为靳晓静的同代人，我听清了这句话中的雷雨轰鸣和洪波巨澜，那是储存在不仅是一代人，而是整个国家的记忆：那一年，"大河改道时，谁能听懂先哲的预言？"我"扔掉手中的《红楼梦》/拿起英语书，看见葬花者弄潮人/都说世道要变了""那一年，是一个物归原主的节日/把梦还给孩子，把选择/还给青年，把土地还给农民"。

> 那一年，我见过做过的
>
> 事情，多么神奇
>
> 我排队买书
>
> 我曾排队买过蔬菜，水果和粮食
>
> 那一年，我排队买书
>
> 淘金的人群，多么疯狂
>
> 像开仓济贫，像大赦人心

这样的记忆几乎完全就是我的记忆，以及我们整个一代人的记忆。在排队买书之前那个号称"市场繁荣、物价稳定"的年代，我还曾排队买过火柴。而在这个1978年的春季刚刚成为"77级"的我和我们，有过无数次大清早从学校赶回城里排队买书的记录，那样的疯狂，像对此前荒凉日子的报复。

> 1978，我现在念起你时
>
> 不禁泪流满面
>
> 为那时的人们和自己感动

是的，靳晓静是为"那个时代"的人们和自己感动，但事情已过去了整整 30 年，而在已经自我锁定的风轻云淡中，她的这一感动又缘何再次爆发？

如果再仔细追究，我们可以发现，当靳晓静开始了知识女性向度上的写作，其意识中就出现了一条社会学的隐线，以及一种直觉性的个体价值立场上的社会观，用西方社会学家的概念表述，这就是人的"现代自由"（又称为"消极自由"）。所谓的现代自由，就是私人生活的自由和个人权利的保障；人可以不受干扰地做自己喜欢做的事。这是一种看似轻松简单却曾经极为困难的要求，在我们所经历的那个漫长的、被称为受监控的年代，其根本特征，就是"以公共政治生活吞没个人生活空间"（贡斯当）。因此，这样的自由只能在远方，而她很早就对外婆那块怀表故乡的向往，正是对这种自由的渴望。

但她对另外一种现象也并非完全无动于衷，这就是让她至今念起仍"不禁泪流满面"的 1978 年的那种景象：一种全民性的纵身于社会文明进程推动的公共激情。西方社会学家将此称为"积极自由"。它是公民充分参与并行使自己的政治权利，担当使命、分享自由的自由。但正如一位中国社会学家所总结的，现代社会有两种危险，即社会生活的"过度政治化"和"过度私人化"，而且常常是从前者转向后者，例如法国大革命期间是"过度政治化"，导致人人厌恶政治而走向"过度私人化"（甘阳《自由主义：贵族的还是平民的？》）。那么，这是否此时的靳晓静在她置身的当代生活中，包括在她自己身上，意识到了这种"过度私人化"现象，因此而在潜意识中形成的新的精神调整？如果答案是肯定的，这也就意味着，她在以人类文化文明为潜在观照标尺的诗歌写作中，已为自己建立起了一种心灵反应和心理调适机制，这种机制，持续地平衡着她与世界的关系，也不断扩充着她的精神容量，使她在内心平和雅致之光的充注中，不时闪现出通向社会生活的活力。这也正是诗人与写作之间，最终映现出的那种能量扩容关系。

现在，当我们把她写于1998年的《百年往事》，与写于2008年的这首《记忆：1978》相对照，就会发现在时间过了整整10年之后，这两首诗作之间恰好完成了一种呼应关系。在它们各自展开的广阔时代风云背景中，前者是以不能释怀的痛楚与追问，对自己的外婆——一位始终恪守着自己高贵精神世界老人亡灵的造像，而阅读外婆，就是阅读一个民族的受难书。后者则是对外婆精神血缘上的传人——诗人自己，在一个时代的大转折中与她的国家一起，如获再生的欣悦与感慨。这样的追忆，恍然如同阅读一个民族的福音书。

这一切，都是时间之于命运的演绎。

但这后一次，应该是诗人所处时代的北京时间，与诗人的个人心灵时间、那块怀表故乡的格林尼治世界标准时间，调准了频率所致。

2009年1月27日下午（农历正月初二）

杜拉斯的幻影与时代加速度
——安琪《像杜拉斯一样生活》解析

　　《像杜拉斯一样生活》是一首代表了本时代的紧张、焦灼情绪，并对这种情绪做出独自呈现的诗作。它因急于说出而近乎口吃的高频语速，作者在诗思稍纵即逝状态下对它闪电般的捕捉与完成，似乎都显示着，这是一次意外的写作事件，一首猝不及防的诗作。

　　然而，恰恰是这样一首诗，此后被诗歌界看成了作者安琪的代表作。这对于有着 20 多年的诗歌写作史，在几近专业状态下写出了不少重型诗作的她来说，似乎有点滑稽。但在我看来，这的确应该是安琪写出的一首诗；换句话说，只有这首诗，才传递出了安琪被杜拉斯神魂附体的无数个瞬间中，紧张尖厉的幻影性生存状态，并折射出快节奏的当下生活中，一种典型的时代情绪。

　　这也就是说，在这首诗作中，存在着一个"三点一线"的关联链条——这首诗与作为一种生存状态符号的安琪的对应；穿过安琪之后，与同一符号的杜拉斯的对应。

　　那么，安琪与杜拉斯，又是什么样的符号？

要回答这个问题，还得把时间追溯至 2001 年的一个诗歌事件，正是这一事件，使安琪几乎于一夜之间，成了中国诗坛上的一位焦点人物。这就是由她发起的"中间代"诗歌运动。

关于这一诗歌运动，我曾在一篇文章中做过这样的描述："肇始于 2001 年的'中间代'这一概念，是在当代艺术运作机制背景中发起的，一场同代诗人不同写作板块的联动。这个概念的核心，就是以'代'的名义，为处在'第三代'和'70 年代后'两代诗人的夹层中，那些未获命名的 60 年代出生的诗人们，做出一个便于理论界乃至文学史指称的命名。因此，这里的中间代，并不是一个具有共同艺术目标和风格的诗歌流派，也不是一个相互认同的诗人共同体，而是一群以'代'为标志的诗歌同龄人"（《世纪初一代诗人的联动——论中间代》）。

因此，这是一场形同于"无中生有"的诗歌运动。要将一群连相互认同都谈不上的诗人们串通为一个诗歌同盟，几乎就是异想天开。更何况，在刚刚过去的 1999 年的"盘峰论战"中，这一同龄人内部已经对峙为"民间写作"和"知识分子写作"两大系列，他们此时不但余怨未消，并且仍势同水火。在这种情况下，你很难想象会有一位什么样的人物，于登高一呼中，促成各路刀客游侠的武林同盟。且此时的安琪，只是身居福建的无数外省诗人中普通的一位。

但与此相关的另外一个事实是，此时的安琪所积蓄的能量，已膨胀到了爆炸的临界点。自 1995 年以来，她已写出了《未完成》等获得"第四届柔刚诗歌奖"的中长型诗作和《明天将出现什么词》这样的短诗。到了 1999 年前后，更是写下了《任性》《庞德，或诗的肋骨》《九寨沟》《轮回碑》《第三说》《加速度》等一系列动辄上百行，乃至近千行的长诗（如《轮回碑》），且诗句大多为 20 多个字以上的长行。从这些诗作的体积与写作时间来看，此时的她正被一种不可思议的写作速度所裹挟，恍若大河泄洪，激流湍荡。关于这些作品，你依稀可以联想到杨炼的《礼魂》、海子的《太阳七部书》那种形态上的大制作，以及庞杂宏大的文化整合图谋。但与杨炼的东方古典文化原型、海子的农业文明和太阳幻象相比，这里已完全是安琪式的、由缤纷信息碎片黏合的当代世界图像。这些信息碎片，一是来自她所置身的当下生活场景，二是来自现代文化经典和新闻事件。比如由 30 个章节构成的近千行的《轮回碑》，其中有诸如此类的小标题：《我生活在 ××【教条小说】》《极其迷幻的信仰【卡夫卡文本】》《"我喜欢一种异常的语言"【疯子过街舞】》《控制论正快速制成馅饼【非体验】》《一个机关工作者的一天【流水账】》《谋杀者的晚餐【菜谱】》……由这些小标题，你大致上可以想象得出它们在荒诞主义的方式上，对于光怪陆离的当下生活的深度折射，以及奇异的陌生化语言品质。

的确，这些诗作还有一个更为耀眼的特征，这就是借助美国现代经典诗人庞德的启示所展开的、大规模的语言实验：通过对某个汉字的拆解，探究造字者赋予它的神秘奥义；利用汉字的谐音、结构上的合成性等特点，在语词的组合中制造出双关、吊诡的离奇语言效果。比如"是有晃岩被称为日光岩 / 风像语录那样掀动"中，"晃"之于"日光"的拆解；再比如"一个国家的军火在另一个国家发挥作用""一个国家的人民在另一个国家流离失所"；"接吻就是以牙还牙"；等等。

是的，这是一个在混乱的才气和罕见的加速度中奔跑的安琪；一个凭借着灵动的诗思和莽撞的才力，力图传递出当下生存场景中包罗万象的精神文化信息，进而以这样的创作，渴望在当代诗坛骤然升起的安琪。我至今还清晰地记得，在1999年春季的四川江油诗会上，与我等第一次见面的安琪对于诗歌的亢奋与狂热。她先是就某个诗歌问题向诸位"请教"，接着是切磋，再接着是辩论，当数位"老师"已经倦于支应这种高密度的谈话开始回避时，她会抓住另外一个尚有余勇可贾者，穷追不舍、死缠烂打。数天时间里，除了诗歌她没有再感兴趣的话题。

这种情形使我意识到，那种除了诗歌之外目无一切、浑身的细胞都为诗歌而沸腾的人是存在的，安琪就是一个典型。

尽管已经写出了这么一批诗歌，且如此地在诗歌之中沸腾，但此时的安琪，却处在半明半暗的夹生状态。当此之时，身居福建的外省诗人的地缘劣势，也许并非不是她的一个心结，但给她以直接刺激和启示的，则是2000年1月面世的一本《中国70年代出生的诗人诗选》。出生于20世纪60年代的一大批诗人，早在80年代中后期就以"第三代"的名义集体登场亮相；此时，出生于70年代的诗人们又以"70后"的名义和相同的方式，再次集体登场。而这两个群体里，都没有1969年出生的安琪！这个事实至少在安琪的解读中表明，包含了群生效应的群体力量是巨大的，诗人个体不凭借群体的拯救是没有出路的，一个成功的模式则是可以复制的，但却需要特殊的想象力，为之找到一个恰当的概念或名义。终于，就有了安琪在绞尽脑汁之后突然蹦出的"中间代"。

我不知道，她给多少诗人批评家打电话阐释过这一命名的含义，又给多少未来的"中间代"们描述过这一集体主义行动的深远意义，总之，一个近乎奇迹的事实出现了——2001 年，包括了"知识分子写作""民间写作"以及可以网罗到的所有出生于 60 年代却没有赶上"第三代"那班车的诗人们，随着一本民刊形式的《中国大陆中间代诗人诗选》的出版，以"中间代"的名义集体亮相。

这几乎是一个人发起的一场诗歌运动，安琪也于一夜之间闻名于江湖。

然而，这只是"中间代"闯入诗坛的第一波攻势，它能否在诗坛站得住、立得稳，并有更壮观的声势和发展，还有赖于一系列的后续行动。而此时的安琪，对此似乎已成竹在胸。2002 年 12 月，她做出了自己人生中的一个重大决定：离开福建独闯北京，在北京这个中国文学艺术的核心，成就自己的"大业"。这其中就包括出版后超过 2000 页码的《中间代诗全集》的约稿、编辑、出版资金筹措、出版后的发行等所有工作。在安琪的想象中，这部"诗全集"的面世，将会是"中间代"强行驰入诗歌史乃至文学史的一艘航空母舰。

多少年后重新回顾此举，你会觉得这是一次近乎孤注一掷的赌博。在把自己从家乡、家庭以及安稳熟悉的工作生活中彻底拔出，径直奔向对于诗歌的"献身"时，她是否想到过，自己会输得没有退路？

的确，陌生的北京并没有给这位诗歌献身者以特别眷顾，寻找工作的挫折感，进入某图书公司后快节奏、高效率的工作要求，同时进行的《中间代诗全集》的编辑，都以当代都市激烈的生存竞争之手，将她拖入"快些、再快些"的高速旋转转盘。直到某一天，一部时限要求紧迫的畅销书在她的加速度中攒成后，才使她获得了瞬间的心理松弛。但也仅仅是瞬间的心理松弛。在公司人去楼空的夜晚，如释重负后的成就感和兴奋晕眩状态，又使她以同样的加速度，一口气写出了包括《像杜拉斯一样生活》在内的8首诗。

那么，又为什么是"像杜拉斯一样生活"呢？没错儿，杜拉斯（1914—1996）是一位以传奇的人生经历、惊世骇俗的叛逆性格、喷泉般的生命能量，创造了人生奇迹和写作奇迹的女作家。在她从28岁开始到82岁去世前的50多年创作生涯中，共创作了70多部文学作品、近20部电影。她在70岁年龄上出版的小说《情人》，被翻译成了40多种文字，全球发行250多万册。与这些罕见的创作纪录同样重要的，是她惊世骇俗的人生倾注于作品中的，惊世骇俗的性格类型和人生故事。这个故事充斥着酒精、躁动、暴风雨般的爱情与沉醉的肉欲，充斥着豪举暴施的生命挥霍与才气挥霍，也充斥着一个乖戾的灵魂闪电般的人生洞察力，最终呈现为历经无数的波折和心酸后，不可摧毁的骄傲和自负。在任何一个时代的社会个体无不屈就于生活而低于生活的普遍现实中，她是一个少有的拒绝了天性修改而高于生活的人。在她奇迹般的人生和写作中，显现了一个生命个体不可思议的高能源、加速度、大质量。

杜拉斯本人有一句同样惊世骇俗的名言："如果我不是一个作家，会是一个妓女。"那么，她之成为一个享誉世界的作家而非妓女，说明了她天生就是一个只为写作而存在的人。而这样的人是可以创造奇迹的。

安琪曾在一篇文章中表示："除了《来自中国北方的情人》一书，我就没读过杜拉斯的其他作品。我喜欢的杜拉斯更多的是她的生活状态本身。"（《〈像杜拉斯一样生活〉创作记忆》）这个事实更加确凿地表明，安琪与杜拉斯，的确存在着性格与精神类型上的同构。亦即在她的血液中，先天性地伏藏着杜拉斯式的气质和趋向；而在对杜拉斯进一步了解之后，杜拉斯式的生活，已潜在地成了她的精神幻象，激励她的旗帜。

因此，当她在那个人去楼空的夜晚，突然写下了杜拉斯这个名字和这首诗歌的时候，一次看似偶然的写作，实际上是打开了潜意识长期积储于她心窖密室的盖板。这种长期的积储与瞬间的打开，使这首诗作呈现为高压气流般的骤然喷射——它是天然的，早就存在的；带着它复杂的由体液、细胞、飞翔的幻象混成的秘密，以不可修饰的原生状，直接喷放。

只是，安琪之于杜拉斯的对应想象时段更为遥远，由自己人生的此在时段，径直跨入暮年时光之于杜拉斯的对应想象——或者说，是盼望和期待。杜拉斯一生不惧物议，我行我素，坦率地生活、强盛地建造、恣意地挥霍。虽然伤痕累累却始终全身而立，到了人老色衰的暮年更是人生如花。不但仍有能力疯狂地爱，并有魅力被疯狂地爱；不但仍保持着旺盛的创造力，并更加自信和骄傲。当诸多诸如好莱坞女星们的绝代佳人，尚未走过中年人生就自我挥霍成了白痴时，时光唯独成全了这朵茁壮的罂粟。想来许多读者都不会忘记，由她为一位男士所构想的、那段恭维她自己的经典台词："现在，我是特为来告诉你，对我来说，我觉得现在你比年轻的时候更美，那时你是年轻女人，与你那时的面貌相比，我更爱你现在备受摧残的面容。"

　　——如果这不是所有女人的梦想，起码也是众多知识女性的梦想，当然更是安琪的梦想。所以，《像杜拉斯一样生活》一开始便直扑这一梦想：

　　　　可以满脸再皱纹些

　　　　牙齿再掉落些

　　　　步履再蹒跚些没关系我的杜拉斯

　　　　我的亲爱的

　　　　亲爱的杜拉斯！

我要像你一样生活

然而，世界超女杜拉斯，高卢雄鸡般骄傲高蹈的杜拉斯，只宜作为梦想来憧憬，无法作为现实来复制。

尽管你可以在生命的年轻时段效仿她——"脑再快些手再快些爱再快些性也再 / 快些 / 快些快些再快些快些……"但杜拉斯马力无穷的加速度能够跑赢生活，而你却在中途就已"呼——嗨——我累了亲爱的杜拉斯我不能 / 像你一样生活"。这是一种清醒的坦率的诚实的认赌服输？

然而，无论如何，安琪都在为杜拉斯所激励的时光中，创造了不凡的生命事实。

最后我还要说的是，就语词和句式结构而言，《像杜拉斯一样生活》是一首极为简单以至单调的诗，但这样的单调，却来自心泉的高压喷涌，一气贯通，浑然天成。正所谓的人活一口气，诗贵一根筋——这句话可以算作我的顿悟。因为诸多逼近绝望之境的优秀诗歌，都有这种一根筋的特征，比如海子在孤独绝望的青藏高原之夜，想念"姐姐"的诗歌名篇《日记》："姐姐，今夜我在德令哈，夜色笼罩 / 姐姐，今夜我只有戈壁 / ……姐姐……姐姐……"其与这首诗一根筋的单调，几乎如出一辙。

2011 年 7 月 5 日

李南诗歌的符号性标识

在时间进入 21 世纪以来的中国诗坛，李南以她为数不算太多的诗歌，成为一位具有符号性标识的诗人——亦即她对俄罗斯女诗人阿赫玛托娃的体认："俄罗斯广阔无垠的大地上 / 你跌跌绊绊 / 倒下又爬起 / 我也一样，像牲口那样 / 在晨光里 / 倔强地仰起头来"（《为什么相逢》）。把这首诗与她的《小小炊烟》《下槐镇的一天》《呼唤》综合起来，我所看到的，是一位以普通平民的视角和公共知识分子的立场，对资本和权力通吃的这个时代，所怀有的激烈的羞耻感和公义感；她用以指称阿赫玛托娃的"女公民"形象。

所谓的公民，就是"根据该国法律规定享有权利和承担义务的人"，李南的公民意识指向，正是对这一享有权的强调和道义义务的承担。亦即：我必须享有国家法律规定给一位公民的所有权利，同时，我不能对国家社会空气的毒化无动于衷。在我们目睹着连诗歌都部分性地成为资本和权力附庸的当下，李南这种女公民式的诗歌形象，尤其让人感受深刻。数年前，我曾对她的诗歌有过这样的表述："许多出色的诗歌都让我心怀好感，但这类诗歌却应该领受敬意"（《一个诗评家的诗人档案》)。现在，我还愿进一步地这样表达：李南是一位能够通过自己的写作，让当代诗歌获得尊严的诗人；一位能给当代诗歌带来信誉的诗人。

当我这样指说李南的时候，绝不仅仅因为她的这种立场姿态（我已过多地见识了将某种立场姿态戏剧化的写作），而是因为体现在她诗歌中的，与自身生存性状相吻合的真实与可信；建立在这一基础上的，其精神世界饱满的反向张力；对于世俗生活的巨大热忱，将诗歌视作真理之言说的倔强与决绝。

她热爱时尚的世俗生活：喜欢用淘宝体网上聊天，听摇滚乐，和朋友在小雨中散步，向往背包客生涯……也就是说，常人热爱的我皆热爱，或者更为热爱。这种自我角色体认中天然的"人民感"，比之往常诗歌中思想者的清教徒形象，洋溢着让人心动的世俗活力和人性本真。与此同时，她精神思想上占据的空间之广阔，则几乎让人惊讶：她读古罗马史、四福音书，触角伸及古印度阿育王、"永生流浪的以色列"，与俄罗斯白银时代的诗人进行私密的精神交流，关注欧洲、中东、亚洲大陆的时事风云……而横亘在这一广袤视野中的，则是这样一条主体线索：从历史宗教典籍中"寻求真理和爱"；在近现代人类社会的动荡场景中，感受被侮辱与被损害者的屈辱及其绝不屈服的反抗。这样的关注视野，几乎使她成了一位世界女公民；也是她内心强大、似乎要为这个世界上的所有弱者打抱不平的根源所在。

但与这种强大形成触目反差的，是她诗歌中基调般的渺小渺茫感，无奈无助感，羞惭愧疚感。当年她那首《小小炊烟》中"那是患病的昌耀——他多么孤独啊！// 而我什么也做不了。谦卑地 / 像小草那样难过地 / 低下头来"，曾让我过目难忘，而她新近诗歌中的"羞愧啊！面对古老黑暗的国土 / 我本该像杜鹃一样啼血……""再有一年，我就活过了曼德尔施塔姆 / 却没有获得那蓬勃的力量！"（《羞愧》），等等，仍然一脉相承。关于这种渺小感和愧疚感，我想它所涉及的，既是写作的伦理，还是诗歌的本质：其一，它呈现了人类个体真实的生存处境和已经稀缺的敬畏与良知；其二，人类一切肆无忌惮、狂妄嚣张的恶行，都是源自敬畏感的丧失；其三，它来自诗人深刻而焦灼的天下情怀、正义情怀，她想为之承担的越是深广，这种渺小感与无助感就越是强烈。

近若干年来，李南已经成了一位完全独立于诗坛之外的诗人。当众多的写作者忙于从流行技术、流行题旨中搬运经营自己的流行作品时，她显然已经解决了自己之于诗歌写作的本质问题。简单地说，她要写作有用的诗歌。而这种诗歌之用，就是对自己的精神心灵之用，对天下的公义、正义之用。

"而我依然贫穷，但不再为此羞耻 / 我相信这是上帝的美意，他为我打开了另一扇门"（《八月某一天》），上帝正在不断地优化着她的精神世界，而诗歌，则是她通向上帝的秘密通道。

2011 年 11 月 5 日

光落在树叶上会有什么秘密

——李前油画片论

　　2000 年 12 月，李前在山东省美术馆举办了由 62 幅风景写生画组成的"重温旧梦"个人油画展，被到场观摩的专业人士评价为：该馆"近三五年来最有学术性的个展"。我在当时为此书写的一篇文章中谈道："这些作品对我来说是激动人心的。我看到了日光从树枝上投射在渔村无风的正午，那种万古的静寂和安详；赭红的乡间瓦顶积木般堆叠的童话；水塘边的枯树在早春向天空勃发的独孤而生机勃勃的新绿……李前不仅仅是在写生，他感应着大地迷茫而神奇的信息，在画布上诉说着一个现代青年艺术家对于这种语言密码的理解。而这些作品，也由此实现了从素材向创作，从原生状态向艺术作品的直接切换。"这篇文章的标题，叫作《学院派世界中的一株白桦》——干净、茁壮，良好的专业素养和专注艺术梦境中的蓬勃激情，是我对李前当时的整体感受。

　　时间一晃十年有余，当年的"白桦"已由威海画院的青年画家，而至青岛大学副教授、上海戏剧学院教授，且在 CCTV 现场直播的"中国油画 60 年回顾"专题节目中，以年度新人的身份，汇入中国油画界的实力画家系列。

这一切，大致上都符合我的预料。作为一个现代诗歌研究者，我在自己重点研究的海子、昌耀等诗人身上，发现了那些有造化的艺术家某些共同性的特征，其中重要的一点就是，他们很早就知道自己的方向（尽管可能是潜意识的），继而朝着这一方向专注地奔赴。而这一方向感的确立，则来自他对自己专业领域历史和现状的熟悉，对所处时代和地理人文空间的深度理解，乃至对中外经典艺术家家族谱系的分辨和自我归类。我把这些称为一个艺术家的根性，其显著表征，便是浓郁的学术理论激情。这在李前身上体现得尤为突出，当年我等数人相聚时，高密度的前沿信息交流和相互诘难辩论时迭出的机锋，使人常有棋逢对手的酣畅与痛快，也是彼此难得的精神盛宴。

2012年新年第一天，"李前油画作品邀请展"又在威海开展。这是李前本人调离威海十多年后，在个人艺术天地游走中一次新的作品展示。展出的作品大致上包含三个板块：风景写生系列、女芭蕾舞者系列、人物肖像系列。前两个系列是李前一直热衷的题材，图像上则多了一些欧洲和江南风景，当是新的专业游历与生活空间对他创作的进入。而众多的人物肖像，则是其创作中一个新的板块，既显得分外抢眼，也让我稍感疑惑。但认真追究起来你就会明白，这正是他固有方向的进一步延伸。

综合李前的来龙去脉来看，他在创作上所走的，是一条与西方油画发展史密切贴合的、极规范的学院派道路。但却是这一线索上反方向的行走，或可通俗地称之为"逆行"。这与诗人海子的路径，有着惊人的相似。

从 20 世纪 80 年代初期开始的中国现代主义文学艺术潮流，油画与诗歌都是直接受欧美现代主义哲学艺术思潮的启动，因而走得最近并相互影响的两个品种。距离这一时代最近的欧洲画家比如毕加索等人，即直接影响着中国的画家，也以其"立体派"绘画的拼贴、镶嵌、叠合等手法，影响着中国诗人。反过来，中国朦胧诗人们由欧美现代艺术思潮转换而来的现代质疑精神与艺术处理上的冷峻风格，也对油画家们形成了观念上的影响。接下来，画家与诗人们都在各自的系统中，随着世界新的文化艺术思潮的出现，而同步移动，从现代主义而至后现代。然而，海子却在诗界杀了一个回马枪，在写作初期走过一段极为短暂的现代主义路径后，他便顿悟般地掉头，将艺术资源与艺术范本的认取，直指以黑格尔和歌德为代表的欧洲古典哲学艺术，以及中国的农耕文明，最终成就了他结实、深邃而又气象苍茫的诗歌世界。

与海子同为 1964 年出生的李前，彼此虽互不相干，却都对主宰中国前沿艺术进程的汪洋大海般的现代主义风尚，表示了让人难以置信的排斥。在我看来，他们似乎更愿意把创作看成一个特殊的专业系统，需要综合性的广阔视野，需要高远的艺术眼光，更需要写实训练中严苛精微的笔触功夫，以确保作品在沉实、丰沛的质量感中完形。这便是艺术之为艺术的本质所在。

无论这其中存在着多少个人志趣上的偏见，但中国现代主义绘画和诗歌中大量玄虚的、观念演绎烟雾下不见专业能耐的制作，也的确该让他们羞与为伍。因此，李前在西方油画史中寻师的路段，基本上越过了整个的现代主义绘画——由1973年才离世的马蒂斯和同时代的毕加索，再上推至19世纪晚期的凡·高等后期印象派们——这一当代中国画家眼中大师云集的区间，而在早期印象派的世界停住了脚步。他在这里重新认识了现今已门前冷清的德加和风景画家毕沙罗们，以及时间再上推一步的法国巴比松画派的柯罗、罗梭……这也就是说，无论凡·高们是多么伟大，却不是李前所需要的导师。

　　没错儿，他在自己的家族谱系中找到了德加。在德加众多题材类型的创作中，其中年时代的芭蕾舞女系列，成为世界绘画史上他本人的标志性创作。而在这些画布上的舞者身上，他用数年时间沉浸其中并一再尝试和最终解决的，则是一些根本性的技术问题。在这位秉承了学院派超一流的线条能力却又趣味刁钻的画家眼中，由线条构成的素描比之由画笔涂抹的色彩，表现力要远为丰富。他也因此看不起醉心于大自然色彩的风景画家，而把自己的题材对象转入室内公共场所。他杰出的线条能力在芭蕾舞女个体身上，展示出了美妙的肌肉运动节奏，但群体的气息性呼应和整体空间效果，却不能让他满意。但最终，他从同时代印象派画家的作品中发现了"印象派的光"，"光的效果向德加揭示了运动的重要作用，绘画上的光恰好就是一种永恒的宇宙振荡，它完全排除了轮廓的静止性，为姿态的变幻制造了根据"，从而使他笔下的芭蕾舞女倍显轻盈可爱（〔意大利〕利奥奈洛·文杜里）。当我在此这样追述德加的时候，便不难想象李前在一个远为深邃的层面，与自己这位艺术导师相逢的惊喜。进一步地说，也只有同类型的技艺奥秘的痴迷者，才能对德加产生非同寻常的深刻感应。正是带着对于德加的深刻领悟，李前基于中国当代审美憧憬中的女芭蕾舞者系列，才以隐约的古典性高雅和现代青春气息的混合，以及精灵般的梦幻感，形成了他的个人标记。

　　与这一题材创作交叉进行的、数量远为庞大的风景写生系列，是让李前一直沉迷的创作。然而，他却在近几年把兴趣分配给了人物肖像。或者换一个角度说，是把自己在西方油画史中"逆行"的师从区间，上溯至17世纪的巴洛克画家伦勃朗、委拉斯凯兹等人。他把自己这个系列的创作，称为"向巴洛克致敬"。一个有趣的现象是，为他所钟情的西班牙画家委拉斯凯兹，当年曾两度游历意大利，并由此而对威尼斯画派的代表画家提香发生痴迷。而李前则在近年来对西班牙等欧洲诸国博物馆馆藏经典的两度流连中，"发现"了让他震撼的委拉斯凯兹，并由此通向提香。而提香，则是让肖像画在美术史上成为独立体裁的一位画家。他不但比同代画家画出了更多的不同类型的肖像，并且力求在描绘对象的日常自然状态，而不是模特儿式的姿势摆放中，刻画不同人物特殊的内心世界和典型性格。至于得其真传的委拉斯凯兹，更是以非凡的现实洞察力，在诸如《教皇英诺森十世像》的肖像画作中，入木三分地表现出了一个显赫权贵骄矜相貌下的贪婪与狡诈，以致使其属下的主教们见画像而心生畏惧。因此，无论巴洛克这一概念有着多少复杂的内涵，但从李前对这个概念的使用来看，除了其显在的人体造型上剧烈的运动感、旺盛的生命力、富丽堂皇的色彩、别致的光影变化处理外，他更有心得的，则是其精确入微的造型笔触，精湛的色彩表现魅力，对于人物内心世界深刻的理解与洞察。无疑，这是一切经得起推敲的优秀艺术作品赖以建立的基础，却需要一个艺术家不断"踩实"自己的道行修炼。

因此，李前所谓的"向巴洛克致敬"，既是对于经典艺术的致敬，还是对生成了这些经典背后的伟大艺术精神的致敬——亦即在自己独立艺术系统的建造中，对每幅画面内光色得失的锱铢必较和心血渗透。也就是我在谈论昌耀时所指认的，"用'雕虫之功'堆垒自己诗歌的青藏高原"。而李前之于其人物肖像，既是在"雕虫"，又是在"雕龙"。其某些当代人物表情中特殊的岁月信息和类型性心理信息，使人确信他对提香创作理念的领会。但如果再将其另外一件"雕龙"性的创作引入其中，我们当会有更深的感受。

我要说的是，在我曾经隐约的期待中，希望看到以一定规模的构成性，综合处理当下社会题材的"叙事"性作品，在李前创作中更多地出现，比如他当年的《午夜时分》《出海归来》那类创作。而他2009年的《陕北粉条作坊里的人们》，似乎正是对应了这一期待却又让我意外的一件"大画"。如果没有作者的署名，你很难相信它会是李前的画作，但若联系到他人物肖像中那幅《陕北粉条作坊的汉子》，你不但会意识到，这是他在自己道路上的一次纵深推进；还会恍然明白，一幅大画的产生，来自怎样的前期准备。不错，这是一幅完全超出了李前原先格局和基调的"北方叙事"：蒸汽弥漫的陕北粉条作坊内，十多位清晰或模糊的人物身形与面孔，并且是地道的陕北壮年、青年、女童的身形与面孔，会让你在心中暗自嘀咕，它们要来自多少的前期肖像作业和储备。但首先向你视觉发出"夺目"信号的，则是那种巴洛克式的近乎豪华的光。画面上，在似乎是经历了一个不眠之夜又迎来新一轮作业的清晨，众多各自状态中忙碌或打盹（女童）的人物，与作坊内仍未熄灭的电灯灯光、大锅中弥漫的白色蒸汽、画面上并未出现却以氛围呈现的灶膛火光，以及凌驾于这一切光色之上的、由窗外涌入的金红曙光——相辉映，在一种粗重的辉煌感中，凸现出一个乡野族群强盛的生命力。是原生态的生命在与岁月逝水的抗逆中，永恒崛动的辉煌与强盛。这幅画作，几乎具备了巴洛克风格的一切手段和特征，却是一幅与西方经典作隔世对话的中国当代油画。对于这样的作品，假若要特别提到它入选了第十一届全国美展，似乎有些无趣。

但比较有趣的，是我在网络上看到的，一位颇具专业素养却又麻辣刁钻的美眉题为《点评第十一届全国美展油画的所有作品》的帖子。在对所有作品从技术破绽上挨个扫荡下来后，到了这里她却眉目一转："你说你个上海的，画啥门子陕北的，而且还画得仇大苦深的！"这话让我乐不可支。美眉似乎对这幅画作技艺上的难以挑剔有些"恼怒"，便甩出了这样一支仍不失内行角度的梅花针。只是美眉并不知道，这个画家其实是北方的，并且长期在北方数省的渔村山乡写生，当然也时而涉足江南。

大约将近20年了吧，李前的风景写生作为他从未间断的一条创作中轴线，历经日积月累，由量变到质变，如今已蔚为大观、气象卓然。他在景物截取与摆布上机杼独出的角度，色彩处理上赋斑斓以沉静的雅致格调，图像平面上那种奇怪的鲜亮如洗的锐度，总体效果上鲜明的抒情性，这一切，使他的这些风景写生无论放在任何类型的众多作品中，都会被一眼认出。假若把它们收拢为一把扑克牌再依次搓开，那一切沉默的——积雪覆盖下的渔村、秋光中金黄的白杨、绿枝披沥的江南水塘、灰墙黑瓦的古镇深巷……将会在你的眼底逐渐幻变、放大，并无限扩展，使你会突然想到"山河"这个概念，并突然明白，山河为什么会使人迷恋。当然，你还会突然明白，将普通山水转换为陌生审美风景的艺术，为什么会使人迷恋。

从我这个业外人士的角度看过去，李前的创作大约是这样的：如果把他在西方油画史上向大师们的技艺追寻，通称为"向巴洛克致敬"，那么，他大地上持续的风景写生，则是"向山河致敬"。而由此再上推一步，便有了让我把握不定的形而上意味：这是否一种"心灵趋光"的创作行为？光在光的传递中转换为获得了形式的光，而光总是让人迷恋。

2012 年 1 月 27 日（农历龙年正月初六）

经典性作品也在检验阅读者的资格
——答《延河·绿色文学》"名家现场"编辑李东

　　2011 年初，在我的故乡汉中举办了一次全国性的大型诗歌研讨会，燎原老师受邀从山东千里迢迢赶来，我以东道主身份被临时安排到会议筹备组。初次相见，我并未认出他，因此在其他老师做介绍时，我只是茫然地看着这位满脸胡茬淡然自若的兄长。

　　当有人说起他就是《海子评传》的作者燎原老师时，我顿感诧异，《海子评传》在国内诗坛的影响力众所周知，可是当这位作者站在面前时，我竟然没能和这部书联系到一起。我为自己的后知后觉感到尴尬。

　　短短的三天会期，燎原老师和多位评论家的唇枪舌剑，让才疏学浅的我禁不住暗自佩服。因为会务缠身，我只是在会议间隙，和燎原老师简单地聊过几句。

　　当杂志访谈对象考虑采访一名评论家时，我不假思索地想到了他。（《延河·绿色文学》"名家现象"编辑李东，2012 年10 月。）

被动是一种神奇的力量

李东：燎原老师您好！很高兴我们再次对话，上次泛泛而谈，这次想就某些问题深入交流，并与读者分享。还是先从《海子评传》说起吧，它被公认为是 20 年来解读海子的经典之作，您当时怎么会想到去写这样一部评传呢？

燎原：关于写作《海子评传》的起因，大致情况是这样的：1997 年初冬，我接到一位名叫胡志勇的陌生人从北京打来的电话，说他读过我几年前（应该是 1990 年）所写的《孪生的麦地之子——骆一禾、海子麦地诗歌的启示》等文章，觉得我能够也应该写一部海子的传记。在谈论了这样一部书对于中国诗歌的意义，乃至未来的历史意义后，他极力鼓动我来干这件事。这就是关于这部书最早的动议。

然而，能写一篇关于海子诗歌的文章，就能再写一部相应的书吗？我感觉不出两者之间充足的逻辑关系，因此，当时就回绝了。这首先是因为，我对自己能否写出这么一本书，的确没有把握；二是在我的感觉中，还有比我更合适的书写这部书的人选；其三，则是对这样一部书写成后能否出版没有把握。然而，胡志勇并未就此放弃，三个月后又专门前来威海对我游说。基于同样的原因，我仍未答应。直到 1999 年初，胡志勇再来电话，说他已为这部拟议中的书找到了出版人——新华社《半月谈》读书俱乐部的负责人，也是兼有做书业务的张修智。我随之与张修智进行了电话交谈，在商讨了这部书的基本格局后，我拟订了一个大体框架，既而借在四川参加一个诗歌活动的机会，之后径直去了安徽海子的老家采访。接下来，我又前往北京，与张修智谈妥了书稿的基本要求，以及稿酬、交稿时间等事宜，并签了出版合同。再接下来，就是在业余时间昼夜兼程地赶写书稿。直至这一年的 12 月 28 日凌晨，完成了全书 26 万字的书写。然后，我第二天即前往北京，赶在合同约定的最后期限——12 月 31 日之前交稿。

交稿时还有一个环节，就是对书稿质量的验收。张修智在大略翻看过其中的几个章节后说：行了，我们喝酒去。席间，由其下属向我移交了稿酬。应该说，这是一个高雅而庄重的时间片段，我们双方都在为一部重要的书而严格履行合约，但事后回想，怎么都像是一手验货一手交钱。

再回过头来说一下此书的"始作俑者"胡志勇，他自称是一个"漂"在北京的文艺界的"包打听"。他不写作，但文化判断力极好，与北京文化界的诸多名流似乎都很熟悉。但奇怪的是，此书出版不久，他就从我的信息世界彻底消失，以至此刻谈起他时，恍然觉得我是在讲述一个天方夜谭。

李东：您的《海子评传》目前有三个版本，那么在《扑向太阳之豹——海子评传》之后，是什么力量促使您两次修订？

燎原：什么力量？我想首先是一种被动性的力量。从 1992 年我谈论西部诗歌的专著《西部大荒中的盛典》出版至今，我一共出版和修订了 9 部书，除了其中的《昌耀评传》外，其余都始于他人的约稿或提供了现成的出版条件。我想这并不意味着我的幸运，而是老天爷为我安排了这种特殊的写作方式。进一步地说，写作是我能够把握的事，出版是我无法把握的事，因此，我只愿致力于自己能够把握的写作，不愿为没有把握的出版去费神。然而，当这种被动性力量构成了我基本的写作机制时，则对我形成了唤起、激发、拓展与深化的能量。如果没有这种被动性的力量，我的许多书与文章大概就不会产生。但这只是事情的一个方面，另一方面，还在于我所具备的响应能力，亦即当一个你能够做的事情前来召唤你去做时，我能够把这件事做得结实而彻底。

细想起来，这种被动性力量之于我，内中还潜藏着另外一种关系。作为一个诗歌批评者，我的职业本能是判断评价诗人的作品与潜能，但与此同时，别人也在观察判断我的工作，当你的表现获得了他人的认同，他们甚至还从中感受到了连你自己都未意识到的你的潜在能力时，这种神奇的、被动性的力量就开始接连出现。当然，我只干我能干并且愿意干的事，而不会被这种被动性的力量牵着鼻子走。

再说《海子评传》的事。没错儿，它共有三个版本，第一个版本就是前边说到的《扑向太阳之豹——海子评传》，2001年由南海出版公司出版；第二个版本为《海子评传》（修订本），2006年由时代文艺出版社出版；第三个版本为《海子评传》（二次修订本），2011年由中国戏剧出版社出版。后两个版本也与第一个一样，都是缘于上一个版本在市场脱销后，出版社或图书机构联系我希望再版。但它们都不是普通意义上的再版。由于上一个版本出版后，相关人士又为我提供了传主诸多新的信息，同时还缘于我对其中许多事物感受力的深化，因而在后面的版本中都一次又一次地施行了大规模的手术，使之更趋结实与精确。而这种堪可自我告慰的良好感觉，也是我两次修订的主要动力。

李东：海子是一个性格孤僻的诗人，这使得《海子评传》搜集资料过程和写作难度大大增加，但我们在阅读这部评传时，并未感觉到有缺陷，可见您的责任心和耐心。能否谈谈这个艰辛过程中印象比较深刻的一些事件？

燎原：就谈一件吧。书写这部书时，虽然做了诸多的前期采访，但动笔之前，你并不能完全预计到写作时还会遇到什么问题，所以写作过程中对诸多问题反复地电话求证，就成了一项重要工作。比如海子去世前的两个来月中，曾写出过七八首有关太平洋的诗歌，构成了一个蹊跷的专题板块。在经过反复的琢磨推敲后，我隐约感觉到它与海子的第一个女友 B 有关。也就是说，B 于几年前毕业去了南方后，此时很可能又去了太平洋彼岸的美国。而海子走火入魔般地写下这批诗作，则潜含着他临终前诸多头绪交织纠缠的绝望，包括对于 B 的灼烫心念。但这个推论是真的吗？经过曲里拐弯的电话追寻和线索梳理后，我最终把电话打到了 B 在内蒙古某报社的姐姐的耳边。然而，对方一听到是海子的话题，立时戒备了起来不愿多谈。于是，我向对方介绍了 B 在这部书中激发了海子写作的基本形象，现在仅只求证 B 是否在 ×× 年去了美国。对方似乎因此才放下心来，给了我一个肯定的回答。这一悬疑也随之水落石出。

但这个"责任心和耐心"，只是传记类写作者所应具备的基本品质。写作中类似的情形，我愿意把它们归结为我良好的直觉和推断、考证的本事。我想借此而一个一个地发现问题，解决悬疑，使读者再以此书去对应海子的诗歌时，能够获得确切的解读依据。

生活阅历是写作的核心资源

李东：与《海子评传》相比，《昌耀评传》的写作特点发生了明显变化，单就篇幅来看也显得更加宏大，这是否与您在青海生活过多年，对昌耀生活环境的熟悉有关？

燎原：前边已经说过，《昌耀评传》是我唯一主动书写的一部书，也是我迄今为止最重要的一部书。或者说，我此前的所有写作都是在为写出这样一部书做准备。它综合了我大半生的社会人生经验、大地山河阅历、精神文化蓄藏和专业学术训练。

至于我和青海，并不是我在其中生活了多年的问题，而是我在本质上就是一个青海人。虽然我祖籍陕西，并在关中乡村度过了少年时代，但我却出生于青海的一个骑兵团，且在青海读高中、做知青、当工人、上大学、长期从事新闻编辑工作，直到 1992 年 36 岁时调入威海。这期间，我曾时常行走于高原腹地的山川草原和星空下的江河源头，胸中灌满了大高原的信息以致憋得难受。这一切，显然与诗歌相关。我是在青海开始了自己的诗人生涯，并在离开青海后结束。我在自己的诗人生涯之初，结识了从流放地归来的昌耀，当时是1979年。"文革"结束不久的中国主流诗人们除了政治抒情诗，大致上还不知道该有其他的什么诗，当然更不知道其他的诗该如何写。而昌耀，则以他压缩了神奇高原风物和大地历史信息的短章及长诗，让我产生了"除却巫山不是云"的感觉。

昌耀改变了我的写作。我从他那里学会了修辞与造句，并因着他诗歌中的信息，而把注意力投向了草原民族史、文化人类学等方向上的研究，由此而于我在青海的后半程，开始了我的诗歌批评生涯，直到现今。

青海的岁月是我写作的核心资源，虽然我在威海的感觉也还不错，但却与威海从属的山东没有关系。书写《昌耀评传》时我已移居威海12年，但当年憋得我难受的那一窝能量反而越憋越胀，而我写作中注定的这部《昌耀评传》，就是这一能量的释放。

的确，比之26万字的《海子评传》来，这部43万字的评传体量更为宏大。但它不纯粹是一部关于诗歌的书，而是一部关于诗歌及其生成背景的书。它对昌耀人生不同时段的国家政治时势，不同流放地的山河地理生态，当地民族与人群流变的历史渊源、由此积淀的土著风土习俗，进行了深入的描述。在此背景上凸显昌耀大地性诗人格局的生成，及其诗歌中底色性的高原异质元素。

李东：海子和昌耀可以说都是诗坛的奇迹，也是您目前作品中评论最多的两个诗人。如果把两个诗人放到一起，您觉得各自对诗坛的影响在哪里？

燎原：海子的诗歌分为两个部分，一是他的短诗，二是由"河流三部曲"和"太阳七部书"所构成的长诗及其诗学笔记。如果说，他的短诗所体现的，是一个抒情性的天才少年形象，那么他的长诗则伏藏着尼采式的激烈，以及在大地与太阳之间解析人性之谜和人类社会之谜，进而探寻超越人类宿命性的灾难轮回之道——这种史诗性诗人和哲人的梦想。

这话听起来有点玄，但只要搞清了建立这些长诗的资源，你便会对此有一个大概的想象。简单地说，作为农家子弟，海子对中国乡村的饥饿和苦难有着刻骨铭心的感受；作为一个"野蛮的文明人"，他的阅读量大得难以想象。他饱读了中国先秦文化经典、希腊与印度史诗、德国古典哲学等等，那些具有源头性质的大书；他神不守舍地在青藏高原、北方草原的现实与历史中反复漫游。他就是在这一切阴沉黑暗的、光焰缤纷的信息中，看见了常人所不能看见的，也写出了常人看不大明白的系列长诗。

人类历史上有许多我们读不明白的东西，这是因为其中蓄藏着我们不能对应的智慧与能量，比如《易经》之类。阅读那种高深的混沌性状的"奇书"或经典，需要相匹配的信息感知系统和本事。这也就是说，并不只是读者有权选择作品，作品其实也在检验着阅读者的资格。在许多时候，由于信息感知系统的不相匹配以及心态问题，你有多高的专业学历也不管用。

海子在离世后迅速成为一颗明星，并在十多年的时间内几乎"一统天下"。但戏剧性的是，此后至今，他却不时成为业内精英们质疑调侃的对象。迄今为止，海子对于诗坛的影响，仍限于他那些麦地、村庄、草原，以及"面朝大海，春暖花开"之类的短诗。这些直击人心的诗篇，改变了一个时代的诗歌面目，并且至今余响不绝。但他的那些长诗之于中国诗坛，则被视作沙漠上的空幻城堡。这也就意味着，我们在推崇着一个我们能够理解的、通俗化了的海子时，对于他那些储蓄了巨大诗学能量和精神能量的长诗，我们阅读的本事却没有丁点儿长进。依据批评界与研究界追风趋时的习性来看，海子的长诗之作为中国现代诗歌新的遗产与资源的时日，将会越来越远。

与海子相反，昌耀的诗歌在遭受了长期的冷落后，近十多年来却受到了越来越密切的关注和研究。与海子相比，昌耀不是一个天才性的诗人，但却是一个有着特殊的诗人禀赋，为大地和苦难造就的诗人。海子的类型在世界诗歌史上没有可供比较的先例，昌耀却适合用苏俄时代那些为大地和苦难所造化的诗人艺术家们，诸如陀思妥耶夫斯基、帕斯捷尔纳克等做比较。因之，对于昌耀诗歌的认知，总有我们这个反复经历着苦难的民族，来自经验性的依据。但这只是部分性的昌耀，他矿石般的诗歌语言、他诗歌中深邃的意象密码和神性部分，仍然有待测度。

而这样的作品，才是本质意义的诗歌。恍若一个微型的宇宙星系，饱含着可供一再探求解析的未知部分。平白如水的作品你把它说成诗歌也行，但它们却是不配研究、没有研究价值的诗歌。

诗歌滋养人类的智慧与文明

李东：除了享誉诗坛的《海子评传》《昌耀评传》，您还写了大量的诗歌评论文章，那么您是如何选择评论的作品的呢？

燎原：是的，我的基本工作并不是书写评传，而是从事诗歌批评。除了关于海子、昌耀的一些单篇评论外，我比较重要的文章还有系列诗歌文论《中国当代诗潮流变十二书》《中国新诗百年之旅》，涉及了当代 48 位诗人的《当代诗人点评》（后由诗人黄礼孩更名为《一个诗评家的诗人档案》，以民间书刊的形式出版），等等。

我选择评论作品的原则很简单，就是它们是否呈现出了前所未有的新的品质，从而使我为之惊奇。

李东：俗话说："仁者见仁，智者见智。"对于诗歌作品，同样的作品肯定也有不同看法。从这个角度讲，评论家的某些观点可能会遭到反驳甚至质疑，您是否遇到过？

燎原：我有这样一个记忆。2002 年左右吧，有人写出过一篇大概名为"昌耀的悲剧"的文章，文章的主旨似乎是要把昌耀从"神坛"上拉下来，因此，把包括我在内的骆一禾、韩作荣等等书写过昌耀代表性评论的人横扫了一通。但若干年后，我又看到了此人与一位女士合写的关于昌耀的论文，却换了一副面孔似的热情洋溢，这从逻辑关系上来看，又竟像是对我等的赞同。因此我不知道我所遭受的那次横扫，算不算你所说的"遭到反驳甚至质疑"？

李东：当许多编者、诗人都在探讨新诗如何突破困境、如何发展时，您却说"眼下的诗歌——姑且把它设定在21世纪新十年这一范畴，既是当代诗歌史上最为正常的时期，也是最富文本成果的时期之一。"您的这种说法基于什么？

燎原：我不知道这些"编者、诗人"又是基于什么，认为新诗陷入了困境。我的判断则是基于比较。亦即：如果说当下的诗歌陷入了困境，是诗歌史上最糟糕的时期，那么，什么时候的诗歌没有陷入困境，是诗歌史上最好的时期？难道是从1949年到1979年的"文革"前30年，那个由大话、狂话所充斥的全民性的诗歌乡场化时代？不错，1979至1989年改革开放之初的10年，当代诗歌出现了一个骤然凸起的黄金时期，但现在回过头来再冷静考察，当时诸多轰动一时的诗歌，却存在着诗歌的社会学光芒，掩盖了其文本上的简单这一缺陷。而21世纪新十年的诗歌所呈现的，则是诗人们摆脱了此前阴影般笼罩的大一统的潜命题写作，进而摆脱了类型复制后，各自追求独立文本建造的格局。

是的，当下的诗歌在社会事件中的声音并不响亮，但它应该响亮吗？小说等文体的声音就比诗歌响亮了吗？

这涉及对于诗歌功能的理解问题。在我看来，诗歌在本质上是以独立的艺术形式而存在的文化文明形态，它属于更为深远的精神层面，而非社会工具层面。它以潜移默化的形式滋养人的智慧与文明——包括对于野蛮和邪恶的精神抗衡，而不是作为强行施加的舆论工具，解决现实中的具体问题。

关于诗歌困境的话题，是一个由媒体制造的乌泱泱的话题。这个话题被轮番炒作，说明媒体制造噱头的想象力已经陷入了困境。

李东：您在之前的一个诗会上谈到"衡量一个时代的诗歌状态，最重要的标准就是相互之间的差异性"，那么您怎样看待垃圾派、下半身、废话体等这样一些诗歌派别的出现？

燎原：这类写作的起因，在当时的语境中叫作"消解"——对伪崇高、伪深刻、伪严肃的反其道而行之。比如你以道德优势高喊诗歌是神圣的，提倡要用大脑严肃思考，教训诗人们要用诗歌承载深刻的思想……你把几十年来一贯正确的东东又拿出来装腔作势教训别人标榜自己，你已让我烦不胜烦，我已经没有兴趣跟你争论，最有效的反击就是拿出作品对着干，于是，我就垃圾、我就下半身、我就废话。

其实当代诗歌的"派别"远远不止这几个，你以它们为例大约是因为这几个的名号特别扎眼。但这种命名还是一种策略，它以相反方向上极端性的、恶作剧式的命名，一方面强化着叫板的力度，另一方面也更能吸引眼球。

但名号不是事情的关键，最重要的还是作品。就我所读过的早期下半身成员中部分人的部分作品来看，它们用似是荒唐的语词以及佯谬的方式所表达的，则是对荒唐人生、荒唐事象一针见血地指证，并且不乏深刻与痛楚。比之那些一贯正确没滋没味的老生常谈，这其中的一些诗作甚至谈得上精彩。而它们以佯谬等方式呈现的艺术的娱乐精神，则为当代诗歌写作注入了新的元素。

坚守独立客观的学术良知

李东：2005 年，网络上出现了"中国当代诗歌 36 天王"，您以"诗评天王"名列其中，在数量庞大的中国诗人中，这次入选也证明了您在诗评领域的影响力。你如何看待这样的荣誉？

燎原：好极了，这样的荣誉让我乐不可支。就此我还想再补充一二，除了 2005 年的这个"诗评天王"，我还在 2010 年同样是 36 人的"新世纪十年中国当代诗歌精神骑士"榜单上，被封了一个"当代诗歌金哨"。这两顶"桂冠"，是由第四届和第六届的西峡诗会组委会联合其他机构，先后加冕给我的。此外，我在网络上还看到过一位诗人对当代诗界类似于"一百单八将"的诗歌与封号。写我这首诗的标题为《中国诗评界的铁笔判官》。

"天王"和"铁笔判官"的封号，使我恍然成了《封神演义》中的人物，我没有理由不为之开心。而"当代诗歌金哨"的名号，似乎更正经一些，尤其是给我的授予理由——"他独立客观的学术良知是中国当下诗坛的幸运"，让我感觉极爽。

但我的表现真的与此相配吗？我只能说，"独立客观的学术良知"，的确是我的立场，但更是诗歌界对于批评家的愿望。假若我此前所干的真的还行，那么，我会更加爱惜自己的羽毛。

李东：您早期写诗获过许多诗歌奖，后来却以诗评为主并大获成功，您现在还写诗吗？写诗歌和诗评对您有什么不同的意义？

燎原：自 1992 年调离青海后，我已彻底终止了诗歌写作而转向诗歌批评。之所以如此，是因为我没有能力写出我想象中的诗歌。诗界曾流传过一句名言：只有诗歌写不下去的人，才当评论家。这个定律肯定不适合其他评论家，但却适合我。

至于写诗歌和写诗评对我有什么不同的意义，我能够做出的回答是，我想象中的那种诗歌对我来说实在太难了，在其中勉力而为会让我难堪。我想象中的诗歌批评同样很难，但我干这件事的本事似乎要大一些，我会无限接近我想象中的那种标高。之所以能够如此，应该与我在曾经的诗人生涯中，所体悟到的复杂幽微的诗歌经验有关。

李东：在您的评论中，我们处处都感受到"用诗歌的语言评论诗歌"，这是因为您之前写诗的原因，还是您在诗评中特意追求的？

燎原：许多人对我的评论语言都有深刻印象，某个特殊的时候，连我自己都成了这"许多人"中的一个。说一个例子：20世纪90年代后期吧，新疆某诗人寄给我一本他的诗集，篇首是当地一位张姓青年评论家所写的序言。在读到序言的第二段时，我突然来了精神，先是对他的语言方式深感惊奇，继而觉得与我的语言风格简直不谋而合，直至读到最后，才发现这让我深感惊奇的文字，原来就是我的！来自我1992年出版的《西部大荒中的盛典——中国西部诗歌论》一书。4000多字的序言，作者只是为它安了一个头，收了一个尾。而我则借此于无意之中，为我自己的文字惊奇了一回。谢谢张。

关于我自己的语言方式，前边已经涉及，我在昌耀那里学会了另外一种修辞与造句。这当然还与铁色的青藏高原渗透给我的场域信息、我特殊的文化关注和阅读选择有关，也与我自己的性格类型有关。

"用诗歌的语言评论诗歌"并不是我的特意追求，甚至我对评论中过分的诗意化文字还有点反感。我只愿意在透彻的基础上把话说得有劲，说得有意思，让语言在充分呈示客体意蕴的同时，也以其自成系统的艺术魅力，成为可供欣赏的独立文本。

我曾见过这样的高论：评论的最高境界，就是评论家在评论对象的世界中消失。但我觉得无论怎么说，这事都划不来去干。

李东：目前我们读到的评论大多是全篇赞誉、相互吹捧，但在您的评论中却感受到的是客观、公正，不乏苛刻的批评，这有可能造成"出力不讨好"的结果。您觉得作为一个评论家应具备的素质有哪些？

燎原：你在我的评论中"感受到的是客观、公正，不乏苛刻的批评"，这话我肯定爱听，用无厘头的方式进一步地表达：要不我怎么能被封为"当代诗歌金哨"呢？

但我更想表达的是，在我以及其他人漫长的写作史上，大都受过不客观、不公正的对待；对其他人相互吹捧的肉麻，也都深恶痛绝。那么，在我们获得了相应话语权的时候，难道还能接力性地去继续丑陋？

至于一个评论家应具备的素质有哪些，我自己的感觉是：眼力、心地、真理感，兼具屠龙之功和雕虫之技。

李东：作为诗歌评论家，您如何看待中国新诗的现状？又如何看待新生代的诗歌写作，对年轻作者有怎样的期待？

燎原：第一，如何看待现状的问题，前面已经谈过，用我一篇文章的标题概括性地表述，就是"当下诗歌，诗歌史上最正常的时期"。第二，因为尚未建立起相应的阅读印象，我对新生代诗歌的写作没有看法。第三，对年轻人表达期待是领袖人物的情怀，而我显然不是。至于你从评论家的意义上要求我，我只能说，诗歌理论并不能指导诗人的写作，它只能给出有限的启示。具体到年轻作者的路该怎样走，我的看法是，一个诗人或一代诗人的成长，除了个体的天赋因素之外，更取决于一个时代的总体场态或曰"天机"。从世界诗歌史的范畴看过去，每一个时代都有属于自己的诗人，乃至属于自己的杰出诗人和杰作。此事不可规划，但也无须发愁。

李东附记：和燎原老师对话让我不时进入一种困境。虽然他笔下传主的作品我不止一次阅读过，但是大多只停留在作品表层，因此可以说，燎原老师笔下写到的是我的"阅读盲区"，更确切地说应该是"理解盲区"。于是我想到了"经典性作品也在检验阅读者的资格"……

所幸燎原老师的评传还有另一个功能，就是加深传主作品阅读者对作品深层次的理解，填补"盲区"。

为了呈现出完整的传主，他做了大量的搜集和考证工作，并几易其稿，强烈的责任心让人钦佩。

就在本期杂志定稿前，燎原老师还就文中个别字词几次与我短信联系，他对自己作品的态度再一次让我肃然起敬！

2012 年 10 月 7 日

未被读完的海子

　　说起海子，我们会本能性地想起他的那些短诗，比如被广为传诵的《面朝大海，春暖花开》《麦地》《日记》《祖国，或以梦为马》等等，并以为这就是他的全部。但事实上，这仅仅是一个部分性的海子，一个被我们通俗化也简单化了的海子。而他真实的诗歌成就和思想闪电抵达的遥远边界，则远远地超出了我们的想象。因此，我们目前所谈及的，是一个远未被读完的海子。

　　海子的诗歌成就大体上由三部分组成。第一部分就是他的那些短诗，从当时至今一直享有盛誉。第二部分为长诗，共有十首，分两个系列。第一系列为"河流三部曲"，共三首。第二系列为"太阳七部书"，共七首。第三部分为诗学文论，诸如《诗学，一份提纲》，以及一些日记式的诗学笔记，这类作品不算多，但非常重要。

　　海子本人认为，长诗是他的事业，短诗则是他投身于这一巨大工程间隙的余绪。这些短诗，呈现了一个天才少年的神奇光芒，却并不能体现他的博大。而只有在长诗中，我们才能看清他建立在浩瀚人类经典大书的阅读中，宏大的精神文化底座；

不可思议的雄心与抱负；冲击写作极限的高能量。

宏观地看，海子所要书写的，是一种超越生存局限的诗歌。这就是以他刻骨铭心感受过的、中国乡村的饥饿为出发点，探讨人类的生存为何总是被苦难所绑架，人类社会为何总是陷入盛衰轮回的宿命之中。在这一追问中，海子发现了一个致命性的元素：潜藏在大地和人性中的"魔"元素——亦即导致大地陷入黑暗的"毁灭"元素。通过对诸如此类反向元素的解析，他最终要寻找的，则是对这种灾难轮回的"超越之道"。接下来的事实是，他的确找到了，这就是伏藏在人与大地总体关系中的正向力量，亦即"朝霞"或曰"太阳"元素。而这一元素的载体，便是诗歌。只有诗歌，才能带领人类超脱黑暗飞向朝霞（太阳）。作为一种形而上的方法，海子通过他的"太阳七部书"，从灾难深重的大地上最终飞向太阳，他在太阳中焚身，也在太阳中永生。

——自他去世至今的 20 多年来，中国大地上对他诗歌的无尽吟诵，由各种研讨会和纪念活动所体现的集体性怀想，正是他获得永生的标志。

一、即使最优秀的短诗，也不能体现海子的宏大抱负和实质

说起海子，大家首先会想到他那首在当代引用率最高的《面朝大海，春暖花开》：

从明天起，做一个幸福的人

喂马，劈柴，周游世界

从明天起，关心粮食和蔬菜

我有一所房子，面朝大海，春暖花开

从明天起，和每一个亲人通信

告诉他们我的幸福

那幸福的闪电告诉我的

我将告诉每一个人

给每一条河每一座山取一个温暖的名字

陌生人，我也为你祝福

愿你有一个灿烂的前程

愿你有情人终成眷属

愿你在尘世获得幸福

我只愿面朝大海，春暖花开

  这首诗晴朗、热烈、烂漫，充盈着一个天才少年神奇的心灵意象和抒情方式，他对于大地上简朴劳作生活的热爱，以及洋溢的幸福感。但除此而外，我们还能看到什么？能否由此想到，他还是一个博大激烈，以抵达荷马、歌德等世界古典诗歌巨子的高度为抱负的诗人？

  即使这首诗作，也并未被我们读完。比如"愿你在尘世获得幸福"又是什么意思？难道此时的他，已把自己排除在了这"尘世"之外？事实的确如此。此诗写于1989年1月13日，两个来月后的3月26日，他便在"面朝大海"的秦皇岛，走向了自己生命的终点。而从他写于同一时期诸多绝望至极的诗句，诸如"我看见这景色中只有我自己被上帝废弃不用"（《月全食》，写于1月，删改于3月初），尤其是"我把天空和大地打扫干干净净，归还给一个陌不相识的人"（《黎明之二》，2月22日）等综合来看，此时的他，已经做好了离开这个世界的心理决断。而这一决断，正是基于这两行诗句中隐藏的信息：其一，我所做不到的，我的确无法做到；其二，我能够做到的，我已彻底完成。至此，他大任未竟的绝望恍然卸除，在一身轻松中，眼前蓦然一片光明的幻象，仿佛看到在来世"重新做人"的他自己，焕然一派他最为渴望的、单纯、健康、本色的乡村少年郎形象。这首诗歌的前两段，正是对这一幻象的书写。最后一段中他与世界的一团和气，其实潜藏着这样一种心理语态：祝"尘世"中所有的人幸福美满，而我将离去，我将在我再生的世界中，享有永远的"春暖花开"。因此，这是一首置身绝境而再生的诗篇，在它晴朗至极的大幻象中，压缩了海子冲破极限的高强精神能量转换。也因此，它才有一种为我们说不清道不明，却能直击人心的力量。

二、海子刻骨铭心的饥饿感受和麦子情结

在中国新诗史上，没有任何一位诗人能像海子，对于中国乡村生活中的饥饿，有着那样刻骨铭心的感受和书写，并将"麦子"作为诗歌中的词根，延伸出麦地、粮食、谷物、吃和胃这一语词系统。比如在"太阳七部书"之一的长诗《土地》中，他曾专门写下了《饥饿仪式在本世纪》这么一章，其中甚至有着这样的诗句：饥饿是上帝脱落的羊毛，囚禁在路途遥远的路上，"驾车人他叫故乡／囚犯就是饥饿"（亦即在故乡这部岁月之车上苦度时日的百姓，一直囚犯一样被饥饿所绑架）。

而这种关于饥饿的感受，正是海子写作的动力和哲学起点：人为什么总是沦入苦难？生产粮食的土地、养育着人类又把人类拖入饥饿和灾难的土地，它与人类的总体关系到底又是什么样的？

在这一探究中，他首先从自己少年时代所置身的南方故乡出发，发现了土地"水"的属性，进而以他的"河流三部曲"，对土地与人的关系进行了纵深探讨。而他在此获得的一个让人惊异的绝妙发现，就是作为水陆两栖动物的龟王形象。

三、龟王的寓言：艺术诞生于灾难的土地，又为土地带来福祉

"河流三部曲"包括《河流》《传说》《但是水，水》共三部长诗。它以古希腊、古罗马的宏大史诗框架为模型，力图以中

国传统文化资源中的民间艺术、神话传说、寓言故事等内容，呈现我们这个东方民族的历史文化全景。

我们这里说到的《龟王》，是一篇寓言故事，它仅是《但是水，水》这部长诗的一个微小部分。《但是水，水》由五大篇章组成，最后一个篇章是《其他：神秘故事六篇》，而《龟王》只是这六篇中的一篇。它讲述了这么一个故事：

从前，在东边平原的深处住着一位老石匠，老石匠技艺超群，曾给宫殿和陵园凿制过各种动物。但他却把由此所得的钱财散给众人，为了心中一个神秘的念头，过着终身不娶的清贫生活。在这一念头的折磨中，石匠的脾气越来越古怪，身体也瘦得只剩下了一把筋骨。而他雕凿的动物，无论是飞翔的、走动的、浮游的，也越来越古怪地趋向同一种神态——在地面上艰难爬行，知天命而奋力抗争的神态。整整一个夏天，老石匠都死气沉沉地守着这堆无人问津的石头动物；到了冬天，他来到村外冰封的河床上，感受寒冷的日光蛇一样从手心游过，感受泥层和鱼群激烈的繁殖；春天来了，他又跟着农夫学习扶犁、播种，然后在田垄中用沾着牛粪和泥巴的手贴着额头睡去。

然而，当石匠第二天早上醒来时，突然像个青年一样利索，胸中如有五匹烈马奔踏。他一口气跑回家，并关上所有门窗，在屋内一待就是五年。

五年后的一天，一场铺天盖地的洪水向平原涌来，就在那天夜里，人们听到了无数乌龟划水的声音。洪水在清晨退去，当人们推开石匠的房门时，发现他已疲惫地死在床上。地上还有一只和床差不多大的、形体非常像人的石头龟王，身体上满是刚与洪水搏斗过的伤痕。

第二年大旱，人们供上香案，把龟王埋进干涸的河道中央。随之，一注清泉涌出，天空云雨相合。平原从此康乐安宁。

不错，这的确是一个神秘的故事，它包含了海子对于艺术、艺术创造力的来源，艺术创作的目的等根本性问题的理解；更在老石匠的形象中，预示了他自己从事诗歌艺术的最终生命走向。所谓的艺术，就是艺术家在对天地万物信息的感应中，收拢于内心的一道思想闪电。而真正的艺术和艺术家，则必须经历这样的道路：首先是不满于常规形式不能传达自己思想的闪电，而在寻求突破的过程中，将创作推向连自己也不知所云的古怪变形；继而是步入绝境的煎熬；再接着是从大地万物中寻求启示，直至筋疲力尽地躺倒在大地上；再接下来，是像希腊神话中的安泰那样从大地上获得力量，以死而后生的灵魂开窍，进入疯狂的艺术创造。

然后，他在转化为他的艺术作品之后死去，也在为大地带来的福祉中复活。这个故事，居然与海子的写作和最终生命走向完全一致！

四、大地囤积的秘密之一：魔

然而，这只是海子阶段性的探究结果。随后，他又在自己青春时代置身的北方平原，发现了土地"火"的特征与属性，以及伏藏在土地与人的关系中更为复杂的元素，并由此发出了"大地的秘密已经囤积太多"的感叹。而"太阳七部书"，就是对这一"秘密"的探究和揭示。

"太阳七部书"由七部独立的作品构成，包括《土地》《你是父亲的好女儿》《弑》《弥赛亚》等等，是一部在形式上综合了诗体小说、诗剧、合唱剧、叙事诗和抒情诗在内的，关于大地与人类社会史中人性秘密和时间秘密的"全书"。虽然除了诗剧《弑》之外，其他的作品都未彻底完成，但我们已据此可以强烈地感受到海子的精神文化能量，以及雄心与抱负。

那么，他又在这其中发现了什么呢？最让我震惊的，便是他在三幕三十场的诗剧《弑》中，对大地中深藏的"魔"元素的发现。

《弑》的基本情节如下：

以暴君统治维护自己王位的巴比伦国王，因为唯一的王子自小失踪，所以在他的垂暮之年，决定以在全国举行诗歌大赛的方式，选拔自己王位的继承者。这种貌似的高雅文明，其实更是一种阴险残忍之举。因为王位只有一个，而所有的竞争失败者都将被处死。所以，这唯一的王位，必然以无数参赛诗人的人头为代价。并且，决赛时两位诗人中的获胜者，必须亲手杀死对方，亦即"让一个人踏着另一个人的头颅走向王座"。

大赛开始若干时日以来，在坐着由国会元老充当裁判官，类似宗教大法会气氛的主席台上，一批批竞赛失败的诗人，先后被五花大绑地押赴刑场处死。最后只剩下了来自西边沙漠草原之国的猛兽、青草、吉卜赛，以及前来寻找妻子的剑共四位青年诗人。

剑与这三位青年情同兄弟。当年青草和吉卜赛同时爱上了一位名叫红的女子，而红却爱上了剑。青草和吉卜赛因此离开故乡。红与剑此后结了婚，但结婚之后，红又鬼使神差地离开剑，来到巴比伦国，并且神经错乱。

而现今的这个巴比伦国王，当年是由魔王、天王（他在另一时间名叫洪秀全）、乞丐王、闯王（他在另一时间名叫李自成）等十三位行帮帮主结拜的"十三反王"中的老八（这让人想到了《隋唐演义》中的"十八反王"）。当年的十三反王天不怕、地不怕，以数十年"刀尖上舔血"的日子，推翻了一个拥有几千年历史的老王朝，并推举老八为他们新的王朝——巴比伦国国王。

登上王座的这位老八，又是一个怀有宇宙大同之梦野心的、残暴的诗人政治家。为了扬名万世，他不顾十二兄弟和天下百姓的劝告而横征暴敛，决意要修造一座巨大无比的太阳神神庙。神庙终于修成，而国中的百姓也死了将近一半。于是，曾是其把兄弟的十二反王重新造反，但不幸的是，其中的十一位都被抓获处死，只有最小的第十三反王在众兄弟的掩护下安全脱逃，到西边建立了一个沙漠草原之国。在逃离时，他带走了十三反王中老大的儿子猛兽，并偷走了巴比伦王的婴儿宝剑。

第十三反王不但是众反王中最年轻最勇敢的一个，还是世纪交替之际最伟大的诗人。猛兽、青草、吉卜赛，包括剑与红，都是受他的熏陶成为诗人的。而前三位青年参加诗歌大赛的一个秘密使命，就是受他的指派刺杀巴比伦王。

现在，只剩下这三位相互角逐了。猛兽因不忍兄弟间的相残，提前用火枪干掉了自己。决赛时，青草为了让吉卜赛不受心理干扰地完成使命，也决然自杀。至此，吉卜赛成了最后的胜出者。当大祭司宣布了他继承王位的资格，他随之从巴比伦王手中接过象征王权的宝剑，毫不犹豫地刺向对方。

然而，吉卜赛刺死的，却是他当年深爱过的红！精神错乱的红由于意识被操纵，自己要求装扮成了巴比伦王，而老谋深算的巴比伦王则装扮成了大祭司。中了圈套的吉卜赛愧愤难当，当场持剑自杀。

红在临死前神志恢复，认出了装扮成大祭司的巴比伦王，并让他找来剑做最后的告别。本是为了前来寻妻的剑，随之与巴比伦王直面相对。剑向对方愤怒地兴师问罪：你谋杀了我儿童般纯洁的兄弟，我现在就要拧断你的脖子去喂狗……

但血气方刚的剑根本不会想到，整个事态完全是按着巴比伦王的精心设计进行的。

此时已喝下毒药，很快就要死去的巴比伦王道出了事情的真相：红是我的女儿，你是我的儿子。你自小失踪，红长大后就出门寻找哥哥，没想到遇见了你，爱上了你，与你结了婚。后来有人告诉了她事情的真相，她就离开你回到家乡，从此就发了疯。我只想把王位传给你，给你留下了这铁打的江山和黄金的土地……

这最终的真相也把剑置于负罪的境地，使剑感觉到他与国王两人生命的肮脏。随之，已经成为王子的剑斥退廷臣、走出王宫，在开满野花的道路上一阵狂奔之后拔剑自杀。

——这就是《弑》。弑便是杀！杀君、杀父之杀，人类内部乌烟瘴气的残杀。在这部惊心动魄的诗剧中，权谋争斗、王位角逐、血缘迷乱、骨肉相残、你死他疯、无一胜者。但海子在此要表达的是，操纵这一切的，并不是炫目的王权本身，而是伏藏在大地和人类天性中的魔怔！海子把它称作"万物之中所隐藏的含而不露的力量"。进一步地说，它是一种强大的、由黑暗的欲望所主宰的负能量，却又是一种本能性的力量。而本能性的力量总是难以遏止。就像这竞争王位的诗歌大赛，尽管充斥着人头落地的杀机，却又让人趋之若鹜。

非但如此，这部诗剧中环环相扣的机谋诡诈，对复杂人性直入骨髓的深刻揭示，更是让人触目惊心。那么，能够写出这样一部诗剧的海子，难道不是一个胸藏雷霆、深不可测的海子？这与那个"面朝大海"纯净温暖的少年诗人，显然完全判若两人。

这就是我为什么要强调，我们目前所谈及的，是一个远未被读完的海子。

五、"流着泪迎接朝霞"

然而，海子书写这部诗剧的目的，并未到此为止。他在

《我热爱的诗人荷尔德林》这篇诗学文论中谈道：做一个诗人，你必须热爱人类的秘密、热爱时间的秘密。而诗人的使命，就是作为所有秘密的解析者，在对其中黑暗的、光明的、杂色的各种元素破解之后，寻求冲破黑夜飞向朝霞之道。亦即"忍受你的痛苦直到产生欢乐"。进一步地说，人生来不是为了承受苦难的，他能够承受苦难的唯一理由，就是相信前边会有欢乐。否则，始终受苦受难的人生不值得一过。

　　在揭示了使大地一次次陷入灾难的"魔"的秘密力量后，海子还要寻求的是，又是什么力量使大地一次次地复活，彻底解脱这轮回之劫的道路又是什么？"太阳七部书"从中国农村土地上的饥饿、苦难，及其养育艺术和万物的派生力（长诗《土地》），到诗剧《弑》中对魔的毁灭性力量——亦即大地灰烬品质的揭示，直至最终对大地的火焰品质——诗歌提升人类飞翔的力量做出确认（合唱剧《弥赛亚》）。这样的写作，正如他对自己所热爱的凡·高和荷尔德林那类诗人的描述："他们流着泪迎接朝霞。"而海子整个长诗系列的写作——从"河流三部曲"到"太阳七部书"，就是他在对人类黑暗深渊致命性的痛楚体认中，"流着泪迎接朝霞"。

2013 年 3 月 25 日

多元化建造中的纵深景观
——本时代若干诗歌问题的描述与回应

一

在时间进入 21 世纪以来的中国诗坛，对本时代诗歌现状的质疑与诟病，成了一个让文化战略家和媒体舆论家们热衷不已，且一路高飘高走的话题。诸如：当下诗歌的边缘化，诗歌之于社会担当的缺失，诗歌的小众化、自娱化，诗歌与传统文化之根的断裂，诗歌在西化的道路上继而是现代性道路上的自我迷失，诗人们精神形象的缺失，诗坛热闹表象背后的空前沉寂……由此导致的一个忧心忡忡的疑虑是：诗歌还有没有希望，它最终是否会被推向死亡的深渊？

在我看来，除了最后的这个疑虑有点杞人忧天的滑稽外，其他说法应该各有标准与尺度，但又大都是让人耳熟的，老式诗歌社会学观念下的老话重说，缺乏面对变更中的时代特征和诗歌特征的新思路。因此，并未能准确描述当下诗歌的基本特征和真实景观，未能说清诗人们的写作为何这样而不是那样的内在逻辑，显然也并未试图探讨其中的合理性、必然性与新的诗学课题。

　　那么，本时代的基本特征是什么呢？我把它称为常规化时代。之所以这样定义，是相对于此前的非常规化时代而言，比如至"文革"真正结束的前30年，由统一思想改造所贯穿的运动风暴；其后的第一个10年，以拨乱反正为主旨的思想解放大潮；截至世纪末的第二个10年，无序竞争中的全民经商下海洪流。及至21世纪以来，中国社会始得步入的，则是历经剧烈的左右摇撼而渐趋明确的，以经济建设为中心的经济社会。亦即与全球发展潮流相一致的常规化时代。常规化时代当然有它自己的问题，但它的一个重要特征，则是社会机制由大起大落的意识形态运动，转向恒常务实的经济发展；人的社会生活和价值观念由强制性的大一统而转向多元。可以预计，这样的时代形态将会长久地持续。

　　而这样的时代特性，既导致了诗歌产生的现实环境、社会公众之于诗歌的关系等一系列的外部变化，也导致了诗人从自我身份的定位、诗歌题材题旨的关注点、对诗歌功能的重新理解，以及诗歌整体形态的一系列变化。

　　正是基于以上由外至内的这一系列变化，当下诗歌已在潜滋暗长中形成了自身新的格局。其基本特征是：已往诗歌写作所依赖的轰轰烈烈的运动化、潮流化的模式已经风光不再，多元化写作中的诗人们依据各自的时代感受和艺术趣味，历史性地进入了伏藏着深层艺术景观和精神景观的文本建设之中。当下诗歌在似是波澜不惊的表象之下，实现了文本内质海底大陆架般的整体隆升。

二

这样的描述大约并不符合一些人的感受，一个显在的依据
是，当下诗歌的边缘化已经是不可争辩的事实。也就是说，是
诗歌自身的不争气使它变得不受人待见，而被驱赶到了社会的
边缘。

边缘当然是相对于中心而言的。对此我想首先明确一个概
念，诗歌从来没有日常化地、盐溶于水般地进入过公众文化生
活的中心。在社会形态非常规化的时代，它一直是作为意识形
态的重要组成部分和工具，被规定在中心位置的。这其中显示
着正向效应的例子，当以郭小川等诗人 20 世纪 50 年代中期和
60 年代初期的一些诗歌为代表，这一时期，作为追踪"各条建
设战线火热生活"的文艺工作者和诗人，他的《向困难进军》
《甘蔗林——青纱帐》《厦门风姿》《祝酒歌》等等，曾在当时乃
至此后都产生过广泛的社会影响。然而，这又是在时代气象与
诗人心灵感受难得的一致之时。并且，时代也只允许这样的诗
歌存在。就在这中间的 1959 年，还是同一个郭小川，却因《望
星空》等诗作中所谓的"小资产阶级知识分子情感"和"虚无
主义思想"而受到批判。也是同一个时期，在时代政治风暴的
摇撼中，一批又一批的诗人因诗罹祸，从诗坛上也从正常的社
会生活中消失。

这其中还有一个喜剧性的个例，发生在已经"消失"到北大荒，在战天斗地中进行思想改造的聂绀弩身上。据他回忆，此时是 1959 年，一天夜里，大家正准备睡觉时，"指导员突然来宣布，要每人都作诗，说是上级指示，全国一样……要使中国出多少李白、杜甫"。这个要求一传达，"马上引起全体震惊和骚嚷。但也立即每人炕头都点上一盏灯，并且都抽出笔来……"而从 20 世纪 20 年代就开始书写现代新诗的聂绀弩，此时大约实在没有写新诗的灵感，加之曾"学过一点旧诗的格律"，就突然想起了作旧体诗。当晚到大半夜，他上交了一首七言古体长诗。不料第二天领导竟宣布，聂绀弩一夜写了 32 首。因为该领导是以四行为一首算的，而这首长诗共有 32 个四行。但谁都不会想到，中国诗坛由此竟出现了一位奇迹性的大诗人。在此之后，聂绀弩以人生大困厄中非凡的文化精神能力，将野生的民间俚词和对于社会时髦语词的谐谑化，注入旧体诗的语境，鼎现出一种横空出世的"铜豌豆"人格和粗涩的艺术活力。这一特殊环境中的神奇"逆袭"，使他成为歪打正着的一颗硕果。

假若硬要找出诗歌为万众争诵的好日子，当然还有两个实例，最为著名的，其一是 1958 年"大跃进"浪潮中的新民歌运动和稍后的全民诗歌运动（亦即聂绀弩们的经历），其二是"文革"期间由天津小靳庄波及全国的农民诗歌奇葩。但这两场"诗歌盛宴"，首先是意识形态指令的结果，诸如以运动的形式，"要使中国出多少李白、杜甫"；其次，它并不是诗人们的诗歌走向了民众，而是广大民众之于诗歌的自己生产、自己消费；

一种乡场化的大众文艺狂欢。进一步地说，它是通过广大民众的诗歌运动，实现对于专业诗人写作传统的颠覆。

随着"文革"破灭后国家政治形态的乾坤大逆转，1979年前后在思想解放运动中开启的当代诗歌复兴浪潮，无疑是诗歌的黄金时代。这一时期的诗歌，大致上可归纳为三种类型：其一是从社会学的角度上，对重大历史问题和现实问题的反思与批判（比如《阳光，谁也不能垄断》《将军，不能这样做》），其二是哲学文化形态上的思想启蒙和精神艺术启蒙（比如以北岛为代表的朦胧诗），其三，是对从政治风暴裹挟中解脱出的正常人性，具有时代挑战意义的抒写（比如《致橡树》等）。这是一次高能量的诗歌喷发。它在拨乱反正的明确时代主题中，既为时代和公众所期待，也直接回应了这一需求与期待。从历史的视野看过去，它几乎是中国现代诗歌史上唯一的，时代的精神气象、民众的精神气象、诗人的精神气象，高度一致的奇迹。

然而，奇迹固然神奇，但却难以复制。

三

在这一诗歌复兴浪潮中担当主力的，是两个陌生的诗人群体。其一为20世纪50年代中期从诗坛集体消失，20多年后的重新"归来者"，其二是"文革"期间开始地下诗歌写作，此时相继浮出水面的朦胧诗人。后者之所以被称作朦胧诗人，是因为在此时看来，他们诗作的语词、意象，乃至题旨无不晦涩朦胧，读来让人"气闷"。的确，从 1949 年以来那些大路畅行的诗歌无不通体发光、明朗易懂，由此形成的阅读习惯自然难对胃口。不对胃口、读来让人气闷的诗你不读它行不行？不行。从文化战略家们的立场看，连我都读不懂的诗，广大民众自然更不懂，那么，你的作品究竟是在为什么人服务？而诗歌之所以被搞成了这般模样，从内容上说，是由于诗人着力于表现"小我""自我"的幽暗心灵迷宫所致；从形式上看，是偏离了民歌和古典诗歌的民族化传统，钻进西化的狭窄胡同所致。因此，早在此时，关于诗歌之脱离广大民众，其对民族传统文化的数典忘祖，在西化道路上步入迷途等等之类的说法，就已赫然拍响了批评的惊堂木，而 30 多年后这些说法重现江湖，让我恍若进入了时间隧道。

一个颇有意味的史实是，朦胧诗的称谓，出自《令人气闷的朦胧》一文，本是批评"归来者"中的诗人杜运燮的一首题名为《秋》的诗作，但其后不久，却大面积地用之于对一批青年先锋诗人诗作的批评。再之后，就成了这群诗人和诗作的正式称谓。而出自两代不同生成史中诗人们的诗作，却被同一个"朦胧"一竿子打中，则表明了在流行的大路诗歌之外，这两个群体的某些共同特征。

什么样的共同特征呢？这就是混成在他们诗歌中的西方文化艺术资源。当然，称之为外国文化艺术资源，应该更为准确。

其实只要简略考察一下中国新诗史就会明了，这一资源不但是中国新诗发轫的启动性力量，更如影随形地伴随着新诗的发展进程。

诚如大家都知道的，中国新诗诞生于五四前夕的新文化运动，以 1917 年胡适发表在《新青年》上的八首白话诗为标志，到 1920 年郭沫若《女神》的出现而确立。新文化运动的本质，就是借助西方新兴的思想文化，对中国的旧文化和思想意识实行革新。新文化运动，包括新诗运动的主力，也几乎无一不是具有留日、留美、旅欧经历的一代青年知识分子。

> 出国去，
>
> 走东海，南海，红海，地中海；
>
> 一处处的浪卷涛涌，
>
> 奔腾浩瀚，
>
> 送你到那自由故乡的法兰西海岸。

这是 1920 年的一首诗作，诗中的这番描述，透露出这一代青年面向世界，寻求思想文化启示的热切眺望。知道它的作者是谁吗？周恩来。是周恩来《别李愚如并示述弟》这首 80 多行诗作中的一节。事实上，投入早期新诗运动的，除了操盘手陈独秀，以及胡适、鲁迅、郭沫若、沈尹默、刘大白、穆木天、俞平伯、康白情、叶绍钧、宗白华、田汉、谢冰心、戴望舒、朱自清、郑振铎、梁宗岱、徐志摩、梁实秋等一代文化精英外，更有李大钊、周恩来等此后的政治领袖类人物。几乎囊括了那个时代最优秀的大脑。

可以说，没有西方的文化艺术资源和思想资源，就没有中国的新文化运动，就没有中国新诗。

而在"抗战"贯穿其中的20世纪30年代和40年代，这一资源已经融化为中国新诗的一个重要组成部分，使之更为丰富和成熟。并产生了一大批重要诗歌成果和代表性诗人。比如着力于"时代、社会、人生"主题的胡风、阿垅、牛汉等"七月"诗人群，侧重于深度艺术景观探求的穆旦、郑敏、杜运燮等西南联大出身的诗人及其支脉，当然，更有新诗的代表性诗人艾青。

而在1942年之后的延安，随着《在延安文艺座谈会上的讲话》要求文艺为工农兵服务，要体现民族风格（即从民歌和古典诗歌的基础上发展新诗），中国新诗史上逐渐形成了一个延安诗人系统，这其中的一大部分，正是上述诗人群体中，从"国统区"进入"解放区"的诗人，诸如艾青、何其芳、贺敬之（七月诗人中的艾漠）等等，并开始按照《讲话》精神调整自己的写作姿态，也由此成为1949年后主流诗人的代表。而延安诗歌民族化风格的典范性成果，则首推信天游形式的《王九诉苦》《王贵与李香香》《漳河水》。此后产生过较大影响的《回延安》《三门峡——梳妆台》等两行一节、易于朗诵的诗歌，正是这一信天游形式的变种。与此并行的另外一种常见形式，则是更适合朗诵的从马雅可夫斯基那里"西化"而来的"台阶体"。

是的，由彼时直到1979年的此时，社会大众对于诗歌的理解以及欣赏趣味，便完全是在这个基础上形成的。就像桃花源中之人只读桃花源的诗歌，"不知有汉，无论魏晋"。

但当"归来者"的诗歌带着远为丰富的思想艺术景观迅速上升为主流时，既意味着中国新诗中断了将近30年传统的恢复，也意味着时代的必然选择。不错，对西方文化艺术资源的不断引入与整合，正是新诗传统的有机组成部分。而与"归来者"的境遇相比，朦胧诗此时显得略为困难一些，因为诗人们所引入的，是更为新近因而也是更为陌生的资源，其诗歌中的世界更为复杂幽微，也更难轻易把握。但仅仅数年之后，这一切都不再是问题。非但如此，连它自身也成为当代诗歌新的资源和传统，持续地产生影响。从本质上说，朦胧诗是在全球现代化的时代进程中，对于中国新诗一次转折性的升级换代。以此为标志，"中国新诗"也历史性地变身为"中国现代诗歌"。

诗歌中的所谓西化问题，并不是一个西方化的指向，而是一个世界化的指向，一个人类优秀文明成果的指向；与之相关的，并不只是诗歌，而是包括了小说、美术、影视、音乐等一个时代的总体文学艺术品种。其实质，就是不断借鉴世界新的思想文化成果，以实现自我的不断激活和能量转化，使自己置身于和世界同步的现代化进程中。

其实近30年来，中国诗歌和文学艺术所面对的资源，不只是我们原先意识形态范畴中老牌资本主义的西方，更有崛起中的拉丁美洲、非洲、中东、印度等"第三世界"的文学艺术。它们不但在中国诗歌中产生影响，也同样在中国的小说、美术中产生着影响。比如作家莫言，没有拉丁美洲魔幻现实主义文学的影响，就很难有他那种叙事形态的小说，当然也就很难有中国作家获得诺贝尔文学奖。

"西化"作为一种批评术语，它所指责的最终指向，是中国的诗歌或文学艺术被西方"化"了，失去了自己的民族特征。那么，到底是西方"化"了莫言，还是莫言"化"了西方？

四

近若干年来，我听到的一个最多的批评是，诗歌缺乏社会担当，进而呼吁诗人要勇于担当。有担当的诗歌，就是有良知的诗歌；没有担当的诗歌呢？你就自己羞愧去吧！

这是一个很奇异的现象，偌大的中国文学艺术界，小说界、美术界、音乐界……都并不存在这么一个话题，唯独诗歌界发明了这样一个说法，并在声调上一再地飙高，难道诗人们应当是，或者果真是一个高于作家、画家们的特殊群体？但就我知道的情况而言，在全国各专业文学艺术机构里，基本上是专业作家、专业画家的天下，专业诗人则凤毛麟角。我所了解的诗人，分布在这个社会的各个职业位置，包括出门打工人群中的星星点点，都是以各自的具体职业，而非诗人的职业来生存的。社会既没有授予他们以特别的身份，也没有赋予他们以特别的权利与义务，显然，也就谈不上高人一等或低人一头。

的确，在我们置身的这个常规化时代，诗人的身份及其自我意识早已常规化。在此之前的很长时期内，郭小川式的以

"党的文艺战士"为前提的诗人身份,这一身份潜在授权中"时代代言人"的使命感,再加上被我们简单化、符号化了的楚大夫屈原式的忧世嫉俗,虽九死其犹未悔的真理代言人形象——也就是诗人之作为"时代重器"或"国家重器"的形象,曾是我们之于诗人概念的最高想象。因此,对诗人寄予更高的期待,似乎也是题中应有之义。但问题的症结在于,这一广泛的群体并非那一标本性的特殊个体,在社会日常生活中走动的诗人的身体,又何以长出一个国之重器的大脑?

至于担当的问题,显然是针对这个时代的现实而言的。那么,到底要诗人担当什么呢?是批评这个时代的各种弊端诸种弊病呢,还是讴歌它抗震抗洪中万众一心的国家意志,或者经济建设的非凡成果?是要诗人深入揭示底层民众的疾苦呢,还是要他们表现遍及全国的城乡广场上,大叔大姨小媳妇们的扇子舞、秧歌队、健美操?如果是,那么,在多元化、分层化的时代写作形态中,这样的诗歌并非不存在;如果不是,你说的担当究竟是什么?

而从这些《好日子》伴奏中快乐的城乡广场,我们应该已经明白了这样一个事实——人民大众并非我们想象的那样需要诗歌;再从当今各大电视频道"好声音"的播出现场,我们还应该进一步地明白,以中青年为主体的更年轻的人民大众,也并非我们想象的那样需要诗歌。对此,1996年的诺贝尔文学奖得主,波兰女诗人辛波丝卡显然早就明白其中的道理:"不是每个人都读诗,也不是每个人都需要读诗。"尤其是被我们念念不忘的人民大众，只要不在他们中间强行复制一个小靳庄诗歌运动，那么，这种时尚化的大众广场文艺，就是他们天然的选择。这也正是所谓"诗歌边缘化"在本时代的真相之一。

然而，这绝不意味着诗歌在这个时代的大面积失据，而是常规化时代对于事物基本规律和正常形态的返还。我所看到的另外一个事实是，经过时代之手的深度洗牌，原先那种广场幻影式的庞大诗歌人群，早已各归其流地抽身撤离，随着诗歌核心人群的水落石出，及其艺术更新中诗歌魅力的纵深拓展与昭示，更具文化感受力的一代，又不断地汇入其中。也就是说，历经价值取向切换的震荡，当下诗坛的人群结构，已经实现了一次首先是"去伪存真"，继而是"去粗取精"的吐故纳新。具体地说，在诗歌的虚幻社会光环消失之后而选择诗歌者，必然缘于其真实的内心需求和相应的文化自觉。他们需要通过阅读来解决自己的问题，更需要通过书写来解决自己的问题。在这种情况下，诗人与读者的关系发生了一个历史性的变化：在当下诗歌现场，很少再有单纯的读者、传统意义上的读者；绝大部分的读者，都是具有相应能力的书写者，并以本时代新兴的网络媒介为主要载体，进入诗歌写作。因此，事情的本质，并不是当下的诗歌失去了读者，而是广大具有表达渴求和表达能力的读者，变身成了写作者，并与既有的诗人一起，构成了一个诗歌共同体。当读者变身为诗歌创作的参与者，它首先确凿无疑地表明，以诗歌共同体形态而存在的当下诗歌人群，已实现了整体质量的升级换代。

诗歌共同体的形态特征，就是在它的外部，传统意义上的读者几乎已经消失；在它的内部，随着网络诗歌大军的汇入，原先面孔清晰的诗人群体则变得暧昧含混。也正是这一特征，导致了舆论家们所诟病的两个话题：其一，诗歌失去了读者，诗人的作品只能在诗界内部自产自销；其二，诗人的形象模糊混乱，网络诗歌写作无难度、垃圾化。第一个诟病从表象上说大致不错，但却曲解了本质。当诗歌的读者大都变身成了写作者，当然再极少有那种专门供你去指点、去教化的额外读者；至于诗人作品在诗界内部的自产自销，正是诗歌在有效人群中的有效传播。而关于网络诗人及诗歌，说它良莠不齐泥沙俱下固然是一个事实，说它涌动着新的活力、新的生机，则是一个更重要的事实。

　　从另外一个角度考察当下诗歌的实绩，也许还能说明问题，这就是本时代诗歌刊物的大幅度增加。2001年，随着《诗刊·下半月刊》的正式出刊，《诗刊》这一中国头牌诗歌期刊开始了由一进二的扩容。不久，《诗选刊》《诗歌月刊》等知名诗刊相继跟进。诸如《诗探索》这一理论期刊，也增加了一个"诗歌作品卷"。当然不仅如此，21世纪以来，更相继出现了《中西诗歌》《诗歌与人》《中国诗歌》《汉诗》《诗江南》《诗建设》《诗歌EMS周刊》《读诗》《诗歌现场》等等，一大批容量超大、质量齐整、装帧精良、影响广泛的诗歌期刊。即使不再列举那些无法悉数统计的地方性诗刊和同人诗刊，以上的诗歌期刊数量，也已数倍于此前。而支撑起如此多的诗刊的，当然是本时代的作品，并且是质地精良的作品。这种诗歌实体的沉实增长，正像我此前的描述，如同"海底大陆架的整体隆升"。

五

以上谈论的所有问题，都是诗歌社会学范畴的问题。它也似乎就是诗歌战略家和舆论家们的思维框架中，诗歌的所有问题。但我们并没有谈到诗歌自身，没有谈到作为艺术范畴和美学范畴的诗歌，其自身的问题及本质功能。

作为一个资深的诗歌阅读者和前诗人，在很长的时间内，我也曾是一个诗歌社会学的信奉者，习惯于从社会工具功能来看待诗歌。而从"文革"后期开始的我最初的诗歌写作，就是和所有时代大任的臆想担当者们一样，整天书写着誓死捍卫什么或坚决打倒什么的诗歌，像被操纵着随时要去群殴。显然，所有在诗歌名义下出现的文字，并非都是诗歌；我们通常意义上的诗歌，在质地上也有天壤之别。

那么，又是什么样的诗歌，在我们的人生中发生作用，发生过什么样的作用？它在一个民族的历史进程中，又发生着什么样的作用？

就此我首先想表达的是，"国之重器"类的诗人固然重要，但却忽略了一个普遍的事实：在我们这个民族漫长的诗歌文明史上，数量更为庞大的，则是那些不时游离于庙堂之外的，形形色色的自由主义者们，比如李白、王维、李贺、孟浩然、苏东坡、陶渊明……这是一群历经失意的人生后又恍若再生的，天地奥妙中的秘密穿梭者、大地美色的捕风捉影者、沉迷于终极表述的职业言说者。

那仿佛是一场观察与言说的隔空比赛：

"野旷天低树，江清月近人。"这是孟浩然夜宿建德江之所见。

"江流天地外，山色有无中。"王维眺望汉江如此说。

"两个黄鹂鸣翠柳，一行白鹭上青天。窗含西岭千秋雪，门泊东吴万里船。"杜甫这样讲述他草堂外的景色。

"……晴川历历汉阳树，芳草萋萋鹦鹉洲。日暮乡关何处是，烟波江上使人愁。"崔颢登黄鹤楼如是慨叹。

这时候李白来了。自从见到崔颢的这首《黄鹤楼》，被称为诗歌谪仙人的李白，就像感受到了一次职业能力的无声挑战，继而书写了一首《鹦鹉洲》以较短长。但诗成之后，他怎么看都自愧弗如，遂慨然一声长叹："眼前有景道不得，崔颢题诗在上头。"这是一种多么折磨人的沮丧啊！沮丧到了什么地步呢？他在这两句的前边，居然上演了一出内心的"全武行"："一拳击碎黄鹤楼，两脚踢翻鹦鹉洲"！比之"大道如青天，我独不得行"的个人前程愤懑，这似乎是还要让他沮丧的愤懑。因之，诗仙尽管嘴上已经服了，但内心仍不甘罢休，直到此后又写了一首自觉还算满意的《登金陵凤凰台》，方才怅然作罢。

看啊！这是一群多么天真而骄傲的人，一群多么忠实于自己言说使命的人！他们创造了一种比庙堂远为伟大的东西，使江山发亮，人心润泽；也使千百年后的我们惊叹，语言竟能产生如此的奇迹！而这样的诗歌，正是在我们的人生中发生作用的那种诗歌。它在一个民族的发展进化史上，亘贯为一条智慧与文明的光带，使其族类获具了更为高级的思维系统和语言系统，以之发现和辨识天地之中的玄妙与美，进而穷尽其相地说出。

而这一切，都指向了这样的诗歌本质及功能：

它是思维的深度发现，是对于世界玄妙之物和玄秘之道的纵深辨识与言说；

它是审美的深度发现，是对于美的纵深察识与言说；

它是语言的深度发现，是对于语言表达边界的无限拓展，以及最富魅力的表达。

而一个民族一代又一代的成员，就是在这样的诗歌影响和纵身加入中，深化着对于事物的感受力和审美感知力，也持续提升着自己的语言表达和艺术表现能力，提升着本民族的智慧。

是的，这才是诗歌的本质功能，未被我们认识的或者有意忽略了的、诗歌的本质功能。社会学功能固然是它的属性之一，但远非它的所有。至于工具的概念，则不配和它相提并论。

六

关于本时代诗歌的基本特征，我已在前边进行了描述。就其对于已往写作运动化、潮流化模式的扬弃而言，它首先意味着诗人们的自信，意味着诗人们已建立起了自己独立的精神感知系统和艺术表达系统。这使他们因此而确信，自己对于世界的独特感受是不可替代的，而致力于这一感受深度表达的形式，同样不可替代。所以，既无须在写作的题旨与范式上从潮流中借光，更不屑在自我的影响力上从潮流中借势。在真正的诗人眼中，潮流化写作中作品借势而立、诗人借势而名的模式，只是诗歌史的泡沫资产，而只有扎实独立的文本才是可靠的。这既是发生在诸多优秀诗人写作中的事实，也正在成为诗界内部的共识。

潮流化写作终结的另外一个原因，甚至是更深层次的原因，是由社会公众生存形态的分层化，导致的诗人关注焦点的分层化。在这种情况下，很难有任何一种潮流或号召，能对所有的诗人都形成召唤。而诗人们的写作，也更为广泛地走向听凭内心的驱使，并回应内心的声音。

也因此，在潮流化写作终结之后，当文化观察家们由于没有"主旋律"式的形迹可寻而慨叹诗坛的沉寂时，本时代的诗歌写作正在分层化、多元化的形态上，向着纵深的文本建设扎实掘进。下面，我将通过几种不同的写作样态，对此做出论述。

（一）在现实的深处说出被遮蔽的现实。

回应普遍的社会现实关切，是诗歌社会学的核心命题。它来自诗人作为"代言人"这一出发点，除了屈原之外，一般还可以援引杜甫《茅屋为秋风所破歌》这类诗歌为依据。但严格地说，屈原和杜甫，都不是站在代言人的角度回应社会，而是站在自己的忧患中言说忧患，站在自己的问题中言说问题。唯其如此，这种言说才有不可假借的，因而是直击人心的力量。他们的问题才会触动社会的神经，使公众意识到了这一问题的存在。古代诗歌史上所有这一类型的重要诗歌，都是这样生成的。

而当下诗歌中的这类作品，也是这样生成的。一个特殊的现象是，在当下诗人群体中，有相当数量的诗人，是苍茫生存之途的奔波者，奔波在城市乡镇的打工者。如果不是写诗，他们便与黑压压的社会基础人群一起，沉积在现实的深处；而假若没有言说自己问题的意识觉醒，他们即便是写诗，通常也是对于大路诗歌的模仿——作为一个曾经的文学编辑，我曾从中接触过大量的，身居工棚而胸怀天下的诗稿。因此，没人知道也没人想到要去知道，这一社会基础人群的生活中究竟发生了什么。但从 2000 年初中期开始，不断有诗歌从中发出信息，继而是不断增多的群体性信息。这其中，既有书写不同底层生活经验的诸多个体，更出现了一个"打工诗人"群体。在这一群体中，其代表性诗人郑小琼的诗歌，尤其具有典型性。

在郑小琼那些以黄麻岭打工生活为核心的诗歌中，呈现了创造着财富神话的南方汗血工厂中，打工者残酷的生存神话。在这里，打工者的劳动成了身体上不断下扎着"钉子"的生命过程。铁钉把她们"钉在机台、图纸、订单"上，"把加班、职业病 / 和莫名其妙的忧伤钉起"。并且，"隔着利润欠薪"。但即便如此，打工者的洪流仍然前仆后继："多少年了，我看见这么多的她们来了，去了……"，"背着沉重的行李／与闪亮的希望来到黄麻岭，带着苍老与疲惫／回去……"

这无疑是本时代现实中一道深长的伤口，是本时代诸多社会矛盾的一个纠结点。她们被不能养活人的乡村，驱赶到一个又一个的"黄麻岭"，当不受制约的汗血工厂的权利，在劳动力过剩的人口市场建立，这样的命运就成了她们唯一的命运。而这一现实深处的现实，则是非当事者的言说我们难以想象的现实。

（二）在独立文本中建立的独立诗人形象。

回顾风起云涌的 20 世纪 80 年代的诗坛，我们会轻易地列举出许多诗歌名篇，说出许多诗人的名字，而今天则略显困难。但这并不能说明事情的实质。因为那个时代诸多轰动一时的诗歌，大都来自作品的社会学光芒。它们文本上的简单，则被这一光芒所掩盖。我至今还记得当年一篇文章的描述，在北京一大型诗歌朗诵会上，一首诗作中的一句"冤案必须昭雪"，便赢得了现场雷鸣般的掌声。

显然，这只能是发生在那个时代的故事。稍后出现的此起彼伏、生气勃勃的先锋诗歌运动，同样只属于那个时代。其后的 90 年代，则是一个诗歌失去了发展动力的年代。所以，在进入 21 世纪的常规化时代之后，诗人们所面临的一个重要问题，便是对于诗歌功能的重新认识和动力寻找，与之相应的，则是诗人精神艺术系统的重建。无疑，这需要一个过程。

其实在更早的时候，在一大批从新世纪门槛涌过来的诗人中，一部分诗人的形象就已逐渐清晰。而历经蜕变与积累，近若干年来，他们已以自己独立的诗歌文本形象，成为本时代诗歌的标志，比如朵渔、雷平阳、李南、娜夜、路也等等。

这是在写作形态上完全不同的诗人，但却有着这样一些大致的共同点：对于现实冷峻的洞察，相应的抗衡立场和公义感；各自思想文化系统支持中，对于幽微事物的敏锐辨识；拒绝高深姿态的通俗心灵活力，精神与艺术上的自由气质。

比如朵渔在一些诗作中对于生存羞耻感的回应，写作的伦理意识，纵深思想文化资源支持中，从经史、江湖、民间脉络上追述的民国乡村史，以及思维空间转换中更丰富的场景与影像。雷平阳《澜沧江在云南兰坪县境内的三十七条支流》《杀狗的过程》《春风咒》等一系列诗作的多样性，深入事物内部描述的犀利、扎实与精确；在云南高山大河秘境中关于寺庙、祖先、神灵的叩问与呼应。李南的诗歌，体现着小与硬的力量。她刻骨铭心地体认着资本与权力肆虐下被伤害者的屈辱，并以"女公民"的姿态，在对于自我渺小感和无助感的认领中，挺身于为公义伸张的孤硬。娜夜在日常性的都市生活中所体味到的，则是生存的失重与失真，进而以其标志性的欲说还休、极富空间张力的精短诗体，摇撼出深秋中风卷苇荡般的苍茫与空旷。诚如路也自己所言，她的写作来自对于个人内心危机的处理。她以现代文化视野中的叛逆气质，率领浩荡的语词军团，在与内心危机的对冲中，进入由紧张激烈而至辽阔酣畅的艺术能量转换。

（三）飞翔的凤凰。

近年来，我对诗歌的认识发生了一些潜在变化，在接受趣味变得更为宽泛的同时，对优秀诗歌的想象，也更为严苛。这其中一个关键性的想法，就是希望在庸常诗歌社会学写作覆盖的原野，能看到古代诗歌中那种明亮、纯粹、飞翔的美学气质。但这一在唐诗宋词中发亮的传统，似乎早已中断。

是欧阳江河的《凤凰》，使我见到了期望中的作品。虽然作者20世纪80年代以来的《手枪》《玻璃工厂》《傍晚走过广场》等名篇，都曾带给诗坛以惊奇，但书写于2010年的这首长诗，却几乎是一部不可思议的作品。

从整体造型上去感觉，《凤凰》是浩瀚夜空中一架华丽的音乐喷泉。而它给人的神奇感，更像阿拉伯半岛上，那座欲与外星人对话的迪拜摩天大楼。

不错，它所书写的，的确就是一座摩天大楼。是本时代疯魔性的房地产开发中，在所有的社会经济资源——金融资源、土地资源、材料资源、个人人际资源和想象力资源中堆积蠕动，直至无限拔入云空的一座旷世大厦。它既是无数社会个体欲望和梦想的"家庭房产"总汇，也是本时代资本与欲望创造的神话。就此而言，它是一座资本属性和新闻属性的建筑，但欧阳江河却用这样的材料，幻变出一只摇曳飞翔的诗歌凤凰。

"资本的天体，器皿般易碎，/有人却为易碎性造了一个工程，/给他砌青砖，浇筑混凝土，/夯实内部的层叠，嵌入钢筋，/支起一个雪崩般的镂空。"

"为什么凤凰如此优美地重生，/以回文体，拖曳一部流水韵？""而原罪则是隐身的／或变身的：变整体为部分，/变贫穷为暴富。词，被迫成为物。/词根被银根攥紧，又禅宗般松开。/落槌的一瞬，交易获得了灵魂之轻，/把一个来世的电话打给今生。"

"神的鸟儿／飞走一只，就少一只。/但凤凰既非第一只这么飞的鸟，/也非最后一只""请把地球上的灯一起关掉，/从黑夜取出白夜，取出／一个火树银花的星系。"

这样的诗歌，仿佛凤凰刹那间的炫目腾飞，倏然刷新了现代汉族诗歌既有的思维系统和语言表达系统；也刷新了诗人自己的写作纪录。

"对表的正确方式是反时间"，欧阳江河在这首诗中说。这既是他发现并说出的一个微妙事实（因为对表时为了消除齿轮的间距差，必须把指针"反向"拨过标准刻度之后再微调回来），也是他自己写作的隐喻：从惯性思维和惯性视角的相反方向，找出事物于内在摩擦中生成的神奇景观，才算找到了一首诗歌的本质，也才是诗人工作的"正确"方式。基于这一方式的发现，才会发出光来。

正是基于这一理念，欧阳江河在深刻地感受着时代场景复杂变化的基础上，却把这种变化的内质抽离为一个个语词，通过语义的重新编码，使之在悖反、归谬、吊诡的逻辑演绎和修辞游戏中，呈现出光怪陆离，却又是更高真实的影像。也由此昭示了语言的无限可能性。

也正是这样的写作，贯通了中国绚烂诗歌文明的本质及功能：诗歌是思维的深度发现，是美的深度发现，是语言的深度发现；是建立在这一切之上的艺术飞翔。

当然，它既是本时代出类拔萃的诗歌建造，也是本时代诗歌创造力毋庸置疑的证明。

2013 年 9 月 1 日

一代学子精神文化的狂飙突进

——答《20 世纪 80 年代大学生诗歌运动史》编者问

1. 有人说 20 世纪 80 年代是中国大学生诗歌的黄金时代，您认同这个观点吗？

我没有理由不认同。尤其是站在今天的角度来看。20 世纪 80 年代的大学生诗歌运动，是在"文革"的神话破灭之后，中国进入新的历史起点的产物。与破除思想专制、逐步改革开放的社会文化气象密切相关，也是这一时代主体气象在大学校园的投影。"文革"10 年，大学停止招生，成千上万的适龄青年被拒于大学门外，从 1977 年冬季重新恢复高考起始，当被积压了 10 年的这"成千上万"中的一部分得以相继进入大学，他们对国家、时代之于个人命运的感受无疑刻骨铭心，这构成了他们诗歌写作的直接动力，诗歌也成了他们精神思想表达最直接的载体。尤其重要的是，比之此前"文革"中一直流行的那些颂歌和战歌，正在接受世界新的思想文化艺术成果的大学生们，与先行的朦胧诗人们一起，以其新鲜、陌生、叛逆性的诗歌特质，开启了中国现代诗歌一个全新的向度。及至稍后，他们又以写作中的个人性和文本的实验性，与朦胧诗的分野逐渐显现并加大。进而成为第三代诗歌的先声——这已是另外一个话题了。总之，此时的大学生诗歌不只是写作本身，除了其中的人文主义因素外，它还是一种激进文化场态中的先锋行为，一种与摇滚乐相呼应的精神文化时尚。

在此之后的90年代以至眼下，中国转入市场经济以及"经济社会"时代，天之骄子们当年的精神高蹈早已降落为就业、创业的焦灼，诗歌在大学校园中显得缥缈而奢侈。由此更加凸显出彼一时期大学生诗歌的黄金时代地位。但我并不想就此发出"昨是而今非"的感慨。圣琼·佩斯早就有言："世界的进程就是这样，对此我们只能说好"！

2.请您简要介绍一下您投身20世纪80年代大学生诗歌运动的"革命生涯"（大学期间创作、发表、获奖及其他情况）。

我是青海师范学院中文系77级学生。此前于1973年上山下乡当知青，1975年返城当工人。我们77级同班同学之间年龄跨度较大，有多位是"40后"，当时已经结婚生子；有数位是"60后"，为应届毕业生。更多的，则是跟我差不多的1956年前后的出生者，年龄在班上算是半大不小，也都有了一些社会经历。这其中最初有四五位涉足于小说写作，有六七位在诗歌中发烧，再之后大都转移了注意力。多年后以《藏獒》等一系列中长篇而闻名的杨志军，当时每天晚自习时就在教室里制造小说。

我当知青时开始写诗，当工人时曾有诗歌发表在省报副刊。

由此可以想见，我进入中文系之后对自己未来的最高想象，就是成为一名诗人。但直到此时，我并没有进入诗歌写作的正轨。因为在此之前，我与周围的朋友一直是跟着报刊上的流行诗歌学习写作的，除此之外，少有其他的诗歌读本和思想艺术资源。直至 1979 年之后遇上了诗人昌耀，才有了转折性的改观。

1979 年，我的一首中型诗作在《青海湖》上发表，此诗的标题为《唱在秋天将至的时刻》，是一首以呼唤民主与法制为主题的作品，属于当时的时尚题材，此时大家都写这类作品，我可能写得稍强一些吧，随后居然获得了《青海湖》的年度诗歌奖。这是我诗歌写作上的第一次获奖。

3. 投身 20 世纪 80 年代大学生诗歌运动，您是如何积极参加并狂热表现的？

在我的感觉中，从作品的语言特征、观念特征，诗人们的诗歌活动方式等方面看，真正的"80 年代大学生诗歌运动"，应该是从 79 级开始才有了势头。这其中的一个重要标志，就是各高校诗人之间的书信联络、相互间的串联走动，带有一种显在的"运动"性质，或曰隐性的"江湖"形态。其作品风格，也逐渐形成了彼此间相互激赏，却难以为主流刊物所接受的异端气质。列宁曾有言，一个无产者无论走到哪里，都可以凭着《国际歌》熟悉的曲调，给自己找到同志和朋友。而大学生诗人们寻找同志和朋友所凭借的，便是气味相投的诗歌。77 级和78 级固然出了不少诗人，诸如叶延滨、王小妮等，但他们大都是从《诗刊》等主流刊物上走出来的诗人，似乎并无江湖痕迹。这应该是大学生诗歌运动的"非运动形态"，或曰早期形态。

前边说过，我是77级学生，那种跨省区的诗歌交游风气尚未兴起；加之青海远离中心，信息闭塞，所以我在校期间的诗歌活动大致上仅限于青海。要说交游，那基本上都是我1982年毕业之后的事情了。

4.当年，您的一些诗歌曾经很受读者喜欢，能否谈谈其中一首诗作的创作、发表过程？

在大学期间，我没有写出过有影响的诗作。如果非要挑一首来说的话，就说那首《唱在秋天将至的时刻》吧，因为这首诗作的发表，与此后成为大诗人的昌耀有关。

此时是1979年春夏时节吧，《青海湖》一位诗歌编辑来电话，让我去一趟。去了之后告诉我，此诗写得很有基础，若做进一步的打磨，可作为一件有分量的作品重点推出。当时同为编辑的昌耀就在另一张办公桌前看稿，听闻此言后稍微迟疑了一下，继而插话道：不用了吧，现在这个样子就可以，下一期的稿子马上该发排了。编辑部当时有三位诗歌编辑，大约是每人轮流编一两期诗歌的机制，而下一期又正好轮到了昌耀。不知他是因为怕我改不好反而耽误时间，还是这首诗作的确无须再改，总之，这首为我在青海赢得了最初影响的诗作，随后就这样发表了出来。

但同样是昌耀，以他自己青海高原上的风景抒情小品以及大地性的诗篇，终止了我在这种政治抒情诗方向上的写作。此时昌耀刚从流放地回到编辑部不久，其诸如《高车》《烟囱》的短诗以及长诗《大山的囚徒》等相继发表，自从见到这些诗作后，我立时觉得自己正在书写的、报刊上正在流行的那类诗歌，都不再是诗歌，从此进入了"洗心革面"的写作转型。

与此相关的是，我此时已经开始书写诗歌评论。第一篇是关于郭小川的评论，我的许多同代诗人大约都曾受惠于他。接着，就是关于昌耀的评论——《严峻人生的深沉讴歌》，并于此后一篇一篇又一篇，我坚信自己遇到了一位未来的重要诗人，但重要到了什么程度呢？我却无法确切想象……

5. 在大学期间，您参加或者创办过诗歌社团或文学社团吗？担任什么角色？参加或举办过哪些诗歌活动？

当时的青海师院是否有过这样的社团我不清楚，但中文系肯定没有。我的交往空间基本上在校外。相关的记忆有两个。其一是与几位身在工厂的实力诗人一起成立了一个诗社，诗社的名字起初为"骆驼""地平线"之类，最终则确定为一个低调到了人的初始状态的"婴啼"。昌耀闻知后调笑曰：你们怎么都成了婴儿？而诗社的两位发起人均非等闲人物，一位名李镇，一位为金元浦。两位当时发表诗歌时联合署名，并在稍后相继以高中生的学历成为我们中文系的研究生。李镇此后供职于中央某媒体，金元浦则为中国人民大学文艺学的博导。诗社活动大约延续了半年时光而结束。

其二是与西宁地区的十多位一线诗人成立了一个诗歌沙龙。此事由我提议，由别人牵头，方式为每隔两个星期的周日上午，在青海省文联的会议室聚会，就彼此的新作进行交流。这一活动颇富实质性，大家都兴致勃勃。两三次之后，昌耀也参与了进来，他拿在沙龙中参与交流的，就是此后那首大名鼎鼎的《慈航》。

6. 您参与创办过诗歌刊物吗？您参与创办过诗歌报纸吗？编印或出版过诗集吗？

"婴啼"诗社曾筹划过编辑一期《婴啼》诗刊，诗稿与纸张材料都已准备到位了，最后不知因何胎死腹中。

7. 当年各大高校经常举办诗歌朗诵会，给您留下最深印象的诗会是哪几次？

我在青海师范学院的四年间无此记忆。

8. 20世纪80年代大学生诗人们最热衷的一件事是诗歌大串联，您去过哪些高校吗？和哪些高校的大学生诗人来往比较密切最后成为好兄弟啊？

涉及这个问题时我突然想到，在谈论"80年代的大学生诗歌运动"时，除了我在前边谈到的这一运动的"早期形态"，或曰"非运动形态"，是否还有一个大学生诗人们的"校园后形态"？亦即在毕业走出校园之后，大学生诗人们对前期诗歌活动的延续乃至放大。在我的印象中，四川的"莽汉主义"，便是这一形态的典型。

假定这个"校园后"概念成立，那么，我的这类记忆应该比较丰富。当然，这都发生在我1982年毕业之后。可分为两种类型。

其一，是我独自出行期间在沿途城市与诗人们的来往。诸如与成都诗人黎正光、杨远宏、石光华，重庆诗人陈屿，兰州诗人二毛、韩霞等。韩霞是80年代一位活跃的女诗人，蒙古族。她以韩霞的名字成名后，又改成了葛根图娅这个蒙古族名字继续活跃，至80年代末期从诗坛消失，据说去了巴基斯坦（祝她一切都好）。与杨远宏相聚是在其家中，他特别叫来了石光华一起喝酒聊天。远宏长我10余岁，厚道、豪爽、雄辩。与其大名颇为一致的是，他是一位怀有"远大宏伟"理论抱负的人物，在受到善意的调侃与攻击时，常以气急败坏之后的妥协而收场，凸显出宽厚、温暖的人性光辉。当晚聊得投机，喝得兴奋，其间其夫人进来倒茶，远宏让我叫嫂子，我没有理由不叫。但他觉得我声音不够响亮，又站起来摁着我的脑袋让我再叫，我再次唯命是从。最后得到了他用川语表达的一句满意评价："燎原，好小子！"啊，谢谢远宏大师为我摩顶。

但这场大酒并未至此结束。2007年首届青海湖国际诗歌节上，我与主办者吉狄马加相遇，我说这是我们第三次见面，马加纠正我说是第四次。见我疑惑，他说第一次见面是在杨远宏的家里，当时他被借调到了《星星》，下班后经常独自待在编辑部。那天杨远宏约他一起过去喝酒，他因其他事情耽搁，待赶到时我们已经七倒八歪……说这番话时，这位当年西南民族师范的大学生诗人，已经是一位不时在国际诗歌论坛上发言的人物，并且是青海省的副省长。第二天晚上，我又与参加诗歌节的杨远宏等人喝了一次马加的酒，酒后清醒而归。

其二，是与造访青海的诗人们的来往。这其中先后有来自上海的宋琳，浙江的伊甸、沈健，四川的廖亦武、雨田、萧开愚，陕西的李震，东北的宋词，等等。他们前来青海，除了造访青海的山水外，主要就是造访昌耀。有的则是前来找我，比如廖亦武，然后再一起去见昌耀。

9.当年的大学生诗人们最喜欢书信往来，形成一种很深的"信关系"，您和哪些诗人书信比较频繁？在收到的读者来信中有情书吗？发生过浪漫的故事吗？

有过不多的书信来往，也是在我1982年毕业之后。其中有廖亦武、伊甸、宋琳、二毛等人。另外还有杨炼，但杨炼似乎不属于大学生诗人的叙事范畴。

至于你所说的情书和浪漫故事，有还是没有，我想不起来了。

10.在您印象中，您认为当年影响比较大、成就比较突出的大学生诗人有哪些？哪些诗人的诗歌给您留下了比较深刻的印象？

在我的印象中首先应是叶延滨、王小妮等早期大学生诗人；再就是"校园后"类型的宋琳等人的"城市人"写作。其中宋琳的《致埃舍尔》等带有复杂文本技术特征的诗作，给我留下了极深的印象。

11. 当年，大学生诗人们喜欢交换各种学生诗歌刊物、诗歌报纸、油印诗集，对此，您还有印象吗？

我所收到的，都是"校园后"时代的诗人们的刊物。诸如南京的《他们》，四川的《巴蜀现代诗群》《现代诗内部交流资料》，等等。

12. 您如何看待20世纪80年代大学生诗歌运动的意义和价值？

它是除旧布新的时代背景中，一代青年学子精神文化与哲学思想上的狂飙突进。现今虽已物是人非，但其挑战僵化的探索图变意识，已经成为今天的思想资源。

13. 回顾20世纪80年代大学生诗歌运动，您最大的收获是什么？最美好的回忆是什么？

说到最大的收获，我想是我借此而进入了现代思想文化系统之中，它使我至今得以对封建专制文化保持清醒的敌意，并由此建立了自己评判事物的坐标与标准。

至于最美好的回忆，应是在与诗歌的相遇中，我青春岁月所焕发的勃勃生机。

14.目前，诗坛上有这样一种观点，认为20世纪80年代大学生诗歌运动是继朦胧诗运动之后、第三代诗歌运动之前的一场重要的诗歌运动，您认为呢？

在回答第一个问题时我对此已有所表达，这就是：比之此前的"文革"时代流行的那些颂歌和战歌，此时"正在接受世界新的思想文化艺术成果的大学生们，与先行的朦胧诗人们一起，以其新鲜、陌生、叛逆性的诗歌特质，开启了中国现代诗歌一个全新的向度。及至稍后，他们又以写作中的个人性和文本的实验性，与朦胧诗的分野逐渐显现并加大，进而成为第三代诗歌的先声"。

但是，"80年代大学生诗歌运动"到底是一场"运动"，还是一种持续的"校园文化现象"？如果是一场运动，就应对它的本质、特征、边界、发展阶段等，做出必要的界定。现在的这个概念，似乎还处在笼统的未明状态。

15.投身20世纪80年代大学生诗歌运动，您的得失是什么？有什么感想吗？

在前边的诸多答问中，都能体现出我的所得。至于所失嘛，我想象不出我因此失去了什么。

16.目前，20世纪80年代大学生诗歌运动这一现象已经引起诗歌研究者的高度关注，具体地说，我正在编著《20世纪80年代大学生诗歌运动史》一书，请问，您对我编著大学生诗歌运动史有什么好的意见和思路吗？

因为不知道此书的具体内容与格局，意见和思路也就无从谈起。假若我所想到的你早已那么做了，我的意见和思路就成了无效重复。但我还是愿意把回答第十四个问题时，我在第二段涉及的问题再强调一遍：最好对"运动"这一概念做出清晰的定义。

另外，祝愿你的工作能成为现代诗歌史研究中的重要组成部分。

17. 当年您拥有大量的诗歌读者，时隔多年后，大家都很关心您的近况，能否请您谈谈？

说来惭愧，在我的感觉中，我的诗歌不曾拥有过大量读者，而我诗歌批评的读者量可能要稍大一些，但那也已是我"校园后"时代的事情了。

关于我的近况，得稍微把它往前延伸一下再长话短说：我1982年毕业不久进入《西宁晚报》编辑文艺副刊，1992年调入山东《威海日报》从事同样的工作。2008年调入威海职业学院任教授。在诗歌写作上，我因1988年发表在上海《萌芽》杂志上的一组诗歌，而获得了该刊的年度诗歌奖；又因此额外地得到了出版一部诗集的资助，这就是此后出版的我唯一的一部诗集《高大陆》。而从1992年开始，我由诗歌写作完全转入了诗歌批评领域，主要从事现当代诗歌、当代文艺思潮、当代重要诗人个体等方面的研究。我所看重的自己的作品，是《海子评传》与《昌耀评传》。《海子评传》在第一个版本之后，又先后应两家出版社之邀两次修订，共出了三个版本。我自己更珍重的，是《昌耀评传》，它让我有一种不负此生的成就感。

18. 能否具体谈谈您大学期间写作评论的情况？

我从大二开始写诗歌评论，当时并无相应的氛围诱导，只是我对诸多诗歌作品与诗歌现象有特殊感受，因而产生了文字表达的冲动。但我的这种评论与批评兴致也并非无迹可循，记得当年读高中时，我曾从我父亲——曾经的骑兵连指导员，此后的青海师院政工干部的书箱中，翻出了诸多被他封存的书籍。除了一些五六十年代流行的苏联的政治经济学教科书，居然还有季毕达可夫的《文艺学引论》这类书，以及北师大版的《文学理论学习参考资料》等，这是一本苏联文艺理论框架中，马克思主义文学原理和中苏经典文学介绍的资料汇编。我根本看不懂它们，但却能大致上看懂中国科学院文学研究所版的《中国文学史》（三册），尤其是对另外的"胡风反革命集团批判材料汇编"等看得津津有味。对于这段往事，我原以为我早已忘了，此刻想来，它们应是我最早的理论引信。

大学期间，我曾写过《马雅可夫斯基与无产阶级革命》，论巴尔扎克小说《幻灭》的《一部安放伟人雕像的宏伟基座》等论文，当然，还写过一些青海本土诗人与诗作的评论。在此时的青海，我应该算是评论界的一颗新星了，但我并没有想到要成为一名批评家，而仍然在与诗歌较劲。

19. 还有一个额外的问题，您缘何写作《昌耀评传》和《海子评传》这两部大作？

然而，"有心栽花花不发，无意插柳柳成荫"，这一无厘头式的定律好像是专门冲着我来的。在诗歌写作上，我一直没能写出自己想象中的作品；但我的评论引发的反应却让我意外。1987年前后，我在《星星》《绿风》《当代文艺思潮》上相继发表了三篇有关西部诗歌的文章，发表在《思潮》上的那篇《罐子，生命的含义及其他》随后被收入"中国人民大学报刊复印资料"。记得浙江的伊甸在当年寄给我的一张贺年卡上，对这篇文章给予了激情的褒奖。我的一位朋友曾就此跟我做过一次煞有介事的认真谈话，建议我把写作重心转移到评论上。

而写作这两部评传之前，我曾于1998年和1999年在《星星》连续开设了《中国当代诗潮流变十二书》和《中国新诗百年之旅》两个年度性专栏，前一个专栏中描述的"新时期诗歌"的代表性诗人和诗潮，也正是海子所置身的诗歌场景。另外一个因素是，我曾于1989年海子去世不久，书写过一篇评论他与骆一禾的《孪生的麦地之子》，将近10年之后，它又被一位名为胡志勇的"北漂"给回想了起来。此时他正在寻找一位书写《海子传》的人选，便拐弯抹角地找到了我。胡自称是个闲人，但却神通广大。在我因心中无数几番推辞，他却信心爆棚一再游说，继而找好了出版机构之后，我便决定不妨一干。关于《海子评传》的写作，前期采访虽然艰辛曲折，但写作进程中我却鬼使神差，大致上用了六个月的业余时间，书稿便按约定时间交到了出版者手中。这在我缓慢艰难的写作史上，可以称得上一个奇迹。

那么，这是源自我既有的文化储备？源自海子的能量在我拿笔的右手上的发力？或者我原本就是适合干这种大活儿的材料？

写《昌耀评传》时没有人约请，但我已通过《海子评传》获得了信心。它既是我对昌耀的还愿，也是我对自己青海岁月的还愿。在这部书中，我对昌耀人生不同时段的社会政治风云，不同流放地的山河地理生态，当地人群民族流变的历史渊源、由此积淀的土著风土习俗，进行了一位秘密知情者式的深入描述。在这样一幅恢宏驳杂的大背景上，凸现昌耀大地性诗人格局的生成，及其诗歌中底色性的高原异质元素，也以此穷尽性地呈现了青海贮存在我心胸中的闪电流云。

书写这部作品时我是如此畅快，它使我的手指星夜开花。

2014 年 8 月 9 日

谁在岩石上敲门，谁就能在树叶上酣睡

——王夫刚诗歌纵论

2005 年，我在一个当代诗人的系列点评中，曾就王夫刚写过这么一段文字：当代诗坛如果存在着各类诗歌新贵，那么，王夫刚则属于这相反一极中的弱势群体。他以良好的写作天赋从乡村起步，却在通往城市的发展空间中饱尝酸楚，但"从欲哭无泪到有泪不流"，他以不动声色的倔强自我造化，使乡村叙事中那些被遮蔽的部分，在他的笔下发出光来。

时间一去 10 年，当王夫刚再次进入我的阅读时，已恍然一派莘莘大端的宏富气象。在延续着原先短诗写作势头的同时，他又以水阔流涌的系列长诗、机锋迭出的诗歌文论稳步拓展，缔结出一位诗人沉实的大盘底座。尤为重要的是，在纷杂喧闹的诗坛大背景中，他以执着的方向性和沉潜性的写作，打通了上升节点上的瓶颈，从一个自发性的抒情诗人，转入自觉性的深度艺术建造。他在与现实的痛楚质对中不断领取教益，将对现实世界的复杂领悟，置换为复杂精微的诗艺文本。进而在叙事姿态、语言方式、艺术理念上走出一条新的道路，形成了一位诗人鲜明的艺术标识系统。

一

　　从此在的角度看待王夫刚的诗歌之路，仿佛一个落魄的乡村少年成功的人生逆袭。而落魄的标志性事件，便是当年"我从考场溃退下来"。这本是城乡差别形成的先天性竞争劣势，无数乡村少年都曾遭遇的命运，但王夫刚却不肯认命。因为在他的意识中，这并非自己资质不济，并且相反，他对自己的资质持有天生之材难自弃的自信，而是这样的资质，为自己所面对的应试教育系统所不容。宋代文论家严羽那一著名的"诗有别材"，既是指诗人在诗歌写作中不同流俗的特殊才能，延伸开来说，也是对诸多诗人艺术家天资分配中此弱彼强现象的指认。历史上的众多人杰在科考中一再碰壁，灰头土脸，却在诗歌艺术领域大放异彩，就是典型的例证。无论王夫刚是否当时已看清了这一点，接下来的事实是，他决然放弃了以复读与高考的无趣纠缠，踏上了自己想象中的道路。

　　"他将吃尽苦头……"

　　——这是就自己前途抉择一场"失败的对话"后，父亲对他的最终结论。

　　诚如其父所言，这个乡村少年最寒冷的人生季节就此降临。他选择了一条渺茫的不知所终的道路，在这条道路上，没有任何人能给予他关照，他必须为自己的选择独自负责。由此开始，他先后辗转于家乡周边的多个城市，开始了孤独的人生闯荡。最初是在青岛郊区的一个石料加工厂，与石头和灰粉较劲，但不久他就落荒而逃。继而由 A 到 B 到 C，为无处安放的青春寻找出路。在这一过程中，他充分见识了社会转型期资本的狂妄与嚣张，底层个体的渺小和无助，富有意味的是，他随后的诗作虽然不无孤寒愤懑，但并未被这一情绪所主宰，而是将这样的经历化作写作的沉重底色。的确，向世人倾倒自己的苦水有什么用！把泪水泼洒给世界又有什么用！在关乎未来走向的重要节点上，他拒绝了自己之于世界的艾怨或自作多情，进而逐渐确立了一种镇定冷峻的应对姿态，以及看待世界的视角。由此而从自身的命运，体认到自身和乡村的共同命运，把目光更深入地投向乡村，探究其中的奥秘，以及历史进程中的必然与偶然。

1992 年，王夫刚在 23 岁的年龄上完成了自己的第一部诗集《诗，或者歌》，并于次年年初出版。在当时诗集出版极为困难的情况下，这无异于照进他梦想的一缕曙光。而这部诗集中的《北方的河》，则是对他"别材"最初的确认："最后一个动作转瞬即失——/ 大河之水从地图上流了出来 / 健康的秋色布满北方"，然而，"水越流越少，水的问题 / 不声不响地逼近北方"，人们活在两岸的村庄，"平平淡淡地过了很多年 / 还将平平淡淡地过很多年 / 奇迹的出现，不是现在的事情 / 也不在他们中间"。在这里，他以强劲的心灵脉冲和与年龄不相称的沧桑感，说穿了中国乡村的基本处境和命运。写出这首诗作时，他年仅 19 岁。

这首诗作外冷内热的现实关注基调，正是当时主流诗界所倡导的类型，但不久，他的乡村叙事却骤然变声，转换出一种相反的超然与冷峻。

《暴动之诗》既是这一转折的代表作，也是同时期诗坛上的一个异数。在这首诗作中，他对家乡史志中的一段传奇，进行了颠覆性的重新解读：那是在历史上某个动荡的年代，一群山乡汉子于走投无路中突然啸聚山头，举义暴动。"他们杀死地主，烧毁寺庙"——这是当今所有的地方史志中，有关"暴动"的标准表述，但史志不会去表述的，则是接下来的情景：一时的血勇过后，壮士们突然心绪晦暗，他们不知所措地在山顶走来走去，茫然地望着落日沉默。并且他们至死都不会想到，在自己的身后，这一举动会成为地方史中红色的一页，而当这一意外的光荣降临，他们已全然不知……

这是作者的意识系统发生了内在性的颠覆后，对于历史一次颠覆性的解读。他发现了常规历史叙事之下更深的遮蔽：人性的慷慨与脆弱，事物运行过程中游移不定的偶然性，以及毫无逻辑规律可循的吊诡。由此进一步地认识到，这又正是世界内在运行结构的另外一种本质，而一位独立的诗人所应致力的，就是面对由"正确"的常识所定义世界，揭示出其下被遮蔽的本质。

随后出现的《外公》一诗，便是以这样的理念，一扫公众熟悉的表述模式，在一种颇为蹊跷而陌生的叙事中，为同类题材建立了一个新的表述空间。那是在他记忆中的 1984 年夏天，随着山洪暴发和"高音喇叭里传来一声枪响"，他的外公似有感应地动了一下——"这是一个喜欢咳嗽的／老头，对生活做出的最后反应"，接下来便是哭哭啼啼的乡村葬礼，再之后是墓地周边的枯枝寒鸦，以至连怀念也"夕阳般的倦怠"。对于那些甫一见到此类题材，便会进入痛不欲生抒情模式联想的读者，这种冷漠的叙事无疑会让他们惊诧，但他们随后便会意识到，作者恰恰是以指向本质的残酷，说穿了乡村草民生灭如草芥的基本事实，以及命运的必然。然而事情并未到此为止，与外公命运的必然性相关的，则是这个世界上某些事情巧合的偶然，以及自己记忆的偶然——多年后他对外公去世时间的确切记忆，却来自当年那"一声枪响"的佐证。而这蹊跷的"一声枪响"到底是什么？以我依稀的记忆再核对史料，则是1984年的同一时刻，中国射击选手许海峰在洛杉矶奥运会上，射得中国历史上的第一块奥运金牌。事情由此而更富意味：在一个荣耀的国家纪录诞生而举国欢腾之时，一个乡村草民的辞世便越发微不足道，甚至连亲人的记忆都发生了选择性的偏差！那么，这还是本时代我们的集体无意识吗？它到底又因何而形成？

这是一首仅十四行的短诗，却交织着复杂的意念和内在结构，作者将两个远天远地的事物在偶然性上纠合在一起，由此对顶出一种隐性的空间张力，既使历史叙事中被遮蔽的多种意味相继凸显，更显示了他将诗歌的深度表达结构，也就是我们通常所说的技艺，视作绝不低于普泛抒情的综合艺术后，其所致力的深度叙事模型的建立，以及这种叙事的深度。

二

在以上诗作中，我们一再看到王夫刚在情感表述上的冷漠与超然。不只是有关乡村的书写，即便是关于自己亲人的叙事，他都似乎不再是言说自己的事，而是在第一人称的叙事中，持守第三人称超然物外的冷静。在传统的诗学观念看来，这显然近乎"冷血"，也是一位诗人的大忌。

然而，正像我们对诗歌之于生活密切关系所强调的那样，一位诗人的成长及其写作中所体现的一切，都无不源自生活的教诲。王夫刚这种人生姿态和写作姿态的转折同样如此，它是一位诗人在生活中反复受挫的特殊表征，也是其屡屡经受"多情反被无情恼"的嘲弄后的自我成长。在他中早期的诗作中，曾一再表达过自己人生中的张皇失措和失败感："我举手发言 / 不是遭到拒绝，就是张口结舌""长途大巴开动时我在靠窗的座位 / 闭上眼睛。一个失败的游子 / 身边坐着另一个 / 失败的游子"……当我们再从"我的体内的确流淌着一条河流 / 而不为生活所知。我提心吊胆 / 每天都在不断地加固堤坝"中，读到"提心吊胆"一词，心中的感受更是近乎惶然。但大家大概不会想到，在自己浩瀚诗歌空间中上天入地的天才诗人海子，竟也表达过相似的心情——"我怕过，爱过，恨过，苦过，活过，死过"，在这之后，则是如梦方醒的情感反转，"我真后悔，我尊重过那么多"，以及"在这一千年里，我只热爱我自己"的冷酷（《太阳·断头篇》）。无独有偶，另一位一生极少摆脱过苦难的诗人昌耀，在其晚年的诗作中，也从他标志性的炽热抒情中一再退出，而在《一个青年朝觐鹰巢》中，对聚集在云海孤岭上高原之鹰的豪举暴施，对它们拒绝和人类与共的倨傲，独立于苍茫的"铁石心肠"，表达了由衷的渴慕与向往。

那么，不只是生活教诲了诗人，更是生活中的挫折教诲了诗人，养育了诗人。当一位诗人之于世界一厢情愿的幻想破灭，便只能以挫折赋予他的铁石心肠乃至孤傲，强化个体的自尊。比如王夫刚诗中这样的表达："我廉价，所以我无所谓""我已经习惯了没有老师的／生活——我无师自通，从没考虑／把爱献给哪一个具体的人"。但随着他们精神能量的不断壮大，其与世界的关系逐渐发生了彼消此长式的变化，先前那个庞然大物的世界以及由此象征的宏大概念体系，在光环的破灭中渐渐缩小，缩小至一个与他对等的体态，并构成一种物我对等的关系。这是在大千世界万物平等的观念中，他所要求的关系：人在世界面前既无须狂妄欺世——没有大于世界的个体，也不必卑躬屈膝——没有个体必须跪拜的世界！这其实正是世界以铁砧锻打的方式，对于个体的特殊关照和指教：无可依附的被放养的人生，只有在独立人格的建立中，去获得直面世界的力量。正如同昌耀笔下的高原之鹰，以拒绝与人类与共的铁石心肠，在苍茫云水间的自由翱翔。

到了这个时候，一位诗人还要沉湎于爱的倾诉与抒情，似已缺乏依据，也显得过于滑稽；而他关于世界的愤怒宣泄同样没有理由，也没有意义。也就是在这个时候，诗人的写作发生了一种特殊的变化：他由抒情转向叙事。并且是以内科大夫那种超然物外的冷静，深入世界的内部，探究产生了那一切的根源，进而以相匹配的语言系统和结构系统，讲述他所发现的真相。而在这种"冷血"的超然叙事背后，则是诗人对于世界履行其"天职"的巨大热忱。他不光要负责讲述他所探究到的真相，还要负责这一讲述非同寻常的艺术实现形式。而他在这一探究中的思维深度，又决定了使之呈现的艺术深度。反过来说，他必须用相应的技艺，使这一探究得到最大程度地呈现。这样的"天职"情怀，正是一位具有专业意识和能力的独立诗人，区别于广场诗歌民众的重要标志。

多少年后，一位并非诗人的历史人物，使他借其《怀刑录》为题，为之书写了一首长诗，这就是早于王夫刚300年，客居济南的蒲松龄。蒲前辈应是王晚生早就熟知的人物，但只有到了此时，才引发了他意识深处镜像性的振荡："读书。教书。著书。除了盲肠般的应试／蒲松龄的一生只剩下这六个字""世上因此少一个刀笔小吏而多一个／卡夫卡的隐形老师"。

哈，"盲肠般的应试"，同是考场沦落人哪，也同样在文字生涯中读书写作。想来蒲前辈三百年前落魄的沮丧，绝不会亚于今人的沮丧，但正是生存挤压下的心灵视角"变形"，使他对应出了一个五光十色的鬼魅世界，进而置身于以故事讽喻人世真相的"天职"热忱中。把原本就神奇的故事讲得精彩一些，更精彩一些……蒲前辈在自己的人鬼叙事空间精心打磨讲述的技艺，而至出神入化，而成为世界短篇小说史中的绝唱。就像那些伟大的匠人，使自己的手艺成为人世间的绝技，也为后世昭示出一束幽渺而深远的技艺之光。

<h2 style="text-align:center">三</h2>

但时代又在王夫刚身上，演绎出与前辈不同的版本：这位曾经的高考落榜少年，若干年后却以作家的身份，两度进入大学，成为山东大学作家研究生班 2005 级学生，首都师范大学 2010—2011 年度驻校诗人。这两段时光，对他知识系统深化与扩容的作用，想来绝非可有可无。随后发生在他写作中的显著变化，首先是在长诗和诗歌文论两个系统中的强力推进，尤其是 2012 年之后集中展开的长诗写作，诸如《怀刑录》《梦露本纪》《日常忠告》《句法练习》和《山河仍在》等等，显示出他在这一基础上崛起的，对于庞杂材料系统宏富的整合能力和诗歌结构能力。

《山河仍在》是一首由 24 个篇章组合、长约 2200 多行的超级长诗。按一首短诗通常 15 行的长度计，约等于 150 首短诗。从写作契机来看，它是作者在若干年的时间长度中，参加一些笔会和诗歌采风活动的产物，因此，这又是一种游历性的写作。一般而言，这类写作大都具有灵光一现的即时性特征，历史上虽然不乏穿透时空的佳构，但更多的则是乏善可陈的应景之作。

那么这其中的一些篇章，最初也有即时性的，或源自采风酬酢的应景因素，但随着后续写作的不断深化，尤其是作者在确立了"山河仍在"这一主题，对它们进行最后的整合时，所有篇章都在这一主题的统领中起立列队，直与"山河"的恢宏构型相应。而所谓的"山河仍在"，应是基于据说山河已淹没于现代工业和商品主义"雾霾"这一前提。因此，这一"仍在"又俨然一个反向立论。

在这一立论中，作者恍若地质地理勘查式的，随自己的游历而在山河间下钻了几十个取样的探点。新疆野马群的前世今生，青海的山东支边乡亲和德令哈海子纪念馆，吉林的郭尔罗斯草原和长春斯大林大街名称的变迁，川渝之地三国时代的庞统和现代"天梯上的爱情"，山西潞安煤矿集团和普救寺的"西厢记"传奇，长三角古镇系列的苏州、周庄、沙溪镇、黄岩，甘肃的嘉峪关与河北的金山岭长城；山东境内邹平西王村的上市公司和1930年代梁漱溟的乡村建设运动、黄河三角洲庞大的碱厂和广袤的盐厂、诸城白垩纪的恐龙和外放中的苏轼、东营孤岛镇铺天盖地的槐树林和放蜂人逸事，深圳大万世居和客家人的城堡，武夷山九曲溪的竹排和先哲朱熹，从海南岛再到南海诸岛的今昔……

而他从这大量的地质岩芯和勘查样本中看到的，既有古老文明在商品主义花粉中的斑驳变异——在当年"夜半钟声到客船"的姑苏城外，交过费的游客"排成长队等待着白日敲钟"；但山河本质性的实体，则是密布于岁月中闪烁的人文历史，千姿百态的山水风物，燹火灾难中无尽的人心民智，现代农耕土地里长出的钢铁股票……那么，现代雾霾下的山河还在吗？

当然！

　　但事情并不仅限于此，这首长诗给人更为深刻印象的，则是作者投身于这一工程的巨大热忱和耐心，他在面对任何一个书写对象时，几乎都会穷尽所有的信息，再从中提取缤纷的碎片进行整合打磨，直至一丝不苟地丰满完形。当诗作中涌现出大量这样的诗句——"使庞大的国家机器进入他所设计的怠速运转状态的人／……在历史中把自己的名字／悄然改成大禹——连伟大的孔子／也不得不在伟大的《论语》中给他留出／一席之地：'禹，吾无间然也'"，你很难不对其中冷僻的文史典籍信息和点化精微的表达感到惊讶。同样深刻的印象，还有作者历经先是孤寒愤懑，继而冷漠超然的叙事阶段后，于此蜕变出的不无暖意的中性言说姿态，它意味着一位诗人已摆脱了偏激的情绪化左右，在一个新的精神层面上，迎来了无限展开的广阔世界，并与之展开心智健全的细节盘问与深入应答。与此相应的，则是作者在文本世界的倾心建造中，精彩一些、更精彩一些的深度艺术风景。这是以反讽、吊诡等反常修辞于事物穴窍中点击出的深层意味——"铁树开花，其实是古老的文明／承担着被时代遗忘的责任。这世上辈分最高的／裸子植物……在美的洁癖面前呈现出有钙质的／矜持"；甚至是以刻意饶舌的闲笔，索取汉语言艺术密码中的微妙意趣——"年轻的工程师额角沁汗／仿佛我们行程匆忙是他的过失"；更以既莫名其妙又理所当然的意象与句式，呈现出机锋迭出的雄辩——"我的腰间挂着秦始皇未曾用过的／带彩铃的摩托罗拉牌手机""现在，我用一串11位的数字／和世界发生关系：／我是13906413357的主人／和它取长补短的隐形奴隶"。

是的，事情正如他面对重庆深山中的"爱情天梯"获得的魔幻性感受——"命运——谁在岩石上敲门／谁就能在树叶上酣睡"，那么，诗歌——谁拒绝用一般性讲述世界，谁就能呈现一个非同寻常的世界。

古老的"诗言志"无疑是关于诗歌的定义性表述，但它只说出了上半句。历史上一切重要的诗篇，无一不是以对于"志"让人惊奇的"言说"，亦即凭借语言艺术的神奇表达，而垂延于世，并为这个定义补齐了下半句。古老的中国诗歌史，其实就是不断推陈出新的艺术变迁史，而近数十年来，一代优秀诗人在开放的时代背景中，以新的艺术资源与剧烈变更的时代内容相对应，不断拓展既有的诗歌表达边界，其中辽远的艺术景深，已远非有新诗以来的任何一个时代可比拟。在这一接力性的诗人序列中，王夫刚已置身于属于他们这一区段的前沿。

当然，我还清楚当代诗歌正在遭受空前的嘲笑，但在这个人人争做意见领袖的时代，就让王夫刚的诗歌再替我多说一句——"没有比嗤笑诗人更不担风险的傲慢了"。

2015 年 11 月 28 日

"第五届'美丽岛'中国桂冠诗学奖"获奖感言

首先感谢评委会，让我意外地有了一顶"桂冠"。近若干年来，我曾多次出任国内诸多诗歌奖的评委，而把奖评给别人，似已成了我的一种角色，我没想到过角色居然可以翻转。现在，这个意外犹如写作中不可预期的神来之笔，也使我觉得自己恍然似有神助。

2010年，我曾在一个民间机构评选的"中国当代36位诗歌精神骑士"中，被授予"当代诗歌金哨"，并获得这样的颁奖词："他独立客观的学术良知是中国当下诗坛的幸运"。我想这与其说是给予我的褒奖，毋宁视作诗坛对于批评家的期待。21世纪以来，当代诗歌批评当然不乏有见识的作品，但整体表现显然弱于诗歌大盘。高飘高走的理论看似高深，但大多都在诗歌的体外循环。因此，我愿意在此向那些优秀的诗人们致意，并希望我的工作能做得更为符合我的想象。接下来的这个片刻，且让我在这顶桂冠之下得意忘形！

2016年4月15日　威海

2016年4月24日　苏州锦溪古镇

附：

评委会授奖词

在对百年新诗进行鞭辟入里评析的基础上，燎原逐渐把研究焦点对准先锋诗人。他听从先锋诗歌持续而隐秘的召唤，以敏锐的艺术直觉、丰赡的诗学知识和独到的诗歌体悟，探访先锋诗人的艺术世界，其背后的问题意识和知识图景，绝不限于某一个或某几个先锋诗人，而是囊括了先锋诗人群体的生活、精神、思想和诗学的创造与困境，视野开阔、目光深邃、亮点纷呈。尤其值得嘉许的是，他的典范之作《海子评传》和《昌耀评传》，令人信服地确立了研究海子和昌耀的认知图式、分析框架、对话姿态、基本理念，成为此类研究难以逾越的诗学标杆。有鉴于此，谨将本届"美丽岛"桂冠诗歌奖之诗学奖授予燎原先生。

新世纪诗歌及相关问题辨析

如何看待新世纪以来的诗歌，已经成了一个聚讼纷纭的话题。说它进入了历史上最好的时期者有之，说它江河日下的声调似乎更高。在我看来，评价一个事物的好坏，至少应有两个前提：其一是确立一个可供对比的参照系，只有把它置入这个参照系中来考量，才能得出令人信服的结论，不然就是信口开河。其二是对该事物基本信息的全面把握，否则，仅以自己看到的某一点或某个方面做出全称判断，只能得出盲人摸象式的结论。这两个前提，将是我谈论问题的基础。

一

关于新世纪以来的诗歌，一个突出的现象是其生态系统的空前活跃。2007 年，聚集了近 200 名海内外诗人的首届青海湖国际诗歌节仿佛一个信号，继而，由各级地方政府和民间力量主办的大大小小的诗歌节纷至沓来。有人曾为此做过一个统计，仅 2015 年，就有在河南举行的杜甫国际诗歌节、神农山诗会、海峡两岸暨香港端午诗会、三苏诗会，在武汉举行的武汉·南宁诗歌双城会、武汉诗歌节，在云南举行的第九届天问诗歌艺术节，在西安举行的中国青年诗歌艺术节，在内蒙古举行的女子诗会，以及江苏的三月三诗会，浙江的太湖诗会，海南的两岸诗会，福建的闽南诗歌节，每年一度的秦皇岛海子诗歌艺术节，两年一度的青海湖国际诗歌节、中国（德令哈）海子青年诗歌节，等等。而根据我的信息，这其实只是一个局部性的统计。

其次，是诗歌奖的广泛设立以及奖金的高额化。也是2015年，仅我所知道的诗歌奖，就有北师大中国新诗研究中心的第二届海子诗歌奖、四川绵阳的李白诗歌奖，以及陈子昂诗歌奖、刘伯温诗歌奖、骆宾王诗歌奖、徐志摩诗歌奖、阮章竞诗歌奖、红高粱诗歌奖、中国桂冠诗歌奖、柔刚诗歌奖，由企业冠名的茅台杯诗歌奖，等等。2009年，由武汉某基金会设立的闻一多诗歌奖，以10万元的大奖开创了中国诗歌高额奖金的先河，到了2015年，绵阳的李白诗歌奖则以主奖50万元创下了新的纪录。

21世纪以来，随着以互联网为载体的诗歌网站、诗歌论坛、诗歌博客这种诗歌传播形式的不断丰富，随后以手机为载体的各种诗歌微信公众号，更是每天都在推出难以计数的诗歌新作、诗歌选粹、诗歌评论、诗歌朗诵视频、诗歌活动信息。

各种平台的诗歌朗诵，似乎一夜之间风靡了大江南北，2016首届华语诗歌春节联欢晚会，则是一次集中呈现。以北京大学百年讲堂为主会场，以重庆、上海、青岛、西宁、成都等30余座城市为分会场的这届"诗歌春晚"，既开创了当代诗歌新的传播形式和途径，也显示出诗歌的触角之于社会的广泛延伸。

以上的这一切，就是诗歌在 21 世纪的基本境况和事实，对于其中的某些现象，大家当然可以见仁见智，但那些富于实质的诗歌活动与传播，却至少是诗歌之于社会需求的一种呼应。进一步地说，相对于长期以来与社会脱节的责难，诗歌正在与公众建立新的联系。并且，这并不是彼此迁就的结果，而是在一个相互提升的平台上，所达成的传输对应。

面对以上事实，所谓当下诗歌已被彻底边缘化和江河日下的说法，不知出自什么样的考核系统和标准。

二

关于 21 世纪的诗歌，我在多年前表达过一个谨慎的判断：它是诗歌史上最正常的时期。现在我想进一步表达的是，它还是艺术形态最丰富的时期。所谓最正常的时期，是基于社会形态从长期以来的政治运动模式转入经济建设的常态模式后，诗歌作为运动工具的强行指令逐渐终结，诗人们依据自己内心向度和艺术理念的写作，终而使诗坛呈现出多元化的活跃格局。由彼到此似乎只是小小的一步，但相对于工具化时代诗坛的刀光剑影，近乎一代诗人的因诗罹祸，这一步实在等于跨越了一道天堑。所谓艺术形态最丰富的时期，是指历经对 20 世纪 80 年代以来先锋诗歌成果的消化，以及新的艺术资源的不断摄入，一代诗人的写作理念与写作手段已经全面刷新并深度展开。

从文本建设的角度上说，20世纪80年代最重要的诗歌成果，是以"朦胧诗"和"第三代"为代表的先锋诗歌。在除旧布新的时代背景中，率先兴起的朦胧诗以对于世界现代思想艺术资源的引入，冲破诗歌的工具化桎梏，进而以与旧有意识形态和艺术形态相对抗的文本，实现了当代诗歌思想与艺术的双重启蒙。而继起的第三代诗歌，则更多地呈现为一场语言革命，它在致力于诗歌文本的多样性实验，以及诗歌之于当下经验的对接中，以直接、鲜活乃至狂欢性的语言冲击波，瓦解了僵硬、高调的意识形态语言系统。这两种写作，因在既有禁区中叛逆性的挺进，而被称作先锋性写作，其最重要的贡献，就是启动了当代诗歌的现代性转型。到了21世纪之初，先锋诗歌的概念已逐渐为现代诗歌所取代，因为由它所代表的先锋性，至此已经常态化。而这个现代诗歌，并不是文学史上现代与当代的时段划分概念，它最初的内涵，是指当代诗歌中突破了旧有模式的"现代主义"诗歌，亦即纳入了世界现代主义哲学艺术元素的前沿性诗歌——这正是先锋诗歌开创出的时段；它在今天的概念，则是在对世界文化艺术潮流的汇入中，中国诗人依据自己的历史传统与当下问题，与这一潮流的齐头并进——这是当今的诗人们正在干的事情。

在长期封闭的诗坛，先锋诗歌以必须具有的叛逆性和极端性，开创了当代诗歌新的走向。开创性的事业因着逆风扬旗的激越色彩，当然更易被历史所铭记。但从另一个角度上说，它响亮地也是粗线条地干完了奠基性的大活儿后，便注定了此后的诗歌，必然以沉潜性的深化形态来展开。其性状，正如呼啸的海浪与无声的涌流，而涌流，则是一种内在的、整体性的、更富能量张力的力量——这便是本时代诗歌的本质特征。只有将它置放在上述参照系中，我们才能更清楚地看清这一点。

三

的确，上个时代的诗歌干的都是大活儿。其最突出的标志便是诗人的角色体认中，习惯性的"大我"情结，诗人在写作中并不是代表他自己，而是代表民族、历史、真理在说话。且无论作品的篇幅大小，大都冲动着警世启蒙的主题指向。诸如以艾青为代表的"归来者群"对于重大历史问题的批判反思，朦胧诗群之于现实的冷峻质疑等自不必说，随后兴起的文化史诗写作，又以寻求民族文化之根对于当代的启示，文本形态上形而上的高蹈，结构出充满玄想、叩问终极的诗歌巨制。

而恰恰是这些大，吊高了公众对于诗歌的想象。进而使之将"文革"前那种关于意识形态的宏大抒情，"文革"后批判反思的鸿篇巨制，混乱地捆绑在了一起，然后把这种想象推向极致：诗歌必须指向家国天下，指向灵魂和终极；诗人必须是时代与民族的代言人，进而是真理与正义的化身。没错儿，这还是我国教科书上的经典标准，但若真按这个标准来衡量，在浩瀚的中国诗人序列中，大约除了屈原之外无人能够达标，连李白也不能。然而，它却成了舆论界要求当今诗歌的天条。

从诗歌史的角度看，所谓的"大我"叙事，更多地表现为运动型时代留给诗歌的一笔负资产，因为它使许多缺乏基本思考能力的写作者，一进入诗歌却立时变成了真理的代言人，并能像模像样地完成一首自我感动的作品。这意味着在这一写作系统内部，有一个预先设定的，包括了基调模式和通用词汇表在内的程序支持系统，只要进入这一程序，便能批量生产。而这种写作之所以能形成超强磁场并一元独大，还在于它由不可置疑的正确性和神圣性所定义的评价支持系统：只有这样的写作，才是进入殿堂的写作，才能产生殿堂级的作品。它最终所助长的，是写作者人格与角色的严重分离——诗歌中的他不是自己在说话，而是那套神圣的程序语言在说话。并且，那种言不由衷而又冠冕堂皇的言说模式，已经泛滥为一种社会流弊。

本时代的诗歌就是在这样的前提下，调整并确立了自己的姿态。其本质特征，便是诗人角色的个人化、常规化。也因此，它不再是那种正确的写作，神圣的写作，而是充满了问题的写作。因为一个诗人无论书写什么，他都代表他自己，都是依据自己在本时代的生存位置、关注焦点、心理诉求，言说自己的感受和问题。但也正是基于这一点，无论其诗作是通向辽阔深远，还是心灵意绪的瞬间曝光，都源自切肤的个人感受。由于每一个体感受的不可假借，又决定了诗坛整体精神形态的空前丰富性。与此相应的，是诗人艺术想象力的全面激活，涌现在诸多诗人笔下那些前所未有的艺术方式，往往使之获具了更为惊人的效果。

"我一生的理想／是砌一座三百层的大楼／／大楼里空空荡荡／只放着一粒芝麻"。这是祁国的《自白》一诗，若干年过去了，这首短制仍让我过目难忘。它对那种"理想大厦"的解构固然重要，但如此匪夷所思的荒诞意念和解构方式，则更为让人惊奇。

也是同一个祁国，还有一首基调大相径庭的《祭父》："我拿起电话／没拨任何号码／轻轻地喊了一声爸爸"。全诗只有这么平淡的三行，却是一位心头有大沧桑并持有特殊手段者，才能抵达的深度书写。作者起初似是因心头郁闷而拿起了电话，却又一时不知该找谁排解，随下意识地想起了父亲，但刚拿起电话，就意识到父亲已经离去，接下来，随着一声爸爸情不自禁地脱口而出，便是独自一人的以掌遮泪。是的，就这么平淡的三行，却将平素看似没心没肺，但又心怀至深情感的一种当代人生形态，表现得刻骨铭心。这无疑是一种极端的私人经验，唯因如此，才有了极致的情感体认。但给人触动同样深刻的，是这首诗作背后的思维革命，其完全打破常规思维后所独创的，这一带有刁钻感和荒诞感的艺术方式，使他的写作总能呈现惊人的意外。

四

诚如前边所言，21世纪诗歌的总体特征，就是写作形态的空前丰富性。当习惯于热点聚集的舆论界因此无焦可聚，而将此称之为乱象丛生时，诗人们早已在各自的向度中走向纵深。

在此我首先想到了诗人马行，那些关于大漠荒原上石油勘探者的诗歌，这是曾经盛极一时，此后又近乎绝迹了的题材。当年的这类诗作，大都是由来自采风团队的歌者们，以第一人称代言性的书写，并围绕预设的赞美主题，固化为一种关于艰苦生活、奉献情怀、自我豪迈感的书写模式。其刚性的大我形象固然高大，却很难通达常规的人情人性。而作为曾经的勘探队员且至今一直出入其中的马行，于此所表现的则是这一族群中一位小伙子的形象。因此，作品中无论是关于旷野大荒的感受，还是勘探者族群沉重的生存、粗犷的生存、富有喜剧感的生存，都排除了那种臆造的夸张，并以鲜明的本时代的视角和方式，呈现出其中的丰富、微妙和鲜活。比如：

更多时候／天边就在眼前／我想飞／想甩掉勘探队，想把天边抓在手／／可它，却仿佛一个梦／又仿佛橡皮筋／我向前一步，它就退后／一步

这样的写作起码说明了两个问题，其一，本时代的诗歌同样具有这种"一线建设者"的广阔题材空间；其二，这种新的写作理念和方式，具有激活一个沉睡题材的巨大能量。

但当你的想象钉在这样的写作坐标系上时，余秀华的出现便显得不可思议。的确，对于当代诗坛，从乡野蒿莱间崛起的

余秀华仿佛一个奇迹。她在荒芜的生存和桀骜不驯的写作中，被偶然的机遇所选中，随之底气十足地接住了这个机遇。进而以绝不接受驯化的写作天赋、不吝对时尚趣味的冒犯，坚持了蓬勃的野生品质。她以放肆而率性的方式，言说刻骨的生命疼痛；以对于世俗挑衅性的刻薄，释放压抑而微茫的爱的渴望。当她自带系统般地，以涩辣犀利的文本在争议的潮水中水落石出，一个不可忽略的事实是，她的写作并非横空出世，而是在本时代早已展开的一条粗大脉络中，潜行已久的强势亮相。

这条脉络，便是由底层生存者自己承担的，底层生命经验的深度书写。在此前的社会语境和诗歌语境中，并没有底层这一概念，尽管其时存在着更普遍的底层，包括更穷困的生活，但正是因为这种普遍，反而被习焉不察。当市场经济拉开了社会成员的收入差距，并以财富金字塔的形态标示出三六九等的社会层级，处在最下端的底层和这一概念就此出现。这是被遗落在发展的轨道之外，却在为发展输血的庞大群体；也是在以资本的拥有量占据话语权重的时代，丧失了话语权的群体。但在相当长的时间内，它却被市场经济的逻辑视为理所当然，被主流社会视而不见。

而最先就此发出声音的便是诗歌，由本时代出现的一个新的底层人群——密布在"珠三角"一带的血汗工厂中，年轻的打工者群率先发出，并于2001年创办了一份《打工诗人报》。无疑，在21世纪初的社会转型期，这类血汗工厂是摁在时代肌体上的一块烙铁。而从这一群体中崛起的郑小琼，以充分压缩于文本中的情感张力，冷静的、非亲历者无法想象的逼真描述，揭示出这架资本机器的残酷和野蛮，以及受侮辱与受损害者的生存真相。其声调中由弱者的苦涩而逐渐转换出的倔强、决绝的公义气质，既体现了诗歌赋予生命的能量和尊严，更将隐匿于发展背后的伦理问题凸显于社会视野。而国家决策层此后关于公平公正、共享改革发展成果的强调，正是这一群体的核心诉求。

与郑小琼这种声调转换颇为相似的，是北方农村场景中的王夫刚。他早期乡村少年史式的写作，充分呈示出在通往城市的发展空间中，一个乡村少年独自吞咽的酸楚，以及反复受挫中的孤硬心理更迭。随之，他将目光更深入地扎进乡村的根系，以近乎残忍的笔触，揭示出由既有结论所定义的世界内部被遮蔽的本质。比如田园式的乡村叙事之于严酷沉重的乡村现实；百姓草民的韧性生命之于其顽固的麻木与冷漠；进入山乡史志的那场红色暴动中，好汉们慷慨行色背后的犹疑与脆弱，整个事件前后超出了想象的吊诡与偶然……接下来，他与世界的关系发生了一种奇妙的变化，原先那个使他恐惧的庞然大物，随着他内心的不断强盛而逐渐缩小，进而使他获得了与之对等的独立与自信。他的叙事语调也从最初的谨慎，直至在长诗中滔滔不绝的雄辩，乃至刻意饶舌。

是的，这是辽阔的埃利蒂斯和许多优秀诗人都曾体会过的境界——"高飞的鸟，减轻我们灵魂的负担"。

五

情景当然不只如此，集结出本时代大盘诗歌成果的诗人们，则是一个接力性的长长的名单：……马新朝、王小妮、大解、沈苇、雷平阳、娜夜、李南、路也、陈先发、李元胜、臧棣、古马、汤养宗、张执浩、李少君、朵渔、谭克修、安琪、胡弦……

还有另外一类诗人，构成了我眼中的特殊现象，比如于坚、西川、欧阳江河等等这些上个世纪的先锋诗歌重镇，在本时代的特殊表现。从 20 世纪 80 年代以来，他们各个时期的作品，已经构成了当代诗歌的小传统。进入 21 世纪之后，他们又以置身于国际诗歌场景中，关于中国诗歌历史传统与当下问题的深度思考，再度整合自己的写作，继而以频繁形诸文论和访谈的旺盛理论能量，不断自我更新的诗作，对诗坛产生影响。

20 世纪 90 年代的于坚曾以《0 档案》那种集装箱装载式的诗篇，在关于一个时代内在事象的繁密叙事中，扩展出其阔大浑厚的形象。他近年来边地异域的一系列新作，诸如《恒河》等，再度发出强光：

恒河呵
你的大象回家的脚步声
这样沉重
就像落日走下天空

240

这是一位诗人在朝向时光深处的迈进中，由阔大走向笨重的写作。在神性的恒河大野对于神性之物回家的召唤中，大象引动天空塌陷般笨重的步态和力量，恍若人类文明史的重新启程。

在当代诗歌进程中，西川一直在背离诗坛的道路上进入诗歌。他以纵深的文化视野和对古老诗艺奥秘的深刻领悟，始终保持着变革的活力，而以《小主意》为代表的系列近作，再次更改了当下诗歌的想象空间。它们将诗歌的意义与意味，植入奇思妙想的中国民间智慧中深度展开，呈现出令人惊奇的深邃与精妙。将深刻的现代诗艺致力于本土资源的不断激活，既是当代诗歌的重要命题，也是西川一直的抱负。

近若干年来，欧阳江河以爆发状态中接连出手的《泰姬陵之泪》《凤凰》《大是大非》等长诗，再度刷新了自己创造力的纪录，也显示了他对变革时代深度的精神反应和艺术反应能力。我们原先曾惊奇于他《玻璃工厂》《手枪》等诗篇，在严密的逻辑思维框架中，通过其标志性的佯谬、吊诡等超常修辞手段，以穷尽事物内在关系的玄学叙事，但将此再和《汉英之间》《傍晚穿过广场》《关于市场经济的虚构笔记》直至21世纪的这些诗作相联结，便会发现其写作路径上交叉延伸的双重轨迹——从哲学文化的玄学叙事，到时代政治的玄学叙事。欧阳江河自称是一位"非常政治化的诗人"，其实21世纪以来，已经很少有诗人不关心政治，进而对时弊表达出冷峻的抗衡姿态。但欧阳江河的政治并非浅显的立场表态，而是把政治作用于时代的复杂变化，置放在世界文明史的进程中来解读。通过对涌现于其中各种异质元素纠缠碰撞的深度聚焦，呈示本时代光怪陆离的内在景观，及其必然性与特殊性。早在与《玻璃工厂》同时写出的《汉英之间》，他就敏感地意识到了由一个时代的英语热，通向英语世界的出国热，以及一个深刻变化时代的到来。随后他在《关于市场经济的虚构笔记》中关于市场经济的问题，在《凤凰》和《大是大非》中关于资本的问题、价值判断与消费主义的问题，都无不点穴式地抓住了时代内部的主导性元素，展开诸如"资本穿上牛仔裤，像革命一样性感"这种乖张刺激，却又统摄于本质呈示的玄学叙事。20世纪60年代初，在美国现代工业社会的复杂背景下，诗人辛普森呼吁美国诗歌必须有一个能够消化"橡皮、煤、铀、月亮、诗"的胃，而在中国社会的转型时代，欧阳江河所消化的则是资本、股票、支撑房地产大厦的银根，以及钢铁和玻璃。

六

其实欧阳江河的写作，还涉及另外一个问题，这就是关于本时代叙事的中性言说立场。它作为我眼中的重大理念成果，在另外一些年轻的诗人，诸如谭克修的写作中，体现得尤为突出。

2003年，谭克修的《县城规划》曾让我眼前一亮。这首诗作，是当代诗歌在大量城市书写和乡村书写之外，首次对于县城问题的聚焦。而县城规划，既是一个事关政府顶层设计的新课题，也是各种利益欲望的交汇点。然而，由于它还是一个与建筑设计相关的专业问题，又几乎是诗人们既无法看见更无法把握的题材。但身为建筑设计师的谭克修，却使它带着伏藏的风水与玄机，在诗歌中现身——"新的规划，将为每个人创造适宜的 / 居住环境。河畔的山坡，绿树掩映 / 建成水景豪宅、半山别墅"，以供富人和他们的宠物享用；而"铁路的东边，短期内水电难以稳定 / 用来安置进城的农民"。"行政中心广场被规划成扇形图案：打开的 / 扇面是斜坡草坪，表示政府倾心于民众 / 握着扇柄的政府大楼造型简洁有力 / 沿民主的等高线而下，主体建筑保持了 / 关系的平衡……"

　　在这幅图像中，他站在不事着意臧否的中性言说立场上，将一整套的建筑设计语言整合为机锋迭出的诗歌语言，打开了一个既在我们经验之外，又对接着我们间接经验的崭新天地——如此的规划方案，可谓思虑周全，它充分考虑到了不同环境条件的不同人群配给，并在握持"扇柄"的政府大楼全局性观照中，使穷人与富人等各种利益关系得到了平衡。然而，当它暗藏的实质性偏向，被作者以不动声色的揶揄所道破，你会深刻地意识到，我们所处的这个世界充满了怎样的玄机。

　　10 年后的 2013 年，谭克修又续接性地完成了一部由 22 首诗作组成的《万国城》。这部以城市大型新兴社区为场景的组诗，再次以中性叙事所主导的精确呈现，通过对诸如早班地铁、旧货市场、空房子、公寓中的律师、老人的一一聚焦，展开了由街区公共场景和楼宅私密信息混成的，更为驳杂斑斓的图像。而面对这一按照现代生活法则演绎出的喧嚣、荒诞、无奈的世界，你似乎听到了诗人这样的感慨：这正是人世和人心的烟火啊。但这烟火对每一个体来说，正像他去墓园凭吊后内心升起的苍茫——最终都将在时间中褪去而归于空幻。而人生与世事更深邃的要义，大约正是在这种可解与不可解的苍茫感之中。

从上述诗人的写作中，我们还会过滤出这样一个信息：曾被奉为圭臬的诸如《雨巷》《沙扬娜拉》那种优美与抒情的诗歌美学，在本时代已显得过于甜腻而被扬弃。在它相反方向上升起的，则是由汤养宗所代表的乖张性叙事。这是一种犹如书法中枯笔逆锋式的涩辣审美取向；也是将胸中的郁结之气，与功利性时代的物事强硬对冲的写作。比如相对盛行于当今那类神仙满座、气焰熏天的酒场，他虚设了一个闲来无事，独自一人大摆宴席的场景。他单枪匹马，连番举杯，对着臆想中圣明的谁倨傲的谁而目空一切。待想象到对手皆被挑下阵去时，他仍意犹未尽，又以第十一根手指从身体中"摸出一个王"来，指令其在对面坐下，喝下他"让出的这一杯"。如此乖张恣肆的意态，浑似古代士子的气压强梁，更是相对于豪强通吃的时代性压抑，从胸中放出的一只老虎。

比之那些带有鲜明题材取向和风格标记的诗人，李少君是一位几乎没有题材偏好，且风格温和的诗人，但他的诸多诗作，诸如《抒怀》《碧玉》《神降临的小站》《傍晚》《京郊定制》《老女人》《美女驾临》等等，却广为流传。

《神降临的小站》一诗，源自现代都市生活中的个体，在大草原夜空下一次神秘的感动。那是在呼伦贝尔草原上的一个无名小站，穹庐笼罩的无垠黑夜中，小站缩成了三五点灯火，人则渺小得如同蝼蚁，但本该惶然的他，却神示般地享有内心的安宁——在他凭意念制动的身后，一个广袤而盛大的世界正依次展开：猛虎般严酷的初冬寒夜，亮如一道白光的额尔古纳河，明净的白桦林和荒野，低空静静闪烁的星星……在这些足以动人心旌风景的背后，则是回应了他内心安宁的——"神居住的广大的北方"！从结构上说，这似乎是一首简单的诗作，作者只是顺从事物自然形态的层层铺排，对它们依次进行了名称指认。但这又是在夜幕的闪电一现中，照亮了草原全景的诗作。相比《敕勒歌》中同一草原浑莽无际的苍茫，作者在此则以色谱仪般辨识的细密度，展示了时空此端的凛冽、明净、绮丽与神秘。对于事物内在机杼的精敏辨识，以及顺乎自然的表达，似乎正是李少君秉持的诗艺法则。而顺乎自然表达的这个"自然"，则是天地运行之道中，对于一个事物恰当性的先天设定。把握了这种自然，就是把握了恰当。

正是基于这一精敏辨识与顺乎自然的表达，才使他能够直面各种题材，并举重若轻地完成一些困难的表达，比如《碧玉》中"国家一大，就有回旋的余地／你一小，就可以握在手中细细地玩味"等等。而顺乎自然的理念，还体现了诗人之于写作的某种本质关系，它回绝了极端性写作的"过于执"带给诗人可能的心理变形，从而得以始终保持心灵的活力与弹性。进一步地说，诗歌写作的本质，绝不是要搏命于一招盖世的大杀功，伤害诗人的"葵花宝典"，它是一种漫长的修为，只有在良性心理机制的循环中，才会把这条道路走通畅。

七

以上的个体解读，仅是 21 世纪诗歌的类型取样，尽管如此，我们也足以领略它的丰富与精彩。然而，它在舆论界的描述中竟然气息奄奄。

近日经人推荐，我读到了一篇写于数年之前，又拿出来在网络和微信上再次炒作的文章，标题叫作《向中国新诗开炮》。文章一开始就是一记重炮："我们的新诗正在走向死亡！"随之是一串连珠炮："把一堆堆废话分行当作诗发表，是诗的悲哀，也是诗坛的堕落！难道那些没有诗味的短句，也能叫诗？……这年头你听说过许多骗子冒充大款冒充大官，却极少听说有人冒充诗人。当诗人这个崇高的职业沦落到连骗子都没有兴趣冒充的时候，难道不正是这个职业走向没落的不祥之兆？……当人们愤怒谴责社会上那些骇人听闻的丑陋、卑鄙、无耻和罪恶的时候，我们的诗人在哪里？"

这是近年来炮打当代诗歌的一种典型文本，具有这类文章义正词严、慷慨煽情的一切特征，但却掩盖不了作者根本没读过几首当今的诗歌，及其思维的混乱，他竟以连骗子都不愿去冒充诗人，来证明诗歌的沦落，由此给出了一个极为八卦的标准：一种职业崇高与否，取决于骗子是否看得上冒充。

其实，若干年来关于诗歌的所有非议，都建立在此文提到的"诗人这个崇高的职业"这一概念上。那么，诗人真的是一种职业并高人一等吗？假如的确是，那也只存在于上古时代，所谓诗人是祭司、先知、预言家、立法者，上天派往人间的传道者，等等，但那只是一个类比，并无具体的诗人可对应。当然，我们会在古希腊时代轻易列举出荷马等大名鼎鼎的史诗传唱者，并感受到史诗主宰性的存在。在当时尚无其他文学样式的情况下，它以包含了故事、传说、箴言、启示录的综合形式，承担了记录一个时代的全书功能。

——如果我没猜错的话，这应该就是"诗人这个崇高的职业"一说的由来。但这只是全书性的史诗的崇高，现今只是一个文学品种的诗歌，根本无法与它等同而论。在各种文学艺术样式蓬勃崛起的近现代，你能说托尔斯泰的小说低于普希金的诗歌，绘画的凡·高低于写诗的兰波？

另外，我们还忽略了这样一个事实，在中国古代历史上，从来就没有诗人这个职业，诸如屈原、陶渊明、杜甫……无一不是靠具体的职场而生存。即使像李白那样的神仙，也曾以"生不愿封万户侯，但愿一识韩荆州"的曲折奉承，寻求韩荆州对他的职场引荐，且一生转换于多个职场。尽管1949年之后的国家体制设置了专业作家编制，但21世纪几乎所有重要的诗人都不在此列。此刻我随意想到的几位诗人，他们一个在报社上夜班，一个在村办企业干会计，一个在大学当教师，一个在公司做文员……写诗，则是他们工作之余的自我心灵角力，有何尊贵的待遇和职业崇高可言。

那么，这是一个专门忽悠诗人的策略？他们先是给你虚构了一个崇高职业的桂冠，然后高高吊起，进行抽打和拷问：你应该这样做，你这样做了吗，为什么不这样做？是的，当这顶桂冠给你扣定，你就有义务做一切"崇高"的事情。比如，当人们愤怒谴责社会上那些骇人听闻的丑陋的时候，你就必须率先谴责！而且必须慷慨激昂，最好是死碰死磕的死士形象。

崇高在此被转换成了匹夫之勇；接下来，比较崇高的"情怀"作为精神的同义语，又从词库中被选拔出来，用以专门打击"技术"这个敌人：诗歌写作中技术并不重要，重要的是情怀。并且，你经常会在关于某个诗人的评论中，看到这样语重心长的表述：他现在技术层面的问题都已解决了，接下来，关键是要提升精神高度。更有甚者，不只把技术视作可有可无的边角料，进而是思想低能的象征，妨碍精神表达的敌人。

在当代诗坛，我想不出哪位诗人的写作，配得上"技术层面的问题都已解决了"这句话；也想象不出一个只有精神而没有技术的人，会写出什么样的东东。所谓技术，从最低层面讲，是使事物得以呈现的方法。即便如此，它也至关重要，因为没有方法事物就无法呈现。而当下语境中的技术，其实就是指诗歌的艺术表达手段，基本上等同于技巧、技艺、艺术这些概念。

关于技术的重要性，前人曾有过不同角度的论述，诸如清代学者魏源的"技近乎道"，亦即一种技艺达到巅峰后，便会上升至道的层面。而庞德的表达则是，"技术是对一个诗人真诚的考验"。但事实上，在任何一首经典作品中，技与道都是浑然一体、密不可分的。一件体现了重要精神现象或认识并能广为流传的作品，必然带着与生俱来的、最恰当的技艺形式。这种形式，可能繁复无穷，比如《离骚》《荒原》，以及当代的《凤凰》；也可能大道至简，比如《静夜思》《登幽州台歌》，包括今天的《恒河》。

我们通常鄙薄某位诗人的写作没有思想，只是玩弄技巧，其实是搞混了一个概念，那种让人生厌的技，绝非真正的技，而是一些游离在实体之外的，像技的漂浮物。而真正的技，则是扎入在实体之中，因而带有能量的。比如在李清照的《声声慢·寻寻觅觅》、马致远的《天净沙·秋思》等作品中，我们甚至会把对于道的感受置于其次，更多地为其中的技而惊奇，就是证明。不仅如此，它还意味着这个技，已上升到了道的层面。什么道？美学之道。

是的，面对灿烂的中国古代诗歌，我们从中感受到的，不仅是一个气象万千的精神世界，更会惊奇于这个世界上，竟有如此精彩神奇的语言表达系统；我们平素所使用的平淡通俗的语言，在这一系统中竟会变得如此富有魅力，以至使你一咏三叹，流连忘返！这个时候我们所面对的，其实是一个由精神与技艺共同构建的美学系统。精神在此所指向的，就是要构建这么一种形式，一种体现了它所有美学想象的，伟大的技艺形式系统，最后它在其中隐形，而使这一形式凸显。这就是技艺为什么会带有能量的根本原因；也是在面对一首诗作时，我们的第一反应为什么会来自它的语言系统。因为在它的背后，是精神、才华、灵感，包括工匠那种让人敬畏的雕虫之功。

仔细回想起来，我们很难不为这样的情景而震撼：在历史的黎明期，当人们为涌入眼底的天地万象而迷醉，又在不可遏止地说出冲动中张口结舌，从此就出现了一些特殊的人，把这种说出当成了自己的使命。起先是一言两言地蹦出，接着是三言四言地连成短句，再接下来，当他们感觉到需要说出的越来越多，并且需要更有效的方式说出时，诗歌就此出现。从此，一代又一代的这些天地景色的迷醉者、人世奥秘的洞察者、言说使命的执迷者，便以诗人的名义纵身其中，不断拓展自己的感受边界和语言表达边界，由此从四言诗到五言诗到七言诗，再到突破整齐划一的宋词，更为自由灵活的元曲……这一过程的一个直接结果是，我们这个民族拥有的词汇量越来越大，对于事物的感受力和辨识度越来越敏锐清晰，关于世界的言说能力——包括那种"此中有真意，欲辨已忘言"的不可言说之言说，已臻于出神入化。无疑，是语言照亮了世界，而"不学诗无以言"的诗教传统，既是古人对于诗歌功能的本质体认，也是中华文明生生不息的内在动力。

对于这一不太高深的道理，那些重要的诗人们当然早已清楚，并正在身体力行。当然，还有许多人并不明白，而致力于写作中悲情慷慨的立场表态。对此，我不想评价。因为写诗也是人的一种本能，人人都有写诗的权利。然而，并不是任何一个写诗的人，任何一个层面上的写作者，都可以称之为诗人。而在当下诗坛，这一层次上的写作者则占有更大的比例。在舆论界指责诗坛乱象的时候，大约是更多地把眼睛盯在了这个区域，那么，这肯定是盯错了地方。

八

那么，当下诗坛就没有问题了吗？是的，我看不出有什么大不了的问题。我特别不愿意拿小情小调啦、心灵浮躁啦、精神高度还缺几分几寸啦……这些事情说事。评价一个时代的写作，关键要看大势，要看那些代表了一个时代创造力的重要诗歌成果。基于每个时代的诗歌都有自己的问题，那些大同小异的诗坛通病，没必要一再去谈。如果非要谈的话，问题也的确有，那就是诗歌舆论界的问题。

这个舆论界，主要由时评界的跨界博客大嘴，媒体的文化娱乐记者，急于一鸣惊人的山寨评论家，失去了创造力的前朝诗人构成。在他们那里永远没有真问题、新问题，只有为拼命刷取存在感，而拿"崇高"来蒙事儿的老问题。但他们却深谙这个时代的蒙事儿法则，你能否专业的谈论问题根本就不是一个事儿，关键是你能用崇高的霰弹把诗坛打得漏洞百出，让公众对你"不明觉厉"。结果，他们果真就蒙成了事儿，使公众相信诗坛已病入膏肓。

这的确是一个低级问题，但若无人理会便会继续混淆视听。

毫无疑问，诗歌写作必然要涉及一系列的时代问题，但它指向的却是精神与艺术，并以此产生潜在而持久的影响。这也就是说，它有自身的功能和边界，绝非一个箩筐，能够盛纳和处理所有问题——连万能的上帝都不能。耶稣当年有一个著名的职能权力界定：世俗的行政权力归恺撒，宗教的精神权力归上帝。诗歌的功能吹破了天，也取代不了恺撒的活儿，且诗人也只是上帝的遥望者。

2016 年 8 月 28 日中午

时间隧道中的西域大地与神性

——红柯及其小说片识

1996 年是红柯的一个重要时间节点，这一年第九期的《人民文学》，刊发了他的短篇小说《奔马》，这是从 1983 年开始发表作品的 13 年以来，他终于在《人民文学》上的亮相。随之，李敬泽为之书写了《飞翔的红柯》，两年后，崔道怡又写出了评论《飞奔的黑马》，红柯的一系列中短篇，由此席卷大江南北的各种文学期刊。从 2000 年开始，这匹黑马一路嘶鸣，以《西去的骑手》《生命树》《喀拉布风暴》《少女萨吾尔登》等 12 部长篇及 10 部中短篇小说集，构筑起自己的"天山——关中丝路"文学世界。2016 年 5 月至 9 月，其短篇小说集《奔马》，中篇小说集《复活的玛纳斯》，中短篇小说集《狼嗥》集体出征，如同旷野长风呼啸而来。

纵观红柯的写作，颇似源自一个冒险的想象。当年这位年轻的陕西子弟，恍若被其汉唐时代的前辈张骞等人的魂魄所附体，只身前往新疆。随后构成了这样一个事实：他用十年的时间生活在新疆，继而在由此往后的 30 年间，广大读者在听一位陕西作家向自己讲述新疆。

一位写作者非要前往新疆，才能成就自己的写作？答案肯定不是。那么他要去那里寻找什么？海明威在《乞力马扎罗之雪》的开头有这样一段描述：长年积雪的乞力马扎罗山顶，有一座被称作上帝庙殿的西高峰，在西高峰的近旁，有一具风干冻僵的豹子。"豹子到这样高寒的地方来寻找什么，没有人做过解释。"

这显然是一只形而上的，执意要亲近神意的豹子。这让我想到了当代的另外几位诗人作家，诸如昌耀当年之执意前往青海，海子在青藏高原上的流连忘返，张承志长期出入于天山周围和蒙古草原。他们尽管启动于不同的地域，但最终的指向却殊途同归，那就是中华大地上神性绵延的游牧文明。对于红柯来说，此在的新疆，可能更多地意味着彼在的西域。

而西域，既是一个让人心旌摇曳的大时空，更曾以一条马蹄开花的丝绸之路，与关陕之地相贯通。在我的家乡关中礼泉，唐王李世民陵园前那一举世闻名的昭陵六骏碑刻，那些混合着异族语言命名的什伐赤、特勒骠、飒露紫们，多年后时常在我眼前还原为夭矫的大宛天马，在关中平原至西域葱岭的大道上往复驰骋。先后行走在那条道路上的，则是汉唐时代的陕西人张骞，以及班固、班超兄弟……这似乎可以说明，从 20 世纪 50 年代的柳青以来，以书写黄土农耕文明而著称的陕西作家群，为何会突然游离出红柯这样一个另类。但接下来的问题是，在众多的陕西作家中，又为何仅仅是红柯？那是缘于他"铁马秋风大散关"的家乡宝鸡，就位于那条大道的要津，还是缘于其血液中强大神秘的文化直觉？多年之后，他在一篇文章中写下了这样一段文字：在盛唐时代，"人们以投身边塞为荣。抛开世俗的功名色彩，从唐人的心理意识中，我们可以感觉到：中原大地无法容纳他们强悍的生命力，人们下意识地向往异域……唐人是率直的，没有宋朝人的理性眼光，他们凭直觉行事，往往比理性思维更有效"。这段话中强调了三个意思：强悍的生命力是一种卓越的生命品质；强悍的生命必然要求广阔的行动空间；直觉性思维比理性思维更有效。前两层意思，似乎正是他当年孤身西行的潜在缘由；而这三层意思叠加在一起，既是表达他自己的感悟，又更像是在说另外一个人——让人很难想到的是，作为小说家的红柯，心中所伏藏的偶像却是李白！一个起源于西域，仗剑游走天下的独立人格标本；一位用直觉性思维，创造了语言奇迹的旷世天才。他对这位偶像的解读是如此透彻：李白的"天生我材必有用"，并非他孜孜以求的仕途，"上天给他的大任是让他给汉字以魔力"。

年轻的李白当年对此可能并无清楚的认识，但直觉却为他昭示了明确的方向。这也同样是那些同一血型者的最初形态，他们在自己出发之际，即已明确了未来的方向与抱负——寻求并建立一个非同寻常的文学世界。

那么，红柯在异域寻找到了什么呢？从题材上看，他的小说世界主要由新疆的当代边地生活所构成，但其内核中却伏藏着一个时间隧道中的西域。西域给了他中原农耕文化之外的三重观念：大地敬畏，万物有灵，生命血性。基于当代社会全然相反的疯狂的自然资源掠夺，贪婪的财神崇拜，普遍的人格萎缩，其小说世界中的这三大元素，才在他"给汉字以魔力"的讲述中，直击读者的心窍。尤其让人惊异的是，这一世界的男人们无论保持着怎样的血性与强悍，甚至以与狼单挑的形式来复仇，但最终无不归服于万物有灵的大地神性之中。

接下来，我该就此打住，读他富于神魅的文字无疑更为提神。

这是那场复仇中的情景：

"男人对枪感到遗憾，更遗憾的是枪出汗了，从枪筒到枪托，大汗淋漓，瑟瑟发抖……他埋怨枪，枪便丧失了自信，而且胆怯……他猛然醒悟，狼就在跟前，枪发现了狼，吓成这样子。"

"狼舌头已经落他脸上了，舌尖轻轻划几下，又收回去……他差点跳起来给狼爷爷下跪磕头。实际上他跳起来了，可他没下跪，他到底是新疆男人，再熊也不能下跪磕头。这样子叫狼吃了也值。"

——（《狼嗥》）

这是被人以情感驯化后，成为羊群守护者的两个狼崽，面对老狼前来召唤与窥伺时的表现：

两个狼崽聚在一起交头接耳密谈一阵，老狼的叫声越来越高……两个狼崽直瞪瞪地看着老狼。老狼再也忍不住了，老狼奔过去，羊群一片惊慌，狼崽一前一后驱赶着羊群，狼崽尽职尽责，不再理老狼了。羊群缓缓而行，一个狼崽开道，另一个断后……

——（《披着羊皮的狼》）

这是大地敬畏中万物之间的关系：

爷爷刨土豆的手也松开了，"铁锹扎在地里，大地刚刚被掏空了，把农具留在地里多少也是一种安慰。"

"大漠太空旷了，狗一下子谦虚起来。"

——（《大漠人家》）

这便是我们这个充满戾气而又猥琐的时代，另外的一重空间。它像一个令人神往的遥远幻象，但却如此确凿。

诗人布罗茨基诗中写道："黑马来到我们中间，寻找骑手……"红柯这匹黑马狂奔几十年，已经成为中亚大漠传说中的铁蹄马，据说这种马天生四蹄生铁，所到之处火星四射，灿烂如阳光。

2016 年 9 月 17 日

"2016·星星年度诗歌评论家奖"获奖感言

各位嘉宾，各位朋友：

大家好。

此刻，我首先想起一件往事：在两年前遂宁的陈子昂读书台，当大家在参观中走到一幅防火标牌前时，龚学敏突然灵光一闪，要我们俩来一张合影。只见该标牌在一个禁止吸烟的图标下，竖写着两行文字，一行是"星星之火"，另一行是"可以燎原"。然后，他站在他的"星星"一边，我站在我的"燎原"一边，恍若以各自的名字，担任了一把防火形象大使。但想不到的是，两年之后的今天，《星星》诗刊竟让我"火"了一把。

细想起来，在我的写作生涯中，没有任何一个刊物，能让我像与《星星》这般的，缘分如此之深。这不光是它发表了我为数不少的诗歌和单篇评论，1998 和 1999 年，我曾连续两年在刊物上开设了《中国当代诗潮流变十二书》《中国新诗百年之旅》评论专栏；2005 年，刊物又以每季度一期的节奏，连载了我的《当代诗人点评》。

另一件往事，当然更是不会忘怀：在 1999 年 4 月的江油，我因《中国当代诗潮流变十二书》，获得了由《星星》诗刊组织颁发的"中国星星跨世纪诗歌奖"。接受奖杯的那一刻，我有点晕，觉得是一只红绣球，砸到了一个好儿郎的头顶。也正是由此开始，我迎来了自己评论写作的转折。活动结束后，我没有原路返回，而是径直前往安徽，开始《海子评传》一书的前期采访。再若干年之后，我以书写这部评传获得的经验和信心，完成了自己最重要的作品——《昌耀评传》一书，并于2008年由人民文学出版社出版。此后，经过新的丰富和修订，作家出版社又于2016年，出版了《昌耀评传》（最新修订版）。接下来的此刻，我好像转了一大圈后回到了自己的出发地，以这部专著接受《星星》的"2016·星星年度诗歌评论家奖"。此时我无法不想到"无以复加"这个成语，而在时隔18年之后，我居然被来自《星星》的桂冠"复加"了一次。

昌耀是当代诗歌史上的一个传奇。他以深重的苦难感和命运感，来自青藏高原的土著民俗元素和大地气质，现代生存剧烈精神冲突中悲悯的平民情怀和博大坚定的道义担当，为当代汉语诗歌留下了诗艺和精神上无可替代的经典，并从当年的饱受冷落，而至赢得了有识之士的普遍敬重。

的确，这部评传是我最重要的作品。从某种意义上说，我此前的所有写作，都是在为这样一部书做准备。它综合了我大半生的社会人生经验、大地山河阅历、精神文化蓄藏和专业学术训练，让我有一种不负此生的成就感。

若干年来，我曾多次问过自己，还有比它更精彩的当代诗人评传吗？我能想到的准确回答是，也许有，但我没见过。

没错儿，书有自己的命运。《昌耀评传》当初的顺利出版，这部"最新修订版"应邀修订后的再度顺利出版，说明它的命运当然不错。

虽然前一个版本与奖无缘，但也很难说明它的命运不济。

有些作品需要时间来确认，需要具有公正心地和良好判断力的有识之士来确认。

而今天的这个颁奖，正是这样一部作品被这样的评奖者所确认。当这一确认通过这样一个庄重的仪式来呈现时，我当然为这部作品而快慰。

另外我还想特别表达的是，《星星》是我的福地，且与我延续着两代编辑的缘分。此刻我想到了上一代给予我友情的杨牧、张新泉、靳晓静们，也知道他们现今依然精彩，祝福他们；而眼下正在忙活的龚学敏与编辑部同人，又把我从人群中拎将出来再沐星光，如此的热忱，恍若就是要用一坛川酒把我灌醉。那么，且让我把这热忱喝下去，把醉留给他们。

祝福《星星》。

2017 年 5 月 4 日　威海

2017 年 5 月 8 日　成都文理学院

附：

评委会授奖词

燎原用独立、客观的学术良知体悟复杂幽微的诗歌经验，并用恢宏的气度、丰沛的内容以及小说般的悬念，精准、明晰、严谨地叙述和评介了诗人昌耀。他独特的文化关注和阅读选择，赋予诗歌评论以"开放性"，实现了语言和生命的组合与互通。在这个时代，作为一个诗歌评论者，没有寻求真相的疼痛与苦楚，是很难写出有思想和力度的诗评来的，燎原是这个时代诗歌的痛感神经。

百年新诗与当下诗歌的七个断想
——在"中国新诗百年长安论坛"的发言

今天的这个论坛，主题是如何看待中国百年新诗。对此，我想从以下几个方面来谈论。

一

关于"中国新诗"与"中国现代诗歌"的概念。1917 开始的新诗这一概念，是相对于旧体诗——亦即格律诗的一个称谓，但随着社会历史的发展变迁，到 20 世纪 80 年代中后期，中国的经济形态、社会生活形态、文化艺术形态，已进入现代社会形态。这个时候的诗歌，也进入了以现代观念处理现代问题的新阶段。因此，我更愿意把由此至今的诗歌，称为"中国现代诗歌"。

二

这个概念的变迁，也折射出这一文体与中国社会发展进程深层的同构关系。事实上，从旧到新，从传统文明到现代文明，它既体现出提前一步感知社会内在情绪的敏锐；还总是提前一步，寻求新的艺术方式来表达。也正是基于这种思想与艺术的双重超前性，它在每一次变革的最初都是不被理解的，并饱受嘲笑与打压。因此，一部中国现代诗歌史，也是数代诗人历经时代风雨的坎坷磨难，生生不息的创造史和精神史，由此而构成了自己伟大的血脉和魂气。

三

在中国新诗从奠基到持续发展壮大的历程中，横亘着由以陈独秀、胡适为代表的思想文化先驱，以闻一多、卞之琳为代表的教授学者，以胡风为代表的"七月"诗派，以穆旦为代表的"九叶"诗派等一代文化巨子构成的诗人系列，中国新诗的主体，也是他们置身时代问题高能量的精神艺术创造。而在20世纪80年代至今的中国现代诗歌背后，是一个结构性更为立体的庞大诗人系列。除了传统意义上的作协系统诗人；在研究机构和高校系统兼具诗歌写作、诗歌批评、诗歌翻译的研究员、教授、研究生系列已日趋活跃；而密布在社会神经末梢的各路神仙，乃至草根族群，则表现出更为抢眼的活力。这既表明了当代诗人的群体宽度；还包含了学术界、批评界、翻译界、研究生培养机构等等，当代诗歌建设中结构性的厚度。这种与社会架构对应的立体性和参与人数之巨，是当今任何一个文学艺术品种不能比拟的。

四

中国新诗创造了大量的经典作品，从"朦胧诗"到"第三代"以来的中国现代诗歌已经创造并正在继续创造着它的经典作品。这些经典构成了诗歌史的实体，它们既已成为文学史中的专门研究对象，进而成为高校硕士、博士生的研究论文选题，也构成了中国现代诗歌新的传统和资源。

五

正是基于这些经典作品和重要作品的持续涌现，也潜在地拉升了社会公众的欣赏水准，20 世纪 80 年代一些症结性的诗歌问题，诸如对"朦胧诗"看不懂的"让人气闷的朦胧"，早已不再是一个问题；诗人们自己关于中国诗歌与世界诗歌接轨的焦虑等等，已经转换成了中外诗人在中国本土和国际场合的频繁交流。

六

当下诗歌当然存在着不少问题，但比之其他文学艺术门类，也谈不上更多。一个奇怪的现象是，现今几乎没有一位诗人，认为自己的作品不优秀，但对诗歌现状的不满乃至轻蔑，恰恰来自诗歌界内部。假若无数优秀个体的相加，却是整体的一塌糊涂，那么，这到底是诗人过高地估计了自己呢，还是要以对于整体的轻蔑，表达自己的居高临下？批评领域也同样如此，一方面是宏观批评中整个诗坛的乏善可陈，而一旦涉及具体的个人，每一位又都成了精英。这无论如何都不符合逻辑。

看待一个时代的诗歌，关键要看大势。对于个体夸张性的肯定和对于整体夸张性的否定，则直接影响了对于百年诗歌成果的客观看待和宏观考量。

七

正如大家都已看到的，眼下的很多诗歌的确水平不高，但我想也不必过于指责，因为写诗也是人的本能，且每个人都有写诗的权利。这些诗歌和作者，其实还是当下诗歌的基础和大盘底座。一个时代诗歌之塔的高低，与其底座的大小成正比例关系；这个时代的诗歌之塔越高，它的底座便越需要庞大。

2017 年 5 月 15 日　威海
2017 年 5 月 21 日　西安

从牡蛎式生存到弥赛亚的重生
—— 《神的故乡鹰在言语——海子诗文选》序言

一

这个选本的编选以《海子诗全集》（作家出版社 2009 年版，以下简称《全集》）为蓝本。正文近 1100 页的这部《全集》，是迄今海子诗文最全面的版本。

而编辑这个选本的过程，也是重新细读海子的过程，但最终却产生了一个让我意外的判断：多年来谈论海子的声音虽然铺天盖地，而仔细读完其全部作品的人，很可能寥寥无几！究其原因，除了他的创作体量太过庞大外，一是其大部分长诗都存在着未及完成的碎片状态；二是多部长诗中成品与草稿混合的芜杂。因此，使得原本就缺乏耐心的读者，很难去追踪他那未及彻底完形的弯远诗思，而是径直去聚焦其精粹的短诗部分，进而将它视作海子的全部。也因此，我们现今谈论的，只是一个局部的海子，远非一个完全的海子。

但正是这部《全集》，给出了支撑起一个天才诗人形象的全部信息。我本人便是依据它的前身，1997 年出版的《海子诗全编》，完成了《海子评传》一书。没有它对海子作品的全面展示，我便很难触及他短诗之下远为宏大的伏藏，并为之震撼。

所谓海子的成就主要在其短诗，似已成了一个定论。因此，目前关于海子诗歌的众多选本，大都偏重于他的短诗。而根据我的研究，海子的整体成就由短诗、长诗、文论这三大板块构成。他的短诗，只是浮出海面的那一冰山；而他的文论尤其是长诗，既是一个洪荒性的所在，更是一个气象万千的所在，还是其诸多短诗生成的背景和基础。没有这个基础，他的许多短诗便无从产生，也难以压缩进现在的这种能量。

基于以上原因，我希望选编一部既能体现海子的整体成就，又能芟芜去杂，使读者通畅进入其腹地的选本。而最可行的办法，就是在三大板块的格局中，对其庞大芜杂的作品总量瘦身，并做出相应的编辑梳理，从而使一个全面、立体的海子，从现在的洪荒中水落石出。

二

瘦身的具体情况如下：

——短诗。收录在《全集》正文部分的短诗共242首，选140首。此外，2017年第4期的《花城》，刊发了新发现的海子初恋时期的10首佚作。其中的《送别》一诗，让人耳目一新，故再增选这一首，共141首。

——长诗。共10首，分两大系列，其一为"河流三部曲"，包括《河流》《传说》《但是水、水》；其二为"太阳七部书"，包括《太阳·断头篇》《太阳·土地篇》《太阳·大札撒》《太阳·你是父亲的好女儿》《太阳·弑》《太阳·诗剧》《太阳·弥赛亚》。这是三大板块中体量最大，分量最重，又最为芜杂的一个部分。其中数首相对干净完整，其余各篇或处于碎片状态，或处在沉醉乃至泛滥性的书写中，未及清理的洪荒状态。故此——

对《太阳·断头篇》《太阳·大札撒》《太阳·诗剧》3首全部略去。

对《但是水、水》《太阳·弥赛亚》2首做出保留框架和精华的节选。

对《河流》《传说》《太阳·土地篇》《太阳·你是父亲的好女儿》《太阳·弑》5首完整保留。

——文论。共8篇。这是三大板块中体量最小，但能量张力最大的一个部分。其中对世界顶级艺术家如数家珍的谈论，对自己不可思议的诗学想象力和诗歌抱负的表达，恍若真是"神的故乡鹰在言语"，并对他整个写作构成了有效诠释。故全部保留。

编辑梳理的情况如下：

——对短诗排列顺序的调整。《全集》中的所有作品，都是按写作的时间顺序所编排，但诸多短诗的排序，却存在着时序颠倒的现象。兹仅举两例，比如《黎明和黄昏》，其后标注的写作时间为"1987"，却插放在1989年海子临终前的作品中；写于 1989 年 3 月 14 日凌晨的《春天，十个海子》，是海子一生中的最后一首作品，却置放在倒数第八的位置。

也许是出于研究的心态，我非常看重一首诗作后面的写作时间，会把它放在一位诗人的某一写作阶段，乃至同一时期一代诗人的写作大势中来考量。而在同一诗人同一时段的写作中，这首诗作与其他诗作也具有相互佐证、相互诠释的效果，因此，此番进行了新的排序调整。一是对所有的诗作按时间顺序调整后，再以年度为界断开，并于目录页和正文特别标出年度时间，以便一目了然。二是对同一年度未注明写作月份、日期的，则按这些诗作中的相关信息，比如一次漫游中的时间地理顺序，或其人生某一特殊事件引发的持续情绪反应，进行逻辑关联性的大致排序。

——考订与注解。此次重读过程中，发现了疑似有误的一些字词，比如《阿尔的太阳》这首关于凡·高的短诗，其"火山一样不计后果的 / 是丝杉和麦田"中的"丝杉"，可以确定是"丝柏"之误，遂予以更改，并做了注解说明："原版本为'丝杉'，查无此物，疑为'丝柏'，来自凡·高《有丝柏的道路》等画作，故改。"而有的虽疑似有误，但却无法确定，便只在注解中表达了我的猜测，以供读者参考。

此外，对于其中一些明显的错别字，如《诗学，一份提纲》中的"压跨"之于"压垮"等，则直接做了更正，不再附加说明。

特别需要说明的是，《全集》原有的注解都来自编者西川，在这个选本中特别标明为"西川原注";我的注解,则标明为"燎原注"。

——标题处理。《全集》中有两首标题为《秋》的同名短诗,但正文各异。特在目录页用括号注明各自正文的第一句,以示区别。

此外,还有几个特殊的编辑处理,情况如下:

——长诗的编排。缘于既要对这个板块瘦身,又能呈示其原有的宏大格局,这里采取的办法是,在目录和正文中完整罗列出 10 首长诗的标题;对于完全略去的 3 首,在各自的标题后面用括号注明"存目";对于节选的 2 首,完整罗列出每首诗作中的二级标题和三级标题,删去的部分,用括号注明"正文略"。我希望通过这样的处理,使读者在这个压缩版中,仍能展开对于海子宏大世界的想象。

——"河流三部曲"的概念。这个概念原出现在我的《海子评传》中,是我对海子早期三部长诗《河流》《传说》《但是水、水》的整体命名,以与"太阳七部书"相对应。它在我的叙述语言中出现当然没有问题,而在此作为这三部长诗的正式冠名,似有自作主张的冒昧。但"三部曲"与"七部书"之间,确实存在着从南方的水系原型,到北方火系原型的截然转折。为了更清晰地呈现海子写作中的精神变轨,遂姑且如此。并在长诗部分将它们分为两个系列依次编排。

——"佚散故事三篇"的增补。这三篇作品以"村庄"为题,收录在《全集》的"补遗"部分。在我的眼中,它们与长诗《但是水、水》最后部分的《其他：神秘故事六篇》一样，是传递了海子神秘精神世界的重要作品，且与之存在着密切的上下文关系，故将其命名为"佚散故事三篇"，以附录的形式置于其后，并做出相关说明，以供读者参考。

三

接下来，我想说出一个奇怪的感受，此次按短诗、长诗、文论的顺序重新读完海子，再回头来看他的短诗，竟有从云雾蒸腾的深山秘境，回到山口小平原的感觉。

我的意思是，他的诸多短诗当然极为精彩，且更易直抵心灵，但其中的大部分，基本上处在与公众经验相应的平面；而他的长诗，虽因泛滥性的书写存在不少瑕疵，但其整体却矗立为山峦，呈现着我们见所未见的，神殿废墟群落式的苍茫气象。

这个奇怪的感觉，可以从海子恐龙式的写作形态中得到解释。现今诗人们普遍的写作方式是，通常从事短诗的写作，偶尔会于某个时段，致力于一首长诗或组诗的"大活儿"，之后再回到短诗。根据海子在《弥赛亚》中的自述，他的诗歌写作始于1982年（"让我再回到昨天/诗神降临的夜晚/……1982/我年刚十八"），但起码是在随后不久的1983年初，他便在一个哲学动力系统的驱动中，扑向长诗这种"大神器"的建造（第一首长诗《河流》的末尾虽注明1984年4月，但该诗的"后记"《源头和鸟》却为1983年3月。这意味着在此之前，他已完成了这部长诗的草稿），由此直到生命终了前的六年时间，几乎从未间断。而他的诸多短诗，其一是这一主体工程的情绪外溢和特别申述，诸如《祖国（或以梦为马）》等；另一部分，则是他人生特殊时段的情感日记，比如那首"姐姐，今夜我在德令哈"的绝唱，被他取名为《日记》，正是这类写作性质的隐喻。

海子的长诗，的确类似于恐龙。这不光是指其恐龙式的庞大体量，还包括其遥远古老的史诗文体模式，其中不但包含了诗剧、歌咏、寓言、故事等多种文体；有的，则直接就是大型诗剧，或诗体小说。这是只有古希腊时代的那种史诗才具有的形式。

那么，在时间相距数千年的现代生存中，年仅十八九岁的海子，为何要取法于这种古老的形式，他的写作基于什么样的逻辑起点和诉求，其终极又指向何处？

在此，我想以荷尔德林为镜像来谈论这些问题。

20世纪的欧洲经典哲学家和中国当代学者，对于荷尔德林的世界曾做过这样一些描述：他深刻地预感到现代人的处境和应该趋往的未来；他的心灵绝对无法在一个失去了神性的世界中栖居；他痛苦地感受到，离弃了神灵，人从此畏惧死亡，为维持牡蛎般的生活而甘受一切耻辱；人离开了神灵就是离开了故乡，诗人的使命就是返乡；诗人必须无畏地站立在神的面前，向世人发出隐秘的召唤，使他们洞悉故乡的真谛。

从某种意义上说，荷尔德林的问题，正是海子的问题。海子一生仅写过一篇诗人的专论，这就是那篇著名的《我热爱的诗人——荷尔德林》。

关于现代人牡蛎般屈辱的生存感受，我们今天已是刻骨铭心，并在微信世界传导出电击式的反应，但此前却几无察觉。而早在20世纪80年代，海子就以他对乡村饥饿的锥心记忆和天才诗人的"先知先觉"，压抑不住地失声喊出："为了生存你要流下屈辱的泪水"（《重建家园》）！无疑，这正是他长诗写作的起点。当我们现今将此归咎为时代性的道德沦丧时，海子则认为，那是因为人的生活离弃了神灵。因而，其诗歌的直接指向，就是重建一个人神共居的家园，并回到其中。而这个家园的模板，则真实而虚幻，它恍惚存在于公元前那种人神共住的几大文明体系中，更回荡在诸如荷马之于史诗时代的无尽吟唱和沉湎中。这因而使他确信，只有史诗这种形式，才能承载他的诉求，进而在其文本中凸显出两大特征：主体场景中的古代文明幻象；古老史诗独有的综合文体形式。但在这一指向的统摄中，他的认识则是渐进性的。

最初呈现在"河流三部曲"中的幻象，大致上分为先民生活场景和东方文化（哲学、神话）系统两个部分。那的确是一个让人神往的烂漫时空："你是水／是每天以朝霞洗脸的当家人""老人们摆开双手／想起／自己原来是居住在时间和白云下／淡忘的一笑"……但随后，烂漫却转换为严峻，人的生活因离弃了神灵开始经受磨难。而他给出的解脱之道，便是放弃世俗社会穷尽心机的"智慧"，回到老庄那种返璞归真的生活——"从此我用青蛙愚鲁的双目来重建我的命运，质朴的生存"，进而为维护人类神性的童真，竟渴望从此"老人重建歌曲。儿童不再生长"（儿童的世界总是天真无邪，人一长大就会变"坏"）！由此再联想到《重建家园》那首短诗，你便会恍然大悟，其主旨便是"双手劳动"，"放弃智慧"。前边谈到海子的长诗是其短诗生成的背景，这便是一个典型例证。

从"河流三部曲"到接下来的"太阳七部书"，呈现出海子精神艺术世界一次断裂性的跨越。这是一个远远超出了我们想象的、让人震惊的世界。他在其中所做的最重要的事情，就是深入大地茫无际涯的黑夜，经历并洞悉其中所有的秘密。依据海德格尔的说法，人只有足够丰富的经历，才能返回故乡。

那么，他在其中又看到了什么？

他看到了元素。操纵人类的神秘元素战乱。在《土地》这部长诗中，仿佛是站在黑夜的山巅俯察大地，他看到围绕土地的万物周流中，各种隐秘元素的汹涌冲撞：由巨石代表的大地稳定的吸附力、支撑力；由欲望、酒、王、韧性所代表的原始力；由土地宿命性的磨难、饥饿、恐惧、死亡构成的下陷力；由云冈石窟、龙门石窟、麦积山和敦煌所代表的文化家园，以及由雪莱、荷马等歌者和众神构成的上升力……

而在三幕三十场诗剧《弑》中，他通过巴比伦国王在选择接班人过程中精心设计的圈套，由此引发的循环性复仇，指认出使大地一次次陷入灾难的毁灭元素：在历史与人性中一再作祟的疯狂"魔怔"。在我看来，这是海子一个堪称伟大的发现。这个魔怔，它以平静世事的突然动荡，大地之上毫无缘由的突发性瘟疫，常规人性中魔鬼附体般的突然疯狂，表现出它神秘、幽暗的本质性存在。它周期性地摆布大地上的一切，但既不可预测，更无法防控。

诗体小说《你是父亲的好女儿》，是一部类似于中世纪草原羊皮书式的作品。它所讲述的，是以"我"为首的四位流浪艺人，出生入死的冒险流浪生涯。地点——从青藏高原的西海（青海湖），到中亚西亚的草原沙漠；时间——从眼下的此在，到秘密教会统治的中世纪。在这一穿越时空的流浪中，他记述了与现实和过往历史中的石匠、强盗、马帮、蒙面僧侣、秘密兄弟同盟会、囚禁在地牢中披火的狮子……惊心动魄的遭遇。其中着力描述了两个事物：其一是一座山顶上神殿的废墟和石门。那是一扇缺少了它，世界就失去了支撑的石门。但为盲眼石匠几代人所建造的这一巨大石门，却"越来越不接近完成"，并呈现着"一种近乎愚蠢的表情"。其二，是一位名叫血儿的精灵般的少女。血儿的生命来自云和闪电，云和闪电钻进大海，她从海浪中露出小脑袋，并被推送到人间。此后，她在强盗窝中度过童年，又在女巫的家中练习舞蹈、咒语和唱歌。再之后，在行将被强盗处死时遇到我们，跟随我们踏上了没有故乡没有归宿的流浪生涯。在大雨茫茫的草原，血儿跳起种种名为"闪电"和"雨"，这些没有开始没有结束只有高潮贯穿的舞蹈。这个舞蹈的精灵，她在痛苦、闪电和流浪中学习到的东西，是那些在故乡长大的女孩子们无法体会到的。

从某种意义上说，血儿代表着另外一个海子，是海子灵魂的渴望与崇尚。她既是唯一一位生活在流浪的自由之乡，并为此而造化的精灵；也是人类"神性元素"的化身——基于人类天性中野性的童真与艺术本能的合一。当然，它还是海子关于故乡的真谛，向世人的隐秘传递。

对于这个血儿，海子是如此热爱，依据其优秀的生命必然重生的逻辑，在他的几部长诗中反复出现。在诗剧《弑》中，她是红公主——巴比伦国王的女儿、主人公剑的妹妹，又在神秘魔怔的操控中成为剑的妻子，并最终替剑丧命；在《弥赛亚》中，她则是陪伴作者走完了人生的疯公主。

而以上关于石门的描述，寄寓了海子对世界某些核心秘密的发现和艺术抽象。内部结构如同迷宫，越来越不接近完成的这座石门，既代表了世界奥秘不可穷尽的无限性，又映现了诸如维特根斯坦等哲学艺术巨匠，力图用数学定律之类的抽象思维，解析世界内在本质的智慧与渴望（他在《弥赛亚》一诗中，即把维特根斯坦称为石匠）；石门近乎愚蠢的表情，则是艺术进入终极之境时大道若拙的表征。而石匠积祖祖辈辈之力永不休止的雕造，既体现了西西弗斯式的执拗，更是海子在沉醉性的书写中，对其太阳系列"越来越不接近完成"的预感。但他并没有恐慌，而是用"愚蠢"表述其作品的本质和他的自负。在他的心目中，存在着一种超级伟大的作品，这类作品的特征，就是超出了聪明想象的、明知不可为而为之的愚蠢，且一己之力根本无法完成。的确，他最后一部长诗《弥赛亚》不但至死也未完成，且其中的大量描述也放弃了修辞性的诗歌语言，转而以干枯的数理定义来表达。这既是一种"愚笨"的语言方式，但在哲学家的眼中，又是世界上最为简洁、精确的语言。

——这仅是对《你是父亲的好女儿》这一部作品，一个极简略的解读，而整个"太阳七部书"的浩瀚与博大，海子心灵闪电触及的茫无际涯，步入这一境地后他本人的惊喜、茫然与惶惑，我们于此约略可以想见。

四

纵观海子的整个写作，时间和空间越来越远。在时间形态上，他从故乡现实的土地出发，走向中世纪，走向远古；在空间形态上，他从家乡的南方走向北方，走向西部的青藏高原，再到中亚西亚，古巴比伦，古希腊……当他在"神圣的黑夜走遍大地"，接下来，又"异想天开"地要进入天空，正所谓"天空一无所有 / 为何给我安慰"？然而，天，果真就开了，且在他的笔下绝非一无所有。《弥赛亚》这部未完成的长诗，即是关于天空的复杂描述。

这部诗中有一个一闪而过的重要意象——金字塔（"红色高原 / 荒无人烟 / 而金字塔指天而立"）。金字塔的自身属性是石头，但却是"被火用尽之后"（被火熔去杂质后）纯粹的石头。这一几何形状的石头，"简洁而笨重"，没有复杂的抒情，没有美好的自我，也没有繁殖和磨损，但世界上所有不可言说的东西，都"住在正中"。因此，它代表着万有和终极。显然，这正是海子对此时"被火用尽"的他自己，及其"太阳七部书"这一诗歌建筑的隐喻。

是的，它"坐在大地／面朝天空"，既若通天之塔，又似登天之梯。

然而，当他的神思在若干个瞬间冲上太空俯瞰世界时，石头却不再是终极，而成为与天空并列的两个单元："世界只有天空和石头"，且"世界的中央是天空，四周是石头"，"天空中间是没有内容的"；接下来，"在天空上行走越走越快，最后的速度最快是静止／但不可能到达那种速度"。这些表述的意思是，终极性的石头在天空中只处于外围；天空的中央是空的，是虚无；并且，人不可能抵达天空中央。这便是他在太空之上，对于世界的最终所见和所悟。但他随即便意识到，"我到达不应到达的高度"。是的，居于天空中央和最高处（太空）的，是上帝的位置，不是他的位置。那么，接下来他又该如何？其表达是，折返而下，"化身为人"。

什么样的人呢？在《化身为人》这最后一章，他要把这最终的诗篇"献给赫拉克利特和释迦牟尼，献给我自己，献给火"。也就是说，他是和前两位并列的那种人（赫氏是古希腊哲学家，其核心思想是，万物的本源是火，宇宙的秩序由火的本质所规定）。进一步地说，他与赫氏与释迦牟尼在元素形态上都是火，是人类中的苦炼之火，照亮世界之火。"我觉悟我是火"，"火只照亮别人"，并且，"火是找不到形式的一份痛苦的赠礼和惩罚"。依据这个说法来推论，对于找不到形式的释迦牟尼而言，创立佛教便是火对他的惩罚和赠礼；对于海子本人，这个惩罚和痛苦的赠礼，则是他以"七卷经书"自称的"太阳七部书"。

然而，诗歌本身并不是目的地。它既"不是故乡／也不是艺术"，而是提携人类上升的力量，"带着我们从石头飞向天空"。显然，海子此时心目中的"故乡"已经变了，它不再是大地之上人神共居的烂漫家园，而是诸神所在的天空。

那么，返乡的内在机制到底是什么呢？从原理上说，故乡并不是一个具体的物理空间，而是人类对自己诞生之初，那一人神共居时空的基因性记忆。因此，现今的我们，都是远离故乡的异乡人。而返乡的起点，始于生命因生存的压抑而反弹出的，心灵飞翔的诗性渴望和想象，并以此为动力，展开朝着远方的精神流浪。在重历时空隧道的风雨流霞中，体悟到对生命秘密的豁然开解，并产生光明涌入的喜悦。这便是通常意义上的返乡。而海子的故乡却在天空，他的返乡方式，则是以身体和精神的双重流浪，九九八十一难般地穿行其中，以对其中所有秘密的洞悉和生命的脱胎换骨，获得涅槃式的纯粹，终而实现返回天空的飞翔。

但这仍不是他的最终目的，他的终极目标，是"通过轮回进入元素"，亦即照亮世界的火元素：太阳。也就是说，他并不只是要进入天空，完成自己；而是要成为太阳，"照亮别人"——向世人昭示通往神性世界的道路。那么；人类有这种"通过轮回进入元素"的人吗？在他的眼中当然有，比如释迦牟尼，但还有一个更典型的人物——死后重生的弥赛亚。

这便是海子最终目标的模板和依据，也是他把这最后一部长诗命名为《弥赛亚》的根本原因——优秀的生命负有使命，并必然重生。

五

在《弥赛亚》的最后部分，是"这一夜天堂在下雪"。其中有两个重要情节。其一是疯公主的出现。她被"雪白的光"——虚幻的光明之火烧灼得无法承受："光束越来越粗／啊……我快要支持不住了／／把我救出去！"既而是火渐渐熄灭时"我感到冷了／我感到冷了"，以至最终冷缩成一条虫子。如此逼真的描述，应该正是海子本人体内的生命之火，燃烧一空时的确凿幻象。

其二，是由九位长老组成的合唱队，在最终时分的出现。这是原先在大地上历尽磨难，又为磨难所造化，最终进入天堂的九位人物。他们分别是：持国（印度史诗《摩诃婆罗多》中善良公正的国王）、俄狄浦斯（希腊神话中因破解了斯芬克斯之谜而拯救了城邦的国王）、荷马（古希腊时代两部长篇史诗《伊利亚特》和《奥德赛》的传唱者）、老子（中国先秦时代的哲学家、《道德经》作者）、阿炳（以《二泉映月》等二胡曲名世的中国近现代流浪艺人）、韩德尔（又译亨德尔，18世纪英国音乐巨匠，清唱剧《弥赛亚》作者）、巴赫（18世纪德国作曲家、演奏家，西方近代音乐之父）、弥尔顿（17世纪英国诗人，长诗《失乐园》《复乐园》《力士参孙》的作者》）、博尔赫斯（20世纪享誉世界的阿根廷诗人、作家）。

所谓长老，是地位仅次于释迦牟尼和弥赛亚这类主神的人物。那么，这九位中的国王、哲学家、音乐家、诗人和流浪艺人这各色人等之间，有共同点吗？是的，他们都是各自领域中为磨难造化成了神的人物；但接下来，我们很难不惊奇海子浩瀚的文化视野和近乎无厘头式的诡异想象力，被他集合在一起的这九位除老子外，其余八位竟都是盲人！那么老子呢？当是在他看来，这位只与天地说话的高人，早就对俗世纷扰视若无睹，形同盲人。因此，他又把这支合唱队命名为"视而不见"合唱队。这既是对盲人特征的绝妙概括，更是指他们内心为光明所充斥，对其他的一切视而不见。

此外，这里还存在着一个特殊的时间节点：写完《弥赛亚》的首章《献诗》时，后边特别注明是1988年12月1日，那么，全诗写到这即将终了时，大致上应是1989年的元旦前后。此时既应是天空中大雪纷飞的时节，更是使他悲欣交集的辞旧迎新时节。所以此时他幻觉中的大雪，一方面是天梯已被凝冻的世纪末日般的奇寒与荒凉；另一方面，却又是充满了诞生气氛的温暖的大雪、幸福的大雪。那么，"天堂有谁在诞生"？他并没有回答自己的设问，但就是在这个时候，他看见了由这九位盲眼长老组成的合唱队。不言而喻，这是一支前来接引他进入天堂的队伍。

天堂的大雪一直降到盲人的眼里

充满了光明

充满了诞生的光明

高声的唱起来，长老们

长老们

也是从这一刻开始，他在自己的意识中，已彻底走完了重生之路，来到天堂与众神相聚。

六

是的，这一切，听起来就是一个神话，而它实际上就是一个神话。但一切的神话都是由人演绎的。进入神话的释迦牟尼原本是人，弥赛亚也是人。神话，起源于人类超越苦难的渴望和想象，是人类以其伟大的天真品质和深层智慧，对为此展开的超凡精神形态和超凡想象力的本质表达。正像古希腊辉煌的神话谱系所表明的，一个时代的精神形态越是健壮，意味着它与神的联系就越是紧密，它的神话思维也就越是发达。而进入现代社会后，人类从神明信仰拐向财富信仰的高速公路，并以不断升级的科技文明和严密职业分工，创造了另外一个神话：物质的神话！但陷入以追求最大物质回报为目标的专业工位中，其中的每一个体既因不敢越雷池半步而饱受压抑，又日益强化出一种苟且实利的世故思维，由此决定了其牡蛎般的生命压抑永难解脱。

正是基于这一现实，海子以锐利的诗人直觉和浩瀚经典阅读，径直切入人类文明源头的神话体系，并回到故乡般地从此沉醉其中，进而彻底置换出他强盛的神话思维。正像他把国王和流浪艺人纳入同一家族一样，在他的概念中，所有的神都是精神超凡的人（比如弥赛亚），所有精神超凡的人都是神（比如瞎子阿炳）。这无疑是站在本质中说破了本质。他打通了人神之间不可逾越的屏障，使在世俗思维中作为概念存在的遥远神灵，成为同一大时空中使他亲切、敬仰的亲人与前辈。因此，接下来的事情便不难理解，他把"太阳七部书"的写作，又视为奔向众神的"行动"，用通俗的语言来表述，就是要见贤思齐，奋起直追。

1987年，他在长诗《土地》的末尾，向着他所崇敬的荷马，发出了让我第一次看到后就永远无法忘记的誓言："荷马啊／黄昏不会从你开始／也不会到我结束""面临覆灭的大地众神请注目／荷马在前　在他后面我也盲目　紧跟着那盲目的荷马"！

而1989年元旦前后，在终于轮廓性地完成了"太阳七部书"的此刻，是的，他看见了包括荷马在内的长老合唱队，前来迎接他进入天堂，与隔世的"亲人们"相聚。

此后的3月14日凌晨，他写下了一生中最后一首诗篇。而作为在自己的意识中已经进入天堂之人，从性质上说，这是一首不再属于绝笔，而是预言性的诗篇:《春天，十个海子》。该诗的第一句，便是对自己死而复生的预言："春天，十个海子全部复活"！

没错儿，从那时至今已将近 30 年以来，无数诗人诗篇中的海子元素和关于他的纪念研讨活动，已确凿地验证了他的复活；而他的诗篇在大地之上连绵不绝地被传唱，不正是世人对他隐秘召唤的回应？

2017 年 11 月 12 日夜

从敦煌落日到扎尕那的月亮
——《扎尕那草图——甘肃五人诗选》序言

在 1980 年代以来的中国诗歌地理版图上，甘肃是一个独特的现象。这期间，全国所有省区的诗歌，无不经历了潮起潮落，唯有甘肃势头不减，后浪追逐前潮。在它北抵新疆西域，往南居然插向四川剑阁的狭长地理版图上，几乎每一地区，都有知名诗人的影子闪烁。从早先的韩霞（葛根图娅）、张子选，到接下来的阳飏、人邻、古马、娜夜、阿信、桑子、高凯、叶舟、胡杨、沙戈、梁积林、第广龙、牛庆国、郭晓琦、于贵锋、王若冰、周舟、包苞、谢荣胜、李满强、扎西才让、离离、苏黎、武强华、王琰，以及处于半明半暗状态的欣梓、草人儿……这一长串的名字，可谓蔚为大观。

地理历史文化是一个重要因素吗？这个在当今中国社会版图上略显安静的省份，在由边塞征战和丝绸之路贯通的汉唐时代，可谓灯火通明。只要我们从它的版图上抽出这样一些地理名称——嘉峪关、玉门关、瓜州、甘州、肃州、凉州、酒泉、敦煌、天水、祁连山、麦积山、崆峒山……你就可以轻易联想到"明月出天山（祁连山），苍茫云海间"的奇幻，"羌笛何须怨杨柳，春风不度玉门关”的苍凉，“葡萄美酒夜光杯，欲饮琵琶马上催”的沙场慷慨。而这其中的敦煌，作为丝绸之路上中华内陆联结欧亚大陆的重镇，它在若干个世纪中，不但吸引着牵高峰骆驼的胡汉商贾云集、骑高头大马的校尉戍卒穿梭，更川流不息着佛陀僧侣、木工画匠、歌伎乐师、文人墨客、县令衙役、江湖浪子，以及快乐的二流子们。“杨柳叶儿青啊！”这边一声快活的《凉州曲》刚醉入云泥，来自酒泉郡的另一位却当仁不让：“天若不爱酒，何以有酒泉？”

甘肃的地理历史文化大致上以省会兰州为界，分为南北两段。以上是其北半段，它以敦煌为核心，包括了整个河西走廊，由游牧文化、边塞文化、胡汉杂交文化所混成。

其南半段，则以天水为核心，呈现为农耕文化。而这个我们现今稍感陌生的天水，则是中华文明的发源地之一。它有距今 8000 多年、早于西安半坡的大地湾文化遗址，麦积山佛教石窟；它是伏羲故里及其始创八卦之地，更是建立了大秦帝国的秦人的发祥之地。它还与唐代的两位大诗人相关，是“其先陇西成纪人”李白的祖籍；而为避安史之乱流离于天水的杜甫，则在此地留下了“文章憎命达，魑魅喜人过”的《天末怀李白》，以及《秦州杂诗》等近百首诗作。

甘肃版图的西南端，则是插入青海和四川藏族聚居区的甘南藏族自治州。在甘肃的地理文化类型中，构成了一个藏地草原文化板块。

除了多元复合型的深厚文化基因，我们从以上描述中，会轻易地感受到一条诗歌脉络的反复叠加和贯通。假若这是一部甘肃地理沙盘，只要摁下电源开关，你会看到，这条诗歌脉络的电子管线，会瞬间红遍它主干道的末梢。

但这并不足以完全解释甘肃当代诗歌繁盛的成因，因为每一地域都有它独特的历史文化。因此，另外一个因素，亦即那种具有辐射力的旗帜性诗人的存在，就显得同样重要。

上边已经谈到，甘肃的历史文化重镇在其南北两翼，但它的当代诗歌核心，则在居中的省会兰州。而在上一代的甘肃诗人中，大致上可以追溯出这样两位旗帜性的人物，其一是早年的九叶派诗人唐祈。这是一个略显孤独的身影，但作为西北民族大学教授，他却在下一代诗人中，产生了深刻而持久的影响。80年代中期率先登上全国诗坛的韩霞、张子选，以及之后的叶舟、阿信、桑子等大学生诗人，均深受其影响。从历史的角度看，站在80年代初这一时代临界点上的青年诗人们，大都存在着这样两个问题：其一是从当时的通俗诗歌社会学，朝向现代性写作的深刻转型；其二，则是在如何认识对待本土资源的基础上深化自己。而唐祈为大家解决的，大致上是第一个问题。稍后的另一位人物，则是时任《飞天》诗歌编辑的李老乡。这位当时势头正盛的上一代诗人，其诗歌自身，似乎对谁都没产生过影响，但他却以不凡的鉴赏力、丰富的经验和视野、诲人不倦的性格亲和力，成为另一批青年诗人中导师式的人物。与之过从密切的，则有阳飏、人邻、娜夜、古马，包括上述和此外的一大批诗人。李老乡帮子弟兵们解决的，基本上是第二个问题：如何在认识自己和认识本土资源、阅读资源的结合点上，去延伸你自己。

还有人记得当年兰州的韩霞吗？这位蒙古族女诗人在1986年即参加了青春诗会，并把自己的名字换回成了葛根图娅。再数年之后据说去了巴基斯坦。与之相似的，还有当年身居肃北的张子选。他在青春期即已成就了诗名，然后离开甘肃。

大致上到了90年代之后，另一批诗人相继崛起，最初是阳飏，继而是人邻、娜夜、古马及其他的少壮派们；而在甘南与桑子同时成名的阿信，则在此后逐渐与之汇流，由此激荡起了甘肃诗歌的中兴时代。这是经过较长的盘整期，中气饱满、底气十足，一旦崛起就再也不曾歇气的几位诗人，由彼到此的近30年间，一直强盛地横亘于现场，并成为中国诗坛上甘肃诗歌的代表。当然，这还是在诗歌之路上，各自找到了自己写作法门的几位诗人。从整体面目看，他们无不带着血脉式的甘肃标记，但彼此之间却各不相同。他们为当代诗坛注入了鲜明的甘肃元素，更在本土诗人中形成了一种大气候。这些当年执弟子礼的诗人们，在迎来了自己历史区段的同时，也向其后的诗人们，昭示了一条诗歌的甘肃之路，甘肃诗歌90年代以来的繁盛正是由此开始。

从以上的背景看过来，选编这部甘肃诗歌五人集的意义便不言而喻。事实上，这也是五位诗人的同气相求。而我之被邀请担任主编，除了一份潜含的情义外，大约还缘自我曾经的青海经历，以及对他们创作情况的相对熟悉。的确，作为当今甘肃诗歌轴线上承上启下的一代诗人，他们的诗歌历程和鲜明特征，无论放在甘肃诗坛，还是西部诗坛、全国诗坛，都具有可资研究、可资比对的范型意义。接下来，我就以逐个评点的方式，对他们写作中的基本景观，展开一个轮廓性的描述。

阳飏。1953 年出生的阳飏写作跨度最长，因而知名作品众多。诸如《青海湖长短三句话》《消失的古罗马军团》《乌鞘岭》《风起额济纳》《西藏：迎风诵唱》《西夏王陵》《兰州：轶史一则》《与我生命相关的三座城市》《扎尕那》等等，且题材涉及广泛。十多年前，我曾以"古代丝绸之路上的民间书记员"，描述过阳飏的形象，他也是当年甘肃以至整个西部的青年诗人中，最早以诗歌面对地域人文资源，并形成了示范效应的诗人。丝绸之路上印度僧人鸠摩罗什、驮经卷的骡子和骆驼、"高鼻深眼卷发"的古罗马军团后裔……其诗歌中由此形成的纵深历史景观，曾给人留下了深刻印象。

许是地理版图过于狭窄，也是从阳飏开始，甘肃的诗人们形成了这样一个习惯：根本不把自己当外人看的，时常出入于相邻省区的腹地，往西的青海、西藏，往东的内蒙古和宁夏，似乎都是他们领地的外延。在这一广阔的地理空间，阳飏以历史时态和当下时态的双重扫描，不但显示着为整个西部大地书写地理人文博物志的用心，并且更为外省的诸多地域，写出了标记性的诗篇。在题材处理上，阳飏辽阔、从容而精警，在以自己标志性的，那种手风琴般拉开的铺排长行中舒展风物烟云时，又经常猛地往内一挤，以绝句式的短章，聚风云于一瞬。

而在此之外，又存在着一个文物、文史视野中的阳飏，中外绘画艺术史视野中的阳飏，酸涩在过往时代风雨和温馨在旧事物中的阳飏。这大致上是人生下半场的阳飏。其写作的基本态势，转向"山河多黄金"式的内敛与明净。

古马。1966年出生的古马，与阳飏相差13岁，他既是五位诗人中年龄最小的一位，也是在自己的写作史上，成名期最早的一位。尤其是近十多年间，他迅速地后来居上，进入自己写作的中场位置和鼎盛期，并逐渐成为甘肃更年轻一代中的核心人物。

《寄自丝绸之路某个古代驿站的八封私信》《光和影的剪辑：大地湾遗址》《青海谣》《西凉谣辞》《扎尕那草图》《反弹琵琶：敦煌幻境》《巴丹吉林：酒杯或银子的烛台》等等，这一系列的作品，都在当代诗坛留下了它们的标记。

从题材的覆盖面积上看，古马与阳飏的地理区域基本上重合，这也是诸位甘肃诗人曾不时结伴远游的必然结果。但不同的是，作为这五位中唯一出生在丝绸之路上古凉州的子弟，他又是在写作风格上走得最远、最得地域文化精髓的一位。这几乎不可思议：面对敦煌文化钟鼓排箫和胡笳琵琶的盛大余响，他却唯独钟情于河西走廊那缥缈摄魂的野谣俚曲，并在当代诗坛上，转化出唯他独有的诗歌语言系统。不知这是古凉州地气与遗韵的附体，还是千年之前，他就是出入于敦煌郡那个浪子式的诗人？但能够冲破当代诗歌强大的语言同化壁垒，无疑源自其自身更为强大的综合艺术能力。要将这种散落在传统荒野上的民间野生资源，整合为一种具有现代承载力的语言系统，既需要缘分，更需要广阔文化眼界中的判断力和写作中不断增强的腕力。诚如洛尔迦以其小小的歌谣体诗歌，给了西班牙一个意外，古马也以此给了当代诗坛一个意外。他以这种谣曲体的方式，将当代事象带入悠远的，轻灵、纯粹的时空幻境中，也回应了当代读者基因性的文化记忆和想象。

人邻。通常与阳飏名字连在一起的人邻，其诗歌却很少外在的甘肃地域色彩。祖籍河南洛阳的他，极像古代从中原前往敦煌习经的一位书生，在行至兰州的某个寺院歇脚时，突然觉得此地甚好，遂在附近住了下来。读书、写字、种菜、冥想，再不时与周边的三五知音对谈或外出交游。《山中饮茶》《薄纸上的字迹》《牧溪的〈六个柿子〉》《笔架山农家院，大雪中的清晨》《双手合十的豆荚》《黄昏伏案中，想起病中的亲人》《寺里：一棵树》《法雨寺的傍晚》《古琴》，这一系列的诗作，仅其标题，就足以吻合他的这一形象。

人邻是一位从写作中得道之人，他醉心于心灵中的禅意状态，却绝不故弄玄虚。他以诗歌接纳通俗的甚至是毫无诗意的广大日常事象，却像从漫天的乌云中提取一缕月光，将喧沸大千世界的变化奥秘定格于一瞬间的本相呈现，继而推置出恬淡、古雅、超然的意味。清水洗白银式的洗练是他的语言标志，而在三五行的短章中明心见性的笔力，也是诸位甘肃诗人共享的绝技。

娜夜。在具有相应鉴赏段位的诗界人士中，娜夜是极被看重的那种诗人。《起风了》《飞雪下的教堂》《在这苍茫的人世上》《孤独的丝绸》《革命或〈动物农庄〉》《望天》《个人简历》《西夏王陵》《标准》《睡前书》《在某些命题下》《人民广场》《鼓掌》等一系列诗作，相信给许多人都留下了深刻印象。

在作品的简约程度上，娜夜比人邻走得还远，甚至在当代诗坛上也仅此一人。其诗歌的题旨，从对于人世温暖时光的珍重，女性情感隐秘的微妙呈示，再到由准宗教博爱情怀唤起的，之于现世生存中阴霾与压力的抗衡，由此在其曾经的新闻从业者视角中，延伸出一条罕见的，女性诗歌的社会政治学支线。诚如《起风了》一诗的显示，她诗歌的天空上笼罩着一种盛大的苍茫感，这既是甘肃大地上那种秋风式的苍茫，也是一位诗人眼中的世事和一个时代的苍茫，乃至荒凉，但她的诗作，却如同从乌云中抽出的闪电，长歌中断出的截句，往往以其典型性的短章乃至三行诗体，道破内中真相。比如《个人简历》一诗中这样的表达——"使我最终虚度一生的 / 不会是别的 / 是我所受的教育　和再教育"，以及让人印象更为深刻的《鼓掌》。

尤其值得注意的是，在娜夜的诗歌中，语气上升为一个关键元素。面对苍茫世事的温暖部分，她的语气是一种仿佛被光击中、噙泪无声、欲语还休的形态；而在那种抗衡性的题旨上，她的语气亦绝不剑拔弩张，而是将刻骨的凛冽感，抽离为冷漠、淡然，以至不屑的骄傲。

阿信。五位诗人中，只有阿信与古马是甘肃本土籍贯。但这位出生于花儿之乡临洮的子弟，其诗名却与甘南草原连在一起。从某种意义上说，这一甘肃版图上略显偏僻的草原，基本上是由于他的存在，而成了部分甘肃诗人的草原，成了诗歌的甘南草原。

在阿信的诗作中，游牧文化的背影已远远淡去，转换成当下时空中世外秘境般的所在。它有矢车菊"燃向荒天野地"般寂寞的美，更有他一个人独享的安详与难忍的孤独，以至常常"听着高原的雨水，默坐至天明"。但也就是在这种孤独中，这位草原小镇上的高校教师和诗人，才如同另一片乡野草原上的美国诗人弗洛斯特，有了雪夜小镇访友和对于远方诗友的期待。而更多的时候，他则弗洛斯特式的，独自体认着大自然的美色以及与自己心灵的私语。旷野中菊花金黄的杯盏、藏羚羊白色的臀尾、寂静的山间寺院、藏族村寨小小的水磨、桑多河上失修的木桥、逆光中静静啮食时间的马……在现代化的举世喧嚣中，他以隐逸式的心灵定力，呈现出一个地久天长的草原。

当然，阿信同样有甘南之外的广大地域游弋和写作上的多副笔墨，在某些诗作中，他又仿佛昌耀般地，以翔实的史地资料考据和注解，展开其中的历史景深。而他在《火车记》这首仅四行的诗作中，关于一段灾难岁月呜咽般的书写，读来则有如雷霆击顶。

……相关的论述到此已经结束，但似乎还应有一个附加性的说明：这部诗集的标题《扎尕那草图》，来自古马的同名诗作。而处在甘南草原深处的扎尕那山地草场，则犹如神灵驻守的世外秘境。近若干年来，这其中的各位诗人，都曾随阿信涉足流连于此，或留下了专题性的诗篇，或将相关信息注入其他诗作中，因此，这也是他们共同的扎尕那。另一层原因，我在想说与不想说之间还是决定说出来：我自己的书房中，居然鬼使神差般地，就挂着一位画家朋友赠送的扎尕那写生油画。这让我行文至此时，突然感到一种不可思议的神秘。

2017 年 11 月 18 日

天书与解读：诗人之间的隔世对话
——诗集《诗意曼德拉》序言

人类艺术史上第一幅标志性的画作，是旧石器时代西班牙某山洞石壁上，一幅受伤的野牛。由它代表的洞窟壁画，是人类艺术史的第一单元。其后的第二单元，则是分布在山崖石头上的岩画。

大体上说，两者代表着不同的文明类型，前者属于人类以巨大天然洞穴为家的"室内"时代；后者则是从洞穴走向露天，驰骋于草原山地的游牧时代。因此，"室内"时代调和动物血脂等平涂于洞壁的彩绘壁画艺术，在露天则成了以锐器于石壁上剔凿的岩画艺术。这种以刚克刚的吃力，使它比之写实性的洞窟彩绘壁画大幅缩水，呈现为极度简约的写意性线面抽象。但这一迫不得已的转折，其实已潜含着一种更为高级的创造性思维：对于现实概括性的图形抽象，以及从中提炼出的符号化和密码特征，更像此后的象形文字。但这种文字，只适合同一思维场态中的他们阅读与欣赏，对于迢递时间此端的我们，它则是那些造物者们留下的天书，他们自己的史记。

巴丹吉林于我曾是一个神一样的名字。早在 1990 年代初，位居世界第三的巴丹吉林大沙漠，就出现在我的首部诗歌史地论著《西部大荒中的盛典》中，但直到不久前我才知道，它还拥有名列我国七大岩画宝库的巴丹吉林岩画群。根据本地专家范荣南先生的研究，巴丹吉林岩画分布在若干个自然区域，其中最具代表性的曼德拉山岩画群，则密集地分布着4234幅岩画。从时间上说，这些岩画从旧石器时代晚期开始，历经青铜时代、铁器时代，一直垂延至西夏到元、明、清时期。纵贯于其间的民族，则有羌、匈奴、柔然、突厥、回鹘、吐蕃、党项、蒙古族等等。

那么，我们还能听到某个遥远的拂晓，随着炸雷般的一声"咿~呀~"和刀锋前指，接着铺天盖地的马蹄声吗？是的，这是一些相继在北方草原、中亚大地、世界历史舞台上惊天动地的民族。我曾血液沸腾地热爱过他们。

没错儿，他们的王族正史已由专职史官和画师，写进他们的史书并以图像呈现于羊皮、绢帛、佛窟造像等材质载体中。而他们游牧时空中驳杂的信息碎片，以及上古时代先民们更普遍的日常信息，就贮存于这些岩画之中。并以这些信息和作为其载体的岩画艺术，成为留给我们的双重遗产。

然而，时光的磨损更兼燹火人力的毁坏，这样的遗产已越来越稀缺，仅只孑遗于人迹罕至的深山绝境。实际上，这已成了上帝为我们保存的特别蓄藏。这句话今天反过来说也可以，谁为保护它倾尽其力，谁就是上帝的使者。之所以这样说，是因为和我们想象中摩崖石壁上的岩画并不相同，曼德拉山岩画的一大部分，则錾刻在块体形的石头上。曾经的人迹罕至之地，在当今没有人迹不可到达的现实中，它们并非不存在被继续损毁乃至失踪的风险。也因此，当地相关部门为之实施了多种措施的周全保护，并展开了系统性的研究。但对于这些藏在深山人未识的历史遗珍，他们接下来的一个举措，则堪称神示的创意——

2017 年 10 月中上旬，踩着之前刚落下的一场薄雪，来自国内的近 30 位诗人，进入曼德拉山以及苏亥赛、乌库础鲁岩画群，应邀以诗歌对这些天书进行解读，但这种本属于考古学家和人文学者们所干的活，又因何选中了诗人？

在大家兴致盎然地观赏、探究这些天书的图像密码时，另外一个问题也自然地浮现出来：这些岩画的作者，他们是什么人？

与今天的文学艺术家身份做对应比较，这个答案在我看来，它们的作者与其说是画家，不如说更为接近诗人。诚如我前边提到的，在远古先民和游牧者的时空中，岩画其实就是他们的包含了大量信息密码的象形文字。其功能首先是记写他们的生活，表达他们对于生活的诉求、期望和想象，继而则上升至审美层次。这种特征，与我们今天的诗歌几乎完全一样，对于现实的表达既是具象性的，更是对主体要素的抽象，并潜含着来自意识深层的诸多意象密码。而概括得更为本质的表达，以及表达的艺术之美，则是题中本有之义。

是的，在时隔无数个世纪后，我们当下的诗人们，其实仍在干着同样的事情。那么，由现今的诗人来解读另一个时间中，这一代代诗人们留下来的天书，既是心有灵犀者之间的绝佳匹配，更是诗人之间的隔世对话。我把此举视为"神示的创意"，即缘于此。

而这些诗人们，除我这个前诗人之外，大都是活跃在当今诗坛一线的实力人物。因此，他们的大名无须我一一列举，读者一见便知分晓。对于这些压缩了丰富信息的天书，不同专业领域的人，自然会有不同角度的无数种解读，但诗人们的解读，应该是最具穿透力、最得精髓要义的那一种。并带着各自的气质特征，在当下心灵能源与远古信息的长风际会中，对应出更广阔的空间。我要飞！这是神思翱翔于这一空间的诗人们，集体性的创作形态和喷发欲望。正如花语在与岩画纵深时空的对视中，这样心念一闪的看见："鹰眼如春风紧盯着曼德拉戈壁的马鹿。"

2017 年 11 月 24 日

诗歌创作中的"大我"和"小我"

——就食指与余秀华争议事件答《羊城晚报》记者问

· 您如何评价食指与余秀华争议事件?

食指批评余秀华所涉及的,其实是一个老话题。也就是诗歌的"大我"抒情和"小我"抒情的问题。大我抒情的本质特征,表现为诗人写作中这样的自我角色体认:他在写作中并不是代表他自己,而是代表民族、历史、真理在说话。这既是自20世纪50年代(甚至更早)以来,被不断强化出的诗歌的社会政治学立场,也是那个时代诗人们的自觉遵循。但这种写作发展到"文革"时,已经走到了反面,成为一种以颂歌为基调的大话、空话、假话的空转。1979年文学新时期中的诗歌,正是由对这种写作的清算而开始。

一个诗人,能够成为民族、历史、真理的代言人吗?这曾是我们关于经典诗人的标准,或者一部分诗人的理想。但这并不取决于诗人对自己的预先设定,而是来自一个后置的验证。因为从原理上说,一个诗人无论书写什么,他都只能代表他自己,都是依据自己在本时代的生存位置、关注焦点、心理诉求,言说自己的感受和问题。但也正是基于这一点,他的创作才源自刻骨的个人感受。诗歌史上大量直入人心的杰作，正是由此而产生。假若他的诗歌有幸最终发出了民族、历史、真理的声音，那也绝非基于他对自己的预先设定，而是时间的最终验证。但这样的诗人却凤毛麟角，除了屈原勉强算得上之外，连李白也不是。但这并不妨碍李白大诗人的地位，以及我们对于他的热爱。而当代诗歌史上的那些大我抒情，最终又留下了多少？

从这个背景上看，我们有什么根据要求一位普通诗人承担他根本无意承担，也承担不了的"大任"呢？

关于食指，他是一位曾受到诗界尊重的诗人。这种尊重，主要是基于"文革"时期那种根本没有现代诗歌理念的氛围中，他站到了现代诗歌的门槛，并内在地启动了此后的朦胧诗的写作。而他的诗歌，最让我动心的，是那首《这是四点零八分的北京》，这首诗所抒发的，正是他作为知青告别北京时，感伤莫名的个人之情，当然，也无意中代表了一代北京知青的心音。至于现今被视为他代表作的《相信未来》，我一直没有感觉。这说明诗歌有自己的读者，正像他如此排斥余秀华的诗歌，而许多人却喜欢余的诗歌一样。

· 有说法认为，当下诗歌的影响力逐渐式微。余秀华的相关话题何以仍能引起热议？

其一，关于当下诗歌影响力逐渐式微的判断，我的感觉恰恰相反，它在告别了那种虚泛的大我抒情后，正以诗人们带着当下处境中的个人感受和个人问题，展开了无限广阔的向度，它在文本建造中的精神艺术深度，是此前的时代不可比拟的。而它的影响力，不再以当年那种非诗的社会轰动效应来呈现，而是与一个时代内在情绪全方位的呼应。

余秀华的诗歌，包括围绕她的相关话题之能引起热议，恰好说明了这一点。

至于她的诗歌，一部分人所记住的，当然是"穿过大半个中国……"以及在网络上与人开撕所表现的泼辣与刁钻，但这只是一个局部的余秀华，或者说，是一个底层生存者的自卫方式。当你全面地读过她的诗歌，包括诗歌之外的随笔，我想你肯定会有另外的感受。两年前我曾就余秀华写过这么一段文字："对于当代诗坛，余秀华的出现仿佛一个奇迹……她以绝不接受驯化的写作天赋、不吝对时尚阅读趣味的冒犯，坚持了自己蓬勃的野生品质。在她那些放肆而率性的诗篇深处，是刻骨的生命疼痛；她对世俗挑衅性的刻薄，源自对爱酸楚而微茫的渴望。"这就是说，一个诗人之能拥有广泛的读者，必然有它的真实缘由，绝非所谓的炒作所能奏效。

·新世纪以后，新诗写作有"私人化"的趋势，很多诗人倾向于表达纯私人化的独特情绪。这种现象的成因是什么？您如何评价这样的现象？

"私人化"写作，其实是相对于大我抒情，或者公共抒情形成的一个概念。前边已经说过，任何一个诗人的写作都只能代表他自己，这是一个原理，也是一个常识。你在古今中外的诗歌史上，见过哪一位大诗人是以公共身份写作的？它在今天之所以能成为一个概念，正是由于我们曾经倡导的大我抒情所致。它的历史成因是基于 1949 年中华人民共和国建政之后，以文学艺术鼓舞民众"向困难进军"。承担这一使命的，基本上是从国家到地方各级作协的专业诗人，这当然也是他们的职能所在，由此形成了我们此后所说的"主旋律诗歌"。但发展到后来，这种写作却被定于一尊。由此形成了一个时代只有一类诗歌的格局。诸如食指的《相信未来》，在当时则是一种犯忌的写作。

而诗歌的私人化写作，其实就是诗歌的多元化写作，也是诗人遵从于自己心灵和精神诉求的写作，这首先是基于一个时代的进步和开放，当然也是诗歌回到了它的本质功能。

·过去的新诗写作存在门槛吗？在今天的新媒体时代，这个情况发生变化了吗？"非专业诗人"是否提供了不同的"文学经验"？

所谓门槛的问题，你可以从上述的描述中感受到，当然有。它曾经首先是符合主旋律规定的门槛，其次是艺术表现上能否达到发表水准的门槛。到了 20 世纪 80 年代初开始，前一个门槛逐渐淡化，但内容和形式上仍存在着一种适合报刊公开发表的潜在标准。这种标准固然筛选出了诸多优秀的诗歌，方便了公众对于诗坛和诗人的辨认，但却存在着相应的观念滞后，比如朦胧诗人诸多优秀的诗作，就是在"地下"流传十数年之后才得以公开发表的。包括食指那首《这是四点零八分的北京》。

因此，你也就可以理解此后何以会有那么多的民间诗刊。

没错儿，在今天的新媒体时代，诗歌写作已没有了发表的门槛。然而，这并不等于没有了标准和评价体系，成千上万的网络诗人聚集在不同的诗歌网站，诗作贴上去后，马上就会有叫好和挑剔的声音蜂拥而至，包括因不中听的声音而互相开撕。这也正是余秀华的网络诗歌经历。但这样的过程，同时也是对各自诗艺磨砺的过程。需要指出的是，介入网络诗歌平台的，不光是余秀华之类的未名者，当代众多有影响的诗人，也都曾经或仍然活跃在这个平台。一首诗作写出来后，马上就会得到无数阅读者的回应，这会刺激他们更旺盛的写作冲动。

至于他们是否提供了不同的"文学经验"，我想当然是。余秀华就是一个典型例证，进一步地说，没有网络平台就很难有余秀华。若再往前数，包括沈浩波等人早先也长期活跃于网络。一般而言，网络时段的他们都带有无所顾忌、锋芒毕露的野生特征，这也使各自独有的潜质和经验得以最大程度地焕发。再之后，他们被相关诗歌刊物所"发现"、所接应，并因他们的"独有"而为诗坛注入了新的气息。假若他们没有网络诗歌时期，一开始就在诗歌刊物门前以循规蹈矩的写作排队，要不就没有现在的他们，要不他们根本就不会浮出水面。

·20世纪二三十年代，新月派坚持"纯诗"写作立场，遭到了鲁迅的批评。这段历史事实为我们今天评论新诗走向有何启发意义吗？

这个问题大概是要引出诗歌要有现实担当，不可躲进艺术的象牙塔这样的回答吧。新月派的纯诗概念是不满于诗人忽视诗艺的作风、反对滥情主义而提出的，我感觉不出有什么可批评的。鲁迅在他的那个时代把直面惨淡的人生和艺术的担当放在首位，也当然没有问题。但一部诗歌史假若只有《凤凰涅槃》而没有新月派的《雨巷》，我想这是难以想象的。

在今天，担当已成了一种覆盖性的声音，这样的作品也铺天盖地。但诗歌就是诗歌，不是时评和大字报。

2018 年 1 月 26 日

百年新诗，与时代相互激活的生长史

谈及百年新诗的话题，让我再次意识到一个现象：尽管它已走过一百年的历程，但似乎仍是个问题少年，时常处在各路神仙的质疑与调教欲望中。诸如它该如何向旧体诗学习，如何回归民族传统……以至若干年前，竟还冒出了一个新诗的合法性问题，恍若一代代诗人所从事的，都是非法的事业。但事情的吊诡之处在于，它早已习惯了逆势生长，按自身的发展逻辑一路走到今天。

这一现象表明，神仙们至今还没搞清楚，我们所指称的这个新诗，它到底是个什么。它在一百年前是因为什么而出现，又是来干什么的，且到底又干出了什么。搞清了这些，我们起码不会对它如此的轻佻。

一

那么，被一直非议的这个新诗到底是什么呢？我首先想说的是，它和我们所崇尚的古代诗歌或旧体诗一样，都是诗歌。古代诗歌所面对和承载的一切问题，也同样是它所面对和承载的。在这个本质问题上，两者毫无区别。其次，从历史的角度看，并没有一个形制统一的古代诗歌，它在先秦时代呈现为四言式的诗经体，其后是五言体的汉乐府，再之后是以七言为主的唐诗，诗行长短不一的宋词、元曲。从这条线索捋下来，今天的这个新诗，其实就是时间行进到20世纪初叶时，中国诗歌长廊中顺位生成的一个新样式、新单元。若干世纪后，它将同样成为后人眼中的传统诗歌，并接受崇尚。这也就是说，每一个大的时代都有它自己的诗歌样式，任何一种样式都是时代的产物，都有它突破旧制、非如此不可的内在依据和生成法则。

但新诗又何以如此被诟病呢？神仙们没说清的问题就由我代为点透，其原因仅仅在于，它脱离了旧体诗以格律为核心的形式规范。的确，技艺只有在一种特定的形式框架中展开，才称得上技艺，才有了可供考量和辨识的方便依据。并且，诗歌自古就是这样的，所以它就该一直这样。进一步地说，它正是我们民族在几千年的历史文化中，由独特的审美心理造就的独特技艺形式；反过来说，又正是这种技艺形式，培养并强化出我们独特的审美趣味，从而对它有一种血缘般的亲切感，以及本能的理解力。它用词造句的高度洗练和精确，用典中伏藏的深奥学问，甚至格律中戴着镣铐跳舞的独特技艺意趣……当然，更包括它整饬的形制与格律形成的便于记忆和传诵，都使它堪称我们这个民族最伟大的精神文化创造。

但如此伟大的创造，从百年前的近代开始却逐渐让位于新诗，这又意味着什么？唯一的答案是，它已难以有效面对一个已经进入历史拐点的时代。而这个时代的特征，就是在内部和外部双重力量的驱动中，不得不直面由西方新兴工业文明所代表的现代世界，并必须走向这个世界。这是历史的大势，我们此后一百年的历程，其实就是被动和主动的，汇入这一大势的历程。

当然，朕不愿意，随后则是太后坚决不愿意。但公车上书的举子诗人们却以头颅拼争。既而是一批批海外归来的学子诗人们，以白话文承载的新文化运动，对朕赖以巩固和维系的话语系统根基，实施釜底抽薪。"欧洲文化，受赐于政治科学者固多，受赐于文学者亦不少。予爱卢梭巴士特之法兰西，予尤爱虞哥（雨果）左喇（左拉）之法兰西……吾国文学界豪杰之士，有自负为中国虞哥、左喇……王尔德乎？有不顾迂儒之毁誉，明目张胆以与十八妖魔宣战者乎。"陈独秀这一正处在文白语言转换中的"战书"，怎么读都有点佶屈聱牙，但却雄辩地指认出一个强盛欧洲的背后，新文学的力量；因之而把这一白话文运动，称之为向迂儒妖魔的旧世界宣战。这时，中国的虞哥、左喇还在期待之中，而中国的惠特曼们，却把从世界现代潮流中获得的语言信息资源，整合为横空出世的新诗，并以"站在地球边上放号"的声势，率先登上中国近代史的舞台。"啊啊，不断的毁坏，不断的创造，不断的努力哟！"——此时的新青年郭沫若是何等的意气飞扬，仅用一个诗行中的这么三个短句，就说透了新诗的使命和运行轨迹。

更富意味的，是这样绝非巧合的一幕：新诗登场的前夜，正是朕的退场之时，也是中国走向现代世界漫长历程的拂晓。

我们所说的新诗，就是来干这个的：与这一历程同行。

二

那么，又为何是由新诗，来担当这一先锋使命呢？

这无须论证，新诗的标志性特征便是自由，当它自由到了拒绝格律的标识仍能表明它是诗，意味着它已找到了可以取代格律的内在构成体系。诸如以自由体的节奏、语感，取代格律的古代音韵等等，而其中最关键的，则是它对一个时代语言变化的高度敏感，以及接纳处理机制。毫无疑问，语言是一个时代最活跃的元素，一个时代的所有变化和情绪，都是由语言来体现的，都能在新的语词和语词结构中找到确凿信息。对于语言的这种敏感，在古代诗歌中也当然一样，并形成了与漫长的农耕文明相配套，经由文人提纯的，一套稳定、成熟、典雅的语言系统。但我们忽略了这样一段史实：当这一系统稳定地运行到市井文化勃兴的元代时，却突然失灵。代之而起的，则是"我是个蒸不烂、煮不熟、捶不扁、炒不爆、响当当一粒铜豌豆"。怎么样？如此涩辣放肆的精彩，纵使你有天大的本事，也无法凭借那套五七言的典雅语言系统来表达。那么，它还是诗吗？是与不是，关汉卿这一代巨子就这么干了，就这么挟带着这套旧形制处理不了的、生猛鲜活的市井俚语，登上了时代舞台。从而创立了其本时代新的诗歌样式——生气勃勃的元曲，并续接为中国古典诗歌中的新单元。只可惜，古典诗歌的这只虎头，到了明清这两个诗歌的小时代已成蛇尾，再也不复那一不断革故鼎新的创造力。

而新诗的兴起，则是与元曲极为相似的一幕。但比之市井文化勃兴的元代，近代社会的内在结构发生了更大的变化。一个显著的标志是，尚还是在明清时代，旧体诗词的五七言句式，已日渐难以面对新涌现的日常语言，而开始转由小说接管。由诗歌独领风骚的古代文学史，也开始被勃兴的明清小说所改写。到了此时，随着西方科技文化信息的持续涌入，它的词汇量更是空前放大，语词类型空前驳杂，新涌现的名词变长了，新的句型结构也同步变长。不同的社会阶层开始用不同的语言套路说话，确立了新诗身份的标志性作品《凤凰涅槃》中，已出现了"菲尼克司（Phoenix）"这样的语词，而那套文言系统，则逐渐萎缩为士大夫用之于文牍中的特技。

由此我们看到，到此为止的中国诗歌，其实是农耕文化、市井文化、朝向现代世界起步的近代文化这三大文化形态的体现。而语言的变更既是社会文化形态变更的结果，又是新的诗歌形式产生的动因。事实上，语言一直在发生着不易觉察的变更，但在一个超级稳定的文化形态区域（比如农耕文化），配套的诗歌形制会以微调处理这些变化；当与社会形态联动的语言变更突破了临界点，便只能交由应运而生的新的形制来呈现。这也是新诗登场的更深层原因。它正是基于这一必然性和自带系统的先天性设计，对接下来纷至沓来的语言信息，敞开了广阔端口。

三

但与元曲不同的是，新诗的一个重要生成资源，是现代潮流中的世界文化——这个概念应该更为准确一些，而它通常被称为外来文化、西方文化，并因此嫌疑缠身。在新诗的发展实践中，这一资源一直作为一支重要的"偏师"而存在，并在某些关节点表现出启动性的力量；但在评价中，它则被视为新诗先天性的胎位不正，所有弊病的根源。同样的，站在这一立场上批评新诗，便有了不可置辩的先验性正确和深刻。

纵观新诗的发展史，你很难设想，假若没有这一资源贯穿其中，今天的它会是个什么样子。这就如同近代史假若没有朝向现代世界的启程，今天的中国难以想象一样。但这里必须强调的是，这一资源，并不像古典诗歌之于我们一样，是一个伸手可及的现成存在。远远不是。因此，我们应该为有人做了下述这样的工作而庆幸，并向他们致敬：在新诗起始的端线和发展中，是一群具有世界眼光的时代骄子，一个时代那些最出色的大脑，从浩瀚的世界文学库存中，选择出他们眼中的经典，继而启动了艰巨持续的翻译工程，而为我们打开了一个新的世界和语言信息系统。再接下来，则是这其中的诗人们，通过同样艰巨的工程——以丰厚的汉语文化学养对这一资源的充分消化，整合出中国新诗这一前所未有的语言系统，以此置身于中国近现代的历史发展进程。

而置身于中国的时代发展进程，则是新诗一个根本性的前提。也就是说，在新诗那一杰出诗人的序列中，没有一位诗人，是要把自己的诗歌写成一种外国诗；没有一位诗人，不是根据自己的时代处境，以求更有力地表达自己的精神诉求和艺术理想。即使诸如李金发那样的诗人，其诗作所体现的，也是那个时代一种特殊的心理症候。而新诗由此所展开的，则是从多种向度上对一个时代情绪的全面呈现。有为人生的诗人，有为艺术的诗人，有为苍生百姓的诗人，而其中的主流，则是与时代风雨相抗衡的诗人——

"假如我是一只鸟，/ 我也应该用嘶哑的喉咙歌唱：/ 这被暴风雨所打击着的土地，/ 这永远汹涌着我们的悲愤的河流，/ 这无止息地吹刮着的激怒的风，/ 和那来自林间的无比温柔的黎明……"（艾青《我爱这土地》，1938 年）

"花在开，/ 雷雨在酝酿 / 孩子在梦醒时唤着爸爸回来……/ 既然没有糖果，当然没有犹豫 / 我无罪；但我却把有罪当作我底寒伦的行囊了 / 我是在劫夺了我的祖国敞胸而岸然旅行。"（阿垅《去国》，1947 年）

——这就是新诗所干的事情，在一个需要的它的时代，此前的诗歌形式不能承担这一使命的时代，它义不容辞地纵身其中，书写出它与时代同频的、历经坎坷磨难的发展史，并成为横亘在民族文化史和心灵史上一条粗壮的血脉。

另外一个隐蔽的事实同样需要提及，与五七言的古典诗歌相比，此时的新诗相去已是何等遥远。无论从句式结构到语词形态，它事实上都已"欧化"，但你读它有问题吗？是的，它已在不易觉察中，被默认为一种时代语言，并全方位地影响着我们的社会文化生活。这也是新诗所干的，同样重要的事情。

而站立在这其中的诗人们，则是以陈独秀、胡适为代表的思想文化先驱，以闻一多、卞之琳为代表的教授学者，以胡风为代表的"七月"诗派，以穆旦为代表的"九叶"诗派，更包括郭沫若、艾青等一代文化巨子构成的诗人系列，中国新诗的主体，也是他们置身时代问题高能量的精神艺术创造。

这时再回过头来看"新诗合法性"的问题，你觉得它还是一个问题吗？

同样的，还有新诗如何向古典诗歌学习这样的问题。而真正的事实是，在由那些杰出诗人代表的整个新诗发展脉络中，一直活跃着中国古典文化、世界现代文化、时代大众文化，这三种文化元素和语言元素。表现在不同类型的诗歌中，仅只有它们所占比重不同的问题，或显或隐的问题。试想一下，一个从小就开始识读汉字背诵古诗古文，因而带着汉语文化信息基因写作的诗人，又何以会对中国传统文化懵懂无知却偏偏精通西方文化？更遑论上述的一代文化巨子，哪一位不是学富五车，饱读传统诗书者？一个典型的例子是，诸如徐志摩的《沙扬娜拉》《再别康桥》、戴望舒的《雨巷》等，这些曾长期被以轻飘、"洋气"所诟病却又广为流传的作品，其基调中所弥漫的，正是时代化了的古典诗歌趣味和意境。

是的，中国传统文化和古典诗歌，就驻扎在那些杰出诗人的血液中。

四

再次翻阅从新诗起始到 1949 年之间的浩繁卷帙,你会产生新的惊奇,除了我们经常提及的那一长串熟悉的诗人外,诸如沈尹默、叶绍钧(叶圣陶)、郭绍虞、焦隐菊、蹇先艾、成仿吾、钟敬文、钱君匋、黄药眠、陶行知、林庚、周而复、周立波、陈残云、孙犁、蔡仪、高士其等等,这些大名鼎鼎的书法家、戏剧家、教育家、民俗学家、古典文学和文艺理论专家、小说作家和儿童文学作家,在他们最富创造力的青春时代,都曾加手于中国新诗的建造。而密布于新诗史中那些已经很少再有人提及的诗篇,今天读来仍然灼烫。

比如孙毓棠的《宝马》,即是一首让人震撼的奇迹性作品。这首长达约 800 行的历史叙事诗所记写的,是大汉天子派遣使者大宛国求购宝马而遭辱,所发起的"为争汉家社稷光荣"的讨伐征战。经过四载天昏地暗的征战,打出了汉家威风的将士终于凯旋。随之来到东土的宝马,则恍然已是神瑞,他"两眼是闪电,呼吸是风,他头上的 / 金角一摇便落下春天的甜雨点……/ 帮我们的麦穗长得美,长得肥"。如此的诗作,简直就像为争夺美女海伦而战的古希腊史诗。它对从中华内陆到西域大地山川风物、宫廷形制、战争场景极尽细节的专业性描述,恢宏浩瀚的想象力和时空氛围,洪流般倾泻的古奥斑斓的文字和词汇量,以及对这一语词洪流的驾驭整合能力,都会使你惊叹,我们 1939 年的新诗史上,竟出现过这样一部汉唐气象的诗篇；那种沉潜于民族历史文化深层建造中的诗人，竟有如此的宏大气象。而它的作者孙毓棠，此时是游学日本归国后西南联大的副教授，此后著名的中国经济史学家。

由此你会意识到这样两个事实：其一是一部风云激荡的中国新诗史内部，可谓藏龙卧虎，绝不只是我们通常看到的那些诗人和作品。而对于沉淀在认识凹地中诸如《宝马》这样的"异秉"之作，则要看你是否有一副匹配的"美学牙齿"去啃动它。可惜当今大部分读者的牙口实在太嫩。其二，尽管传统文化就驻扎在诗人的血液中，但如何使它焕发出新的生机，而不是在封闭的系统内僵滞，我们所说的世界现代文化，则是一种激活性的力量。也因此，中国新诗史于此凸现出一个历史性的现象，活跃在这一时区中所有的重要诗人，其实就是一个隐形的"海归诗歌兵团"。而之所以会如此，就在于他们拥有双重的资源能量。

此后的情景正如我们知道的，这一群出色的大脑，次第分布在诸如西南联大等当时的中国著名学府，其孵化器功能，则使这一诗歌系统从此根系蜿蜒、伏脉千里。接下来，则是并无海外经历，却由此受到直接或间接影响的下一拨诗人崭露头角。这其中的支脉之一，诸如早期属于"七月诗派"的贺敬之（艾漠）、晋察冀诗人郭小川等等，则在相继会聚陕北后，生成了一个延安诗人系统。

五

1949 年后，经过延安洗礼的诗人们正式登场，并迅速覆盖诗坛。由此开始的中国新诗版图随之全面刷新。以"为新中国歌唱"为总则，诗歌史无前例地进入国家化时代。诗歌的功能被纳入国家宣传战略，诗歌创作被赋予了国家标准，诗歌史上前所未有地出现了专业诗人。活跃于诗坛的则是这样两大群体：以西南军区（仍然是西南）为代表的军旅诗人，书写着傣族村寨、西盟的早晨、战士月下巡逻，这类新时代边地异域风情的抒情诗。其二是"深入生活一线"的专业诗人们，对于建设中的钢铁、石油、矿山工业基地，以及大西北开发等"沸腾生活"的书写。新诗史上也第一次出现了"深入生活"这一概念。这也就意味着，我们通常的生活，不再是诗歌要表达的生活，虽然诗歌中的主语仍然是我，但这个我却是我们，是由我们这个"大我"所代表的国家和时代，诗歌中的抒情也当然是集体主义的公共抒情。

这一时期最具代表性的诗人，一位是奔波于各个一线，体现出旺盛创作力和艺术整合力的诗人郭小川。他将苏俄诗人的"台阶体"，古典文学中的骈文，与时代语言和民间俗语融为一体，创造出一种浸润着文化气质，辞采丰沛又亲和鲜活的语言系统。其《甘蔗林——青纱帐》《厦门风姿》《祝酒歌》等一系列诗篇，至今仍是一代人的记忆。

另一位，是写出了《放声歌唱》等长篇抒情诗的贺敬之。

虽然都是歌唱，但这是一种远为宏大的，兼具了报刊社论性质的政论体国家抒情。它的出现，也标志着"政治抒情诗"在这个时代的正式确立。一个必须强调的事实是，这样的写作，也是只有贺敬之那种国家格局和位置上的诗人，才担得起的宏大抒情。但随后它则被默认为一种至高的诗歌范式，在广场群众集会式的诗歌复制中，成为崇高、正确、豪迈语词的堆积。

接下来，从 1957 年开始到"文革"、再到 1979 年的 22 年间，先是一批批诗人先后落马，继而是所有诗人悉数覆没。

六

如此算来，新诗的有效发展时间，迄今总共不到 80 年。但它却经历了一切该它经历的，以及不该经历的。

从 1979 年开始，中国历史性地进入改革开放时代。这也是它首次主动地纵身于世界现代潮流。随之，那些长期失踪的诗人们次第归来，以《光的赞歌》（艾青）、《阳光，谁也不能垄断》（白桦）等一系列诗作，走在了"思想解放"大潮的时代前列。继而则是更年轻一代的《现代化和我们自己》（张学梦）等，为这一大潮推波助澜。这仍是长期以来，用来担当大任的政治抒情诗，但颂歌的基调，却反转为犀利的反思与批判。它在当时引发的社会性轰动，表明政治抒情诗的书写与辨听，已成为一个时代最发达的文化神经。但接下来还有其他诗歌吗，它又会是什么样子？不知道。

也是在这个时候，已消失得比较遥远的另外两拨诗人，从他们的《九叶集》和《白色花》中归来，也使诗坛仿佛首次看到了，一种交织着复杂艺术表现元素的本体意义上的诗歌。由它传递的信息是，诗歌既是思想观念的载体，还是能够引发深度审美震撼的语言艺术，并因此享有更持久的生命力。即便是长期活跃在诗坛的资深诗人公刘，也随之专门撰文，表达了看到另外一重诗歌天地的惊喜。

诗坛由此开始在补课中转型。补中断在1949前新诗传统的课，补中断在国门之外世界现代诗歌发展潮流的课。在此之前，诗歌都是在公众熟悉的标准轨道中运行，但随着朦胧诗似是突兀的崛起，诗歌开始以让人看不懂的异端姿态而出现。它完全冒犯了标准，也就冒犯并激怒了这一标准中已达成默契的诗人和公众，但在内质上，它正是被中断了的新诗传统的当代续接，以及更富异端气质的出场。它建立在抒情中的个人主体立场，冷峻的现代质疑品质，陌生化的艺术表达，既与前者遥相呼应，却更激烈地指向当下。这是当代诗歌史上一个标志性的事件，当这个走向现代化的时代，还未及形成内在的意识观念转型时，它已提前一步启动，继而在十多年后，促成了当代诗歌主体的现代性转型。如今，当我们对"中国新诗"这一概念，感到一种言不及意的别扭时，它其实正是以此为转折点，进入至今未获正式命名的"中国现代诗歌"时代。

也是由此开始，诗坛出现了一个异端迭起的时代。当曾卓、牛汉、杜运燮、郑敏、陈敬容这些早年现代派们的作品，已不再让人陌生时，另一位独立出场的昌耀，又以青藏高原式的古奥滞涩的异端性诗篇，等待未来辨认。非但如此，诗歌古老的对抗动力法则，更在这一时段此起彼伏地上演。先是主流诗歌内部，颂歌基调与批判反思基调的对抗；接着是主流诗歌与先锋诗歌之间，慷慨的公共抒情与朦胧诗冷峻个体立场的对抗。继而则是发生在先锋诗歌内部的对抗：从诗歌的社会政治学情结到转向民族历史文化的现代史诗书写；从现代史诗的宏大历史文化承载，到第三代诗歌拒绝承载的语言文本实验。继而又在第三代诗歌内部继续分岔：一侧是学院派式的"纯诗"文本，另一侧则是与个体现场生活同构的口语诗歌狂欢。

这都是发生在 1979 年到 1989 年，这短短 10 年间的事情。也是现代诗歌标志性的正式登场。其情其景，恰如平静的海平面上突然浪柱喷射，潜行于其下的那条巨鲸终于露出水面。它携带着压缩了几十年的历史能量：时代内部积压的变革要求，诗歌自身积压的多元化要求，以这种空前剧烈的地壳运动次第现身。这也就说，在这一系列对抗的背后，并不是哪一群诗人突然心血来潮地一定要这样去干，而是各种元素之手抓住了不同的诗人，要求他们非如此不可。而对抗的最终结果，则是谁也没能干翻谁，但随着一拨又一拨异端的接连登场，长期定于一尊的诗歌和时代文化版图，一再被刷新。

异端在未获承认前叫作异端，获得承认时叫作先锋，被加冕为先锋后，则逐渐转化为共享资源而进入常态。

这就是现代诗歌在这一时段所干的事情。当这段深度补课的转型之路走过之后，上述所有的诗歌类型也各得其所，奠定了诗坛多元共存的基本格局，并转入常态化的建造期。

中国诗歌史每一转折期的第一章，都是由异端书写的（比如相对于古典诗歌，新诗本身就是异端）；其后的主体部分，则来自这种常态建造期的深度建造。

七

由1979年直到今天的现代诗歌史上，相继出现了多少重要的作品和诗人，我不再一一罗列。但有必要指出的是，它在结构上，也形成了前所未有的新格局：新诗史以来的中国高校，首次相继设立了诗歌研究机构，开设了定向培养研究生的诗歌研究专业。一个由国家社科机构和高校专业人员以及诗人们混成的翻译家系列，几乎同步译介国际重要诗人的作品。从在场的诗人到高校教师到各种身份的批评者构成的批评系统，在当今诗歌现场共同发言——包括各种声音的激烈争论。

尤其是到了21世纪以来的近20年，诗歌发表的途径由单一的官方刊物，到纷纷出现的民间刊物，再到互联网和自媒体的无限敞开，曾是诗坛主体的专业诗人队伍逐渐萎缩，非专业写作者的人数放量增长，包括了打工者、公务员、教授、研究生在内的各阶层写诗个体，据说已有上千万；诗歌的产量当然也随之放量增长，据说每天的诗歌产量超过了全唐诗。从原先唯一的出版社渠道，到民刊、以书代刊、众筹等多种出版方式的兴起，诗集的出版也在放量增长。由各种诗歌组织联合地方政府或企业举办的中外诗人交流、诗歌研讨、诗歌朗诵、诗歌讲座，以及诗人采风等诗歌活动此起彼伏。与此相应，各类诗歌奖也放量增多。

"啊，时间，令人困惑的魔道"，这是昌耀90年代在一首诗歌中的浩叹。但他肯定不会想到，那时节商品主义大潮中曾让诗人们愤懑的诗歌边缘化——诗歌发表难、诗集出版难、大批诗人撤离诗坛下海经商、寂寞独彷徨的诗人以"挺住意味着一切"的孤鸣与尴尬，在当今竟都突然翻了个个儿。

那么，这不正是"梦想照进了现实"吗？然而，对诗坛现状各种各样的不满，更是放量到了沸腾，似乎诗歌的现状比以往任何一个时代都糟。而一个共识性的不满是，表面的活跃之下是各种非诗因素的盛行，在一个没有准入门槛的诗坛，大量非专业个体的涌入致使诗歌写作的泡沫化泛滥，当今诗坛没有大师。

面对共识我似乎应该闭嘴，但我就是看不惯共识背后潜含的居高临下、唯我独尊。的确，当今诗坛混杂着比以往更多的非诗因素，你怎样蔑视都有道理，不过这正是这个时代在诗坛光怪陆离的投影。至于当今诗坛有或没有大师，并不是一个在眼下就能得出的结论。因为我们从来就不习惯把大师的桂冠，送给任何一位当世诗人；且这其中更存在着不同的标准，假若大师的标准是李白，那么由他往后就没有大师，这个说法也就毫无意义。更何况诗歌的本质功能并不是选拔大师，它在基本层面上属于所有人，是写作者借此处理他与世界的关系，畅通并丰富自己的心灵；再上升一个层面则属于诗人，是诗人表达自己关于世界的深度发现和审美理想。

在当今，基于各自到达的程度和状态，每个人对自己的期待与写作方式各不相同，有人在争先恐后地写诗，有人在从容不迫地写诗，有人则怀着经典性的写作抱负沉潜不见，然后用有一首就是一首的重器说话——诗坛对此并非没有鉴别力。所谓的泡沫对于诗坛它可能是泡沫，对于写作者，它则就是一个热爱诗歌的渴望表达者，对于自己心灵问题的处理，也是诗歌进校园、进工厂、进社区所要传导和"培养"的对象。

如果上千万非专业化个体写诗也是毛病，这就等于说，你们可以热爱读书，热爱诗歌，但就是不要写诗；你们一掺和进来，诗坛就成了泡沫的海洋，那些专业诗人的绝活就模糊得没法辨认。然而，没有人天生就是诗人。如今活跃在诗坛上大大小小的人物，不正是来自当年那群广大的无名者或异端？昨天诗坛之塔的大盘底座，今天则是不断上升的塔身。而一个时代的诗歌之塔越高，它的底座便越需要庞大。

也因此，在我的眼中，成千上万无名者介入诗歌的写作，正是现代诗歌最伟大的成果之一，也是在与时代不断激活中趋于成熟的文体，才会形成的召唤力。正像被念念不忘的古典诗歌，曾经所干的那样。

2018 年 5 月 1 日

天教歌唱的"细嗓子"

——在浙江海宁"徐志摩诗学研讨会"上的发言

一

在现代诗歌史上，很少能有诗人像徐志摩那样，拥有公众层面上的广泛影响力，但在批评界，尤其是在 1949 年后的批评界，他几乎又是最被不屑的诗人之一。一方面，诸如其《沙扬娜拉》《再别康桥》《我不知道风是在哪一个方向吹》等等，在公众，尤其是在文艺青年中广为流传，另一方面，它们却长期被主流批评系统以轻飘、"洋气"所诟病。这是一个矛盾。那么究竟谁的认知更为可靠？当然不好一概而论。但我们必须清楚这样一个事实：一般而言，公众是以自己的直觉，对一首诗作做出认领的，它可能是浅层的，但又是本能的，表明这首诗作必然有其获得人心的道理。而批评系统则往往蔑视这种直入人心的直觉，将其评判尺度建立在观念的基础之上——所谓正确、深刻观念的基础之上。这种观念似乎高深，也可能的确高深，并会左右一个时代的写作风尚，但绝对不能逃脱故作高深之嫌。

二

　　而徐志摩，则是现代诗歌史上少有的、不受观念和舆论影响的诗人。他以上类型的诗歌，为现代诗歌史留下了一位才子型诗人的形象，但综合他的整个写作来看，他还是一位赤子型的诗人。他清醒地意识到自己是那个时代诗人中的"细嗓子"，他的诗永远是"小诗"（见徐志摩《〈猛虎集〉自序》），并为此而苦恼、气馁，然而，他仍然遵从自己内心最真切的感受来写作。这种不受观念摆布的、对于自己内心纠结冲撞意绪的本能性表达，正是对于诗歌本质元素的传达，也因此，才能直击人心，才能使自己鲜明地区别于其他人。

三

　　事实上，徐志摩的诗歌有着更广大的底座。除了那种标志性的"细嗓子"诗歌，他同时还是一位直面现实疮痍的诗人，为底层大众发声的诗人，与时代压力相抗衡的诗人，并留下了诸如《大帅》《庐山石工歌》《先生！先生！》等数量更多的诗篇。特别值得一提的，是这些诗作中特殊的艺术方式，比如《庐山石工歌》中，那种以大量"浩唉""浩唉"的象声词，在诗歌中循环往复，以模拟劳工号子的方式，使人很难不把1980年代那首著名的现代民歌《川江号子》，与它产生联想。再比如《先生！先生！》等诗作中，对北平底层儿童为了向坐黄包车的富人乞讨，所使用的"先生，我给先生请安您哪，先生"，这种地道、传神的北平市井口语拟仿，便逼真地再现了其中的情境。而《大帅》一诗，也是通过对尚未战死却即将遭活埋的士兵对话的拟仿，来建构整首诗作，以表达军阀的惨无人道。以此可见他对底层社会生活的关注程度，以诗歌处理现实问题的综合能力。而这种剔除泛滥性的抒情，用有意味的对话和情节的戏剧性构建诗歌的方式，在那个时代虽然并非没有，却也并不多见，到了21世纪前后的当代诗坛，它则被视作一种前沿性的艺术方式而再次流行。凡此种种，都表明了徐志摩艺术上的现代性和丰富性。只是，由于那类"细嗓子"式的作品穿透力太强，才遮蔽了他的这些作品。

四

那么，这些"细嗓子"式的作品又何以能有如此的穿透力？我想这其中所有的缘由，都在于他忠实地表达了一个唯一的他自己。从原理上说，每一位真正的诗人都有他自己的使命，都有那种先天性的、最适合他自己的嗓音——也就是他自己的唯一性。尤其是对徐志摩这类天生的诗人而言。然而，每一个时代又都存在着左右诗歌风尚的主流诗歌观念。这种观念和风尚，当然并不适宜每个人，但却有着顺之者走红，逆之者靠边的排他效应。也因之，就有了一个时代大量的二三流诗人，为晋身主流的类型化诗歌复制。这其实正是长期存在于诗歌界的，那种非诗的世故化写作现象。这些诗人们由此获得了世故的报偿，但诗人的唯一性也因此被更改；他们的诗作，也只能红在当下，又转瞬即逝。

徐志摩也曾在这种风尚前徘徊，比如他也为此苦恼、气馁过，但他最终却并未被更改。究其原因，其一在于那种神秘的诗人的根性，其二在于前边提到的赤子的单纯、任性、不世故。亦即：正确高深的观念要倡导什么你尽管倡导吧，我只能表达我自己对这个世界悲欢最深刻的感受。他把自己的这种写作，以及他自己的这种写作形象，喻为"天教歌唱的鸟"。他用这种最深刻的感受，对应了公众感受中那被其他诗人视为渺小、不屑的部分，更或者是感受不到的部分，这些诗作，因此才成为这个世界上的孤品。

五

最后，我想引用徐志摩给自己生前最后一部诗集《猛虎集》所写的序言。这位原本致力于成为一位金融家，到了24岁才突然诗魂附体，整个诗歌道路仅仅十年的短命诗人，在这篇序言中对于时代、诗歌和自己的认识，却好像历尽了漫长的一生。读来苍凉而透彻，直击诗歌的某些本质奥义：

"你们也不用提醒我这是什么日子；不用告诉我这遍地的灾荒，与现有的以及在隐伏中的更大的变乱，不用向我说今天就有千万人在大水里身子浸着，或是有千千万人在极度的饥饿中叫救命；也不用劝告我说几行有韵或无韵的诗句是救不活半条人命的；更不用指点我说我的思想是落伍或是我的韵脚是根据不合时宜的意识形态的……这些，还有别的很多，我知道，我全知道；你们一说到只是叫我难受又难受。我再没有别的话说，我只要你们记得有一种天教歌唱的鸟不到呕血不住口，它的歌里有它独自知道的别一个世界的愉快，也有它独自知道的悲哀与伤痛的鲜明……"

2018 年 10 月 12 日　威海
2018 年 10 月 20 日　浙江海宁

吴文化中的苏州诗人

——在"苏州作家与中国当代文学研讨会·诗歌论坛"的发言

本次研讨会共有三个议题，其中的后两个分别为"苏州当代诗歌与吴文化""新世纪以来的苏州诗歌新变"。我对此没有专业性研究，但愿意依据我的大略印象并结合《苏州诗歌选（2003—2013）》这部诗集，谈一谈我的感受。

在中国的地理文化板块中，居于吴文化核心的苏州，几乎代表着与整个北方文化相对应的江南文化。前者自然环境的粗犷、坚硬、严酷，与后者水质的温润与精致，构成了相反的两极。在中国历史上，北方是群雄逐鹿、帝王争霸之地，由此也形成了它文化上的道统意识和庙堂崇尚。而江南则是疏离道统者的重商弘文之地，一方面，他们以经世致用、严谨精细的务实精神为本，不但把超前的商业想象转换为实业王国，也把普通的工匠手艺转换为极致的"苏作"艺术；从另一方面看，它还是那些宦海仕途上的失意者勘透人生后，将功业抱负转换为文化艺术沉迷或形而上想象的心灵转圜之地。苏州园林和寒山寺便是这两种转圜方式的象征和载体，也在实业性的物质家园之中，构建了一个更为本质的心灵家园。这种物质与心灵架构的双重自足，进一步强化了它与北方注重大势、粗犷张扬风格相反的，内敛、精致、典雅乃至刁钻的审美趣味，自由、放诞、萧散的文化人格。但在这种疏离道统的形态背后，则呼啸着吴王阖闾式的家国意识和士族血性，在貌似的独善其身中，始终怀有兼济天下的"补世"冲动和进取精神。这种意识和观念的积淀，也使江南成为中国历史上实业奇才和文化艺术奇才荟萃的"老坑"，并潜在地影响着后世的学者、诗人和艺术家们。

"从一个人成为／所有人，成为遗忘／在虚无中赢得一席之地"，这是苏野在《影子之诗》中的表达，这种从实到虚，从虚到实，从无为到有为之间的相互转换，既倒映着江南文化骨髓式的人格范式，也是在充满喧嚣、压力、焦虑的现实处境中，一位现代诗人典型的江南式的精神应对方式。它的从容淡定既包含着承载，更是对于承载做出对冲处理的转圜。这其实也正是诗歌之于现实、之于人生的本质功能之一。

值得注意的，是这首诗歌标题中的"影子"这个意象。一般而言，影子是人体的投射，与人体表现为虚与实、轻与重的关系。从另一个角度上看，它还是人生与诗歌关系的一种象征，沉重的人生通过诗歌之光的折射，有了一种幻象式的跳跃和自由放任气息。在某种程度上，这也是苏州诗人之于诗歌写作的集体无意识。比如诗人小海，就曾专门以影子为主题，写下了他标志性的长诗《影子之歌》。但他在影子中寄寓的元素却更为深长——"影子是附着于我们身上的祖先"，亦即它首先是祖先之于我们的投影，先于我们并主导着我们潜意识的族类血脉，又是我们自己行迹和内心渴望的外化，被禁锢的肉身的"灵魂出窍"，一个源自我而又大于我的事物，一种反向认识自己的镜像；再进一步，则是我们从此岸世界通向彼岸世界的桥梁。作为在 20 世纪八九十年代即已具有全国影响的诗人，小海无疑是苏州诗人群中的代表和核心人物之一，他的写作不但具有纵向时间轴线上的丰富性，并且呈现出与时俱进地自我更新、持续变化。他的另外一部标志性作品——大型诗剧《大秦帝国》，之出自他这样一位江南诗人之手，当初曾让我不无诧异，但它恰恰体现了一位好诗人能够不断给予我们的意外。这部诗剧，既是附着于他身上的"祖先的影子"在他血脉深处的呼啸，也体现了超出我们想象的一位江南诗人的胸襟和视野。在此之外，他的《地下泥巴之歌》、送儿子涂画的《谈话》，以及《初雪——浅浮雕》这些通常起源一个微小现实事象的诗作，经过他的"细抠"，总能给人意外的当下生活的感慨、温热、意趣，或形而上的深长。

在苏州诗人中，与小海的写作资历相似，在全国范围内影响甚至还要大一些的是车前子。这位深得古典文化要旨的诗人，一直是当代诗坛上的一个意外，或者说，他是活在当下的一位古代"竹林之士"。持续的诗人身份之外，作为中途起步的文化随笔作家、国画小品画家，他在业界出人意料的神奇表现，仍是一个意外。车前子近年来的所有创作，都给人以"跳出三界外，不在红尘中"的脱俗得道之感，尤其是他的诗歌，诸如众多的以"无诗歌"为题的诗作，虽然都是以当下情景为对象，却又呈现出一种高僧说禅的意味。他在《乡愁》一诗中"让失手的富翁献丑 / 乡愁很贵 / 穷人不能说"这样的表达，可谓一语道破天机，见人所之未见。但他更多的诗作，只有供那些同样的得道者去欣赏。从某种意义上说，他是我的想象中最像江南诗人的诗人，他的极端与纯粹，是江南风格的一个极点。

从《苏州诗歌选（2003—2013）》这部诗集提供的信息看，近二三十年来苏州诗人已形成了一个阵容可观、艺术成色可观的群体。其中的李德武、老铁、臧北、丁及、苏野、陶文瑜、中海、龚璇等等，有些是我较为熟悉的，有些则相对陌生，但他们的作品都以不同的色彩，让人眼前一亮。限于此次研讨会的时间，我无法一一展开来谈。然而，我还是愿对前边提到的苏野，多说几句。1976 年出生的苏野，应该是苏州诗人序列中更年轻的一代，他的诗作底气饱满，在控制与内敛中又激荡着十足的锐气。他在这部诗集中的大部分诗作，诸如《重读〈古诗十九首〉》《登高》《述怀短札》《叶小鸾》等等，都对应了一种江南文化根脉上的古典意绪，但在精神指向和语言方式上，却折射出骨髓式的现代性和当下性。诸如这些诗作中随处可见的这样的诗句："在强大、暴戾的白昼之光里 / 只能产生辽阔的影子"（《影子之诗》)、"你沉思着如何 / 从数不胜数的肉体之中消失 / 一种钉子般尖锐的善 / 必然上升为信仰"（《谒刘过墓》)、"远离一个崩溃时代叙事的火山灰 / 你反复测试悲观的弹性"（《叶小鸾》)……显然，他有一张消化了当代少数前沿诗人又有更多个人赋予的词汇表，并形成了独属于他的语言修辞系统。

而这一语言系统，对应了一种士子式的冷峻、凛冽、透彻，却又不屑于剑拔弩张的淡定。

　　一个地域诗歌群体在总体文化气质上相应的共同性，个体之间鲜明的差异性，正是这一群体富于气象的标志。苏州诗人正是这样一个群体。

2018 年 11 月 21 日　威海

2018 年 11 月 23 日　苏州

伟大的事物以及想象力
——在"蜀道的诗意流传与文化变迁"论坛的发言

我们今天谈论的"蜀道",由于李白的《蜀道难》而大名鼎鼎,并曾激起过我的无限遐想,但真正面对这个话题时,我却发现自己对此知之甚少。在做了一番案头作业后,我想就这个话题表达如下的认识。

其一,关于蜀道的概念。它最初的大概念为"秦蜀古道",亦即从战国时期开始修筑的、从秦地长安进入蜀地成都的一条古道,也是秦汉以来自关中入蜀的官驿大道。这条古道以"栈道"为道路特征,分为南北两段。北段在秦地境内,称之为北栈或秦栈;南段在蜀地境内,称之为南栈或蜀栈。另据资料介绍,从秦地到蜀地的栈道有数条,剑阁的这条栈道又称作"金牛道",并以其间的剑门关为标志,由此强化出的"剑门蜀道"这一概念,几乎取代了"秦蜀古道"的原初概念而独享其称谓。从某种意义上说,这可算作造化对于剑阁的厚爱。

其二,"剑阁峥嵘而崔嵬",剑门蜀道或剑阁县的名字,是与一首伟大的诗歌连接在一起的,并因此而举世闻名。这是历史给予剑阁县的独一无二的资源,也足见那种伟大诗篇的神奇力量。但关于剑门蜀道，如此非凡的诗篇并不多，从相关的历史资料数过来，大约只有一首零一句：除了李白的这首《蜀道难》，就是陆游那句著名的"细雨骑驴入剑门"。但就是这一句，也已足够我们去想象：以剑阁为界，往北，是作为庙堂文化中心的长安以及汴梁；往南，则是士子文化荟萃的天府之国。而这句"细雨骑驴入剑门"，则道尽了唐宋时代的诗人们，在追求仕途功名和自由文化人格间的无限心事。

其三，在我的心目中，剑门蜀道除了诗歌之外，它的核心内涵还有三点：之一，它峥嵘崔嵬的地形地貌，是造化赋予华夏山河的一个伟大奇迹，并使人油然而生"山河之所以让人热爱"这一意识；之二，以栈道天梯穿凿于峭崖绝壁的这一蜀道，是华夏民族一个神工鬼斧的伟大奇迹，浓缩了古人关于地质地理、水文科技极尽心思的智慧，以及艰苦卓绝的行动力；之三，它是一个想象力的伟大奇迹，无论蜀道承载了多少朝廷行政管辖、兵家军事攻防的功能，但它在本质上，则是基于一方属地的打开和与世界交流的渴望。这种交流包括寻找知音的人心交流、文化交流，以及现代经济语境中的物贸流、信息流等等。这种交流在常规地理形态中当然不算什么，但在"黄鹤之飞尚不得过，猿猱欲度愁攀援"的重峦叠嶂中，人的想象力却使根本不可能成为可能，并因此而成就了一条举世无双的"登天之路"。

其四，正是这样一条道路，成就了中国诗歌史上千古绝唱的诗篇，足见它自身所具备的诗意能量和对于诗人的激发调动功能。然而，这样的诗篇却是如此的凤毛麟角，又表明富于诗意的客体与杰出诗歌的生成并不完全对等。这其中，在伟大的事物面前，能够产生多大程度的心灵共鸣和震撼，无疑是一个关键因素。

其五，每一个时代都有自己的诗歌，在电气化、电子化的本时代，关于剑门蜀道，很难想象再有一篇李白式的千古绝唱。但本时代有自己的诗歌话题，文化变迁中的剑门蜀道当然也有自己的诗歌话题。而一些古老而伟大的法则，则是不变的。这包括人在伟大事物面前能够获得的震撼和潜能激发；人的非凡的想象力召唤他对自己理想的接近和抵达，以及诗人对于自己诗歌理想的接近与抵达。

2019 年 5 月 16 日　威海
2019 年 5 月 18 日　剑阁

我写作履历中的"昌耀时间"
——写在昌耀离世 20 周年

　　从 1978 年起，随着一个历史新时期同时到来的，是一个骤然爆发的诗歌时代。那时我刚读大学不久，整天浸泡在诗歌中读诗、写诗，渴望成为一名诗人。读到昌耀的诗歌是在 1979 年，在一片社会反思和民族振兴的诗歌浪潮中，他那种大地性的气息一把揪住了我。一天傍晚骑自行车回家碰到一位友人，边骑边聊地谈起昌耀时我说，我们很可能遇到了一位未来的大诗人。然后就把自行车停在路边继续聊，直到暮色深沉。这位友人叫金元浦，此时的诗人，此后中国人民大学的博士生导师。类似的交谈还有若干人，另一位是我在工厂时的诗歌启蒙者和师傅南广勋。随后他们都成了昌耀的朋友和阐释者。

　　我书写昌耀的评论，也是从 1979 年开始，第一篇题为《严峻人生的深沉讴歌》，刊发在第二年的《青海湖》上。此后我才知道，这是昌耀诗歌生涯中的第一篇评论。随后我在第二篇评论的结尾写下了这样一段文字："至于昌耀的诗歌将表现出怎样的生命力和价值，我不想妄加揣测。因为有白纸上的黑字在，像相信历史的淘汰法一样，我也坚信历史的优选法。"（《大山的儿子——昌耀诗歌评介》，见《雪莲》1981年第4期。）

今天看来，这话说得很酷，我似乎应该为自己的洞察力和准确预言而自负，但这其实又是一个年轻气盛的说法。因为我把对于昌耀的感觉说给周围更多的朋友时，许多人都不以为然，于是就有了这一打赌式的预言。

在很长的时间内，我一直是昌耀诗歌一个跟踪性的阅读者，并跟随他重新调整自己的诗歌写作。虽然我的诗歌一直处在半明半暗的状态，但我并不着急，觉得那是我的日子还没有到来，而对于昌耀的评价却让我着急，这主要是我急于检验自己的判断力。当这样一位诗人已经出现，中国的主流评论界缘何无动于衷？我相信自己的眼光，却需要我眼中那些大人物的出面来印证。这大概就是地方性写作者的尴尬，在某些时刻，我相信别人超过了相信自己。此时的情景，就像贝克特的荒诞剧《等待戈多》中的剧情，我在等待戈多，但戈多一直没有现身。

那么，问题到底出在了哪里？多少年后，我在一篇文章中写道："昌耀写出了那种古奥邃密而又灵光幻化的诗篇，中国评论界却没有相应的理论体系对其做出恰切的诠释。这种尴尬和寂寞，正是一位大诗人和先行者的标志。"（《天路上的圣徒与苦行僧》，载《中华读书报》2000年4月19日"家园"版。）是的，这就是问题的实质。

这一时期，我对昌耀诗歌的感觉特别新鲜，包括他的造句、意象和句式结构，都让我如睹奇迹。但我对他诗歌的评论，主要还是社会学的角度，并没有更多的办法。这也是我期待批评界大腕们站出来说话的原因之一，我希望看到有人说出比我更新鲜的话来。也正是因为没有人说，我便愈发委决不下，遂对友人表示，假若昌耀日后要出诗集，我特别想由我来写序言，并觉得一定能把它写好。然而，昌耀此后的几部诗集出版时，并没有给予我这个荣幸，而是先后给了刘湛秋、邵燕祥、韩作荣，由此直到2000年初，在我早已没有了不自量力的妄想时，他却在临终前，把《昌耀诗文总集》的序言托付给了我。这是后话。

那么，昌耀对我的评论，感觉又是如何呢？在我看来，大体上是聊胜于无的感觉，但我们之间却成了经常相互串门的朋友。那时我一直称他为老师，有一天他特意表示，我们都这么熟了，以后再别叫老师好不好，感觉有些别扭。大约几个月后，"昌耀老师"才在我的称呼中终于变成了"昌耀"。而稍后，我的文章也终于让他有了一点感觉。

那是1984年底，《西藏文学》要发表他的一首长诗，而这首长诗，就是他此后被公认的代表作《慈航》。昌耀非常看重这首诗，此诗刚完成的1981年，他就拿到包括我在内的一个文学沙龙中征询意见，随后一心要为它找个大刊物发表，在历经数年的投稿与碰壁之后，《慈航》又来到西藏敲门，而编辑马丽华一见却如获至宝，就为这一至宝再张罗一篇评论。在征询了昌耀的意见后，就把这件事交给了我。我的这篇评论题为《诺亚方舟：彼岸的赞美诗》，篇幅不长，大约2000字出头。它以诺亚方舟这一神话文化原型，与此诗的慈航普度之舟相对应，由此而将全诗带入文化人类学的层面来解读。此外，还对诗作中大量的藏地意象密码，及其表述上难以言传的"不可知"元素，进行了引经据典的阐释。随后，此文与《慈航》一起，刊发在1985年第8-9期的《西藏文学》上。昌耀看了后吭吭哧哧地对我表示，大概是你这两年当了编辑的缘故吧，感觉这一篇和原先的明显不一样了。这句话翻译过来就是我长本事了，但他却没舍得这么说。是的，此时我毕业后在《西宁晚报》编副刊，跟他干的是一样的活儿。

就在为书写这篇文章翻检当年的资料时，我再次感受了一回我们与《西藏文学》的缘分。此时的这本刊物，居然也曾刊发过我的若干诗作，其中一首题名为《黑旸山》的长诗，也由马丽华找人，写了一篇《黑旸山的结构及其它》的评论一起刊发。评论的作者，则是当时的《诗刊》编辑，此后以《铁齿铜牙纪晓岚》等一系列历史剧的编剧而爆得大名的邹静之。而邹静之当年为数极少的一些短诗，至今仍闪现在我的记忆中。

继《慈航》之后，1988年第5期的《西藏文学》又刊发了昌耀的《一首长诗和三首短诗》。这首长诗，就是他的又一首重型之作《听候召唤：赶路》。这一次，马丽华又约请了《十月》的编辑也是诗人的骆一禾与夫人张玞博士来写评论。这是一篇近10000字的评论，其标题《太阳说：来，朝前走》，出自《听候召唤：赶路》一诗，但当这一诗句被以标题的方式提取强调出来，就突然成了昌耀的诗歌名句。这也是到此为止对于昌耀最具分量的一篇评论，其中有一个著名的表达："昌耀是中国新诗运动中的一位大诗人。"这是对昌耀之作为一名大诗人，首次明确的文字表达。

而在这一时期稍前，我的诗歌批评已延伸至西部诗歌领域。1987年，甘肃著名的文学评论期刊《当代文艺思潮》，刊发了我的《罐子·生命的含义及诗的再生——谈西部文学的危机与西部文化优势》，这是为我在省外赢得了最初影响的一篇长文，并收入《中国人民大学复印报刊资料》。从1988年起，《绿风》又相继刊发了我的《让世界向你走来——关于昌耀诗歌及西部文学片谈》等几篇文章，它们不是专门谈论昌耀就是涉及昌耀。接下来，我因这些文章而受到了关注，而获得了为规划中的"中国西部文学论丛"，书写一部谈论西部诗歌专著的机会，这就是1992年出版的《西部大荒中的盛典》。这是一部以人类文化学为切入点，从西部的高原地理场景、民族历史流变、宗教文化特征，论述西部诗歌的专著，并以《昌耀，西部大时空中的史记》这专门一章，对昌耀展开纵深论述。这部书出版之后，我也从青海调到了威海。

到此为止，我觉得关于昌耀的活儿我已干完，我能够说出的话也已说完。而我的关注点，在此之前已转移到了当代诗歌现场，尤其是读到刚刚离世的青年诗人海子的一些作品后，让我产生了当年初读昌耀时的震撼。发表在《诗歌报》1990年第1、2期合刊上《孪生的麦地之子——骆一禾、海子及其麦地诗歌的启示》，为我在全国范围内赢得了最初的薄名。若干年之后我才知道，这竟是我研究海子之路的开始。

但我与昌耀的缘分并没有完。1996 年，《诗探索》要编发一个"昌耀研究"专辑，编辑刘福春来信约我写一篇文章，随后就有了《高原精神的还原》这篇 11000 余字的评论，并作为专辑的头条，与昌耀的《一份业务自述》及甘肃诗人叶舟的一篇昌耀印象记一起，刊发在该刊的 1997 年第 1 辑。这是我理论本事大长的一篇文章，其中的一个核心观点，是援引美国黑山派诗人奥尔森诗歌是一种能量转换的说法，来解释昌耀的诗歌是在被青藏高原的信息能量充注到饱和状态后，这一能量高强度的释放与精神艺术还原，并因着诗人独有命运行迹和生命细节，而显示着它的唯一性。因此，昌耀正如庞德在评价艾略特时所言，是用自己的力量培养了自己。

1998 年至 1999 年，我连续在《星星》诗刊开设了"中国当代诗潮流变十二书""中国新诗百年之旅"两个年度性的评论专栏。前一个是对自朦胧诗以来青年先锋诗人潮流性写作及彼此间演绎线索的梳理，后一个是对中国新诗诞生以来代表性群体和代表性诗人的论述，两个系列各涉及近 40 位诗人。在后一个系列，我把昌耀与同为西部诗人的杨牧放在一起，以《西部大陆的生命史传》来论述。从这一架构可以看出，我的批评已转入中国新诗史论式的描述，在这一不断展开的场景中，昌耀已经缩小，归位于中国诗人星群中的一颗。从这个角度看，我之于昌耀的评论，的确已到结束的时候了。

从 1999 年 5 月起，我因一个意外的约请，昼夜兼程地开始了《海子评传》的写作。就在这部评传即将完成的 12 月 5 日，昌耀突然从青海打来电话，电话中的他气若游丝，告诉我他已到了癌症晚期。我心头一紧，在询问了具体情况后突然脱口而出：昌耀，我给你写一部评传。而在这之前我从没想到过，我的诗歌批评会和诗人评传的写作连在一起。之所以书写海子评传，是在我觉得自己干不了这件事，约请者却一再认为我可以，并联系好出版机构的情况下，我才抱着不妨一试的心态开始的。而这个时候，适逢这部评传即将结尾，我对自己干这种事的能力已经有了一个大体的把握，才突然对昌耀做出这一表示。事后我想，如果书写《海子评传》于我是一个意外，那么，《昌耀评传》则是命定中必须由我来干的事。而昌耀对我这一表示的反应又是如何呢？"当天晚上他一直很激动，差点死了！"——这是守候在他身边的女友修篁，此后对我的讲述。

而在当天上午的这个电话中，昌耀对我托付了两件事，一是替他为即将出版的《昌耀诗文总集》，承担总校对的角色，他不愿在自己出版的作品集中，看到任何的文字纰漏；二是有时间的话，为这部总集写一篇序言。这就是昌耀的教养！都到了这个时候，他使用的还是"有时间的话"这种征询式的语气。

2000 年 3 月 23 日清晨，病房中久治无望的昌耀，以朝着初升的太阳纵身一跃的方式，坚定地离开了人世。而我的工作，也进入了昌耀时间。

首先是书写了《天路上的圣徒与苦行僧》这篇悼念文章，

刊发在《中华读书报》上。接下来是投入《昌耀诗文总集》的校对。再下来是赶写出一万八千来字的序言《高地上的奴隶与圣者》。这两项工作完成后,《昌耀诗文总集》于2000年7月由青海人民出版社出版。

这篇序言是对昌耀从个人生平、时代背景,到作品特征一次系统性的梳理和深度论述,也是让我感到终于把话说透了的一篇文章。此文经我压缩,随后又刊发于同年度的《作家》第9期。此后被收入《中国新时期诗歌研究资料》(山东文艺出版社2006年初版)。

再接下来,就是开始《昌耀评传》的前期采访和书写。这部评传从2004年5月动笔,到2006年底完成,2008年由人民文学出版社出版。在评传的后记中我写了这样一段话:"这是我继《海子评传》之后,第二部中国当代诗人的评传。但与第一部不同的是,它是我对昌耀的还愿。昌耀曾经用谦卑而清澈的光束照耀了我,现在,我要将这一光束返还回去,使他从幽暗中豁亮现身。"

事情就是这样。

而在这部评传完成之后到现在,还有几件工作可以记叙,首先是我关于昌耀一些论文性的文章,相继在一些刊物发表,其中的主要几篇是:

《那意思深着……深着……深着……——昌耀〈哈拉库图〉赏析》(载《名作欣赏·文学欣赏》2007年第12期),《旧作改写:昌耀写作史上的一个"公案"》(载《诗探索·理论卷》2007年第 1 辑），《昌耀旧作跨年代改写之解读》（载《青海社会科学》2008 年第 3 期），《博大普世襟怀的矛盾与偏执——昌耀〈一个中国诗人在俄罗斯〉解读》（载《江汉大学学报》2009 年第 1 期头题，《中国人民大学复印报刊资料》第 5 期转载）。

其二，是相关书籍的出版：

由我提供增编部分的《昌耀诗文总集》（增编版），作家出版社 2010 年出版。由我编选的《我从白头的巴颜喀拉走下——昌耀诗文选》，广西师范大学出版社 2019 年出版。《昌耀评传》（最新修订版），作家出版社 2016 年出版。

本文到此已该结束，但对于现今昌耀研究中的相关问题，我想再说几句。一是所有研究中涉及昌耀人生经历细节的文字，都来自《昌耀评传》，但却经常被刻意掩盖，没有任何注解。其二，尤其是某些新锐批评者的论文，一边把我的诸多考证结果，改头换面为自己的文字，一边又居高临下地指点"评价昌耀诗歌的三个误区"。什么误区呢？第一个误区，是昌耀早期的诗歌存在深度改写、重写的现象，不能通过诗末标注的写作日期得出"他超出时代"的结论。说得没错儿，但这话是我说的，这不但在《昌耀评传》，更在《旧作改写：昌耀写作史上的一个"公案"》等文章中有专题论述。第二个误区，是"写于 1980 年代早期的《慈航》不宜作为昌耀的代表作"。这个"不宜"的说法和语气，都极为强悍而诡异，像是一个大人物对于昌耀研究的定调，指令大家在对于《慈航》的感受上，形成统一口径。并且此文还暗示，现今诸多研究中对于昌耀的评价是在"造神"。是否这就是当今新锐批评中的另类风格,无力有效深入诗歌文本,就来个反向操作;学问越是做得不踏实,越要表现得权威生猛?

2020 年 1 月 14 日

自带系统的河流

——关于现代诗歌与先锋精神

一

2017 年，中国诗坛有关新诗百年一系列的纪念活动，标志着 1917 年由胡适 8 首白话诗肇始的中国新诗，已走过了整整 100 年。在这一年的诗坛，"中国新诗"也是使用率最高的一个词语。但由此往后，这一概念却逐渐淡化，在对当下诗歌的指称中，它已基本上被"现代诗歌"所取代。

在 100 年来的中国诗歌发展史上，每一个大概念的出现和变更，都意味着诗歌写作理念和艺术形态的重大变更。而这一变更的依据和动力，则来自时代内在因素与外来因素的变更。此外，每一个新概念的出现，都是以与之相对应的旧概念为前提，并且是对旧有艺术形态的颠覆与革新。比如新诗的诞生，就是中国在迈向现代社会门槛的五四运动前夜，由白话文运动形成的诗歌革新成果。它所针对的，是以文言文为载体的格律诗。格律诗原本就是格律诗，但因为新诗的命名需要，此前一切以格律形制产生的诗、词包括散曲，此后都被统称为"旧体诗"。一旧一新，一目了然。

那么，新诗和现代诗之间，又存在着什么样的关系？

首先，这两个概念一直到现在，都是被混用的，并没有得到明确的区分和界定。而所谓的现代诗，又有两个不同的内涵，其一它是一个时间概念，一般是指1979年新时期诗歌开启以来直到今天的诗歌，实际上就是指现代人所写的新诗，故而经常与中国新诗这一概念相混杂。其二，也是更重要的，它是指不同于新诗的实质意义上的现代诗歌。这也是随着新时期诗歌中朦胧诗和第三代诗歌的出现，才被意识到的一个概念。这一概念，不只是指现代人所写的新诗，而是指诗歌中的现代意识、现代观念、现代语言形态和艺术形态。它更确切的内涵，是指融汇了世界"现代主义"文化艺术思潮的先锋诗歌。而先锋诗歌，又因为它所从属的现代主义艺术潮流，所以又被称作现代诗歌。接下来，本文将在这一意义上，使用现代诗歌这一概念。

而现代诗歌的颠覆对象，则是新诗写作中被视之为守旧型的"传统诗歌"。这一时期，先锋诗歌成为现代诗歌的一个核心概念，并基本上等同于现代诗歌；而守旧，则成为传统诗歌的标志或代名词。但此后我们将会看到，许多概念都会随着时间的变化而变化，就像游标卡尺上游标的前后移动，其性质或重要性会随着时间刻度的前后移动而变更。

什么意思呢？相对于传统的旧体诗，新诗原本就是对于传统的颠覆和革新，那么在多少年之后，新诗中的一大部分写作，怎么又变成了守旧的传统诗歌？是的，旧体诗代表的那个传统，并不等同于新诗的这个传统，但两者的性质却完全相同，都是被用以指称旧有的和守旧性的写作。具体地说，当新诗从出现伊始生气勃勃的变革，到它在不断地发展丰富中逐渐稳定成一种模式，再在一个相应的时间长度内继续延伸，这种模式就演化成了传统，变成了传统模式。而模式，是指某个事物在原先变动不居的发展中，已经趋于成熟和稳定，进而成为可以效仿的标准制式或样板。模式的最大特征和功能，就是它既提供了样板，又便于复制。社会管理学上的模式复制和样板推广，就是基于这一原理。然而，任何一种先进的模式只在一个相应的时间段内有效，并没有一劳永逸的模式。所有事物的发展所遵循的，则是另外一个原理：开创模式、打破模式、创造新的模式。这对于诗歌和一切文学艺术创作尤其如此。当一种新的艺术创作模式趋于成熟，它需要一个盘整期来巩固这一成果。但这也同时意味着，这一模式已接近固化，再继续平面移动，它就成为一种惯性，进而成为约束艺术创造力的套路或桎梏。

所谓新诗中的传统诗歌写作，就基本上滑动在这一惯性写作区段。对于这类写作者，这是一种熟门熟路的写作，也是最为得心应手的写作。又因为这一套路中的写作参与者众，也被他们认为是最具广泛群众基础的写作，因而是最好的写作。

二

但所有的诗歌艺术史，都是在守恒与创新，不断的守恒与创新中写成的。创新的根本理由有两点，其一是基于社会结构的不断变化，明显的重大变化和不易觉察的内在变化，在诗人们内心触发的"蝴蝶效应"风暴。其二是我们对于世界的认识，对于人性、人心和人的意识世界无穷奥秘的认识，永远都有待深入。对于这些新的变化和认识，旧有的语言方式和艺术方式已无法有效表达，所以，必然有赖于新的理念和手段。比如关于人类的意识世界，我们虽然知道它的复杂，但也就是停留在这一笼统的感觉层面而已，当奥地利心理学家弗洛伊德在人的意识世界，区分出意识、前意识、潜意识，尤其是把意识最深层这个最为不易被觉察，但却支配着人的一生的"潜意识"强调出来，这一精神分析领域的伟大发现，遂成为包括了"意识流小说"等世界现代文学艺术运动的源头之一，也使诗人艺术家们获得了探求与表达人的深层意识世界的依据。

诚如前边所言，中国的现代诗歌是在 20 世纪 80 年代往后才被意识到的一个概念，虽然它与新诗的概念一直被混用，但此时相继登场的先锋诗人们内心很清楚，他们对早已固化为模式的这种传统新诗，已经不胜厌烦。因为由它所配置的模式系统，根本无法表达他们对于世界的复杂感受。所以他们所要做的，正是对这一模式系统的颠覆。尽管这种颠覆性的写作，此时以朦胧诗和第三代的名号为标志，但随后却被理论界和他们自己发现，这种写作的大背景，则是正在蓬勃兴起的中国现代主义文化艺术思潮。而此时的先锋诗歌，只是统摄于这一大潮流中的一个组成部分。这一潮流，几乎不留死角地涉及小说、美术、话剧、音乐、电影乃至稍后的书法等所有文学艺术领域，而 1979 年前后出现的朦胧诗和美术界的"星星画展"，则承担了这一大潮中的领潮者角色。这也是诗歌为什么被称作时代敏感神经的一个实证。

从新诗的诞生到现代诗歌的出现，其背后的变更依据和动力法则除了内在的时代变革因素外，还有一个同样重要的动力，这就是外在的世界文化艺术思潮的加力与推动。而从形态上看，这一时期中国的现代主义艺术大潮，则是世界现代主义文学艺术运动一次补课性质的滞后反应。

三

发生在 20 世纪前后的这一世界性的现代主义艺术运动的本质，是基于现代工业和城市化的兴起后，这一原本是物质革命的成果，却反过来对人形成了异己化的力量。人不再是他们自己，而成了机械流水线上的一个部件，人与人之间的关系由此变得冰冷、隔膜，而使人陷入不可挣脱的孤独；尤其是两次世界大战之于人类噩梦般的现实，不但击碎了人们对于世界的原有认知，也使他们陷入噩梦般的恐惧和一切都不可预知的荒诞幻觉中。此中情景，正像挪威画家蒙克在 1893 年的《呐喊》中，对于无妄之灾的提前感知和惊恐，以及此后毕加索的《格尔尼卡》，由残缺的肢体等元素符号拼贴的战争灾难。是的，由原先一切文学艺术形式提供的经验、信念都不再可信，甚至连经典油画中蒙娜丽莎那永恒的微笑，也绝无永恒可言，噩梦般的世界不再有温暖与美，只有冷酷与丑陋，因而微笑的女神被画家杜尚硬生生地涂抹上了两撇胡须——美的被摧残、被亵渎才是世界的本质。这一切都意味着，人们之于世界更为复杂、隐秘、荒诞的感觉，以及支离破碎的精神境况，等等，传统的文学艺术既从未遭遇过，因此更无法表达。于是，以颠覆传统为主旨的现代主义运动勃然兴起。先知般的蒙克和毕加索、杜尚等代表性画家横空出世；立体派、野兽派、抽象派、达达主义等现代主义绘画流派横空出世。

而在包括了小说、诗歌、戏剧乃至哲学领域，一个更为庞大的银河星系横空出世——象征主义系列的艾略特与《荒原》、瓦雷里与《海滨墓园》；意象派系列的庞德与《地铁车站》；表现主义系列的卡夫卡与《城堡》《变形记》；意识流系列的乔伊斯与《都柏林人》、伍尔夫与《墙上的斑点》、普鲁斯特与《追忆似水年华》、福克纳与《喧哗与骚动》；存在主义系列的加缪与《局外人》《鼠疫》、萨特与《恶心》《死无葬身之地》及其哲学巨著《存在与虚无》、波伏娃与《第二性》；荒诞派系列的贝克特与《等待戈多》、尤奈斯库与《秃头歌女》；黑色幽默系列的海勒与《第二十二条军规》、冯纳古特与《第五号屠场》、托马斯·品钦与《万有引力之虹》；魔幻现实主义系列的马尔克斯与《百年孤独》；直至垮掉一代系列的金斯堡与《嚎叫》，自白派系列的西尔维亚·普拉斯、安妮·塞克斯顿……

对于当时的高校学子和年轻的一代诗人艺术家，这是一群大神级的人物，或者直接就是大神。由这一系列作家作品带来的现代艺术观念和手段，成为这一代人的核心资源，甚至直到今天，都深刻地影响着中国文学艺术的发展进程。

但如果不是 1979 年的改革开放，我们对此几乎一无所知。我们的世界文学知识谱系，将会只有教科书上的契诃夫、果戈理、巴尔扎克……，以及由他们代表的现实主义或批判现实主义。

但以迈向社会现代化为目标的这个 1979 年终于来了。已发生了半个多世纪之久的这一现代主义运动，也随着中国现代化进程的开启而终于到来。它不仅是对一代人视野的全面刷新，一次升级换代性质的扩容，更对接了一代人的潜在感受，以及表达的渴望与好奇。兴奋的接受阀门，由此朝着一个陌生新鲜的世界打开。发生在 20 世纪 80 年代沸腾的中国现代主义文学艺术运动，由此全面展开。但在当时的语境中，这一切都被称作先锋艺术：先锋诗歌、先锋小说、先锋绘画、先锋戏剧……与先锋表达同一个意思的，还有一个略为谨慎的指称："探索"或者"实验"。这一带有委婉意味的指称表明，最初的这一先锋，仅仅只是少数，并且饱受压力与诟病——而这两点，恰恰正是先锋艺术的标志性特征。

所谓先锋艺术，就是先行者的艺术，是少数人超越一个时代认知疆域的超前行动，因而也是对大多数人奉为圭臬的既有观念和艺术定式的对抗与反叛。如果不是少数，它就谈不上先锋，先锋永远只是少数人的事业；如果不饱受压力与非议，它也就不是先锋，所有的先锋艺术都是从不被习惯、不被理解，因而横遭非议的地方开始的。而关于这类先行者，文学艺术史上也因此留下了一系列令人痛惜的个例，被视作哲学超人的尼采因为其超前性的思想不被理解，因而宣称"我的时代还没有到来，有的人死后方生"；伟大的凡·高由于超前性的画作无人接受，一生过着清贫潦倒的生活，以至精神错乱而自杀。然而，他们的思想和艺术，却指向一个时代无法辨认的事物的本质，指向未来。因而往往直到他们死后，才被后知后觉的公众大梦初醒般地视为奇珍。

由此再回到20世纪80年代起始的中国先锋诗歌，诸如北岛"我不相信"中的激愤基调和冷峻犀利的质疑精神，芒克那棵阳光下的向日葵，意欲一口咬断太阳套在脖子上绞索的个体觉醒者形象，包括朦胧诗在当时被视作朦胧复杂的意象方式，无论从思想观念还是艺术形态上，都与此前通俗易懂、豪迈浪漫的集体主义流行模式背道而驰。它们由此遭受的"看不懂"、全盘西化、数典忘祖的非议与打压，这里不再赘述。然而，当我们今天站在历史的视野回头再看，它无论如何都是当代诗歌史上一个具有断代性质的重大拐点——中国新诗史上"现代诗歌"的时间之窗就此打开。而仅仅是十多年之后，它的理念与手段已由横遭打压的"看不懂"，转化为一种普泛性的基本方式或曰大盘底座，垫高了当代诗歌的写作起点。这正是这一时期的先锋诗歌，一个历史性的奉献。它始于少数的若干人，继而是少数的一群人，再接着转换为由一代新锐群体共同参与的先锋诗歌运动。这也是它在时代变革背景中，由运动形态修成的一个历史性正果。但对于先锋艺术而言，它既呈现为群体性的艺术变革运动，更存在于那些独立不群者，各自的独立前行。

四

当先锋诗歌运动终于修成正果，很快也就变成了人人唯恐先锋不及的时尚。大量鱼龙混杂、泥沙俱下的仿制之作汹涌而至，但它们已不再属于先锋诗歌的叙事范畴。这也反证出它的另外一个特征，所有的先锋艺术都是不可复制的。它有自己的起始动因，它是一小群人在他们自己的时代，由共同的精神问题和思想艺术资源所激发，非如此不可的一次精神艺术探险。当它在这一轨迹中发展成熟，成为被模仿的对象，意味着它至此已成为一个时代新的艺术资源，这无疑是它的荣耀，但也只是它的荣耀。由于起始动因的时过境迁，集结于先行者内心那种巨大的精神艺术冲动，后来者已无法重临，所以他们的模仿只能是有形无魂的模仿，似是而非的照葫芦画瓢。这也就是说，它只能作为资源被吸收转化，而不是作为时尚被复制。

其实尚还在先锋运动行进到中途，在部分先锋诗人和作家中，一个新的艺术向度与写作潮流已经出现，这就是以文学"寻根"为主旨的寻根文学。这一潮流，虽然与南美高地上崛起的寻根文学存在着潜在的呼应关系，但在更大程度上却出于中国作家的自觉。这便是针对此时在世界现代主义潮流的覆盖中，中国的文学艺术几近被同化，以致丢失了自己，因而寻找并回归到自己民族文化的根脉与传统，以作为新的资源与动力，确立现代世界语境中的中国文学形象与标识。事情就是这么奇怪，此前被排斥、被反叛的"传统"，此时则成为被致敬的对象。

　　然而这里所说的传统，并不是简单地回归到中国文学传统。这个传统之所以需要"寻找"，就是因为它并不是指向现成的、普泛性的传统文学与文化，而是一个远为庞杂深邃的概念。它指向远古神话，指向包括了《诗经》《易经》、诸子百家的哲学寓言等等，缔造了生机勃勃中华文明的源头性文化。更重要的，它并不只是对这一切经典的补课，而是带着已经获具的世界文化眼光，对这一根脉性传统的深度观照和激活，以使这一沉淀已久的源头文化大块在重新激活中，成为当代文学艺术新的资源。寻根文学的代表人物，是当时的先锋作家韩少功，及其此后标志性的长篇《马桥辞典》。它在诗歌界的代表性人物和标志性作品，则有江河的《太阳和它的反光》，杨炼的大型组诗《礼魂》及此后的众多诗作，四川同一时期诸多先锋诗人的一系列作品……它们在当时又被称作文化史诗性的写作。而这一系统的另外一位诗人，则是在稍晚一些时候出现，并把这一写作推向极致的海子。尚在1983年，年仅19岁的海子所写的第一部长诗《河流》，以及《源头与鸟》的后记，就将由源头与河流所象征的传统，以及与大地实体相对接的民间主题，作为他整个写作的出发点，恍若一位诗人的归根复命。

　　也就是从此开始，传统的旗帜重新招展，不断被重新认识的传统文化，包括作为传统的古典文学，在当代诗人的写作中成为一个新的支点。

但这仍是此时的先锋诗人们所干的事情，并且是只有他们才能干的事情，因为这是只有在洞悉了世界现代主义文学艺术系统的基础上，才能做出的对比与反应。没有这一环节所赋予的视野和眼光，所谓的传统，只能是原先那一被简陋概念所定义的干瘪传统。

这也就意味着，所谓的先锋诗歌，绝不只是一种激进的极端性写作，虽然它在每一个区段，总是表现为写作的激进与极端，但它是由一个又一个区段构成的线性系统。仅从区段的形态看，由于每一个新区段的出现，都是以与前一区段的对抗为前提，因而它是极端的，不极端就不足以形成强有力的对抗；但从整个系统看，它却是这一区段对上一个区段极端部分的矫正——以"矫枉过正"形态做出的矫正，所谓不过正就不能矫枉。而这一次次对抗矫正的结果，便是这一系统不断更新中的升级换代。由此我们会意识到这样一个事实，所谓的先锋诗歌，既是一个充满活力的动态运行系统，也是一个不断革故鼎新的自我完善系统。一方面，它以激进的方式把陌生新鲜的艺术理念强行带入诗坛，并冲击着诗坛；另一方面，在这一系统内部，又一直存在着一个矫正更新机制。冲击与对抗的本质，也是诗歌自身的本质：它拒绝一切的陈腐与平庸。而矫正与更新，则是它在一个新的台阶上，对同一事物的反省与再认识，并带着这一更为深入的认识成果，开启新一轮的艺术更新。中国的现代诗歌，如同一条自带系统的河流，就是在先锋诗歌运动这一轮又一轮的革故鼎新中，一直走到了今天。这个时候再回头来看，当代诗歌中的传统性写作，基本上还是几十年一贯制的面目，但已不再成为垄断性的主流；而现代诗歌，早已不是最初的模样，并逐渐从异端另类的边缘化角色，成为主体性的写作。

至此我们可以获得这样一个结论：中国新诗建立了一个传统，这个传统的形制与模式，此后主要由传统性写作者来继承；现代诗歌从20世纪80年代开始，建立了一个新的传统，它同样来自中国新诗，但它所继承的，则是新诗的灵魂，在一个始终敞开的端口，生气勃勃的不断变革。

五

然而，在时间进入21世纪初期稍后，你又听到了这样一种声音：以后别再给我提先锋，别再给我口口声声的现代意识、现代主义。这一似乎要与先锋撇清关系的表达，未见得就是受了先锋的什么伤害，而是对已经存在的诗坛共识，再喊上一嗓子的高调聚光。这种共识，首先是对众多先锋诗歌的仿制者，动辄以先锋来标榜的反感；更重要的，则是在那些已经建立了自己写作根基的诗人心目中，此时的先锋，已不复它作为创造力象征的那一荣耀。因为由它相继开创的那一切，于今已成为一种大众化了的基本方式。所以，其实从更早的一些时候开始，以此起彼伏的潮流对抗展开的先锋诗歌运动，基本上已偃旗息鼓。除了渴望快速升起的后生们，尚还有心思制造一些潮流的动静，没有人再热衷于群体性的潮流与运动。当你如今再提到先锋，竟让人有恍若隔世之感。

但实质性的先锋写作，或曰先锋精神的写作，并没有终结，且永远不会终结。在潮流和运动终止的地方，是一个个底气饱满的独立不群者，不事张扬的独自前行。这显然也暗合了这样一种现象：大自然中凡习惯于群体行动的，都是小型物种，诸如鹰虎之类的猛禽大虫，从来都是独来独往。先锋在当今之所以不易察觉，是因为它已淡化了原有的标识，而它原先最醒目的标识，就是世界先锋艺术和经典诗人作家，在先锋写作中投射出的新锐与陌生。而如今，这一资源已被更多的写作者所熟悉，新的资源非但不像当年那般难以获得，且基本上就是同步传入。21 世纪以来诸如特朗斯特罗姆、阿多尼斯这些经典诗人，则形同住在中国诗人隔壁的熟人。当原先的稀缺资源不再被独享，由此转化出的先锋标识也就自然不再醒目，以至迹近于消失。但这种外在表征的消失，却是作品之中更为充分的内化。至此，不只是外来的世界现代资源，更包括本土的传统资源，这曾被历史强行分割成泾渭分明的两大块体，终于合流出同一个属性：它们都是人类精神艺术的杰出成果，给予诗人以滋养的丰厚资源。

也因此，新世纪以来那些优秀诗人的写作，实质就是在这两大资源整合基础上的再出发。在这些作品中，不再有明显的资源分野痕迹，而是不分彼此的深度混融；而对于那一个个的独行者，你也不再能感觉出他们的来路和归类，每一个人都是他自己。在由现代诗歌不断抬高的当今这一写作平台上，阅读与眼界比以往更为重要；写作中的现实出发点和问题意识，也比以往更为诗人们所看重。但这两个因素表现在不同层面的写作者中，却存在着悬殊的差异。正如我们所看到的，在普通层面的写作中，通常会表现为基于阅读的写作和基于内心诉求的写作这两种不同类型，前者的阅读就是为了写作，其写作依据主要来自阅读而非个人经验；后者的写作则主要来自诉求冲动，它并不太在乎艺术的观照而呈现为直抒胸臆的倾泻。而那些优秀诗人的写作，则是阅读与诉求表达的统一体。两者更为悬殊的差异还在于，前者的阅读是一种即时性的就近阅读，其阅读载体主要是报刊网络，是对眼前那些唤起了自己写作冲动的同代诗人的阅读；后者的阅读则是世界范围的阅读，是不只限于诗歌的、包括了历史哲学文化的综合阅读，并且是不断发现不断刷新的阅读。一个大概率的结果是，即使在这类诗人中，谁在这一阅读中走得更深，也就会在写作中走得更远。

但这种阅读，又是与其内心方向相互依存的一个系统。一个诗人的内心方向决定了他的阅读方向；反过来，这一阅读又激发深化了他在这一方向上的写作。没有这一内心方向的驱动，也就没有这一阅读的持续延伸。一个极具意味的现象是，从尚还是21世纪之初直到现今，中国诗人阅读名单上的外国诗人，已经悄然更换。早先统摄于现代主义运动各路流派中的大神，已经不复当年那样重要，代之而来的，则是布罗斯基、米沃什、佩索阿、保罗·策兰、阿米亥、巴列霍、沃尔科特等等这类孤岛式的，与身份困境、内心困境、语言困境相搏斗的诗人。而这一名单的更迭，正是缘于诗人们在新的现实情境中，内心方向的驱动。

那么，这一内心方向又是基于什么？这就是依据自己不同时期的现实处境和文化处境，对人的生存症状不断提出自己的问题，并做出回应。这也就是说，在群体性的先锋运动结束之后，这种个体的先锋精神的写作，同样会在每个不同的时期，转换为不同的文化针对性和社会针对点。而这种针对点，有的指向已趋显豁的现实问题，有的则是基于某种前兆鬼使神差的预感，当诗人骆一禾当年惊悸般地喊出了"我们无辜的平安没有根据"（《黑豹》），我们大概都不知道他在说什么。但如今，在我们经历着各种有形无形的压力与不安，又在2020年伊始这场突袭的病毒中遭遇更大的不安，才发现这种不安，已成为普遍的心理事实。

的确，与早先先锋诗歌潮流中的语言狂欢和文化高蹈相比，当今的诗人们比以往更为关注现实。然而，当今的公众非但同样关注现实，且就对于现实的敏感度以及通过自媒体表达的尖锐度而言，也丝毫不弱于诗人。因此，所谓诗人先知与启蒙者的角色，已变得暧昧而含混。但诗人之所以仍然是诗人，既包含了这种认知的敏锐性，还在于他把这诸多的现实事象，纳入一个纵向文化系统的综合考察与处理。在这一纵向系统中，它们只是一个又一个的事件，一个又一个的现象，而这一系列现象背后所伏藏的根源与本质，才是诗人们眼中的真问题。因此，他们对于现实的回应有时虽然是直接的，但更多的时候不是，尤其不是自媒体写手那种狂喷式的表达，而是经过综合处理的艺术回应。在这类作品中，某一具体事件已淡化缩小为一种元素，或至多是一种主体元素，与之同场的，是其他相关元素有形或无形的气息性介入。因此，一个声音内部是一系列幽灵式的声音，是活在一个人身上众多幽灵的发声。由此形成的这首诗作，既远远大于这一具体事件本身，也全然有别于通常性的公众经验。它让你陌生，又让你惊奇；既对应了你的部分经验，又远远超出了你的想象。这就是诗人的表达，而不是自媒体时代写手们的表达；这样的写作，也正是超出了一个时代普泛诗人层面的，那些保持着先锋精神者的写作。

这样的诗人虽然不多，但也并不罕见。有的一直就在你的视野中，有的则是沉潜游离形态中，不时让你眼前一亮的存在。而诸如诗人于坚，则日益趋向"大象的城堡站在沉思的平原上"，那种笨重阔大的存在。

2020 年 3 月 21 日

2020 年 4 月 7 日再改

第二编

无梦的睡眠和有梦的睡眠

对于 20 世纪 50 年代出生的我们这一代人来说，住房的尴尬曾经是所有人的尴尬，居住的幸福却不是共同的幸福。

1975 年，结束了下乡知青生涯回到青海省城的我，进了一家带有半军工性质的大中型工厂，和我的师傅们——来自北京的 68 届初、高中毕业生，以及师傅们的师傅——家室远在外省农村老家的一批复转军人，一起住在工厂的单身宿舍。

工厂地处市郊的最西端，周围是大片的麦地和村庄。这似乎不无一种田园意味，尤其是到了春天，老乡庭院中繁茂的桃花，能顺风一直飘到我们宿舍的窗口。桃花红了的时节，就该是爱情疯长的时节，但那个时候的爱情却被纳入计划经济的序列——走向婚姻的爱情必须由住房来批准。而当时的住房犹如赶潮汛，这一拨过去之后，下一拨的闸门，起码要待新宿舍楼三五年内建成后才能开启。对于早已进入结婚年龄的我的那些光棍儿师傅们来说，这时的桃花就红得有些残忍，他们的脸部常常因此而憋出一片红痘。特别是在地气回升的春夜，当村庄叫春的猫儿们由墙头凄厉的尖叫，转入草垛下缠绵的咕咕时，师傅们脸上的红痘就憋得更亮了。

他们中的一位实在熬不下去了，在调动各种手段把同室的另两位安插出去后，终于为自己倒出了一间婚房。婚喜之夜，闹房的人群刚刚散去，苦尽甘来的一对新人还没顾上熄灯，便迫不及待地投入新婚作业。这是一个感伤而迷乱的时刻，两人正复仇般地呈现着纠斗状时，新娘却突然一声尖叫，一把将新郎掀下床去。莫名其妙的新郎刚要发怒，顺着新娘的手指一回头，只见这间处在三楼的窗外一个黑影一闪，继而便"咚"的一声闷响。迅速反应过来的新郎飞快地冲下楼去，但见那个黑影正哎哟、哎哟着刚刚站起——是原先同一宿舍的大顺。愤怒的新郎稍一寻思，遂把刚欲挥出的老拳变成和解性的警告：今晚被你偷看了也没什么，反正大家做这事儿时都一个样，咱俩就算到此为止，但你绝对不得外传，否则……

大顺身高 1.92 米，厂篮球队候补队员。虽身为翻砂工，但他却颇具艺术家的作派，在一大批北京青工中常常独来独往。由于那段时间常去市区参加一个业余合唱团的演练，所以，每当他傍晚站在球场边望着天空出神时，如果有人怂恿："顺儿，唱一个！"他便会矜持地瞥一眼对方，片刻后轻轻地哼起"星儿闪闪缀夜空……"这支抒情的《老房东查铺》来。

大顺那晚果真就以"老房东"的身份查了一次铺。长胳膊长腿的他，是从间隔了两个宿舍的公共盥洗间的窗台台沿上，蜘蛛人般地摸了过去。虽然几乎摔伤，他却恪守了保密的诺言。但几天后他还是被厂保卫科传了去。灰头土脸的他一出来，就径直找到那位新郎质问：不是说好了到此为止吗？

到此为止？那也太便宜你这个无赖了！

大顺的火忽地蹿了上来，并一句话就把对方定在了那里：你也不瞧瞧你自己，对自己的女人都敢那么……那么——残忍！

"四月是残忍的"，多少年后，当我读到艾略特这一名句时，立时就想到了大顺。而那个四月最大的残忍，就是把一张婚床放在了光棍们目光的火海中。

此后我上了大学，毕业考虑去向时，首先着眼的就是这个单位有没有可以让我结婚的房子。从此开始直到离开青海的十年间，我先后搬了三次家。而给我以刻骨铭心记忆的，是第二个我称之为"半坡"的居所。当年我曾多次在文章中提到过它——从它所在的位置顺着窗外的公路一直往西，你首先可以抵达闻名中外的藏传佛教圣地塔尔寺，继而是日月山、昆仑山、拉萨、喜马拉雅山，再继而便是伊斯兰堡、伊斯法罕、大不里斯。再由此以锐角分岔，往北，经伊斯坦布尔抵达希腊；朝南，沿耶路撒冷到达埃及金字塔。

大家可以看出，我那时正以诗人的缥缈，辽阔在文化寻根的史诗时空中，而我自己却被封堵在半坡下的一个坑里。我那套房子在一楼，相对于窗外那条以 30 度斜坡纵贯而过的公路，它就处在这个直角三角形底部的直角位置，且与窗外的公路相距不到十米。所以，当我每晚坐在临窗的书桌前身体稍一前探，就感觉到无数的脚步在我头顶踩踏，载重卡车的轮子甚至从我的头皮上拔出了火花。但每个夜晚我都目光炯炯，并从中体味着自身的茁壮感。然而不久，我却觉出一丝刺骨的湿寒犹如自邪教大师手中推出的寒冰真气，从我的脚掌一寸寸顶了上来，直到某一天膝关节有了一种蚀锈的感觉时，我才意识到问题的严重。

我先是戴上了护膝，换上了青海人称之为"鸡窝"的那种棉鞋。为了隔断脚下的寒气，又在桌下垫了一张车工使用的脚踏板，继而复于其上叠加了一块塑料泡沫板。腿上的装备也随之升级换代，开始是多套了一条羽绒裤，接着再盖上一条毛毯，因毛毯无法覆裹与膝弯相连的腿底，最终，又缝了一个类似襁褓但底部洞开的棉套，把两条腿一齐塞在里面。这样，我就成了一个硕大的婴儿，整个晚上被固定在那里"精神朝圣"。需要查资料时，便腰部一哈一哈地蹦到书架前，然后，再原样蹦回。但风湿性关节炎还是漫上了膝盖，曾经在长达半年的时间内，我每天都要到一所医院做两小时的腿部烤电理疗，晚上回家后再继续糟蹋自己……

90年代初，我调到了现今被称为"最适合人类居住"的这座海滨城市，搬进了一套新居。我想只有当过穷人的人，才能深刻地体会到摇身一变为阔人的快乐。那时，我就真的把自己当成了一个阔人。"面朝大海，春暖花开"，这曾经是穷小子海子梦想中的幻象，而它几乎就是我的现实。当猖狂的阳光每天按时射进我三个宽大的玻璃窗时，我幸福得再也写不出诗来了。

尽管几年之后，我的这套房子日渐缩小——在我周围的人们由60到120再到180平方米复仇般的住房升级中一天天地缩小，但我对自己住房的想象已基本结束。我曾长久地打量过海滨浴场岬角上，那大约是这个世界上最后一座位置最好的别墅，假若你愿意垂钓，只需坐在三楼的沙发上将钓竿随意朝窗外一甩，保准不会空竿。并且，就在我写这篇文章时，它仍然美人独处，但我已不会对它做梦了。

2001 年走在北京的大街上时，我突然遇到了当年的一位师傅。他已于一年前退休，揣着卖掉青海住房的六七万元，寄居在京城父母的家中，并为在此获得一套住房开始了二次创业的梦想。而以他的年龄和技能条件推算，这一梦想最终大约只能落实在京城之外的通州或门头沟了。这无疑是一个艰难的梦。

但是，"劳动者 / 无梦的睡眠是美好的 / 富有好梦的劳动者的睡眠不亦同样美好？"（昌耀）且让我们今夜美好。

2002 年 3 月 16 日

秋日蒙山

1945 年的风景

在很长的时间内，沂蒙山一直是我心中的一个情结。一触及这个词，我的眼前就出现了一座山腰上的村庄：片页岩垒砌的矮墙，房檐下悬挂的辣椒和围着槐树盘起的玉米塔，接下来是枝柯虬曲的枣树，是房前空置的石碾或拉着石碾转动的黑体白唇的小毛驴……再下来，就是一棵高高挺立、撑开满枝金黄叶片的白杨树。它在这样的图像中静默着，有所期待地静默着。继而，随着一缕歌声划开秋日沉静的大气环流，一万只叶片在山村上空忽地翻舞成耀眼的金箔。

而这歌声，就是那支《沂蒙小调》。这首歌每段的开头都是极其简单的两句歌词——"人人（那个）都说沂蒙山好／沂蒙（那个）山上好风光"，但每次听到它，我都觉得那是两个人唱的。唱第一句的，是一位少女，炫耀式的、清亮野性的嗓音，如同撒着欢儿往上蹿的泉突，直到高过山顶仍不肯罢休；后一句，则是一位少妇唱的，音调如同泉突回落成水池，澄澈中内含着已经领略过了风景（大自然的和人生的）的安静、沉湎，以及某种幸福的忧伤。而紧随着这后一句的尾音，在那座山村下薄暮时分的山涧，我看到了子弟兵露营的帐篷和野炊的烟霭。背枪的战士在溪中饮马，水畔的村姑在捣布浣衣，而那个少妇——或者就是红嫂，则在庭院中摊出了厚厚的一摞煎饼。

这应该是 1945 年的沂蒙山区图像。这样的图像让我在革命、简朴、温馨等等悠远的情结中，想象着人民和诗歌的天堂。

红日灌顶

从沉沉大梦中突然醒来，则是 2004 年 9 月 12 日清晨 5 时。确切地说，是清晨 5 时 14 分。此时是在蒙山胸部位置的蒙山会馆二楼，一所窗子朝东的客房。

那时，沉睡中的我觉得被地震般地猛然摇撼了一下，随之一跃而起，但接着什么都没发生。日出！在这句话脱口而出时，我拉开了阳台的门。

日出时分的太阳不是太阳，它只是与地平线上蒸腾的地气，或者是蒸腾的大海、云海相抱守的红日。悬垂在我们头顶的太阳是白的，而且只有碗口那么大，但与我处在同一平面的这轮红日，则是一只铜盆。

沉浮在云海中的红日，波动着鲜红晶亮的金子的溶液。它以高密度粒子的万有引力之虹，让我以及万物把脸朝着光扭转过去，让 1100 多平方公里的蒙山，有了一种列队奔腾的磅礴气象。

……大约 5 分钟之后，我的头顶溅起了雨珠。我把手伸出露天阳台，没有任何触觉。再向楼顶倾斜下来的房檐一回头，雨珠一颗接一颗地继续滴答。蒙山顶部的黑松林区，有一项据称是负氧离子含量为中国之最的纪录。那么，当是这些负氧离子昨夜与浓重的水雾一起，附着于楼顶的钢化材料之上，此刻又应着日出的引力——似乎是特意为我灌顶。

幻觉中的花海

行走在如今叫作"蒙山国家森林公园"的蒙山之中，我才知道这个世界上根本就没有一个沂蒙山，而只有一个蒙山；或者是由沂水和蒙山混称的"沂蒙山区"。在已经固定的附加词义上，它是用来指代革命、老区、红嫂和鸡汤的。

海拔 1156 米的蒙山主峰，是齐鲁境内仅次于泰山的第二高峰，故被称为"亚岱"。但与泰山不可比照的是，它绝少历史人文景观。尽管学者们为之考证出了孔子登临，李白杜甫携手同游，康熙乾隆南巡赋诗，乃至钟离子、鬼谷子山中修行斗法等等史迹，但我亲眼所见并确凿存在的，则是山脚部位演绎了人民与革命圣洁德行的"红嫂洞"。那么，在这样一派本色性的真山真水面前，我们还有什么必要，再去做煞费苦心的"文化苦旅"？

没有帝王骚客遗墨涂染的名山，没有当今恶俗文化荼毒的名山，便是一座脱俗的山，一座人民的山。我在山脚下看到人民的竹竿于巨冠密枝中扑打板栗，一只毛果落地，三颗板栗滚出；1000 只毛果落地，3000 颗板栗歌唱。

而在海拔 900 多米的蒙山颈部，大片大片的山杜鹃则在秋日的混交林地聚势蓄芳，不肯示我以绚烂。一株栽在陶盆中的山杜鹃，曾长久地照亮了我书桌前的窗子，而在春天细密的浇花雨中，从苍茫林海中同时现身的杜鹃花海会是什么样子？那一位 1945 年的少妇，当她独自寂寞地面对如此繁盛花事的时候，心情又会是什么样子？是否就是在这个时刻，她突然为幸福得以至于忧伤的情绪所击中，才把那句"沂蒙（那个）山上好风光"，唱得让人心头千丝万缕。

就在这时，红嫂的形象再次在我的幻觉中出现，而我竟魂不守舍地，把自己设想成那位养伤的战士。

2004 年 9 月 21 日

开往长岛的船到了庙岛

作家鲍尔吉·原野在回顾他 2005 年所读新书的一篇文章中，有这样一段文字：

> 一句老话说，假如你独自生活在海岛，要带一本什么书？
>
> 这是一个不讲道理的假设，为什么要到海岛去，为什么只带一本书？但如果必须只带一本书而不是一个女人去海岛度日，我选《一个诗评家的诗人档案》，黄礼孩主编，燎原评……（见《中国新书》杂志 2005 年 12 期）

虽然鲍尔吉在此搞错了一个事实，即这部书的作品选编和点评都是由我完成的，黄礼孩则是该书的出版人，但他如此看重这本书，却让我大开心颜。

那么，鲍尔吉该带这本书去一个什么样的海岛呢？他似乎缺乏这方面的概念。而出于投桃报李的心理，我愿意给他一个建议：去长岛。

"长岛之恋"

长岛，是长山诸岛的总称。其实我此前对它仅有两个概念：其一是它被称作"海上仙山"。根据《汉书·郊祀志上》"蓬莱、方丈、瀛洲，此三神山者，其传在渤海中"，而渤海中又别无其他著名岛屿的事实，那么，这三座仙山只能是在长山诸岛；而所谓"八仙过海"的传说，则更应与它相关。其二是作家杨朔1959年以《海市》这篇散文对它的描述。其中的一个画面让我一直耿耿于怀："喜欢穿红挂绿的渔家妇女正在锄草。有一个妇女却不动手，鬓角上插着支野花，立在槐树凉影里，倚着锄，在做什么呢？哦！原来是在听公社扩音器里播出的全国小麦大丰收的好消息。"20世纪70年代末读到它时，我的乡村经验使我的感觉颇为别扭，觉得这个"鬓插野花"的妙人儿不但有点妖，并且还有偷懒的嫌疑，假若这不是杨朔的臆造，那她实在就是一朵奇葩。

今年5月，因一个笔会我第一次登上长岛，感觉中这座海上仙山更像一个世外桃源。21世纪里挟中国城乡的疯狂噪音，在这里突然被过滤得如同真空。此时的春色虽然已由嫩转老，但一派纯粹的田园色，仍可使人想到春暖花开时的繁盛花事。静谧中，恍然有无数的蜜蜂在春光中嘤嘤。

这样的情境，当然适合于陶渊明式的诗书耕读，但是否适宜于一个现代作家的孤身读书，还得看他的心理定力如何。因为这样寂寞的春色，很难不让人心猿意马。

因此，我又给了长岛旅游局官员一个建议：此地最适宜打造成情人岛。不闻有一部著名的爱情影片叫作《广岛之恋》？长岛不妨如法炮制，来一个"长岛之恋"。

对方大悦。

海上陆桥

从蓬莱乘船约 40 分钟后弃船登陆，长岛就到了。但我们登上的其实是南长山岛——长岛县政府的所在地，另外还有北长山岛等 32 个大大小小的岛屿。但更多的岛都隐匿在海雾中，让人不明真相。

而在长岛博物馆的地貌沙盘前，我却惊奇地发现，长岛 32 岛大致上呈狭长的带状排列形态，最北端的岛屿直抵辽东半岛岬角的大连老铁山角，恰好与南端胶东半岛岬角上的蓬莱，连接成一条直线。

我刚表达了我的惊奇，就有人告诉我：长山列岛是长白山的支系。

长白山的支系？相距如此遥远且在我们脑海中根本是风马牛不相及的两个地点，竟有着这般不可思议的地脉联系。

这就是说，假如把长白山比作一条神龙的话，长山列岛就是它的尾巴。长白山在东北境内的吉林高翘着龙头，身脊绵延上千公里后尾部浸入大海，然后才倏地没了。

更让人惊奇的是，长岛博物馆竟然有猛犸象、披毛犀这些远古时代大型陆地动物的化石。而与这些史前物证相关的地质演变信息则是这样的：在披毛犀生活的时代，由长山列岛往西直至现今天津的整个渤海湾，是一片森林密布的广阔草原，其上的各类动物，生活在没有猎枪或推土机滋扰的原始共产主义乐园中。

但接下来的造山运动不但使它们陷入灭顶之灾，也导致了沧海桑田之变，披毛犀们的家园沉陷成了渤海湾，而在挤压中凸起的长山列岛，就果真成了联结辽东和胶东两个半岛之间的海上陆桥。

再接下来的地质运动，又导致了大陆桥由纵向断裂造成的凹凸起伏，形成了现今苍茫大海中的32个岛屿，可望而不可即地遥相呼应。

那是一架人类从来没有享用过的海上陆桥，因为它存在的时候，地球上还没有人类。而自它断裂为岛屿且人类出现后，是否曾有人享用过它呢？我想应该是有的。譬如汉钟离、何仙姑等八位海上游侠，32座岛屿在他们眼中应该就是32柱梅花桩，只要使用蜻蜓点水的轻功腾挪之术，顷刻间就会从蓬莱到大连一个来回。

庙岛群岛

其实在我一再使用"长山诸岛"或"长山列岛"这个称谓时，地图上根本就没有这样两个名字；并且长岛32岛中也没有长岛这个岛屿。长岛，只是作为烟台市长岛县这个行政区划概念而存在。在中国地图和世界地图上，长岛32岛的标准称谓，叫作"庙岛群岛"。这就是说，我所乘坐的开往长岛的船，其实是到达了庙岛群岛。

庙岛是南长山岛附近的一个岛屿，但它何以具有统领其他诸岛冠名权的这样一个身份呢？这又涉及长岛社会史的沧桑之变。

庙岛原先叫沙门岛，"沙门"是佛教徒的总称，因唐末宋初在该岛上建立了佛院而得名。佛院就是寺庙，至明末，沙门岛遂直接更名为庙岛。

在很长的一段历史时期，由于庙岛自身的天然良港条件和地理位置，它便成了中国北方海域的交通枢纽。远在隋代，就有一位名叫小野妹子的日本使者，率船从日本抵达庙岛，继而从蓬莱（登州）登陆进入长安。因为早在秦代，从蓬莱到长安就修有现今意义上的国道。所以，此后的日本、朝鲜使者，留学生和商人，就不断地往返于这条线路，形成了一条海上丝绸之路。由此想来，蓬莱古时称为"登州"，似应正是缘于它国际性的海上登陆之地——这一显著的地理区位功能。

到了元代，随着元朝政府建都北京，庙岛作为各路商船出入京城中途最大的泊锚港和海上物资集散地，迎来了它的鼎盛时代。而尚在宋代，长于海运物贸的福建船帮，就将他们的海上护佑神——一尊妈祖的铜像供奉进庙岛的沙门佛院（并成为现今存世的唯一一尊宋代妈祖铜像）。那时，他们更是在沙门佛院重修庙宇，改佛院为专门奉祀妈祖的道场。

一般而言，商人是一个时代最具能量的社会细胞。此时，云集于庙岛的各路商旅，不但建起了粤闽、潮汕、山陕三家会馆，而且每年的农历七月，还要为海神娘娘妈祖举办盛大的"盂兰盆会"。在为期一个多月的庙会期间，各路船帮为了显示实力，便延请天下优伶名班搭台唱戏，除了你方唱罢我登台外，还常常比拼叫板地唱对台戏。此时的庙岛，白日里人如潮，货如山，帆樯如林；夜晚从远处看过去，就是红透了一方天空的海上不夜城。

盖因如此重要的海上交通地位和影响，至清代后期，长岛嵌入世界地图，定名为庙岛群岛。且一路沿用至今。

…………

这一切就如同天方夜谭，因此，就连见多识广的唐代诗人李白，都以"海客谈瀛洲／烟涛微茫信难求"这样的诗句，把它视作缥缈的神话。然而，在他生活的时代之后，这个神话却仍在延续。

离开庙岛的船返回蓬莱码头，落地时我使劲地"登"了一下，恍然就真的到了"登州"。遥想眼前曾直通长安的大道，我就突然觉得自己成了一位返唐使者，刚刚从域外归来。

2006 年 7 月 6 日

与《青海湖》相关的记忆碎片

——应《青海湖》500 期纪念特刊而作

第一次发表并失踪的诗作

我在《青海湖》上第一次发表作品大约是 1976 年，是否一首"批邓反击右倾翻案风"的诗歌，已无法确定。那时，《青海湖》的名字还叫《青海文艺》，我的作品署名则是唐燎原——青海农机工具厂一位未出徒的车工。那时节，我与许多同代人一样，整天怀揣诗人梦想，书写着批判什么或捍卫什么的诗歌，像随时要去打群架。诡异的是，我当年发表过的所有作品，都粘贴在一个剪贴本上，唯独这一最早发表的作品，仅在剪贴本上空出了一块位置，作品本身却不见踪影，好像它觉得自己不是诗歌。

第一篇评论文章

记得我早先一直致力做一名诗人，没想到我首次在改刊后的《青海湖》上露脸，却是一篇关于郭小川诗歌的评论（载

1979 年第 6 期）。这时我已是青海师院中文系 77 级的学生。可能是由此受到鼓舞，我又书写了一篇"读王昌耀同志诗歌"的评论，刊发在 1980 年第 8 期上。这之后，我好像真的开始了评论生涯，相继在省内外的刊物上发表了一系列有关昌耀的评论，以及《青海湖》上有关本省诗人韩秋夫、王度等人的评论。

第一次获奖及诗歌插页

1979 年，中国的头等政治大事是"拨乱反正"。我在郭小川那种风格上的政治抒情诗的写作，本事日益见长。6 月份，写了一首呼唤民主与法制类的中长型诗作送到编辑部，编辑昌耀看了觉得还不错，又约我为刊物应急增加的"悼念与深思——献给张志新烈士的诗页"写一首诗。20 多天后，我的同班同学刘海泉从学校传达室闲置的铁皮炉子里，抽出了一沓这一四个页码的诗插页，我的诗发在了头题。刘海泉说，这个诗页应该插在第 7 期的《青海湖》中，但管收发的不知道如何处置，就塞进了炉膛。那么，它在青海省图书馆的期刊资料室是否也受到了同样的待遇？如果是，这段文字可视作一个资料备注。

而那首"呼唤"诗，则刊发在了刊物的第 9 期上，第二年被编辑部评为年度好作品，奖了我一支一头为圆珠笔一头为钢笔的"如意金刚锥"，紫红色的笔杆上刻着"获奖纪念"字样。这是我有生以来在创作上中得的头彩。

第一次被重点推介

我当年先后打过交道的编辑有：左可国、蔡国瑞、白渔、刘宏亮、任丽璋、昌耀等。从 1986 年开始，主要与编辑部新来的年轻人马学功打交道。这时候，我的诗已被栽培得像模像样了。马学功表示要再栽培我一次：在这一年第 7 期的刊物上，以四个半页码的篇幅再外加两个半页码的评论，对我进行了重点推介。比起昌耀当初最多只给我一个页码的穷酸来，我好像突然拥有了一艘超级航母。

小世界与神仙会

接下来没有"第一"了，再往下就该是由编辑部组织的一个又一个的改稿会、研讨会、座谈会、联谊会……文学小世界的神仙会。一群几天不见就心头发痒的写作者被召集在一起，始而文质彬彬，继而高谈阔论，终而引经据典、死缠烂打。一时间，被援引的庞德、弗洛伊德、瓦雷里、拉斐尔、卡西尔、惠特曼等等各路神仙与引经据典的各位神仙，恍然不知天上宫阙，今夕是何年。

多少年过去了，那天我听到一个 5 岁的儿童在电视中感叹："哥说的不是往事，哥说的是寂寞。"这个无厘头小子，简直就是在替我说话！

2011 年 3 月 2 日

我的师傅老南

在我早期的写作生涯中，一共有两个启蒙性质的人物，一个是老南，另一个是昌耀。那时节，湖南人昌耀、北京人老南以及陕西人的我都在青海。昌耀的身份很单纯，一直是一位诗人。老南名南广勋，身份则要复杂得多：20世纪70年代中期，他是我在工厂时的师傅，一家半军工性质的大厂中，高等数学和古代汉语达人；80年代末期，他是石家庄某企业驻海南办事处的组建者，在商务场所时而用古典诗文语惊四座的商人；90年代中期回到京城，成为京城小轿车的洪流中，乘一辆捷达上下班的公司副总。

但他更为本质的身份起码还有三重：热衷于垂钓、园艺、美食，将世俗生活折腾得品位不凡的末世贝勒爷；饱读诗书、记忆力超群，在任何时候综合学问都刚好超出我的杂家；早年的现代诗人、中断写作30年后突然崛起于旧体诗界的新先锋。

1975年，在青海某山村下乡插队的我，结束了知青生涯返回省城西宁，进入老南所在的那家大厂。该厂由内地迁至青海，员工和技术人员来自天南地北，并活跃着一批北京青工。不久，就不时听人说起南广勋，那神情，就像谈及一个传说。之所以如此，想来大约有如下缘由：这批北京青工皆为石景山工矿子弟，唯有老南来自部队大院；其二，工矿子弟们皆为老三届初中毕业生，只有老南高中毕业，是这一群中学历最高之人。这两者相加的第三个特点，就是老南见多识广，时事、文史、古文诗词，乃至北京的名胜掌故……无不张口就来，并且绝无差错。用其夫人多少年后的一句玩笑话来说，就是"装了一肚子没用的学问"。可以为这一说法做注脚的是，身为厂里的高等数学和古代汉语达人，老南居然没有参加 1977 年的高考，可见这学问的确"没用"，但也说明了人各有志，或者如他这类智力上高人一等的人，根本就没必要上大学。

我与老南同一个车间，不在同一个小组。我在车工组当学徒，老南在"齿轮磨"当师傅。车工干的是产品第一道工序的粗加工，熟练之后就基本上成了体力活。齿轮磨则是产品最后一道工序的精加工，几乎无须体力，机床调好之后便自动工作，但调控机床却需要复杂的高等数学计算数据。这也就是说，我们干的是体力活，属于车间里的人民大众；老南们干的是智力活，当然算作精英。

对于整天怀着诗人梦想的我来说，老南于我尤其重要的是，他此时就是一名诗人。"文革"期间，中国的文学期刊全部歇菜，每个省份仅有的一张省报，便成了大众眼中的神明，谁若能在上面发表一篇文学作品，就会一夜之间全省闻名。而老南，就居然放了那么一颗诗歌卫星。那首诗作此后被我翻找了出来，标题叫作《军代表》，开头是这样的："谁，/夺我手中锤？回头

看 / 军代表正在笑微微，/ 来，让我抡几锤……"军代表是"文革"期间派驻厂矿稳定生产局势的人物，一般都具有资历较深、务实亲民的性格特征。在当时覆盖性的领袖颂歌和大批判狂飙中，老南能选取这样一个题材和角度，且有如此悬念陡峭的开篇起句，让我深感惊奇，以至将近40年后竟还能记起。

但自此之后，老南却断然金盆洗手，且不愿重提此事，好像内心已因此而蒙羞。然而，他所轻蔑的，却是我所渴望的。那时节，我亢奋地写诗，亢奋地投稿，亢奋地等待奇迹发生。而奇迹，总算在一年多后发生了——此时毛泽东去世不久，新出版的《毛泽东选集》第五卷随着媒体的欢呼在全国发行。专门捕捉这类题材的我再次闻风而动，随即写出的一首"喜迎宝书到车间"之类的诗作，终于发表。

我好像因此引起了老南的注意。不久，他专门前来找我，进行了一次显然是有所准备的交谈。他对我刚发表的那首诗作未置可否，却为我介绍了一批"文革"前的诗歌：他特别推崇的陆棨的组诗《重返杨柳村》、李瑛《红柳集》中的一些作品，以及闻捷的《我思念北京》等等。并为我一边介绍一边背诵：

> 我是如此殷切地思念北京，
> 像白云眷恋着山岫，清泉向往海洋，
> 游子梦中依偎在慈母的膝下……
> 我日日夜夜思念着北京啊！

我思念北京，难道仅仅因为：

知春亭畔东风吐出了第一缕柳烟？

西苑的牡丹蓦然间绽放妖媚的笑容？

蝉声催醒了钓鱼台清流里的睡莲？

谐趣园的池水绣满斑斓的浮萍？

金风飒飒染红了十八盘上下的枫叶？

陶然亭欣然沉醉于月桂的清芬？

或是傲岸的松柏覆盖了天坛的霜雪？

红梅向白塔透露早春的来临？……

当我从他抑扬顿挫的背诵中听到如此的《我思念北京》，无异于接受了一记"当头棒喝"，一股清雅的气流霎时让我打了一个激灵。待稍微回过神来，突然觉得我正在书写的那种诗歌、报纸上正在流行那种诗歌，几乎近似于垃圾。并恍然明白，他对自己的那首诗作何以会有内心蒙羞之感。

的确，就在不久前的一次车间政治学习中，老南向邻座传看他新写的两首旧体诗时，恰好被后边的我给瞄到了。两首诗大致上是"春夜喜雨"和"三十抒怀"之类，其中分别有这样两句"一剪春韭芬芳溢／和酒入腹乐咂唇""而立未立真惆怅／豪饮狂歌醉如泥"。在当时的红色话语管制中，这种颓废意态的自娱自足，以及渴望有所作为而不能的内心风暴，无异于看破金粉之世的真相后，"去他妈的吧"之表达。

此时已是1977年上半年，但如果不是老南介绍，我压根儿不知道世界上还有闻捷们这样的诗。而在横穿了整个"文革"的我的读书时代，根本就找不到这类诗集和旧杂志。

我想这是我文学道路上的一个重要时刻，它轻易地颠覆了我大脑中的五迷三道，让我看见了诗歌原本该有的模样。自此开始，我从老南的手抄本上，转抄了许许多多的这类诗歌。它们随之成了我进入大学中文系77级后，最初的文学资源和底气。

我们77级是1978年春季入学的。到了1979年，我在《文学评论》上读到了北大的谢冕先生回顾新中国成立30年来中国新诗的长文。该文在谈及林林总总的30年新诗时，对少为人知的陆棨的《重返杨柳村》，给予了颇高的评价，这让我迅速联想到了老南对该诗的推崇，心中暗自惊叹他的眼力。

还是在这个1979年，我认识了对我而言的另外一位重要人物——从流放地回到《青海湖》编辑部的昌耀。此时中国所有的文学期刊已从瘫痪中复活，我也整天泡在其中暴食暴饮，但自从读到昌耀不多的若干诗作后，却产生了"除却巫山不是云"的感觉。翻过年来的1980年，随着他的长诗《大山的囚徒》在《诗刊》上发表，我的这种感觉愈发强烈，遂在青海的诗歌圈内逢人便说昌耀。而许多人的反应则是：昌耀嘛，还行。之后就没了下文。但真的仅仅是"还行"吗？我决定回厂去找老南掌眼。

一年多没见面了，老南略显深沉。谈起正在"振兴中华"的国家时局时，老南告诉我他想当厂长。或者换个说法，他觉得若由他干一个上千人大厂的厂长，当能很快使这个厂成为现代企业。这让我本能地想到了风靡一时的《乔厂长上任记》那篇小说，在他心中搅动的波澜，以及他"而立未立真惆怅"的抱负。但在我当时的感觉中，他也不过就那么一说而已，没想到此后他果真操起了干戈。几年之后，他先是带领一干人马从厂里的供销系统崛起，不久调往石家庄一国家物资供应站，继而只身前往海南组建办事处。到了全国的经商大潮惊涛拍岸之时，我亲眼见到他坐镇北京，遥控几十辆走私车一路闯关夺隘抵达目的地……

让我把话题再扯回当时。接下来，老南向我问起了诗坛信息。我告诉他，我发现了一位绝对的一流诗人。随之，把我所带的昌耀所有作品交给他。老南看完后大为惊奇，让我务必带他去见昌耀。

第一次见面是在昌耀的家里，谁也不会想到，两人的交谈会如此投机。随便一个话题你说他接，他接你续，于是就惊讶地调侃：连这个你也知道？最后终于发现，彼此对某些偏僻的知识竟有着同等的兴趣和了解深度。老南认为昌耀是一个有奇趣的人，拙于言辞的昌耀则嘿嘿笑曰：以前怎么没听说过你？

从此之后，我与昌耀就不时骑上自行车，前往老南距城区30多里开外的、坐落在田野景色中的工厂（当然，它曾经也是我的工厂），而老南则时而进城，约上我之后再去找昌耀。20世纪80年代中期，上海《文汇月刊》刊发了一篇介绍昌耀的文章，配发的照片就是老南用我的相机为昌耀摁的快门。昌耀还特别要求编辑，署上了"摄影：南广勋"。

说到这里大家可以猜想得出来，未来的商界弄潮者老南，此时却浑然忘记了自己的宏愿，整天与我等在先锋诗歌的写作中发烧：参加杂志社的改稿会、省作协的研讨会，并时而聚在朋党的家中尽兴畅聊，夜不归宿。啊，那些年月，我们曾多少次睡过别人家的沙发？

当我再次"啊"出声来时，已经到了1990年。时在报社任职多年的我，突然接到老南的长途电话，邀我去海口"过几天资本主义生活"。而此时，他已在我的生活中失踪数年。我有些意外，继而是恼怒，质问他当年为何不辞而别。他说，你先来吧，来了以后再说。

前边已经说过，老南是从青海调入石家庄一公司后，又受命到海口组建办事处的。此时的海南是继深圳之后，中国改革开放的第二大经济特区。在其省会海口，它热带季风气候中初夏之夜的酒楼广场，几乎会集了全中国的人精——官员、商人、作家、教授、记者、妓女……前来成就自己的财富梦想。我揣着一把从青海塔尔寺挑选的牛角藏刀送给老南，老南则腰挎此刀带我漫游于闹市海岛，上酒楼用广东早茶、吃法国蜗牛，然后再到海滨浴场游泳，或于椰林吊床上听涛……"看不够的椰子树呀！"——老南一边抒情一边向我表示，海南适合发展养殖业，他准备将来在海口郊区搞一片自己的庄园，建一幢自己的别墅，在别墅中专门留出一间房子，以供我专心写作。这话让我有些感动，但我更强烈的感受是，人在得意的时候什么牛都敢吹。

这段近 10 天的经历无疑让我大开眼界，但它给我更深的触动，则是面海而居的辽阔与润泽，从而使我心念一闪，决计更换自己的人生空间。两年之后，我像乘着一条滑梯般地，从海拔 2000 多米的青海，滑入零海拔的威海。身后，是老南一双无影掌的助推。

再若干年后，老南因亲眷遭遇的一场病魔，经历了"千金散去"的人生低谷，而只身回到北京。从人生盛宴中冷丁出局的他，恍然就成了一位落魄的贝勒爷，也有着贝勒爷一样的嘴皮子的豪迈："我相信钱散得容易，得来也绝不困难！"他在电话中这样向我表示。而老南之所以是老南并不真是贝勒爷，就在于他的行动能力绝不逊色于嘴皮子功夫。"麦地呀，你不能说我两手空空"——诗人海子的这一著名诗句大体上正适合此时的老南，他虽然已经两手空空，却有闯荡江湖的阅历和"铜豌豆"的气概作底气。自此，仿佛在世界上挥霍了一遭又回到原点，老南在赤条条的打拼中开始重整山河。

这是一家设在北京西直门外某幢写字楼上的小型公司，而身为公司副总的老南，却时常出没于中国东部沿海的中小城市乃至乡镇渔村，签订供货合同、安装调试设备……其间，尤亢奋于和甲方同好临水垂竿、苇荡放线，青笋山鸡泥坛老窖、田螺肥蟹绍兴花雕，且时而以《红楼梦》大观园中的美食菜谱、超级美食家苏学士的东坡秘制等等以自比。啊,"吃是一门艺术,我要使之分外精彩!"——这话是我套用普拉斯的名言,来替老南说的。若干年后你将会看到,这从各地民间风味中一路吃过来的乐观主义人生,在他的诗歌中接连开花,物质性的盘盏陡然转换成了遥远的野溪红蓼和山涧藤萝。

这若干年的日子,其实正是老南整个人生中的一段逆境。而就是在这样的日子里,我突然觉得他又在给我上课。他用穷开心的吃、集合了人文主义和技术主义的吃,满足着自己的肠胃快感,从而使人的这一最诚实的感觉器官,始终保持着对于世界的快乐反应。也因此,他的头顶上可能时而会有乌云,却从来不会有愁云。

这期间的一个夏天我去北京,在公司与其同事闲聊了一通后,老南便带我回家。而这个"家",则是郊区农民专门对外出租的那种平房窄院。房间之内,最引人注目的是看罢即扔的《北京晚报》,已从地板上虚蓬蓬地浮上床头。这一景观让我既窃喜又惭愧:没想到这几年的老南,竟养成了与我相同的报纸阅读与处置习惯,一时间竟有吾道不孤之窃喜;但让我惭愧的是,我床头的报纸扔弃规模,远远地没他那么杂乱盛大,也就是说,我可能会为这一恶习心怀忐忑、半个月收拾一次,而老南则心安理得,全然弃之若垃圾,除非夫人从石家庄赶来帮他收拾,自己则绝对不再沾手。而让他永远不离手的,则是床头上的一套《古代汉语》和一本《宋词选》。那样的盛夏酷暑时节,南老板大约一直是枕着"杨柳岸,晓风残月"的清凉睡觉。

但我没有这个道行，即使从房间移坐至小院中，仍不停地挥扇擦汗。老南眼见着我这个汗人汗颜不止，却告诉我不用着急，这事过会儿就能解决。过了一会儿后，他从柜子中拿出一瓶老酒说，我们消暑去，然后就直奔一家酒店。酒足饭饱之后又转移至相邻的洗浴城，待两条汗人的汗身洗涤一毕，他指着宽敞休息大厅中懒散在中央空调中的宽大沙发曰：今夜此处可视作超级总统套房。我环顾大厅星星点点的睡客们的脑袋质疑：总统高榻之侧岂容他人安卧？答曰：皆可视作总统保镖。

　　啊，世界上的所有意义并不存在于事物本身，仅只来自世间铁嘴们的曲意阐释？

　　而这个版本的故事，又在我家儿子的身上续演了一回。此时唐二代已在京城读书，节假日不时被老南召至其父母家中，享受异乡有家的暖意。但更多的时候，则是两位寡人在西山植物园旁的一所宅院里，对坐喝茶谈天，抬头仰望星空。有几分怡然，也有几分落寞。这时，老南就猛地脸上一乐：儿子，你说咱爷俩现在多牛，光后花园就整个一个植物园，且还有那么多园丁为咱们义务打理。这是老南新租住的宅院，位置正对着植物园的后门，俩人时常晃荡于其中，果真就像在自家后花园的视察。不知唐二代是否从此就惦记上了，自己有着这么一个阔气的后花园，毕业后断然决定留在北京。

　　几年了，南副总与公司的业务空间在逐渐转换：为我军某部制作电子沙盘，承揽三门核电站的项目工程，与欧盟的西班牙客商来来往往，其间还在突尼斯的海岸沙滩吃了几把北非烤肉串、吹了数日地中海的海风。与此同时，长期悬置在他头顶的一片乌云徐徐降落，在地面上终于降落成了一套住宅。啊，人生是多么的辛苦！而不知辛苦、绝不亏待自己的快乐主义人生又是多么神奇！

神奇的事情此后再次发生。那一天，唐二代应约去女友父母的府上，按路线图曲里拐弯到达后，不禁"咦"了一声，家人问其故，答曰：我南伯伯就住在这个大院。这个信息如同闪电，老南闻讯随即打来电话：你说有多寸，这么大个北京，数不清的大街胡同、数不清的小区大院，你就是想专门往一起凑也绝难凑到一起，这他妈不是缘分又是什么！

一年多后的2009年初，金融风暴在中国的房地产市场闪出一段洼地，唐二代与女友开始踅摸购房。一番大海捞针般地踅摸和折腾后，房子居然就出现在了相邻老南五六站地的一个小区。的确，"这他妈不是缘分又是什么"！

自此之后，我大致上成了北京的常客。但大多数时候，我并不能入住唐宅而是留居南府。原因之一是唐宅的两位主人太忙，以南府为核心也便于他们影子式地在我面前闪现；二是出于积习难改吧，想当年我与老南彻夜吹牛的习性养成时，唐二代还未出生，所以如今要改也难。当然，还有第三——

还是在2009年，经历了大半生浪漫主义人生的老南，突然切换出了勤劳务实的京郊菜农气质。历经数年经营，他在自家一楼庭院中折腾出的园艺式菜圃已经蔚为大观。葡萄藤葫芦架下密密挨挨的红肥绿胖繁茂得让人发愁。此间我只要一进南府，它们就以"绿色蔬菜"的名义，接踵而至逼我品尝，炫耀式的殷勤让人难以招架。似乎我整天食用的都是有毒产品；似乎它们自身已不是蔬菜，而是悬苑仙果或御苑蟠桃。直到某一天我突然一个激灵——啊，莫非这就是老南当年宏愿的实现：搞一个自己的养殖庄园，在庄园别墅为我留一间房子？虽然这一宏愿已由大象变更成了兔子，但事物的框架和本质依旧，而我也只有留居南府，他的承诺才能全部兑现。

仍然是在 2009 年，由我为老南总结的人生有这么三件大事：其一，这个园艺式菜圃，如同南山下的豆田菊苑之于陶渊明，已成了倦于商海的老南新的兴奋点，他物质与精神的田园。其二，已过花甲之年的"南渊明"在互联网上开通了自己的博客，十天半个月地贴一首自己的旧体诗；其三，这一年年底他来威海，恰逢我的朋党们突患"旧体诗群发性流感"，几番热火朝天的江湖论剑后，老南的旧体诗写作频率骤然提速，终而以一名文学青年的狂热，启动了重新成为一名诗人的疯狂旅程。

> 葡萄架下酒半瓶，凉拌新瓜脆生生。
> 藤上珠垂玛瑙绿，叶间星透玉钉明。
> 菜中盐少偏清淡，面里醋多喜味浓。
> 漫议秋成摘果后，啖鲜还是酿干红？

——这首《与老伴葡萄架下吃晚饭》是老南旧体诗的基本

样态。返璞归真的人生集文士之雅和布衣之俗于一体，熔古典雅词和当下俗语于一炉，自性禅式的真淳自在中，充盈着天真与惬意。

但这仅仅只是他旧体诗的基本样态而非特殊样态，并且这旧体诗的写作，也只是他整个写作中摆弄的常规兵器之一。不知他是否真要向世人显示一种五指真印功法？他一个指头敲诗，第二个指头填词，第三个指头敲打诗评诗论，第四根指头负责笔记体小说，最粗的第五根指头倾力于散曲。

一个年轻时的现代诗写作者，几十年后皈依了旧体诗，这大致上说明了现代诗的写作难度，亦即它必须依靠青春创造力的强力支撑。它在形体与意味上与时俱进的变换，以一种看似无章可循的内在约定，对写作者的文化底座和综合艺术能力形成挑战。其实旧体诗的写作同样理该如此，然而，现代诗无章可循的特性，会使贸然介入者产生无法照猫画虎的气馁；而旧体诗规范的形制，则可容纳更多有着这一基因记忆的中国人照葫芦画瓢。也因此，虽然当今旧体诗写作者的队伍远为庞大，但就旧体诗自身而言，它又是当代所有文学艺术门类中，最少得到改造也最为懒惰的品种。当代人的旧体诗写作，几十年一贯制的无非两个路数：其一，重大社会历史事件的群体回应；其二，比古人还古雅的语词堆砌。

这其中当然不乏例外，而最为伟大的一个例外，就是聂绀弩这位年轻时的现代诗诗人，在进入旧体诗的写作后，后无来者的绝唱。他以人生大困厄中非凡的文化精神能力，将野生的民间俚词和对于社会时髦语词的谐谑化，注入旧体诗的典雅语境中，鼎现出一种横空出世的"铜豌豆"人格和艺术上大化独行的活力。但若干年后我却突然发现，聂绀弩的旧体诗，已远远脱出了这一体裁自唐代以来所建立的、义正音雅的内质与趣味，继而在无意识中，与元散曲那种偏离道统的"野"与"邪"的精髓相融会。

老南在几十年后没有再续现代诗的写作，这是他意识到了自己的局限；而他在重拾旧体诗写作不久，却突然纵情于冷僻的散曲（套曲与小令），并且随心所欲，如得天机，恍然正是与聂绀弩的呼应。这一文体的选择，既是饱读诗书的老南，对自己纵浪于江湖的人生与身份之顿悟；又是对自己由此积储的特殊精神内存顿悟式的发现和打开。能够置身于这一形态的写作，在我看来须得具备这样三个前提：扎实的中国传统文化的大盘底座，历经蹚水滚泥的人生后纵浪大化的精神境界，濡染于众多相邻艺术门类中所获得的激活性元素和变革精神。

老南是带着 20 世纪 80 年代中国现代诗歌生机勃勃的变革精神进入旧体诗的写作的。这一背景的天幕上，就闪耀着钻石般的昌耀的影子。而老南在当下写作中诸种文体的多管齐下、五指开花，既源自其胸罗五色各司其职的分配，又达成了彼此之间的激活与滋养。他将常规性的丰富人生意绪交给了诗，将迷醉于山水景色的典雅交给了词，他以理论性文字延伸写作的深度，他的笔记体小说则恍若其散曲的变种与辅料，而他所致力的散曲，则向着五色杂陈的社会人生和市井百态全方位地敞开——

【自度曲】板儿爷

号坎小褂，汗巾儿斜搭，三轮轻跨。任你中西黑白长短发，都拉。胡同王府，名吃酒家，道观庙刹。外语夹杂北京话，且把游人侃傻。

【自度曲】在某县见官员出行

小县穷个麻答，不碍官员乌纱，出行奥迪宝马，警笛响煞："喝啦喝啦喝啦"。

【中吕·卖花声】老人与狗

花前柳下留足印，月影星来夜夜心，人前人后唤亲亲。灯熄声寂，揽卿思忖，怕将来，凭谁相问？

【中吕·普天乐】春日山行

雾湿衣，花相伴。老松指路，石径蜿蜒。山鸟鸣，清泉溅。老翁斜背葫芦罐，远红尘，兀自清闲。黄白不贪，乌纱不羡，焉知俺，不是神仙？

这大致上也是老南本人多个侧面的自我呈示：板儿爷再加侃爷的老南，社会时弊中放浪笑谑的老南，敏于人生幽深心曲感应的老南，纵浪大化中逍遥宽敞的老南。

而他的这些散曲，无论是放在中国当代散曲界，或是整个的旧体诗写作系统，都已是形成了自己鲜明符号识别系统的作品。因此，这些南氏散曲，或可径直称之为"南曲"？

但你能否想象得到，老南的传奇至此仍在继续。就在这篇文章即将结束时，我突然在网络上看到了一则发自并州（太原）的"诗讯"——《北京散曲作家南广勋先生莅临并州与黄河散曲社座谈》：

> 2012年8月20日，北京散曲作家、中华诗词网"燕赵风骨"栏目版主南广勋（长堤老树）先生莅临并州，与黄河散曲社、山西唐踪诗社、普天间散曲社等诗人曲友进行了座谈交流。南先生的散曲继承了元代散曲的真髓，语言风趣幽默，是一位本色当行的真正中华古典散曲文化的传承者。
>
> 南广勋先生不拘泥于严谨的格律散曲，主张在继承的基础上进行创新，赞成开放自由曲、自度曲在散曲天地里的试验，赞成主张新韵……

看到这则简讯后我先是一愣，随之就蓦地笑出了声，再接下来则又肃然无语。贝勒爷老南、美食家老南、菜园子老南，突然以专家的身份郑重出场，让我一时很难适应，但稍微换个角度一想，这说明他在同行们中间产生的影响，已远远超出了我的想象。我因此也突然醒悟，对于在业界已经深孚众望的老南，以后断不能再没深没浅地调侃，否则，被他的拥趸们一顿板砖，只能怪我反应迟钝。

2012 年 10 月 9 日

晚霞照亮家族血脉

我的叔父唐文平自 20 多年前离休后，开始悉心于书画，但知道他兼及旧体诗的写作，则是不到半年前的事。如今，当这部《晚霞金晖》的诗词书画集在他 83 岁的高龄上即将出版，我的心头蓦然一片晚霞涌入，惊喜而温暖。由此再想到曾经写诗的我爷和我自己，禁不住为神秘的家族血脉而惊奇。

我爷唐开业（1893—1974），是陕西关中一位到土改时，治家至"富裕中农"成分的乡间知识分子。他博览杂书，熟知经史，通晓中医，性情耿介而骨骼硬朗。在我少年时代的家乡生活记忆中，我爷书法笔意高古并时而摆弄诗词，因乡里无人交流曾出联要我对句，只可惜我羽毛稚嫩无力过招。但我此后从事现代诗歌写作及研究，我一直以为是我爷血液的隔代遗传。

我爷是我们家族这棵大树的主干。主干上依次分出的三股枝杈——长子唐治伍、次子唐文平、三子唐文斌，便是我的父辈们。而早在共和国建政之前，我爷似乎就看清了未来的世事大势，除将三子留在身边守灶外，一任长子和次子纵身于国家的事业远走高飞。先是我的父亲唐治伍投笔从戎至青海大荒中的骑兵团，继而是叔父唐文平以党务干部的身份远赴新疆边陲。

我 5 岁至 15 岁的少年时光是在家乡度过的。那时，父亲和叔父是我心头遥远的灯盏。在村中长者们的描述中，叔父性情平和，温文儒雅，但在一直从事的党务纪检工作中却足智多谋，沉稳练达。对叔父建立起深刻印象的，是我进入大学中文系 77 级之后。平素并无多少联系的他，相继给我寄来了《古文观止》《辞海·语词分册》等书籍，此外还有一本当时炙手可热的长篇小说。这些古典文学工具书和当代文学作品，似乎寄寓了他对我在专业学问和文学创作上都能有所作为的期待，但另一方面，更体现了他本人对中文专业内在结构的熟悉。当然，无疑是承续了我爷的血脉，叔父和我父亲自幼便练就了书法的童子功，兄弟俩虽然书风各异，但都渊源有自，极见功夫。

因此，叔父离休后之潜心于书画诗词，既是一种文化还愿，还是胸中烟云的自然涌泄。几十年风雨迢递的繁忙公务，拘束了他的风雅兴致，但也截高了他精神文化积蓄的水位，当他终于步入"今日得宽余"的人生时节，这样的创作便无异于开闸放水，既在他的晚年生活中滋润出一片绿洲，也浸渗润亮了我们整个家族的血缘网络——在我的父亲 2001 年去世之后，叔父便成了家族的第一长者，而十多年来，随着叔父的书画对于子侄们的相继赠送，我们这些分布在天南地北的第三代，仿佛获得了家族的信印谱牒，一再强化着共同的血脉确认。

是的，家族这棵大树上的第三代早已枝繁叶茂。与父辈们三股枝权相对应的唐门子弟依次如下：唐治伍支系——唐星火、唐燎原、唐红梅、唐向阳；唐文平支系——唐红岩、唐建新、唐卫东、唐红云；唐文斌支系——唐建利。没错儿，就这么一大片红彤彤的名字，正像灼热的家族血脉。现如今，他们分布在陕西的礼泉、咸阳，新疆的乌鲁木齐，山东的威海，四川的成都。而他们共同的根系，则在陕西省礼泉县唐家村。唐家村北面 20 公里处的九嵕山顶，是举世闻名的唐昭陵。

2012 年 12 月 1 日

我们在酒中天花乱坠

"翅膀一样的酒啊"

十多年前，当我读到一位西藏女诗人的这一诗句时，立时被一种神奇的力量所牵引，恍然又置身于横无际涯的青春流水酒场。脸酣耳热之际，一只看不见的精灵正在满桌子飞，在每个人的血液中飞，拽着一行行灵光突现、神魂颠倒的诗句盘旋着飞。

这是在 20 世纪 80 年代的青海，酒的名字我们一般简称为"互头"或"互二"，也就是由青海省互助县出产的，互助青稞酒中的互助头曲和二曲。

"135"与"182"

但我的酒龄却是从 1972 年开始的。性质应该是陪喝，陪我父亲在家里的饭桌上喝。这位 50 年代青海玉树草原上的骑兵，喝过传说中的好酒，当时与藏族头人打交道时，他们所带的皆为茅台，待喝得草原上晚霞飞红告退时，再把多备的酒送给对方，赢得对方"呀、呀"地连声称谢。啊，一想起父亲的这段往事，我的耳旁就突然响起了"金珠玛米呀咕嘟"。

但知道"135"是什么东东吗？它是一款青稞酒的俗称，此时就在我父亲从化学实验室搞来的一只硕大敦实的玻璃瓶中，泡着瓶中的人参、虫草、枸杞，被我们倒在酒杯中喝。这是当时流行在西宁酒桌上的一款散装互助青稞酒，价格一块三毛五分钱，故名"135"。所谓的"182"同样是，属于该酒的最高档次，瓶装，价格当然是一块八毛二。按我父亲的工资，我们喝这两款酒都没问题，只不过，你却经常买不到它。现今许多人怀念那个时代的低物价，而事情的真相是，不要说你的工资仅够温饱，并且许多生活用品你有钱也买不到。包括火柴，曾经都需要走后门去买。

我们在酒中天花乱坠

从我父亲的酒杯旁边起步，我喝酒的生涯走过青海省贵德县东沟公社周屯大队我的知青岁月，青海农机工具厂我的车工岁月，青海师范学院中文系 77 级我的大学岁月，以及我的高中语文教师和《西宁晚报》编辑岁月。但在我的记忆中，最初的若干年间，互助青稞酒不但供应不足，且档次也未成气候。早先我们常喝河南的地瓜酒，随后则是结实可靠的川酒，诸如尖庄、绵竹、海棠大曲，以及泸州二曲、泸三等等。至于泸州大曲，我们既买不到也喝不起。

过了 1982 年之后，西宁酒桌上的风尚突然为之一变，互助头曲成了新宠，或者说，经过升级换代的坐地户"互头"，以它厚道的深水炸弹般的火力，成了西宁酒桌上当仁不让的主人，征服了西宁人民的舌，温暖了西宁人民的胃。

我的诗人生涯在这一时期全面展开，一个个同党顺着"互助"的召唤，犹如听凭《国际歌》而找到了自己的同志，终而集合成一个庞大的无产者诗人群体。那的确是"翅膀一样的酒啊"，我们在酒中天花乱坠。

亲人陪我上路打天下

1992 年底，我从青海移坐于山东半岛一家日报社的大编辑室中。办公桌上，除了一瓶红墨水，还有一只白色的搪瓷茶缸。见我改稿时不时拿起茶缸抿一口，一位同事好奇地问我，唐老（此时 36 岁的我已被同事谑称为唐老），你是在喝酒吗？没错，此时我办公桌下的柜子里就放着数瓶"青稞"。随之，在下班后空荡荡的编辑室，同为异乡人的我们俩，开始了以酒神吹。那时节，蓦地觉得这青稞酒就是我的亲人，是亲人在陪我上路打天下。

几年后，我成了一位老总海滨酒店中的常客。同时出入其中的，还有一小撮现代书画家。每次小聚，桌上虽菜肴精致，但杯中却酒水寡淡。我遂向其介绍了一种已出现在当地市场上的互助"青稞液"。此酒白瓶白皮，52 度，价格 15 元，包装简洁明快，质地结实硬朗。一次喝过之后，诸位大仙无不连声称快。此后约两年多的时间里，"青稞液"在该酒店竟刮起了一场小旋风。此刻想来，遥远的、互助青稞酒厂的老板应该向我说声谢谢。

重返青春的日子

2000 年之后，因着青海高原上青海湖国际诗歌节等相关活动的日益活跃，我以客人身份出入青海的频率也同步提高。回到青海，其实就是回到青海的酒桌，其实就是重返青春的日子。当年在酒场上张牙舞爪的一大批，现今无不成了斯文人儿，于是大家就拉扯着诗文斯文地喝，就在往事与掌故中温暖地喝，然后就是相互忽悠着往高处喝，高、高、高啊……我们坐在七彩云雾中六六大顺十满堂。

已经是多少年了？西宁酒桌上的互助青稞酒，早已是绝对的一统天下，但恍若花儿会上的村姑突然变成了散花天女，它的品牌花色一时多得让我反应不过来。除了流行的八大作坊、天佑德、互助青稞王等等，我还能知道些什么？而在我的酒柜中，至今仍存放着两款"奇葩"。一款是裹在斜襟织锦花袄中、各自为 250ml 的双胞胎姐妹，名字叫作"七彩互助"；另一款则是瓶中汹涌着金箔碎片的"青稞金酒"——大约生产于 1998 年。瓶中的金箔虽然被注明为"可食用金箔"，但十多年了，我一直干瞪着眼就是不敢喝它。而那一群穿花袄的"七彩互助"，却受到了我媳妇的青睐。她把它们的花袄全都脱了下来，改装成古香古色的织锦手袋，除了自留两只轮番着招摇过市外，其余的都分赠了友人。如今，每当看到那一群被剥去外衣皮肤光滑的裸体尤物，我怎么都不忍心对它们下口。

2013 年 5 月 8 日

沿地图展开的海西叙事

近年来，我两次踏上青海海西的大地都是缘起于诗歌，缘起于由海西州政府主办的"中国（青海·德令哈）海子青年诗歌节"。而关于海西，我好像知道得不少，却又一片混沌。的确，拥有30多万平方公里地盘的海西实在太大了，在过去的十多年间，我曾多次行走在其中的某些地域，却不知道我身在海西；更早的时候，我曾得到过诸多特殊的地理信息概念，却不知道它们尽皆属于海西。直到这个初秋的下午，在几幅相互关联的地图面前，我才恍然明白，我自己青海人生背景中一些高山大河式的储存，多是来自那片大地。

一

关于海西，我最早知道的，是柴达木这一概念。但这一概念本身的内涵是什么，它与海西究竟是什么关系，我却并不清楚。最初的感觉中，它位于青海西部腹地，因富于矿藏资源而被称为"聚宝盆"，其确切的地理范围所指，似乎是大柴旦地区，或者还包括格尔木？但更突出的感觉是，它是一个历史概念，代表着从 1950 年代中期开始，青海西部大开发的一段历史，并产生了一批有影响的文学艺术作品，诸如李若冰的《柴达木手记》，就是其中的代表。

而在这些地图面前我才得知，柴达木是一个远为广大的地理概念，它处在昆仑山、阿尔金山、祁连山等山脉的环抱之中，总面积 25 万多平方公里。同青海西部的诸多地理名称一样，它是一个蒙古语的命名，因盆地中广大的盐湖而得名。而它之被称作"聚宝盆"，是因为其中更储藏着 80 多种金属与非金属类的矿藏资源，且储量大，品位高，类型丰富。

但比柴达木更广大的，则是"海西蒙古族藏族自治州"这一行政地理范畴。它下辖都兰县、乌兰县、天峻县，德令哈市、格尔木市、大柴旦行政委员会、冷湖行政委员会、茫崖行政委员会共 8 个行政单元。柴达木盆地约占其总面积的 78%。

然而，柴达木却常被用作海西的代称。我想这是因为它聚宝盆式的丰富矿藏，代表了海西大地内在的精彩。从外在形态上看，海西既是一片辽阔神奇的大地，也是一片空旷荒凉的大地，但假若你有一双光谱仪之眼，那么，每当夜幕降临，你就会看到从这片大地深处发出的五光十色：白盐之光、石油之光、铅锌之光、硼砂之光、碧玉之光、孔雀铜之光……它们的光柱探照灯般交互掩映，充满了整个天宇。由此推论，辉煌的昆仑神话应该就是缘此而产生？

　　但盆地东端以半弧状联结的乌兰、都兰、天峻则是一个例外。关于这一地域，我所知最少，但从相关资料看，它是海西境内地表生态最好，绝大部分地区都为草场和农作物所覆盖的地理板块。最让我吃惊的，是 1978 年的都兰县香日德农场，在大面积的小麦高产田中，其中一块 3.9 亩的农田，竟创下了小麦单产 1013 公斤的世界纪录。这让我再次想起了青海当年那些大大小小的农场，而面对地图我却惊讶地发现，这其中的一部分农场，竟密集地分布在北纬 36 度线上。除了香日德农场以西至格尔木境内的农场群外，从它往东 100 多公里的海南州境内，是诗人昌耀当年流放的新哲农场以及农场群；再往东约 100 公里，则是我当年作为知青下乡插队的贵德县。而 1970 年代初的贵德，曾是全国小麦生产的著名高产区。莫非青海境内的这一纬度线，果真是一条小麦生产的黄金矿带？

　　从某种意义上说，自 20 世纪 50 年代中后期相继建立的这些"青海的农场"，并不仅仅属于青海，它还是中国现代历史风云中一种特殊的政治经济单元。其中的绝大部分，都是劳改、劳教农场。农场中的绝大部分员工，则是从天南地北被流放至此的一代知识分子。在当年都兰县的查查香卡农场，就有大名鼎鼎的上海诗人黎焕颐等。他们在平反之后大都回到了原单位，另有一部分则被就地安排，与其他的支边知识分子、科技人员、基层干部一起，成为海西大地上另外一种高品位的矿藏——人才矿藏。而香日德农场的小麦单产世界纪录，正是与此相关。不仅如此，由于特殊的社会见识和地理气场，自"文革"结束之后，从他们的第二代中更是相继走出了一大批人才，遍及青海和全国各地。此后在一种凛冽感的写作中节节拔高的河北女诗人李南，便曾是这批海西子弟中的一员。

关于这片地域，另外一个让我略感意外的，则是都兰县境内诺木洪农场的10万亩枸杞林。数年前，我从宁夏的枸杞博物馆得知，中国的枸杞共有三大品牌，分别为"宁枸""青枸""新枸"，亦即分别产自宁夏、青海、新疆的枸杞。但我所不知道的是，所谓的"青枸"，竟然全部产自海西。

三

前边说到了海西的三个农业区，以及我自己知青时代的下乡插队，遂突然想到了我们家的另外一位知青，并且是与海西相关的一位知青，这就是我的胞妹唐红梅。1975年5月，就在我于海南州贵德县东沟公社周屯大队的知青生涯即将结束之时，她又仿佛接力般地，与我父亲任职的青海省交通系统的另外一批子弟，被输送到了海西——海西州乌兰县希里沟公社东庄大队，和以回族为主的这个大队的乡亲们，一齐"战天斗地"。所幸唐红梅天生身骨矫健，在战天斗地中非但毫发无损，反而愈加欢实。大半年后当她返回西宁成为一名工人，青海省的知青插队史也随之宣告结束。

但我们家与海西的瓜葛还没有完。1983 年，我的胞弟唐向阳，又以石家庄铁道兵工程学院毕业生和军人技术员的身份，进入驻扎于海西州格尔木市的铁道兵大军，修建首期青藏铁路。有过西宁市少年体校篮球队员经历，并打过两次全国少年篮球比赛的唐向阳，其体格自然无须家人担忧。1984 年，有唐向阳于其中绘制工程进度图的青藏铁路西宁至格尔木段建成通车，但与唐红梅成为青海最后一代知青颇为巧合的是，唐向阳也成了中国的最后一代铁道兵。同一年，铁道兵部队集体转业并入铁道部，唐向阳从此以四川铁二局工程师继而是副总指挥的身份，出入于中国诸多铁路线的神经末梢修建铁路。

再之后的 2000 年，青藏铁路二期工程——格尔木至拉萨的铁路线即将开工，此时已移居山东威海多年的我，似与胞弟衔接般地，应时任《中国铁路文学》执行主编的朋友胡康华之邀，前往格尔木采访并帮其组稿。其间，我曾乘坐已云集于此的兰州铁路设计院的越野巡洋舰，直驱昆仑山巅。啊，一望无垠的海西大地和天风浩荡的大地之巅啊，我的防寒服厚实，我的骨骼瓷实，我雪镜中的世界气象万千而可靠踏实！

四

其实远在 1982 年刚从青海师院毕业不久，我就随一辆拉运工业用盐的大卡车到过海西，那是海西东部边缘的茶卡盐湖。在那里，我第一次见到沉积在一层薄薄卤水下的盐的北冰洋，见到了高高堆积的盐的冰山，见到了盐湖中迤逦出入的运盐小火车，而操纵这列小火车的，竟是一位裹着红头巾的年轻女司机。多少年来这一画面一直挥之不去，但它在我大脑中转换出的，却是一位红头巾仙子率领着长长的企鹅队伍，行走在北冰洋上的童话世界。

1986年我再次进入海西，路过察尔汗盐湖以及万丈盐桥时更为壮观的场景，这里不再赘述。

但那一次的经见却让我震撼至今。其时为这一年的5月，我随青海作协的一个报告文学采访团前往海西腹地。大轿车从西宁出发，进入海西境内后先至德令哈，继而一路向西，穿过大半个海西直至冷湖石油基地，再至青海与新疆交界的花土沟油田和茫崖石棉矿，最后又掉头折向东北方向，翻越青海与甘肃交界的当金山而至敦煌，方才结束了此次长旅。那番八千里路云和月般的壮行，此刻忆及，仍让我有一种刚从月球归来的恍惚。

接下来，我想郑重地表达这样一个概念：就一个30万平方公里的行政地域单元而言，海西大地上的地貌——包括地形地貌和生态地貌，可谓全世界地貌类型最丰富的"特区"。其中既有游牧的草原、农耕的绿洲，天然森林、湖泊、沼泽、湿地，亦有广大的沙漠、戈壁，地球上罕见的盐的海洋与大陆，更有作为世界屋脊的著名山脉与冰川——昆仑山、唐古拉山，以及格拉丹东冰峰及冰峰中的姜根迪如冰川。与高山对应的是大河，而海西大地上更是河流纵横，其中"格尔木"一词的蒙古语原意，即为河流密集之地。而在昆仑山与唐古拉山之间的高山草甸，还有数条著名的河流，其中的一条，竟气概非凡地名为"通天河"。这条河流之所以气概非凡，既因为它在向下的俯冲中变身成举世闻名的万里长江，还在于它向上的源头的确"通天"，径直通往海拔6621米的格拉丹东冰峰。那无疑是一座矗立于彤云之上的天空中的冰峰，代表着天空在与高原的密晤中，关于大地造物主般的旨意。

20世纪90年代，我的摄影家朋友董明在任职于格尔木市文联主席期间，曾以一架单反相机和一台212北京篷布吉普，长期在这一云海冰峰间出入。这台只有在他的操纵中才能玩得转的北京吉普，曾甩下了诸多乘坐三菱越野的日本拍客，使得董君拍摄下了令那些松下、小野、安倍、酒井们垂涎的，这个世界上镜头数量最多、景象最为瑰奇的冰峰冰川景观。

是的，这种博大神奇的地理地貌足以让人惊奇，但惊奇到令我震撼的，则是另外一番经见。

五

仍然是1986年那次穿越海西大地的长旅。采风团的车队于暮色中抵达德令哈。而德令哈，则是海西州的首府，海西州的政府机关所在地。此后我最深刻的记忆，就是当晚与海西州的诗人作家们喝了一场大酒。彼时的海西州，是除了省会西宁之外，青海省文学创作气场最旺盛的地方，在当时全国文学刊物为数不多的情况下，由州文联主办的《瀚海潮》杂志，影响力甚至波及省外。这也是一份曾经激励过我的杂志，当年我的一首中长型诗作，就曾刊发于它的头条位置。刊物的主编高澍，是1968年的清华大学毕业生，此前曾任都兰县农机厂技术员等职。以此可以想见，其时海西州各类人才藏龙卧虎之盛状。

但除了当晚那场大酒，我对德令哈似乎没有什么特别印象，感觉中它的确类似海子两年后在《日记》一诗中的描述：雨水中一座荒凉的城。只是那一晚夕无雨。

第二天一大早出德令哈朝冷湖镇进发，近500公里的里程过了一半之后便荒无人烟。但我们于傍晚抵达的冷湖镇，却恍若阿拉伯沙漠中一方灯火通明的飞地——那时节，青海省石油管理局的总部就驻扎于此。在建筑风格典雅、内部设施齐备的石油局招待所，不时有风尘仆仆的"巡洋舰"越野车和外国专家出入。其时其景，让我一再地联想到了阿拉伯沙漠中的石油科研基地。

约两天之后我们出冷湖前往花土沟。位于阿尔金山脚下的花土沟既是茫崖镇的所在地，也是柴达木盆地的西部边缘，再往前走就到了新疆。此时的花土沟，分布着两个庞大的地质工业单元。其一为茫崖石棉矿，其二为石油局花土沟钻井群。

地球上的石油都贮藏在荒无人烟的沙漠之下吗？但接下来我所看到的，并不是广袤的沙漠瀚海，而是一种更为让人震撼的……太空地貌。

通往花土沟的路是一条一直向西的道路。汽车在盆地的边缘从东向西驱驰时，实际上已升至一个新的海拔高度。就在我为视野中突然出现的天低地旷而兴奋时，不久便觉出了异常——公路两边的地貌既非沙漠，亦非戈壁，而是由灰褐色的沙土凝结鼓凸成的甲壳，状如凝固的波涛，铺天盖地般涌向地平线尽头。从理论上来说，这是一种远比沙漠和戈壁恐怖的地貌，因为无论沙漠还是戈壁，总有植物存在，甚至有成线成片的红柳或骆驼刺，当然亦会有穴居类或有翅类的生命存在，因此，你会感觉到生命气息的相互感应。而在这片甲壳密封的地貌上，则没有任何的生命气息，甚至连微生物亦没有。

　　我见过这种地貌吗？或通过图像制品间接地见过这种地貌吗？从来没有。那么，它是一种无名之物？按照老子"无名天地之始"的说法，它应该是从太古之初保留至今的一种"存在"。但无论如何，这都难禁我为之安顿一个名字的冲动。假若地球之上并无类似的所在，那么，与之最相近的便是"月相地貌"。

　　整整一天，旅行车便是在这一"月相地貌"上驱驰。但笔直的柏油公路则提示我，这是行驶在地球的脊线上，而视野中始终可望不可即的地平线的终端，则恍若地球的尽头。汽车若冲过那一终端，我们便会被甩出地球。

六

　　"地球尽头"的花土沟钻井群已属"天外之物"，或另一个星球上的事物。此后我曾为此写下过一批诗作，其中的一组名为《创世纪》，刊发在 1988 年上海的《萌芽》杂志上。第二年，杂志社为我颁发了一个年度诗歌奖。这是我在诗歌写作中获得过的，一个值得一说的奖项；也是我曾经作为诗人的见证。

那一时节，中国大地上的诗歌正值风起云涌之际，并在此后被称为诗歌的黄金时代。

也是 1988 年的同一年度，时为北京政法大学青年教师的海子，与另外两名青年诗人一平与王恩衷一起前往西藏，在途经青海德令哈的数日盘桓中，于 7 月 25 日写下了他诸多诗歌名篇中那首著名的《日记》：

姐姐，今夜我在德令哈，夜色笼罩
姐姐，我今夜只有戈壁

草原尽头我两手空空
悲痛时握不住一颗泪滴
姐姐，今夜我在德令哈
这是雨水中一座荒凉的城

除了那些路过的和居住的
德令哈……今夜
这是唯一的，最后的，抒情
这是唯一的，最后的，草原

....

....

姐姐，今夜我不关心人类，我只想你

　　这是写作手段上一首极为单调的诗，也是大道至简，以致命的情感闪电直击心窍的诗。它在无数读者中引发的强烈情感共鸣表明，人类个体的致命情感绝唱，远远高于宏大人类概念的空泛抒情。而整首诗作中反复的"姐姐、姐姐"，"德令哈、德令哈"，则让一座城市以诗歌的名义而为公众所铭记。

　　四分之一世纪后的 2012 年，海西州政府创办了一个由一位当代诗人的名字命名的诗歌节——"中国（青海·德令哈）海子青年诗歌节"。一座城市的名字在一首诗歌中声名远扬，这是只有发生在古代诗歌中的特殊现象；这座城市因此而以一个诗歌节来向这位诗人致意，这是出现在高原腹地的一种浪漫主义表达；而这首诗歌被转化为这座城市的文化资源，则是基于一种超现实主义的眼光和历史文化想象……

2015 年 11 月 21 日

隔空痛呼林老师

12月10日一大早，我在手机上发了一条微信：得知青海林锡纯老师去世，心头霎时翻江倒海。他当年在北师大读书时，曾是启功的亲炙弟子，此后的著名书法家，西宁晚报的创建者，我在报纸编辑生涯的领路人，也是我心目中偶像式的君子。当年大半个西宁文化界人士，都称他为林老师，也都有他赠送的书法。西宁，我等从此再无林老师！

的确，就在几天前，我在广东参加两个诗歌活动的间隙，借机造访了早先调至当地的一位晚报同事，一进入其家中，便看到客厅正中一幅林的书法，聊天的话题自然就围着林老师一路绕了下来。随后，他又拿出四个卷轴抖了开来，一看，竟全是林的书法。

这使我想起当年的一件往事，那一天，我们几个人正在办公室聊天，林串门似的走了进来：小唐，我刚才写了一堆字，其他都让我给揉了，就挑出了这么一张，感觉还不错，送给你吧。我接过来一看，上面是郁达夫的诗句——"远公说法无多语，六祖传真只一灯"，内容和字我都喜欢，随嘻嘻哈哈地表示，谢谢林老师。然后就完了。

417

这就是林，报社的总编辑，我们的顶头上司；再之后身兼青海书协主席，中国书协理事。当时我虽然年轻，其实已见识过了上下级之间的身份等级感。但那时我们却习惯了这种关系，习惯了他的慷慨豁达，稍不如意我们还会心存芥蒂。待今天我已看遍了社会上的形形色色，深感这样的上下级关系，更包括这种慷慨的书法赠送，简直就是一个神话。

相关往事当然不仅如此。现在想来，当年在青海时对我影响最深的有两个人，一个是昌耀，一个就是林。而林老师，并不只是一位书法家、报人，更是一位学养丰厚的杂家，随笔杂文作家、旧体诗词高手，也是我的知音。大学毕业前，我曾写过一篇关于昌耀的长篇评论，因行文风格不像常规性的评论，而被多家刊物退稿，最后我送到了时任西宁文联《雪莲》编辑的林老师手中。数天之后，我收到了他用毛笔书写的、密密麻麻两大页的回信，信中除对我的个别说法提出商榷外，对于那篇文章的整体气色，则给予了超乎我想象的褒扬。这让我顿时精神大长，从此决心在这条路子上走到黑，并一直走到了现在。啊，谢谢林老师，他是我评论生涯中最早的推手！

再之后，是他把我调进创刊不久的报社；然后，把报纸的《湟水》副刊交给我。许多人都知道这个副刊是由我编的，其实它的背后，是一位总编和一个晚生在联手经营。他把分布在全国和青海的上一代名流，诸如牧惠、陈大远、林岫等人的随笔、杂文、诗词聚拢了过来，我把一大批内心中嗷嗷吼叫的"文青"给聚拢了过来。多少年后，当我看到若干人撰文回顾这段往事时，才意识到我们曾经干得不错。

作为一位 20 世纪 50 年代的老牌大学生和世事风雨的经历者，林老师的身上既沉潜着一种隐忍、克制的沧桑感，儒雅豁达的教养与君子之气，又保持着一种知识分子的敏锐和爽朗。当年另外一些深刻的印象是，人们之习惯称他为林老师，还因为他是一位"小学"（传统语文学）功底深厚的大家，再生僻的字词一问他，肯定是最准确的答案；此外，则是他不时来到我们办公室，关于文学艺术与国故学问的闲聊。有一个时期，他曾兴奋地向我聊起聂绀弩的旧体诗，一边滚瓜烂熟地背诵，一边慨叹，这才是真正的大家。我此后相关知识的积累，便大多得益于此。而他自己的旧体诗词，曾见于《诗刊》。许多诗句我至今能够背诵，诸如"俚语多深意，闲情好打油。心宽轻毁誉，目远小恩仇"，"识物宜粗不宜细，分明尽处总朦胧"，"至高轻蔑乃无言，我自风正一帆悬"——最后这一句，我曾引用在《昌耀评传》中，并特别注明"林锡纯诗句"。

说到这里，一些已遗忘的往事又浮现了出来，当年在他的治下，我曾恣意地奔跑，并写出过一批诸如徐炜（范泉）教授、作家余易木、当时的军旅作家刘亚洲等，诸多文化名人的专访。没错儿，是他给了我驰骋的空间，给了我激励。这段经历，也成了我此后书写《海子评传》和《昌耀评传》的遥远源头。

啊，不多说了。我有人类共有的自私美德，谁有恩于我，我就感念谁。

此刻在远天远地的威海，我只想把写给他的挽联再重复一遍：

此生幸遇真君子，隔空痛呼林老师！

2017 年 12 月 15 日